KATHARINA WINTER | Sturmnächte

Katharina Winter über »Sturmnächte«

Wann haben Sie zum ersten Mal daran gedacht, ein Buch zu schreiben?
Schon als Kind habe ich gern Geschichten geschrieben und davon geträumt, irgendwann selbst ein Buch zu veröffentlichen. Immer wieder habe ich es versucht, unzählige unvollendete Manuskripte landeten im Papierkorb. Doch der Wunsch ließ mich nicht los, und so ist es mir schließlich mit viel Leidenschaft und Disziplin gelungen, meinen ersten Roman zu vollenden.

Was ist Ihrer Meinung nach das Wichtigste bei spannender Unterhaltung? Und gibt es eine Autorin, die Sie besonders inspiriert hat?
Zweifellos Daphne du Maurier, die Meisterin der düsteren Spannung! Auch meine Hauptfigur Carla muss unweigerlich an den alten Herrensitz Manderley denken, als sie ihre erste Nacht in dem einsamen Haus in der Eifel verbringt. Noch ahnt sie nicht, was sie erwartet, bis sie im Garten ein Grab entdeckt, auf dem ihr eigener Name steht. Es gilt, ein dunkles Geheimnis zu ergründen, das zwei Familien auf ewig miteinander verbindet. Und wenn es den Lesern Freude macht, meinen Figuren bis zur Auflösung zu folgen, habe ich das wichtigste Kriterium für einen spannenden Roman erfüllt – ich habe eine Handlung entworfen, die fesselt und berührt.

Wie entwerfen Sie Ihre Plots? Wissen Sie von Anfang an, wie die Geschichte ausgeht?
Zuerst ist es nur eine flüchtige Idee; ein Haus, ein Bild, ein Wort, das die Fantasie berührt. Das passiert ganz plötzlich und ist nie vorhersehbar. Viele Gedanken verlassen meinen Kopf so schnell, wie sie gekommen sind. Doch manchmal setzt sich eine Idee fest und beginnt zu wachsen. Dann grüble ich tagelang über Personen, Orte und Geschehnisse nach, bis eine fertige Geschichte geboren ist, mit einem Anfang und einem Ende.

Über die Autorin

Katharina Winter, geboren in Sangerhausen im Südharz, verbrachte ihre Kindheit und Jugend in der ehemaligen DDR, bevor sie 1989 nach Westdeutschland ausreisen konnte. Nach verschiedenen beruflichen Stationen begann sie, ihren alten Traum vom Schreiben weiterzuverfolgen. »Sturmnächte« ist nach »Puppentod« ihr zweiter Roman im Diana Taschenbuch. Die Autorin lebt mit ihrem Mann in der Nähe von Offenburg.

KATHARINA WINTER

Sturmnächte

Roman

Diana Verlag

MIX
Papier aus verantwortungsvollen Quellen
FSC® C014496

Verlagsgruppe Random House FSC-DEU-0100
Das für dieses Buch verwendete
FSC®-zertifizierte Papier *Holmen Book Cream*
liefert Holmen Paper, Hallstavik, Schweden.

Originalausgabe 07/2011

Umschlagmotiv | © Plainpicture / Arcangel
Umschlaggestaltung | t. mutzenbach design, münchen
Herstellung | Helga Schörnig
Satz | C. Schaber Datentechnik, Wels
Druck und Bindung | GGP Media GmbH, Pößneck
Printed in Germany 2011

978-3-453-35513-2

http://www.diana-verlag.de

… und vergib uns unsere Schuld,
wie auch wir vergeben unseren Schuldigern.

Matthäus 6,12

PROLOG

Seit Langem hatte niemand mehr dieses Zimmer betreten. Vor Jahrzehnten war es verschlossen und nie wieder geöffnet worden. Zu vieles darin erinnerte an das, was damals hier geschehen war. Selbst die Blutflecke auf dem Fußboden hatten sich nicht auswaschen lassen. Das Blut war tief in die alten Holzdielen gesickert und zu einem stummen Zeugen geworden.

Die Frau, die am Fenster des Erkers stand, hielt ein Testament in der Hand und starrte hinaus in den Garten. Eisiger Ostwind trieb das welke Herbstlaub vor sich her.

Die Entscheidung, die sie treffen musste, fiel ihr schwer. Ihre Hand, die das Testament festhielt, zitterte. Durfte sie wirklich Schicksal spielen? Hatte sie das Recht, den letzten Willen einer Toten zu missachten, obwohl dieser das Unrecht triumphieren ließ? Das konnte nicht im Sinne Gottes sein. Gott war am Ende immer gerecht! *Ist der Zorn des Herrn auch langsam, er lässt gewiss keinen ungestraft* – so stand es schon im Alten Testament geschrieben.

Was sollte sie tun? Immer wieder stellte sie sich diese Frage. Die Antwort darauf musste sie allein finden, denn außer ihr war keiner mehr in diesem großen, unglückseligen Haus. Es war still. Nichts war zu hören, bis auf den Wind, der um die steinernen Mauern pfiff. Unter seiner Kraft bogen sich die Kronen der Bäume, denen er die letzten Blätter entriss. Nur die der alten Rotbuche hielten ihm stand. Ihre Zweige hingen herab wie lange Arme, die das Grab schützten, das sich darunter verbarg. Auch das gehörte zu den stummen Zeugen. Ein einsames Grab im Garten des Hauses, an das sich niemand mehr erinnert.

Sie verließ das Zimmer, verschloss sorgfältig die Tür und stieg langsam die Treppe hinunter, Stufe für Stufe, bis in die Eingangshalle. Dort drehte sie sich noch einmal um und glaubte für einen Moment, oben auf der Galerie Helena zu sehen. Sie hatte eine Strickjacke über ihr langes weißes Nachthemd gezogen. Das blonde Haar fiel ihr zerzaust über die Schultern, und sie lachte. Ein trauriges, unglückliches Lachen, das seit ihrem Tod durch das Haus hallte.

Es hätte nicht geschehen dürfen, was damals geschah. Sie alle trugen Schuld daran, auch sie selbst. Gab Gott ihr jetzt die Chance, ein Stück dieser Schuld zu begleichen? Sie sah auf das Testament in ihrer Hand. Sie durfte nicht zulassen, dass für immer und ewig in Vergessenheit geriet, was nicht gesühnt worden war. Sie musste es tun. Kein Weg führte daran vorbei. Sie ging ins Wohnzimmer und verweilte noch einen Augenblick lang zögernd vor dem Kamin. Dann warf sie das Testament ins Feuer. Stück für Stück ergriffen die Flammen das Papier und verwandelten es in Rauch und Asche. Der Schleier des Vergessens lüftete sich, die Geister der Vergangenheit erwachten wieder zum Leben.

Zu dem Ort, wo die Flüsse entspringen, kehren sie zurück, um wieder zu entspringen – auch das stand geschrieben.

Was geschehen ist, wird wieder geschehen …

ERSTER TEIL

1

Vier Sekunden dauerte es, bis das Freizeichen sich wiederholte. Genau vier Sekunden. Das wusste Carla seit dem zwölften Februar. Sie hatte es mitgezählt, bei jedem Anruf, den sie an jenem Tag getätigt hatte. Und seitdem versetzte es sie in Angst, wenn niemand das Gespräch annahm.

Nervös sah sie zur Uhr, während sie das Handy fester an ihr Ohr presste. Wieso ging ihre Mutter nicht ans Telefon? Es war vier Uhr nachmittags. Um diese Zeit saß sie sonst immer an der Nähmaschine. Minutenlang ließ Carla es klingeln, doch es meldete sich niemand. Dann legte sie das Handy zurück in ihre Handtasche, schob diese unter die Ladentheke und nahm nachdenklich ihre Arbeit wieder auf. Eine Lieferung Sherry musste in die Regale einsortiert werden, ein edler Almacenista-Sherry, der am Vormittag aus Andalusien eingetroffen war. Er kam direkt aus Jerez, war über dreißig Jahre alt und unerhört teuer. Sherry-Liebhaber waren ganz verrückt danach, gerade jetzt, in der Vorweihnachtszeit. Diese Rarität gab es sonst in ganz Köln nicht zu kaufen, nur hier, in dem kleinen spanischen Spezialitätengeschäft der Familie Sanchez, in dem Carla seit einigen Jahren aushalf.

»Geht deine Mutter noch immer nicht ans Telefon?«, erkundigte sich Adelina Sanchez, die ihr rundes Gesicht durch den Spalt des Vorhangs gestreckt hatte, der den Laden vom Büro trennte.

Carla schüttelte den Kopf. »Allmählich mache ich mir Sorgen. Ich versuche es jetzt schon seit einer Stunde.«

Adelina kam hinter dem Vorhang hervor. Um ihre breiten Hüften hatte sie eine rote, mit grünen Oliven verzierte Schürze gebunden und trug, passend dazu, ein rotes Haarband, das ihre widerspenstigen schwarzen Locken bändigen sollte. »Bestimmt ist sie nur schnell einkaufen gegangen«, sagte sie mit ihrem typisch andalusischen Akzent. Wie alle Andalusier kürzte sie die Worte ab und verschluckte gern eine ganze Silbe, was auf Deutsch ein ziemliches Kauderwelsch ergab. Deshalb war Adelina nur schwer zu verstehen, und Carla sprach am liebsten spanisch mit ihr.

»Sie geht nachmittags nie einkaufen«, gab Carla zurück. »Bis achtzehn Uhr ist die Schneiderei geöffnet, und erst gestern hat sie mir erzählt, wie viel sie im Augenblick zu tun hat. Sie würde ihre Arbeit nicht einfach liegen lassen und weggehen.«

»Vielleicht hat sie nur vergessen, das Telefon mit nach unten zu nehmen, und es liegt oben in der Wohnung, wo sie es nicht hört«, überlegte Adelina.

Doch auch das war keine plausible Erklärung. Luise nahm das Telefon stets mit in den Laden, denn sie verfügte nur über einen einzigen Anschluss, ihre Privatnummer war auch die Nummer der Änderungsschneiderei. Außerdem wollte sie für ihre Enkelin Pauline immer erreichbar sein, falls wieder einmal ein Notfall vorlag und eine von Paulines Barbiepuppen für ein spontanes *Date* kein passendes Kleid fand. Dann zauberte die Oma ruckzuck eines aus Stoffresten, in dem die Puppe ausnahmslos die schönste war.

»Warum fährst du nicht zu ihr?«, schlug Adelina vor.

»Ich habe den Sherry noch nicht einsortiert«, erwiderte Carla pflichtbewusst, »und eine Lieferung Oliven ist gekommen.«

Adelina winkte ab. »Darum werde ich mich kümmern. Du fährst jetzt erst einmal zu deiner Mutter und überzeugst dich davon, dass es ihr gut geht.«

»Kann Pauline so lange bei euch bleiben?«, wollte Carla wissen.

»Natürlich. Wahrscheinlich würde sie sowieso nicht mitfahren, denn sie und Mara spielen gerade mit den Barbiepuppen.« Augenzwinkernd fügte Adelina hinzu: »Sie haben sich eben heftig gestritten, wer heute Abend mit Ken ausgehen darf.«

»Wieso streiten sie sich darüber?«, fragte Carla erstaunt. »Sie haben doch nicht nur einen Ken.«

Adelina lachte herzhaft. »Das stimmt. Aber wie im richtigen Leben wollen scheinbar auch die Barbiepuppen immer nur den einen.«

Carla nickte wissend, während sie ihren Mantel anzog, einen hellgrauen Kurzmantel aus feinster Wolle. Das teure Designerstück war ein Relikt aus ihrem früheren Leben. Jan hatte ihn ihr letztes Jahr zu Weihnachten geschenkt.

Um Jan hatten sich damals auch alle gestritten. Jedes Mädel wollte ihn haben, diesen gut aussehenden Typen, der ein schnelles Auto fuhr und immer nur die besten Klamotten trug. Alle waren verrückt nach ihm. Doch sie hatte ihn bekommen. Wie stolz war sie darauf gewesen, und wie glücklich, als er ihr den Heiratsantrag machte. Das Brautkleid kaufte er bei Chanel in Paris. Es wurde eigens für sie angefertigt, hatte eine kleine Schleppe und einen langen Schleier. Zu diesem Zeitpunkt konnte er sich das noch gar nicht leisten, aber das interessierte ihn nicht. Geld war zum Ausgeben da, auch wenn man keines hatte.

»Sag den beiden, es bringt nichts, sich um einen Mann zu streiten«, rief Carla und wickelte sich den Schal um den Hals. »Und sag ihnen auch, dass die Männer, um die man sich streitet, am Ende sowieso nichts taugen.« Sie winkte Adelina von der Tür aus zu und wollte gerade gehen, als eine Stammkundin das Geschäft betrat. Frau Felden, eine Dame aus der

Nachbarschaft, in einen eleganten Pelzmantel gehüllt, blieb bei Carlas Anblick überrascht in der offenen Tür stehen.

»Ach, Frau Sandberg, sind Sie jetzt auch nachmittags da?« Sie lächelte süffisant. »Sie Ärmste, müssen ja nun so viel arbeiten. Spaß macht Ihnen das bestimmt nicht.«

»Ich liebe meine Arbeit«, erwiderte Carla kurz angebunden und schluckte ihren Ärger herunter. Wie ein Giftpfeil bohrte sich diese Bemerkung tief in ihre Wunde und brannte dort wie Feuer. Doch sie hatte gelernt, sich das nicht anmerken zu lassen. Tapfer rang sie sich ein Lächeln ab und sagte freundlich: »Der Sherry ist eingetroffen.« Dann zwängte sie sich an Frau Felden vorbei, lief über die Straße zu ihrem Auto und stieg in den kleinen silbergrauen Peugeot ein. Es regnete in Strömen und wurde schon dunkel. Den ganzen Tag über war es nicht ein einziges Mal richtig hell gewesen. Nur kalt und grau. Sie schaltete die Scheibenwischer ein und fuhr in Richtung Rheinuferstraße. Leise dudelte das Radio vor sich hin, während sie sich durch den beginnenden Feierabendverkehr quälte und ihren Gedanken nachhing. Immer dieselben Fragen, immer dieselben Vorwürfe. Warum hatte sie damals ihren Job bei *Beckmann & Söhne* aufgegeben? Nur weil Jan das so wollte? Hatte sie nie von finanzieller Unabhängigkeit gehört? Sie hatte eine gut bezahlte Arbeit gehabt, war Fremdsprachensekretärin für Englisch und Spanisch bei einer renommierten Kölner Firma gewesen, mit netten Kollegen und besten Aufstiegschancen. Jan aber war der Meinung gewesen, sie sollte nicht arbeiten, sondern sich stattdessen um Haus und Familie kümmern. Und sie fand die Idee toll! Anfangs lief auch alles sehr gut. Ein Jahr nach der Hochzeit kam Pauline zur Welt, Jan machte eine Bilderbuchkarriere, und sie kauften die Villa im feinen Stadtteil Marienburg. Es war alles perfekt. Sie war nie auf die Idee gekommen, dass etwas nicht stimmen könnte. Nichts war ihr aufgefallen in ihrem schönen, bequemen, luxuriösen Leben. Nur ihre Mutter hatte sich nicht von Jan blenden lassen, doch auf Luise hatte sie nicht gehört.

Beim Gedanken an ihre Mutter zog sie automatisch das Handy aus der Tasche und drückte die Taste für die Wahlwiederholung. Ihre Mutter ging nicht ans Telefon. Irgendetwas stimmte da nicht.

*

Die blauen Lichtstreifen des Krankenwagens durchzuckten blitzartig die Dunkelheit. Erschrocken parkte Carla das Auto am Straßenrand. Zwei Krankenpfleger brachten ihre Mutter auf einer Trage aus dem Haus heraus. Eine Ärztin kümmerte sich um sie.

»Was ist passiert?«, rief Carla aufgeregt.

»Sind Sie mit der Patientin verwandt?«, fragte die Ärztin.

»Ich bin die Tochter«, antwortete Carla.

»Verdacht auf Herzinfarkt«, erklärte die Ärztin in nüchternem Tonfall. »Wir bringen sie ins Antoniuskrankenhaus.«

Die Pfleger schoben die Trage mit ihrer Mutter in das Innere des Wagens. Dann schlossen sich die Türen, und der Krankenwagen rauschte mit Blaulicht und Sirene davon. Carla blieb bestürzt im Regen stehen und sah ihm nach, bis das Licht verschwand und sie nur noch den Klang der Sirene hörte.

*

Zwei Stunden später saß sie auf einem unbequemen Stuhl in dem langen Krankenhausflur vor einer Flügeltür mit Milchglasscheiben, und wartete darauf, etwas über den Zustand ihrer Mutter zu erfahren. Zwei Stunden, die zur Ewigkeit wurden! Über der Tür hing eine Uhr, deren schwarze Zeiger sich im Schneckentempo vorwärtsbewegten. Die Zeit wollte einfach nicht vergehen. Unentwegt starrte Carla auf die Tür. Dahinter kämpften die Ärzte vielleicht um das Leben ihrer Mutter, während sie hier draußen saß und nichts tun konnte. Rechts neben der Tür hingen Bilder, von Kindern gemalt – ein Haus mit einer Sonne, Strichmännchen, die sich an den Händen hielten, ein Apfelbaum und ein Drache mit einem langen Schwanz. Pauline würde ihrer Oma auch ein Bild malen. Darauf wäre sicherlich das Pony zu sehen, das ihr Vater ihr versprochen und das sie nie bekommen hatte. Carla dachte daran zurück, wie sehr sie sich als Kind ein eigenes Pferd gewünscht hatte. Seit ihrem zehnten Lebensjahr, genau genommen seit dem 24. Dezember 1987, ihrem Geburtstag. Obwohl ihr Ehrentag auf den Heiligabend fiel, hatte sie sich nie benachteiligt gefühlt, denn ihre Mutter hatte immer streng darauf geachtet, die Geschenke voneinander zu trennen. Mittags wurde Geburtstag gefeiert und abends war dann Weihnachten. An jenem Tag fuhr ihre Mutter mit ihr nach dem Mittagessen zum Gestüt Eichhoff, dort durfte Carla regelmäßig reiten. Deshalb war ein eigenes Pferd ihr sehnlichster Wunsch gewesen, und ihre Mutter hatte Tag und Nacht gearbeitet, doch sie konnte Carlas großen Traum nicht erfüllen. Finanziell ging es ihnen nie richtig gut. In den Sommerferien machten sie Fahrradtouren, statt in den Urlaub zu fahren, und ein neues Kleid wurde nicht gekauft, sondern genäht. Wie sehr hatte sie ihre Freundinnen beneidet, weil deren Mütter ihnen schöne Kleider in schicken Boutiquen kauften. Und weil sie die Wochenenden in Freizeitparks verbrachten und nach Spanien in den Urlaub fuhren. Nicht ein einziges Mal war ihre Mutter mit ihr nach Spanien gefahren oder nach Italien. Nicht einmal an die Nordsee. Es war nicht möglich gewesen, das Geld war zu knapp. Den ersten Urlaub ihres Lebens hatte sie mit Jan an der Côte d'Azur verbracht, in einer tollen Villa in Saint-Tropez. Kein Wunder, dass sie vollkommen fasziniert war. Diese paradiesische Umgebung hatte es ihm leicht gemacht, sie um den Finger zu wickeln.

Wieder blickte sie zur Uhr über der Tür. Mit einem leisen Klack rückte der schwarze Zeiger voran. Sie konnte ihm bei seiner Reise von der einen zur nächsten Minute zuschauen. Mal verlief die Zeit extrem langsam, mal schien sie zu verfliegen – so wie in den letzten Jahren, als Carlas Leben einer Achterbahnfahrt glich. Erst war sie fast bis in den Himmel gerauscht und danach tief in den Abgrund gestürzt, den ihre Mutter vorhergesagt hatte. Luise hatte immer vor Jan gewarnt. Er sei ein Taugenichts und ihrer nicht wert – das waren ihre Worte gewesen. Carla hatte es gehasst, wenn sie so etwas gesagt hatte. Schließlich war sie bis über beide Ohren in Jan verknallt. Erst neulich hatte sie gelesen, dass Verliebtsein einem Drogenrausch glich. Es war also unmöglich, verliebt zu sein und einen Menschen gleichzeitig mit klaren Augen zu sehen. Natürlich war das keine Entschuldigung, aber vielleicht eine Erklärung dafür, dass sie so fest geglaubt hatte, Jan sei der Mann ihres Lebens. Wie der Prinz und die Prinzessin aus dem Märchen, so hatte sie sich jahrelang gefühlt und alle Warnzeichen ignoriert. Ihrer Mutter hatte sie vorgeworfen, von Männern und Beziehungen nichts zu verstehen. Irgendwie stimmte das ja auch. Der einzige Mann in Luises Leben war wahrscheinlich Carlas Vater gewesen, über den Luise nie sprach. Trotzdem hatte sie sich in Jan nicht getäuscht, das musste Carla letztendlich zugeben.

Unentwegt starrte sie auf die Flügeltür. Wieso kam nicht endlich jemand heraus, um zu berichten, wie es ihrer Mutter ging? Die Anspannung wuchs ins Unerträgliche. Sie versuchte, sich zu beruhigen. Sie hatte bestimmt keinen Herzinfarkt erlitten, sondern nur einen Schwächeanfall. Luise hatte wieder einmal zu viel gearbeitet und zu wenig geschlafen. Nichts Ernstes. Richtig krank war ihre Mutter noch nie gewesen. Sie bekam nicht einmal einen Schnupfen. Nur hin und wieder schmerzte ihre Hüfte, Folge eines lange zurückliegenden Reitunfalls.

Inzwischen waren fast drei Stunden vergangen, und Carlas Optimismus schwand. Wann hatte sie ihre Mutter zum letzten Mal in den Arm genommen? Und ihr gesagt, dass sie sie lieb hatte? Sie konnte sich nicht mehr daran erinnern, es war zu lange her. Warum wurde ihr das erst hier, auf dem Flur eines Krankenhauses bewusst?

Endlich erschien ein Arzt. Ruckartig sprang sie vom Stuhl auf.

»Wie geht es ihr?«, fragte sie aufgeregt.

»Den Umständen entsprechend gut«, antwortete der Arzt. »Es war kein Infarkt, aber eine gefährliche Herzrhythmusstörung. Sie muss ein paar Tage bei uns bleiben, damit wir sie beobachten und ein Langzeit-EKG machen können. Wir bringen sie jetzt auf die Station, in zehn Minuten können Sie zu ihr. Zimmer 311.« Dann verschwand er so plötzlich, wie er gekommen war.

*

Auf dem schneeweißen Kopfkissen des Krankenbettes wirkte das Gesicht ihrer Mutter so blass wie nie zuvor. Jegliche Farbe war aus ihren Wangen gewichen, die schmalen Lippen schimmerten bläulich, und ein grauer Schleier lag um die grünbraun gesprenkelten Augen.

Carla setzte sich an den Bettrand und fragte mit liebevollem Vorwurf in der Stimme: »Was machst du denn für Sachen?«

Luise lächelte müde. In ihrem rechten Arm steckte eine Kanüle, und neben ihrem Bett stand ein Gerät mit einem Monitor.

Carla spürte, wie die Finger ihrer Mutter nach ihrer Hand tasteten. Wie immer waren ihre Finger eiskalt, als flösse schon seit Langem kein Blut mehr hindurch.

»Ich muss ein paar Tage hierbleiben«, sagte sie.

»Ich weiß«, flüsterte Carla. »Ich werde dir von zu Hause holen, was du brauchst und gleich wieder zurück sein. Schlaf ein bisschen.« Sie gab ihrer Mutter einen Kuss auf die Stirn. Dann schlich sie aus dem Zimmer und zog sacht die Tür hinter sich zu.

⁕

Das Kopfsteinpflaster schluckte das trübe Licht der Straßenlaternen, sodass der Weg zum Haus ihrer Mutter kaum zu erkennen war. Für Carla war das kein Hindernis, sie war hier aufgewachsen und mit jedem Stein vertraut. Fast zwanzig Jahre lang hatte sie in dieser Siedlung gelebt, in der alle Häuser gleich aussahen und Sechzigerjahre-Charme versprühten.

Carla schloss die Haustür auf und schaltete das Licht ein. Auf der Ladentheke, neben der altmodischen Kasse, lag ein Stapel von Hosen, Röcken und Mänteln. Sie waren alle mit gelben Zetteln versehen, auf denen die Namen der Kunden standen. Dahinter hatte Luise ein dickes Häkchen gesetzt, was bedeutete, die Sachen waren zur Abholung bereit. Deshalb hängte Carla sie an die Kleiderstange neben der Theke – erst die Röcke, dann die Hosen, danach die Mäntel. So hätte es auch ihre Mutter getan. Unordnung duldete sie nicht. Der Laden und die Nähstube waren immer aufgeräumt, nirgendwo lagen Stoffreste oder Nähgarn herum. Auch jetzt nicht. Lediglich ein Rock hing in einer der beiden Nähmaschinen fest. Wahrscheinlich hatte Luise daran gearbeitet, bevor sie zusammengebrochen war. Zum Glück war kurz darauf eine Kundin gekommen und hatte den Notarzt alarmiert.

Carla löste den Rock aus der Maschine und legte ihn über die Stuhllehne. Danach ging sie über eine schmale Wendeltreppe hinauf in die Wohnung. Der Geruch von Pellkartoffeln lag in der Luft. Sie konnte sich nicht daran erinnern, dass es in diesem Haus je anders gerochen hatte.

Die Wohnung war klein und eng, zwei Zimmer sowie eine Küche und ein Bad ohne Fenster. Als Carla ein Teenager war, schlief ihre Mutter jahrelang im Wohnzimmer auf dem Sofa, damit sie – wie die anderen Mädchen auch – ein eigenes Zimmer hatte. Erst als sie mit neunzehn Jahren auszog, richtete Luise sich wieder ein Schlafzimmer ein. Carla sah sich darin um. Lindgrün gestrichene Wände, Möbel im Buchedesign von Ikea, und über dem Bett hing ein Bild von weidenden Pferden auf einer Koppel. Der Raum war so groß wie Jans begehbarer Kleiderschrank. Oft hatte sie ihre Mutter gebeten, zu ihnen in die Villa nach Marienburg zu ziehen. Doch Luise hatte jedes Mal abgelehnt. Sie wollte ihr Häuschen nicht aufgeben, und auch nicht die Schneiderei. Gut, dass sie so entschieden hat, dachte Carla deprimiert, so hat wenigstens einer von uns zukünftig noch ein Dach über dem Kopf. Sie zog die Schiebetür des Kleiderschrankes auf, holte Unterwäsche und Schlafanzüge heraus und fand dabei den schönen hellblauen Frotteebademantel, den sie ihrer Mutter letztes Jahr zum Geburtstag geschenkt hatte. Sicherlich war er Luise zu schade gewesen, um ihn tagtäglich zu benutzen. Kopfschüttelnd verstaute Carla die Sachen in der einzigen Reisetasche, die ihre Mutter besaß, und legte auch den Bademantel dazu. Sie erinnerte sich daran, dass sie als Kind die schönsten Kleider immer nur am Sonntag tragen durfte. Es gab Sonntagskleider, Sonntagshosen, Sonntagspullover und auch Sonntagsschuhe. Sie fand das furchtbar. Als sie im rebellischen Alter von vierzehn Jahren diese Sachen dann auch in der Woche anzog, kam es zum ersten großen Streit. Von da an stritt sie fast täglich mit ihrer Mutter, zuerst um Kleinigkeiten wie Kleidung und Frisur, bis die Auseinandersetzungen heftiger wurden, weil Carla wissen wollte, wer ihr Vater war. Sie wollte endlich etwas über den Mann erfahren, der sie gezeugt hatte und einfach fortgegangen war. Er hatte sich nie wieder blicken lassen und nicht ein einziges Mal nach ihr gefragt. Sie war wütend auf ihn, aber neugierig war sie auch. Was war er für ein Mensch? Wie sah er aus? War er ihr ähnlich? Was tat er? Sie suchte nach Antworten auf ihre Fragen. Doch von ihrer Mutter erfuhr sie nichts. Nicht einmal seinen Namen. Luise schwieg beharrlich. Carla ließ ihre Mutter nicht in Ruhe, konfrontierte sie häufig mit diesem Thema, durchsuchte die Wohnung nach Fotos und war am Ende nicht nur wütend auf ihren Vater, sondern auch auf ihre Mutter. Bis heute hatte sich daran nichts geändert. Den Namen ihres Vaters kannte Carla noch immer nicht. Die Wut auf ihre Mutter war geblieben.

Nachdem sie alles in der Tasche verstaut hatte, stellte sie diese an die Treppe und ging in die Küche. Im Krankenhaus hatte man sie gebeten, Luises Versicherungskarte mitzubringen, die – soweit sie sich erinnerte – in einer Schublade im Küchentisch aufbewahrt wurde. Doch die Karte lag dort nicht. Carla fand nur allerlei Papierkram, Bestellungen für Nähgarn und Stoffe, verschiedene Rechnungen, einen Kassenzettel. Die Versicherungskarte war nicht dabei. Auch im Portemonnaie ihrer Mutter suchte sie danach sowie in der schwarzen Mappe mit den Ausweispapieren und dem Führerschein. Ohne Erfolg. Wo sonst könnte die Karte sein? Sie ging ins Wohnzimmer hinüber und öffnete die linke Tür des altmodischen dunkelbraunen Wohnzimmerschranks. Wie vermutet, löste sich die Tür aus dem Scharnier. Deshalb hob

Carla sie an, stellte sie auf dem Teppichboden ab und lehnte sie gegen die Wand. Vor zwei Jahren wollte Jan ihrer Mutter neue Möbel schenken, die sie sich selbst aussuchen sollte. Luise hatte dankend abgelehnt. Sie wollte keine Geschenke von Jan. Manchmal war sie einfach schrecklich stur.

Ratlos blickte Carla in das Innere des Schranks. Aktenordner reihten sich aneinander, alle sauber beschriftet und nach Rubriken geordnet. Bei Luise hatte alles seinen Platz. Nur Familienalben und Erinnerungsstücke gab es nicht, angeblich waren sie beim Umzug in das Reihenhäuschen verloren gegangen. Jemand musste sie versehentlich weggeworfen haben. Anders konnte sich Luise ihr Fehlen nicht erklären. Doch Carla glaubte ihr diese Ausreden schon lange nicht mehr. An dem Tag, an dem Carla das Licht der Welt erblickt hatte, schien ihre Mutter vom Himmel gefallen zu sein. Auf ein Leben vorher – eine Familie, eine Kindheit, die Schulzeit, die erste Liebe – fehlte jeder Hinweis. Es existierte kein Foto, kein Bild, kein Brief, kein Zeugnis, nicht einmal eine Lieblingspuppe. Und es gab keine Geschichten.

Nur zu gut erinnerte sich Carla an eine Hausaufgabe, die sie als Schülerin über die Sommerferien erledigen musste. Jeder sollte seine Ahnen erforschen und einen Aufsatz über die Großeltern oder vielleicht sogar die Urgroßeltern schreiben. Es ging darum, so viel wie möglich über deren Leben in Erfahrung zu bringen. Carla jedoch erfuhr nichts. Nach den Ferien behauptete sie der Lehrerin gegenüber, dass ihre Mutter eine Vollwaise sei, was nicht der Wahrheit entsprach. Luise hatte durchaus eine Familie. Das wusste Carla sehr genau, denn sie hatte die Ohren gespitzt, als Luise in einem seltenen Moment von ihrem Vater erzählt hatte, der gern Roulette spielte und zu viel trank, und von einer Kusine mit langen, blonden Haaren, die nach Paris entführt wurde. Aus heutiger Sicht fand Carla die Entführung nach Paris etwas komisch, aber so hatte Luise es damals wiedergegeben.

Carla hatte sich stets nach einer Familie gesehnt, einer richtigen Familie, wie ihre Freundin Karin sie hatte. Karins Vater arbeitete bei der Krankenkasse, Karins Mutter halbtags beim Friseur, und die Großeltern lebten auf dem Land. Manchmal war Carla am Wochenende mitgefahren, Karins Oma und Opa besuchen. Sie hatte diese Ausflüge geliebt. Nachmittags gab es Kaffee und Kuchen, und abends wurde im Garten gegrillt. Karins Großeltern hatten einen Wellensittich, der quietschvergnügt in einem Käfig in der Küche lebte, und ein Meerschweinchen in einem selbst gebauten, palastartigen Stall auf der Terrasse. Inständig hatte Carla sich auch so eine Familie gewünscht. Ihr Wunsch blieb unerfüllt, bis sie Jan kennenlernte. Heute wusste sie, dass sie sich nicht allein in ihn verliebt hatte, sondern auch in seine Familie, in das Haus seiner Eltern in Rodenkirchen am Rhein, in die Grillfeste, die Geburtstagsfeiern und den Sonntagnachmittagskaffee, in die selbst gestrickten Pullover seiner Mutter und die Geschichten seines Großvaters.

Während sie ihren Gedanken nachhing, durchsuchte sie weiter die Papiere im Schrank. Die Versicherungskarte fand sie nicht, dafür ein Schwarz-Weiß-Foto mit einem schwarzen Rassehengst. Sie drehte es um. Auf der Rückseite war nichts vermerkt, weder ein Name noch ein Ort oder ein Datum. Als sie es in den Schrank zurücklegte, fiel ihr Blick auf einen grauen Briefumschlag, der einen Stempel des Amtsgerichts Schleiden trug. Das war ein kleiner Ort in der Eifel. Wieso bekam ihre Mutter Post vom dortigen Amtsgericht? Sie nahm den Umschlag zur Hand und spürte etwas Hartes darin. Ihre Finger tasteten den Gegenstand ab. Es fühlte sich an wie ein Schlüssel. Schnell legte sie den Umschlag zurück. Sie hatte nicht das Recht, in den Sachen ihrer Mutter zu stöbern. Trotzdem zog der Brief sie magisch an. Sie haderte mit sich, bis die Neugier siegte und sie hineinschaute. Tatsächlich lag ein Schlüssel darin, außerdem ein amtliches Schreiben. Trotz des schlechten Gewissens zog sie es heraus, faltete es auseinander und überflog den kurzen Text: »… wird Luise Volkmann … als Alleinerbin eingesetzt … Herrenhaus *Hoheneck* …« Was hatte das zu bedeuten? Sie las den Text noch einmal, dieses Mal langsam und sorgfältig. Sie hielt einen Erbschein in der Hand, ausgestellt vom Nachlassgericht der Stadt Schleiden, der ihre Mutter als Alleinerbin einer gewissen Sophie von Waldheim auswies. Luise erbte eine Immobilie namens Herrenhaus Hoheneck sowie den dazugehörigen Landbesitz. Landbesitz? Erstaunt legte Carla die Stirn in Falten. Ihre Mutter hatte ein Haus mit Landbesitz geerbt und ihr nichts davon erzählt? Das war seltsam. Ausgesprochen seltsam sogar. Der Brief trug das gestrige Datum. Sollte diese Neuigkeit eine Überraschung werden? Diese Möglichkeit schloss sie kategorisch aus. In ihrer momentanen Situation wäre eine solche Erbschaft lebensrettend, davon hätte ihre Mutter ihr sofort berichtet. Wer war überhaupt diese Sophie von Waldheim? Den Namen hatte Carla noch nie zuvor gehört. Irritiert steckte sie das Schreiben zurück in den Umschlag und legte auch den Schlüssel wieder in den Schrank. Ein Haus zu erben wäre wie ein Lottogewinn. Sie atmete tief durch. Der Gedanke ließ sie fast euphorisch werden. Doch sie durfte sich nicht zu früh freuen. Sie musste erst erfahren, was es damit auf sich hatte. Ihr Blick fiel auf die Uhr. Es war spät geworden. Sie sollte jetzt schnell ins Krankenhaus fahren, auch ohne die Versicherungskarte, und danach wurde es höchste Zeit, Pauline abzuholen.

⁂

Als Carla bei der Familie Sanchez eintraf, war es fast zweiundzwanzig Uhr. Der Laden war längst geschlossen, hinter den Schaufenstern war es dunkel. Nur die Lichterketten leuchteten hell und erinnerten Carla unbarmherzig daran, dass bald Weihnachten war. In fünf Wochen war Heiligabend und auch ihr dreiunddreißigster Geburtstag. Doch vorher kam noch der zehnte Dezember. Dieses Datum lastete wie ein Felsbrocken auf ihrer Seele. Ihr Herz zog sich zusammen. Dieses intensive Erleben von Angst hatte sie früher nicht gekannt. Heute gehörte es zu ihrem Alltag. Sie hasste das Gefühl. Nicht an den zehnten Dezember denken, ermahnte sie sich.

Sie klingelte. Herr Sanchez öffnete ihr und ließ sie herein. Schon von unten hörte sie Mara und Pauline lachen. Sie war der Meinung gewesen, die beiden würden längst schlafen, doch sie hatte sich geirrt. Adelina hatte sie lediglich in Schlafanzüge stecken und auf dem Sofa positionieren können, wo sie alle zusammen *Lauras Stern* auf DVD anschauten. Pauline war todmüde, das sah Carla ihr sofort an, als sie das Wohnzimmer betrat.

»Hallo, mein Schatz.« Sie gab ihrer Tochter einen Kuss. Pauline trug Maras Mickymaus-Schlafanzug, ein echter Freundschaftsbeweis. Carla war froh, dass die beiden sich so gut verstanden und Pauline bei den Sanchez bleiben konnte, wenn sie damit beschäftigt war, ihr neues Leben zu organisieren.

Pauline und Mara gingen zusammen in den Kindergarten und sollten nächstes Jahr gemeinsam eingeschult werden. Schon jetzt redeten sie unaufhörlich von der Schule und davon, in dieselbe Klasse zu gehen und nebeneinander zu sitzen. Daraus würde nichts werden, denn für Carla war es vollkommen unmöglich, in Marienburg zu bleiben. Selbst ein kleines Apartment in diesem Stadtteil war für sie aller Voraussicht nach unerschwinglich.

Pauline schlang die Arme um Carlas Hals und kuschelte sich an sie. »Geht es der Oma wieder besser?«, wollte sie wissen. Liebevoll strich Carla ihrer Tochter über das halblange, strohblonde Haar.

»Viel besser«, antwortete sie. »Die Oma ist jetzt im Krankenhaus. Dort kümmern sich viele Menschen um sie.«

»Kann ich sie anrufen?«, fragte Pauline.

Carla schüttelte entschieden den Kopf. »Erst morgen früh wieder, jetzt muss sie schlafen.« Dann machte sie ein ernstes Gesicht. »Und ich kenne noch jemanden, der jetzt schnell schlafen muss.«

»Wir wollen noch *Lauras Stern* zu Ende gucken«, nörgelten Pauline und Mara gleichzeitig.

»Pauline kann gerne bei uns bleiben und bei Mara schlafen«, bot Adelina an. Doch dieser Vorschlag gefiel Carla gar nicht, und zum Glück schüttelte auch Pauline den Kopf.

»Ich gehe besser mit der Mama nach Hause«, sagte sie, während sie vom Sofa rutschte. »Die Mama hat nämlich Angst, wenn sie alleine ist.« Dann tippelte sie in ihren rosa Söckchen vom Wohnzimmer in den Flur, kroch in ihre Stiefel und zog sich den Anorak über den Schlafanzug. »Fertig!« Abmarschbereit stand sie an der Tür. Über eine knarrende Treppe gingen Carla, Pauline und Adelina hinunter in den Laden. Dort roch es nach Schinken und Oregano. Wie immer, wenn es draußen schon dunkel war, blieb Adelina so lange an der Ladentür stehen, bis Carla und Pauline die Straße überquert hatten und an der Villa angekommen waren. Diese befand sich schräg gegenüber auf der anderen Straßenseite.

Nachdem Carla die Haustür aufgeschlossen hatte, winkte sie Adelina noch einmal zu und schlüpfte mit Pauline schnell hinein. Sofort riegelte sie von innen ab und schaltete überall das Licht ein. Wenn Pauline behauptete, ihre Mutter habe Angst, lag sie damit nicht ganz falsch. Nur war es nicht die Angst vor einem Einbrecher, die Carla quälte, sondern vielmehr die vor der Zukunft. Und in der fast leeren Villa, wo sich seit Wochen die gepackten Umzugskartons stapelten, verstärkte sich dieses Gefühl ins Unerträgliche.

Carla bemühte sich sehr, Pauline das nicht merken zu lassen, trotzdem schien sie es zu spüren. Für ihre sechs Jahre war Pauline manchmal ziemlich erwachsen.

»Jetzt aber sofort ab ins Bett«, rief Carla, woraufhin Pauline sich die Stiefel auszog, den Anorak an die Kindergarderobe hängte und die geschwungene Marmortreppe hinaufstieg. Weißer Marmor aus Carrara. Auf so etwas hatte Jan größten Wert gelegt. Wahrer Luxus steckte seiner Meinung nach im Detail.

Pauline lag schon im Bett, als Carla in ihr Zimmer trat. Das Mädchen hatte seinen Teddy im Arm, ohne den es niemals einschlief. Allein aus diesem Grund wäre sie nicht über Nacht bei Mara geblieben. Pu, so hieß der Teddy, war ein beigefarbener Bär mit einem blau-weiß getupften Halstuch und einem fröhlichen Gesicht, der Pauline jede Nacht unter Einsatz seines Lebens vor Feuer speienden Drachen und bösen Hexen beschützte.

»Können wir die Oma morgen im Krankenhaus besuchen?«, fragte Pauline.

»Natürlich«, sagte Carla, während sie sich zu ihr an den Bettrand setzte. »Was hältst du davon, wenn du der Oma ein schönes Bild malst? Das verpacken wir dann mit einer großen Schleife und nehmen es ihr als Geschenk mit.«

»Das ist eine gute Idee«, murmelte Pauline. Ihr fielen bereits die Augen zu, und sie hatte den Kopf dicht an Pu geschmiegt. Carla gab ihr einen Kuss auf die Wange.

»Schlaf schön, mein Engel«, sagte sie leise und wollte gerade aufstehen, als Pauline die Augen wieder aufschlug.

»Wann schreiben wir eigentlich ans Christkind?«, wollte sie wissen.

Carla tat so, als würde sie angestrengt überlegen. Dann antwortete sie: »Damit haben wir noch zwei Wochen Zeit.« Und fragte spitz: »Hast du schon einen Wunsch?«

Pauline nickte. »Ja, aber den verrate ich dir nicht.«

»Schade.« Betont gleichgültig zuckte Carla mit den Schultern. »Sonst hätte ich das Christkind schon einmal darauf angesprochen, wenn ich es in den nächsten Tagen treffe.«

»Wo triffst du es denn?«, fragte Pauline erstaunt und brachte Carla damit in Bedrängnis. Zum Glück fiel ihr schnell eine Antwort ein: »Es fährt doch jedes Jahr an Köln vorbei, wenn es in Engelskirchen die Briefe und Wunschzettel der Kinder abholt, und da trifft man es manchmal. Aber versprechen kann ich das nicht.«

»Ach so«, sagte Pauline und drückte nachdenklich den Teddy an sich. Sie zögerte noch, ihren Wunsch zu verraten, doch die Aussicht, das Christkind schon einmal darauf vorzubereiten, schien verlockend. Deshalb sagte sie nach einer Weile: »Ich wünsche mir, dass der Papa zurückkommt. Meinst du, solche Wünsche erfüllt das Christkind auch?« Carla spürte einen dicken Kloß im Hals. »Ich weiß nicht«, flüsterte sie. »Aber wir werden das Christkind fragen.«

*

Sie konnte wieder einmal nicht schlafen. Sie lag allein in dem großen Bett, hatte sich die Decke bis unters Kinn gezogen und sah durch das Fenster hinaus in die Nacht. Am Himmel war kein Stern zu sehen. Selbst der Mond hatte sich verkrochen. Es war düster, und der Regen trommelte gegen die

Fensterscheiben. Die Dunkelheit ließ den Gedanken viel Freiraum. Wie Nachtfalter schwirrten sie durch ihren Kopf. Um sie zu vertreiben, knipste Carla das Licht an und stand auf. Ihre Schläfen dröhnten vom vielen Grübeln, sie brauchte dringend ein Glas Wasser. Sie zog ihren Bademantel an und ging nach unten. Leer und trostlos wirkten die hohen Räume der herrschaftlichen Villa, denn die meisten Möbel waren schon abgeholt und im Wohnzimmer türmten sich die Kisten. Ihr Blick glitt an dem Stapel hinauf bis zur Decke, wo der Stuck leicht beschädigt war. Sie hatte deswegen einen Stuckateur bestellen wollen. Das war nun nicht mehr notwendig. Was sollte sie nur mit all den Kisten machen? Wohin damit? Die Dinge darin waren ein Teil ihres Lebens, sie konnte das alles nicht einfach wegwerfen. Aus einer offenen Kiste zog sie ein Fotoalbum heraus. Saint-Tropez – der erste Urlaub mit Jan. Sie blätterte langsam die Seiten um. Auf den Fotos war der Himmel so blau wie das Wasser im Pool. Jan hatte sie oft nackt fotografiert oder in einem knappen schwarzen Bikini. Sie sah damals wirklich sehr sexy aus. Sie war ein klein wenig schlanker gewesen, nicht viel, nur ein bisschen. Und ihre Haare waren länger. Sie reichten ihr fast bis zum Po und schimmerten goldblond. Dieser Urlaub lag zehn Jahre zurück, keine einzige Stunde davon hatte sie vergessen. Von den Eltern eines Freundes hatte Jan eine abgeschiedene Villa gemietet. Tagelang hatten sie in dem riesigen Garten unter Schatten spendenden Bäumen gelegen, miteinander geredet, sich geliebt und von der Zukunft geträumt. Dieses Landhaus war die perfekte Kulisse für ein frisch verliebtes Pärchen gewesen. Es gab eine Terrasse umrankt von Kletterrosen, einen Pool, auf dem die Magnolienblüten schwammen wie Seerosen auf einem Teich, und in den lauen Nächten hörten sie das Zirpen der Grillen. In Jans Armen war sie eingeschlafen und wieder aufgewacht – vier Wochen wie im Paradies. Obwohl Jan damals schon sein wahres Gesicht zeigte, sie hatte es nur nicht wahrgenommen. Ohne mit der Wimper zu zucken, verspielte er im Casino von Monte Carlo ihre Urlaubskasse und trat dabei so wichtigtuerisch auf, als sei er der Scheich von Brunei. Allen Leuten erzählte er von seiner Jacht, die angeblich im Hafen von Saint-Tropez lag, und von der Villa, die er gerade gekauft hatte. Nachdem er vollkommen pleite war, borgte er sich von seinem Nachbarn am Roulettetisch, Herrn Lückdorf-Malbach, einen stolzen Betrag und spielte damit eiskalt weiter. Zum Glück gewann er an diesem Abend und konnte das geborgte Geld zurückzahlen. Der Clou aber war, dass er Herrn Lückdorf-Malbach nebst Gattin in die Villa zum Essen einlud und diese für einen Abend lang kurzerhand in seine eigene verwandelte. Dazu wechselte er das Namensschild an der Eingangstür aus und stellte überall Fotos von Carla sowie von Kindern auf, die er am Strand fotografiert hatte und die er nun als seine Neffen und Nichten ausgab. Für das Essen engagierte er den Koch und den Kellner einer nahe gelegenen Brasserie, die an diesem Tag geschlossen hatte.

Als Jan wenig später seinen Job bei der Bank aufgab, um sich selbstständig zu machen, gehörte Lückdorf-Malbach zu seinen ersten Kunden und verschaffte ihm den Zugang zur feinen Gesellschaft. *Du musst das Glück herausfordern,* hatte Jan immer gesagt, *es reagiert nur, wenn du es kitzelst.* Wie verliebt war sie bloß gewesen, um nicht zu begreifen, dass sie diesen Mann nicht heiraten durfte?

Sie legte das Album zurück. Alle Erinnerungen an Jan endeten stets mit der Frage nach dem *Warum.* Warum hatte sie nicht ihre Augen aufgemacht? Warum nicht besser hingeschaut? Die Antwort war einfach. Sie *wollte* nicht hinschauen. Sie wollte dieses Leben mit ihm. Es versprach die Verwirklichung ihrer Träume. Wie einfältig und dumm! Doch nicht nur sie selbst war so naiv gewesen, auch seine Eltern hatten ihn nicht durchschaut und waren am Ende nicht weniger entsetzt.

Sie ging in die Küche, nahm ein Glas aus dem Schrank, drehte den Wasserhahn auf und ließ das kühle Nass durch ihre Kehle laufen. Ihr Mund war wie ausgetrocknet. Sie dachte daran, sich einen Tee zu kochen. Das tat sie oft, wenn sie nicht schlafen konnte, wenn Erinnerungen und Selbstvorwürfe ihr fast den Verstand raubten. Doch heute musste sie zurück ins Bett, morgen früh hatte sie einen wichtigen Termin. Ein Vorstellungsgespräch bei einem großen Versicherungsunternehmen, das sie auf keinen Fall verderben durfte, weil sie müde und unausgeschlafen war. Unzählige Bewerbungen hatte sie in den letzten Monaten verschickt und nur Absagen erhalten. Deshalb musste sie nun, da jemand an ihr Interesse zeigte, alles geben, um den Job zu bekommen. Ihre Zukunft abzusichern hatte im Augenblick oberste Priorität. Das war sie ihrer Tochter schuldig. Also ging sie zurück ins Bett und schaltete das Licht aus. Sie lag noch lange wach. Doch kaum war es dunkel, schwirrten ihre Gedanken wieder wie Nachtfalter umher.

*

Ein letzter Blick in den Rückspiegel ihres Autos bewies ihr, dass sie gut aussah. Sie zupfte eine Strähne aus den hochgesteckten Haaren, um nicht so streng zu wirken, und überprüfte ihr Gesicht. Das dezente Make-up ließ ihre Haut seidig schimmern, der zarte Lidschatten unterstrich das Himmelblau ihrer Augen, auf den Wangen trug sie etwas Rouge und auf den Lippen Gloss – gerade so viel von allem, dass die Spuren der schlaflosen Nacht unerkannt blieben. Sie fand, dass sie frisch und erholt wirkte, obwohl sie todmüde war, und übte noch einmal, sympathisch zu lächeln. Niemand sollte ihre Anspannung bemerken. Sie war nervös. Doch sie musste ruhig und konzentriert bleiben. Schließlich ging es für sie nicht um irgendeinen Job, es ging ums Überleben. Sie sprach sich Mut zu. Sie würde es schaffen. Sie musste sich nur selbst vertrauen. In dem grau-weiß gestreiften Hosenanzug sah sie aus wie eine Businessfrau, hatte weder ihr Englisch noch das Spanisch verlernt, und ihre Computerkenntnisse waren auf dem neusten Stand.

Sie stieg aus und lief durch die Parkgarage zu den Fahrstühlen. Die Büros der Firma Meteco Industries, einem der größten Industrieversicherer weltweit mit Hauptsitz in Amsterdam, lagen im achten Stock eines modernen Glaspalastes am Rheinufer in Köln. Als sie per Knopfdruck den Fahrstuhl rief, wurden plötzlich ihre Hände feucht, und während der geräuschlosen Fahrt nach oben begann ihr Herz zu klopfen. Dann ertönte ein leiser Gong, und die Türen öffneten sich. Ein lichtdurchfluteter Raum empfing sie. Riesige Fenster reichten vom Boden bis zur Decke, und der Ausblick auf den Rhein war fantastisch. Doch Carla konnte ihn jetzt nicht genießen. Sie ging geradewegs auf die Rezeption zu, hinter der eine junge Dame im dunkelblauen Kostüm saß.

Carla war so aufgeregt, dass sie glaubte, kein Wort herauszubekommen. Als sie mit zittriger Stimme ihren Namen genannt hatte, bat die Empfangsdame sie, auf einem schwarzen Ledersofa unter einem großen Hundertwasser-Bild Platz zu nehmen. Sie war zu früh gekommen und musste warten. Die Frau bot ihr einen Kaffee an. Carla lehnte dankend ab. Ihr war sowieso schon viel zu warm. Es war heiß hier. Furchtbar heiß. Neben dem Sofa stand ein hochgewachsener Kaktus. Sie konnte verstehen, dass eine Wüstenpflanze sich hier wohlfühlte. Die Temperaturen in dieser Büroetage entsprachen durchaus seinem Herkunftsgebiet.

»Frau Sandberg?«, hörte sie eine weibliche Stimme plötzlich sagen und sah in das lächelnde Gesicht der jungen Frau, die eben noch hinter der Rezeption gesessen hatte. »Herr van der Veelt hätte jetzt Zeit für Sie.«

»Schön«, erwiderte Carla und folgte ihr in einen Besprechungsraum. Dort setzte sie sich an einen runden Glastisch und wartete auf ihren Gesprächspartner. Die Ausstattung des Raumes war edel und teuer, die Möbel allesamt Designerstücke und das Firmenlogo in den beigefarbenen Teppich eingewebt. Auch hier sah man durch eine breite Fensterfront auf den Rhein und das andere Ufer. Genauso war es auch in Jans Büro gewesen. Sie sollte jetzt nicht an Jan denken.

Als van der Veelt erschien, stand Carla auf und gab ihm die Hand. Mit seinen dunklen, nach hinten gekämmten Haaren sah er aus wie ein Italiener, dem Akzent und dem Namen nach war er eindeutig Holländer. Sie schätzte ihn Mitte vierzig. Er trug eine schmale Brille mit silberner Umrandung, einen dunklen Anzug mit Weste und eine Armbanduhr von Cartier. Cartier von Rolex zu unterscheiden hatte Carla in den letzten Jahren gelernt; nur bezweifelte sie stark, dass ihr das in Zukunft weiterhalf.

Van der Veelt blätterte in ihren Bewerbungsunterlagen und stellte ein paar Fragen zu ihrem Werdegang, unter anderem auch die, mit der Carla gerechnet und deren Antwort sie auswendig gelernt hatte. Die letzten Jahre hatten der Erziehung ihrer Tochter gehört, erklärte sie und betonte, dass sie nun unbedingt in den Beruf zurückkehren wolle. Sie war immer noch aufgeregt und fand ihre Stimme flatterig. Doch im Verlauf des Gespräches wurde sie ruhiger. Van der Veelt erwies sich als sympathisch, und Carla bekam ein gutes Gefühl. Als er sich erkundigte, ob sie bereits am ersten Dezember anfangen konnte und dies auf ihrer Bewerbermappe notierte, machte ihr Herz einen Sprung. Bekam sie eine Chance? Sie begann, Hoffnung zu schöpfen.

»Allerdings habe ich noch eine letzte Frage«, sagte van der Veelt plötzlich. Er lächelte flüchtig und fügte mit einer entschuldigenden Geste hinzu: »Bitte haben Sie Verständnis dafür, dass ich Sie das frage, Frau Sandberg ... Aber haben Sie etwas mit Jan Sandberg zu tun?«

Überrascht sah Carla ihn an.

»Wahrscheinlich nicht«, ergänzte er, »doch der Name Sandberg kommt nicht allzu oft vor, und es ging ja monatelang durch die Presse ...«

»Er ist mein Ehemann«, gab Carla tonlos zurück.

Van der Veelt hüstelte in seine vorgehaltene Hand. »Ach so, das konnte ich natürlich nicht wissen. Das geht aus Ihren Bewerbungsunterlagen nicht hervor.«

»Müsste es denn daraus hervorgehen?«, fragte Carla provozierend und deprimiert zugleich. Ihr war klar, dass sie den Job nun nicht mehr bekommen würde.

»Nun ja.« Er räusperte sich verhalten. »Als großer Industrieversicherer leben wir in erster Linie von unserer Seriosität und der unserer Mitarbeiter. Sie werden also verstehen, Frau Sandberg, dass ich Sie unter diesen Umständen ...«

»Nein, das verstehe ich nicht«, sagte Carla, während sie sich erhob. Sie konnte gehen. Es war alles verloren. Sie zog ihm die Bewerbermappe aus der Hand und verließ wortlos den Besprechungsraum. *Hoffnung ist die letzte Weisheit der Narren* – auch das hatte Jan immer gesagt.

*

Weinend fuhr sie nach Hause und warf sich aufs Bett. Sie hasste Jan. Sie hasste ihn so sehr! Wenn sie an ihn dachte, empfand sie nichts anderes als Abscheu, Verbitterung und Wut. Wie konnte er ihr das nur antun? Zehn Jahre lang hatte sie ihn geliebt, und er hatte sie nur benutzt. Alles hatte er auf lange Sicht geplant, davon war Carla inzwischen überzeugt. Die kleine Familie bot den idealen Rahmen, um solide und seriös zu erscheinen. Wem, wenn nicht ihm, vertraute man gern sein Geld an? Er war der gute Geschäftsmann, der treu sorgende Ehemann, der fürsorgliche Vater, der selbst aus einer bodenständigen Familie kam. Er gab den Menschen, was sie haben wollten – eine Fassade, die ihnen gefiel. Im Gegenzug dafür gaben sie ihm ihr Geld. Und er wusste, wie man es vermehrte, wie man mit Banken verhandelte und Traumrenditen erreichte. Somit wurde der Finanzdienstleister Jan Sandberg schnell zum Geheimtipp für Leute, die zu viel hatten und noch mehr wollten. Er lockte sie mit kleinen Zuckerstückchen und zahlte ihnen Gewinne aus, die ihnen schier den Atem raubten. Daraufhin gaben sie ihm Summen, die selbst ihn ganz schwindelig werden ließen. Und nun machte er sich mit diesem Geld irgendwo auf der Welt ein schönes Leben, während Carla und Pauline am Abgrund standen.

Niemals würde Carla den zwölften Februar dieses Jahres vergessen. Es war der schwärzeste Tag ihres Lebens. Morgens um acht – sie wollte gerade Pauline in den Kindergarten bringen – stand plötzlich die Polizei vor der Tür. Ein Kommissar hielt ihr einen Durchsuchungsbefehl vor und erklärte, dass Jan sich abgesetzt und die Millionen seiner Kunden gleich mitgenommen hatte. Carla wollte das nicht glauben, denn Jan war auf einer Geschäftsreise in Barcelona. Noch am Vorabend hatte sie mit ihm telefoniert. Am Nachmittag sollte er zurück sein. Der zwölfte Februar war der Geburtstag seiner Mutter. Das machte alles noch viel schlimmer. Carla rief ihn an, er ging nicht an sein Handy. Auch die Mailbox sprang nicht an. Sie probierte es im Zehn-Minuten-Rhythmus, ließ das Telefon klingeln und klingeln, so lange, bis das monotone, sich ständig wiederholende Freizeichen ihren Kopf zu sprengen drohte. Irgendwann gab sie auf. Der Polizei aber glaubte sie immer noch nicht. Erst Tage später, als das Beweismaterial erdrückend wurde, akzeptierte sie schließlich, dass ihr Ehemann ein Betrüger war. Und nach dem ersten Gespräch mit der Bank erkannte sie, dass er nicht nur fremde Menschen, sondern auch sie selbst betrogen hatte. Rücksichtslos hatte er sie den Kreditvertrag für die Villa mitunterzeichnen lassen, obwohl er wahrscheinlich schon damals vorgehabt hatte, sich eines Tages abzusetzen. Sie hatte das alles nicht durchschaut. Sie war wie eine Marionette gewesen, an der er nur die Fäden zu ziehen brauchte.

Nachdem er weg war, blieb ihr kein Cent mehr. Die Konten wurden gesperrt, die Kreditkarten ebenso. Der Porschehändler bekam das Cabrio zurück, die Villa wurde zwangsversteigert. Dreihundertfünfzigtausend Euro Schulden blieben übrig, und solange Jan nicht auffindbar war, wandte die Bank sich mit dieser Forderung an sie. Außerdem rückte der Tag, an dem Carla und Pauline die Villa verlassen mussten, näher. Am zehnten Dezember. Eine neue Wohnung konnte sie nicht suchen, denn ohne regelmäßiges Einkommen konnte sie keinen Mietvertrag unterschreiben. In den letzten Monaten hatten sie und Pauline von dem wenigen gelebt, was sie bei den Sanchez' verdiente.

Sie musste irgendwie an Geld kommen. Sie hatte oft darüber nachgedacht, ihr Pferd zu verkaufen. Es war das Letzte, was ihr an Wert noch geblieben war. Bei dem Gedanken, Nachtfalke wegzugeben, wurde ihr übel. Doch Sentimentalitäten konnte sie sich nicht leisten. Sie setzte sich aufs Bett, trocknete die Tränen und starrte aus dem Fenster. Der Tag war trübe und grau. Genau so war es auch am zwölften Februar gewesen. Seitdem waren alle Tage grau.

*

Kaum hatte Carla die Tür zum Krankenzimmer ihrer Mutter geöffnet, da riss Pauline sich los und stürmte auf ihre Oma zu. Luise saß in ihrem hellblau-weiß geblümten Frotteebademantel auf dem Bett, hatte zwei Kopfkissen im Rücken und breitete die Arme aus, um Pauline aufzufangen. Pauline gab ihrer Oma einen dicken Kuss und hielt ihr das Geschenk unter die Nase. Carla hatte es in glänzendes Papier eingewickelt und mit einer kunstvollen rosa Schleife versehen. Rosa war Paulines Lieblingsfarbe.

»Das habe ich dir gemalt«, rief Pauline stolz, während Luise gespannt das Päckchen öffnete. Ein Bild kam zum Vorschein, auf dem ein braun-weiß geschecktes Pony zu sehen war, umgeben von unzähligen Sternen, die einen eindeutigen Hinweis auf den Namen des Ponys lieferten. Es hieß Sterntaler und stand im Gestüt Eichhoff. Jan hatte es seiner Tochter zum Geburtstag schenken wollen, doch an dem Tag war er längst über alle Berge gewesen.

»Das ist aber ein schönes Bild«, lobte Luise und fragte: »Hast du Sterntaler mal wieder besucht?«

»Na klar.« Pauline nickte heftig mit dem Kopf.

Unterdessen stellte Carla den roten Weihnachtsstern, den sie mitgebracht hatte, auf das Nachtschränkchen und legte eine Packung Spekulatiusplätzchen daneben, die ihre Mutter so gern mochte. Dann gab sie ihr einen flüchtigen Kuss auf die Stirn und setzte sich aufs Bett, direkt neben das Gerät mit dem Monitor, an das ihre Mutter angeschlossen war. Eine feine Nadel zeichnete ein Diagramm auf, eine Linie, die in leichtem Zickzack verlief, langsam anstieg und senkrecht wieder abfiel.

»Das arme Kind vermisst seinen Vater«, sagte Luise leise, während sie einen kurzen Blick auf Pauline warf, um sicherzugehen, dass sie nicht zuhörte. Doch Pauline war damit beschäftigt, auf dem leeren Nachbarbett ihren Rucksack auszuschütten, um der Oma ihre neuste Errungenschaft, eine Pelzstola für die Barbie, zu zeigen. Sie hatte sie mit Mara gegen ein Abendkleid getauscht.

»Ich weiß, dass sie ihren Vater vermisst«, erwiderte Carla leicht genervt. Sie quälte sich schon genug mit Schuldgefühlen und Selbstvorwürfen, da musste ihre Mutter den Finger nicht auch noch in die offene Wunde legen.

»Ist ja schon gut«, wehrte Luise ab. »Es tut mir eben leid, dass das Kind so etwas durchmachen muss.«

Bevor Carla darauf etwas entgegnen konnte, kam Pauline mit ihrer Barbie zurück. Luise bewunderte die neue Stola, ein extrem teures Stück. So etwas gab es nur in Paris zu kaufen.

Nachdem Pauline sich wieder verzogen hatte, fragte Luise: »Wieso kommt ihr so spät?«

»Wir waren noch auf dem Friedhof, am Grab von Opa Aribert«, erklärte Carla und fügte betrübt hinzu: »Heute ist sein Todestag. Vor genau acht Monaten ist er gestorben.«

»Wenigstens hat er nicht mehr mitbekommen, was sein geliebter Enkel dir und der Familie angetan hat«, meinte Luise.

»Ja«, sagte Carla. »Das hätte ihn wirklich sehr getroffen.«

»Hast du eigentlich mal wieder eine Nachricht von Jans Eltern erhalten?«, fragte Luise.

»Sie haben mir neulich eine E-Mail geschickt«, erzählte Carla. »Das Haus in Rodenkirchen ist verkauft. Dafür haben sie sich ein kleines Häuschen in Neuseeland zugelegt. Ich glaube nicht, dass sie je zurückkommen werden. Seine Mutter schämt sich so sehr, dass das alles passiert ist.«

Mit verschränkten Armen stellte Carla sich vor das Fenster und blickte hinaus. Welke Blätter wirbelten durch die Luft. Der Herbstwind hatte sie den Bäumen entrissen. Auch sie selbst fühlte sich oft wie ein Blatt im Wind. Für ein paar Jahre war ihre Welt in Ordnung gewesen. Nun war alles zerbrochen, der Wunsch nach einer Familie wie eine Seifenblase zerplatzt. Nur das eiserne Schweigen ihrer Mutter war geblieben. Gern hätte Carla etwas über ihren Großvater erfahren, der Roulette spielte, über die Kusine, die nach Paris entführt wurde. Und über ihren Vater. Vor allem von ihm wollte sie mehr wissen. Wie sah er aus? War er groß oder klein, dunkelhaarig oder blond? Als Kind hatte sie sich vorgestellt, er sei Matrose, dann war er ein Mafioso, später ein Abenteurer, ein Schauspieler, ein Rennfahrer. Der Wunsch, ihn kennenzulernen, war seit Langem zur fixen Idee geworden, doch bisher war sie stets an Luise gescheitert. Die unsichtbare Mauer zwischen ihnen wuchs immer höher, und Carlas Wut wurde immer heftiger. Seufzend setzte sie sich zurück aufs Bett. Das Krankenzimmer war nicht der richtige Ort, die alten Auseinandersetzungen auszutragen. Deshalb wechselte sie das Thema.

»Ich habe beschlossen, Nachtfalke zu verkaufen«, sagte sie.

»Das habe ich befürchtet«, erwiderte Luise bekümmert. Wenn sie traurig war, wirkten die braunen Sprenkel in ihren grünen Augen wie Tränen. Carla wusste, wie schwer es Luise fiel, sich von dem prachtvollen Pferd zu trennen. Sie selbst hatte den schwarzen Hengst mit dem hervorragenden Stammbaum ausgesucht, als Jan damals Carla ein Pferd kaufen wollte. In ihrer Jugend war auch sie eine leidenschaftliche Reiterin gewesen, so wie Carla heute. Dann, mit einundzwanzig, hatte sie einen schweren Reitunfall gehabt. Danach war sie nur noch sehr selten geritten, doch die Liebe zu den Pferden war geblieben. Luise kümmerte sich um Nachtfalke, wenn Carla keine Zeit hatte, und brachte Pauline das Reiten bei. Sie hatte ihre Enkelin auf ein Pferd gesetzt, bevor diese richtig laufen konnte.

»Gibt es schon einen Interessenten?«, wollte sie wissen.

»Bis jetzt noch nicht«, sagte Carla. »Ich habe Herrn Eichhoff gebeten, sich darum zu kümmern.«

»Welchen Preis willst du verlangen?«

»Einhunderttausend Euro.« Carla sah das Zucken in Luises Gesicht.

Ihre Mutter war skeptisch. »Das ist sehr viel Geld in Zeiten, in denen alle von Krise reden. Heutzutage gibt es wahrscheinlich nicht viele Leute, die sich so ein teures Pferd leisten können.«

»Leute mit Geld gibt es immer«, meinte Carla. »Ich bin nur froh, dass Dr. Beltheim uns im Februar empfohlen hat, das Pferd sofort auf dich zu überschreiben.«

»Sonst würde es jetzt der Bank gehören«, ergänzte Luise. Damit hatte sie recht, denn alles, was Carla besaß, war Eigentum der Bank. Selbst wenn es ihr gelingen sollte, Nachtfalke gut zu verkaufen, hatte ihr Anwalt, Dr. Beltheim, zur Vorsicht gemahnt. Die Banken waren wie Hyänen, die sich auf jedes noch so kleine Stück Aas stürzten. Sofort würden sie mit detaillierten Nachforschungen beginnen und herausfinden, dass Nachtfalke am zwölften Februar nicht Luise, sondern ihr gehört hatte und dann Anspruch auf den Verkaufserlös erheben.

Trotzdem hatte Carla beschlossen, es zu versuchen, denn bei den Sanchez verdiente sie nur vierhundert Euro im Monat. Sie hatte diesen Job angenommen, als Pauline in den Kindergarten gekommen war. So konnte sie vormittags etwas arbeiten und verlernte ihr Spanisch nicht. Außerdem verstand sie sich gut mit Adelina, und Mara und Pauline wurden schnell Freundinnen.

»Wie war eigentlich dein Bewerbungsgespräch?«, erkundigte sich Luise. »Hattest du Erfolg? Hast du Aussicht auf den Job?«

»Nein.« Deprimiert schüttelte Carla den Kopf.

»Was willst du nun tun?«, fragte Luise besorgt. »Wohin willst du gehen, wenn du aus der Villa ausziehen musst?«

»Ich weiß es nicht.«

»Bei mir ist für dich und Pauline immer Platz.«

Carla wirkte verärgert. Schon wieder dieses leidige Thema. »Wie stellst du dir das vor, Mama? Bei dir ist es schon für dich allein zu eng. Wo sollen Pauline und ich denn schlafen? Und wohin mit all unseren Sachen?«

»Da findet sich schon eine Lösung«, entgegnete Luise. »Aber was willst du machen, wenn du bis zum zehnten Dezember keinen Job gefunden hast?«

Für Carla war es undenkbar, in die Wohnung ihrer Mutter zurückzugehen. Dieses einfache Leben in beengten Verhältnissen hatte sie vor langer Zeit hinter sich gelassen. Nachdem sie ausgezogen war, hatten sich ihre Träume erfüllt. Sie bekam eine eigene Familie, einen Mann, ein Kind, ein großes Haus mit Garten. Sie flog in den Urlaub, aß in teuren Restaurants und kaufte schöne Kleider in schicken Boutiquen. Das Leben gab ihr endlich, was es ihr bis dahin vorenthalten hatte, und sie war der festen Überzeugung gewesen, das alles verdient zu haben. Nie war sie auf die Idee gekommen, ihr traumhaftes Leben zu hinterfragen.

Sie zog den Brief mit dem Erbschein aus der Tasche. »Du hast ein Haus geerbt?«, fragte sie freiheraus.

Beim Anblick des grauen Umschlages verfinsterte sich Luises Gesicht. »Wieso stöberst du in meinen Sachen?«, fragte sie scharf. Der Tonfall ließ Carla aufhorchen.

»Ich habe nicht gestöbert«, wehrte sie sich entschieden. »Ich habe deine Versicherungskarte gesucht und dabei den Erbschein gefunden.«

»Du hast nicht das Recht, meine Schränke zu durchwühlen«, rief Luise aufgeregt. Die kleine Nadel auf dem Monitor neben ihrem Bett fuhr heftig auf und ab. Carla nahm die Hand ihrer Mutter und bat sie mit ruhiger Stimme: »Erzähl mir bitte von dem Haus und auch von dieser Sophie von Waldheim.«

Luise starrte aus dem Fenster. »Da gibt es nichts zu erzählen.«

»In dem Schreiben steht, es sei ein Herrenhaus mit Landbesitz«, bohrte Carla weiter.

»Unsinn!«, erwiderte Luise. »Es ist kein Haus mit Landbesitz. Jedenfalls nicht das, was du dir darunter vorstellst. Es ist ein kleines, altes Häuschen irgendwo in der tiefsten Eifel, wo sich Fuchs und Hase Gute Nacht sagen. Ich war nur ein einziges Mal dort, als Kind. Ich kann mich kaum noch daran erinnern, so lange ist das schon her. Auch an diese Frau habe ich keinerlei Erinnerungen. Sie war eine Tante väterlicherseits und hat wohl kein Testament hinterlassen. Daher hat das Nachlassgericht mich als einzige noch lebende Verwandte ausfindig gemacht, und ich habe jetzt dieses Haus geerbt. Das ist alles.«

»Sollten wir uns das Haus nicht einmal anschauen?«, fragte Carla unverblümt. »Vielleicht können Pauline und ich dort einziehen, bis ich eine Arbeit gefunden habe.«

»Du kannst dort nicht einziehen«, entgegnete Luise schroff. Viel zu schroff, wie Carla fand.

»Warum nicht?«

»Weil das unmöglich ist.« Luise rang nach Luft. »Weil es alt ist, weil es verfallen ist, weil es unbewohnbar ist, weil …« Weiter kam sie nicht. Sie sank auf ihrem Kissen zusammen, die Maschine neben dem Bett begann laut zu piepsen.

»Mama«, rief Carla erschrocken und fasste sie an den Schultern. In diesem Augenblick schoss eine Schwester herein, gefolgt von einem Arzt. »Bitte warten Sie draußen«, rief er, woraufhin Carla und Pauline gemeinsam das Zimmer verließen.

*

Luise spürte den Einstich der Beruhigungsspritze, ein kurzer Schmerz, der schnell vorüberging. Bewegungslos lag sie da. Ihr Herz raste, ihr Brustkorb schmerzte, ihre Glieder waren träge und schwer. Sie sah den Weihnachtsstern auf ihrem Nachttisch – ein schöner, dichter Stern mit karmesinrot leuchtenden Blättern. Überall im Haus hatten früher Weihnachtssterne gestanden. Am St.-Martins-Tag wurden sie aufgestellt, während im Ofen eine Gans brutzelte. Es roch nach Zimt und Anis, nach Lebkuchen und Punsch, wenn die Weihnachtszeit in Hoheneck begann. Auch auf der breiten Treppe hatten sie Weihnachtssterne aufgestellt, auf jeder einzelnen Stufe, einen rechts und einen links. Und Helena hatte das Geländer mit einer langen Lichterkette geschmückt.

Helena …! Sie sah sie oben auf der Galerie stehen. Dann wurden ihre Augen schwer, es wurde dunkel um sie herum. Und plötzlich wieder hell, weil der Baum in der Eingangshalle erstrahlte. In den bunten Kugeln brach sich das Licht, die goldenen Glöckchen bimmelten leise, Weihnachtsmusik erklang. Sie hörte Sophie rufen. Ihre dröhnende Stimme donnerte durchs Haus. Vor Schreck ließ sie ihre Arbeit liegen und stürmte in die Halle. Dort stand ihre Tante in Arbeitskleidung. An ihren Stiefeln klebte dicker Schlamm, sie roch nach

Stall. Ihre grünen Augen funkelten zornig. Ein stechender Blick, der sein Gegenüber bis auf den Grund seiner Seele durchbohrte. Luise hatte Angst vor Sophie. Grethe auch, deshalb versteckte sie sich hinter dem Baum. In der Ferne läuteten die Glocken. Die Christmesse begann. Es war Heiligabend. Wo war Helena? Sie hätte Helena nicht alleine lassen dürfen.

2 Als Carla und Pauline durch das Tor des Gestüts Eichhoff fuhren, kam ihnen der Wagen des Tierarztes entgegen. Sofort dachte Carla an die trächtige Stute Bellaringa, der es in den letzten Tagen sehr schlecht gegangen war.

Sie parkte ihr Auto vor dem Privathaus der Familie Eichhoff, einem roten Backsteinbau mit hohen Fenstern, und lief mit Pauline hinüber zum Stall. Das Wetter war scheußlich. Es war kalt, nebelig und feucht. Für die nächsten Tage war Schnee angekündigt und ein heftiger Wintereinbruch. Doch in Köln blieb der meist aus.

Wohlige Wärme empfing sie im Stall, es roch nach Pferden und Stroh. Carla liebte diesen Geruch. Es war für sie der Duft der Freiheit, denn jedes Mal, wenn sie mit Nachtfalke durch die Felder und Wiesen geritten war, hatte sie sich von allem losgelöst gefühlt.

Wie von Carla nicht anders erwartet, steuerte Pauline direkt auf die Boxen der Ponys zu. Es war ihr kleines Ritual, zuerst Sterntaler zu begrüßen. Sie war ihrem Vater ernsthaft böse, dass er ihr das Pony nicht zum Geburtstag geschenkt hatte, und wollte ihm das auch sagen, wenn er wieder zurückkam. Trotzdem hatte sie sich vorgenommen, ihm zu verzeihen, natürlich nur, wenn er sich bei ihr entschuldigte.

Mein kleines, starkes Mädchen, dachte Carla, während sie ihr nachsah, wie sie in ihrem roten Anorak und der roten Mütze auf dem Kopf zu Sterntalers Box stiefelte. Jedes Mal, wenn Carla mit ihr zum Gestüt fuhr, hoffte sie inständig, das Pony möge nicht verkauft worden sein.

Natürlich bot Eichhoff es weiterhin an, und es hatte auch schon Interessenten gegeben. Glücklicherweise hatte sich noch niemand für Sterntaler entschieden, denn für Pauline würde eine Welt zusammenbrechen, wenn das Pony plötzlich nicht mehr da wäre.

»Ich gehe zuerst zu Sterntaler und komme danach zu dir«, rief sie und verschwand in der Box des Ponys, bevor Carla etwas erwidern konnte.

Durch den großzügigen, hellen Stall lief Carla zu ihrem Pferd. Nachtfalkes Box befand sich im hinteren Teil des Stallareals, ganz in der Nähe der Abfohlbox. Dort war vor drei Wochen die Stute Bellaringa eingezogen, um sich zum Zeitpunkt der Geburt in ihrer Umgebung wohlzufühlen. Die Abfohlbox war größer als die anderen und mit allen technischen Hilfsmitteln ausgestattet, bis hin zur Videoüberwachung. Eichhoff war ein hochmodernes Gestüt, das gerade in den letzten Jahren beträchtliche Zuchterfolge vorzuweisen hatte. Nicht zuletzt war das Peter Weiss zu verdanken. Der Pferdewirt mit Meisterabschluss hatte ein Händchen für Zucht und Aufzucht. Er wusste alles über Pferde und konnte mit ihnen umgehen wie kein Zweiter. Peter wollte unbedingt als Gestütsleiter arbeiten, seit fast zwei Jahren schon suchte er nach einer Stellung, doch bisher vergeblich. Er wollte mehr Geld verdienen, denn er hatte vor Kurzem geheiratet, und seine Frau Sibyl erwartete gerade das erste Kind.

Als Carla sich den hinteren Boxen näherte, blickte Nachtfalke bereits neugierig über die zweigeteilte Tür und scharrte unruhig mit den Hufen. Das machte er immer, wenn er jemanden kommen hörte, so als freue er sich, dass man ihn besuchen oder – was ihm noch viel besser gefiel – zum Ausreiten oder Trainieren holen wollte. Nachtfalke war ein Energiebündel und ein schöner Hengst obendrein. Er war fünf Jahre alt, hochgewachsen und ausgesprochen muskulös. Sein Gang war elegant und geschmeidig, stolz und beinah würdevoll, als sei er sich seiner berühmten Vorfahren bewusst. Doch nicht nur auf seinen Stammbaum konnte er stolz sein, auch seine eigenen Leistungen waren nicht zu unterschätzen. Seine Qualitäten als Springpferd waren unbestritten. Seit einem Jahr wurde er trainiert, zuerst von Sibyl und seit ihrer Schwangerschaft vom jüngsten Sohn der Familie Eichhoff. Nachtfalke liebte das Training. Er war ehrgeizig und maß sich gern mit anderen; ein Wettbewerbspferd und ein Siegertyp, das lag ihm im Blut. Schon sein Großvater Goldfire war ein berühmtes Springpferd gewesen. Und Nachtfalke eiferte ihm nach. Deshalb gefiel es Peter gar nicht, dass Carla ihn verkaufen wollte. Doch die monatlichen Kosten für Futter, Training und Unterbringung überschritten bei Weitem ihre finanziellen Möglichkeiten.

Zur Begrüßung nahm sie Nachtfalkes Kopf in ihre Hände und kraulte ihn am Hals, eine Spielerei, die er sich gern gefallen ließ, während er sie mit seinen großen, dunklen Augen aufmerksam ansah.

»Hallo Nachtfalke«, sagte sie, woraufhin er schnaubte, als wollte er ihren Gruß erwidern. Sie kontrollierte, ob er noch genügend Hafer hatte. Es war alles perfekt, die Box war in einwandfreiem Zustand, das Stroh frisch, das Futter von bester Qualität, und Nachtfalkes goldbraunes Fell glänzte.

*

Als sie kurz darauf zu der Stute Bellaringa in die Abfohlbox kam, erkannte sie sofort, dass die Geburt nicht mehr lange auf sich warten ließ. Bellaringa lag im Stroh, das Fohlen schien sich schon stark abgesenkt zu haben. Carla sah der Stute an, dass es ihr nicht gut ging. Eine Frühgeburt war nicht ungefährlich. Peter und Sibyl saßen neben ihr. Peter strich sanft über ihren Rumpf, während Sibyl ihr mit einem Tuch den Schweiß vom Kopf tupfte.

»Was sagt der Arzt?«, fragte Carla leise und kniete sich hin.

»Innerhalb der nächsten zwölf Stunden wird das Fohlen kommen«, erklärte Peter flüsternd. »Es liegt falsch. Es wird eine schwere Geburt.«

Carla begann, sich ernsthafte Sorgen um Nachtfalkes ersten Sprössling zu machen. Peter hatte ihn für Bellaringa als Deckhengst eingesetzt, weil er die optimalen Voraussetzungen erfüllte. Nachtfalke hatte eigens dafür eine Hengstleistungsprüfung abgelegt und mit Bravour bestanden.

Carla blickte sich in der geräumigen Box um. Es war alles für die Geburt vorbereitet, Desinfektionsmittel, Seife, Bürsten und ein Stapel sauberer Tücher lagen bereit. Carla nahm eines und reichte es Sibyl, die ihr im Austausch dafür das benutzte, mit Schweiß getränkte Tuch zurückgab.

»Keine Sorge, sie schafft es«, sagte Sibyl und brachte sich in eine andere Sitzposition. Sie war selbst im sechsten Monat schwanger, und ihr Bauch zeigte inzwischen eine deutliche Wölbung. Dann flüsterte sie Carla zu: »Du sollst zu Herrn Eichhoff senior kommen. Er hat wohl einen Interessenten für Nachtfalke.«

»Das ging aber schnell«, sagte Carla erstaunt.

»Kein Wunder!«, lachte Peter leise auf. »Für so ein Prachtpferd findet sich immer ein Käufer.«

»Auch für hunderttausend Euro?«, fragte Carla skeptisch.

»Hast du 'ne Ahnung!« Er runzelte die Stirn und sah sie fragend an. »Willst du ihn wirklich verkaufen?«

»Was soll ich sonst tun?«, entgegnete Carla achselzuckend und erhob sich, um zu Eichhoff zu gehen.

*

Sie fand den Senior in seinem Museum. So nannte er einen Teil der alten Stallungen, in denen er Fotos und Zeitungsberichte aus längst vergangenen Tagen, alte Sättel und Hufeisen aufbewahrte. Viele Stunden verbrachte er damit, die Bilder und Artikel zu sortieren, zu rahmen und an die Wand zu hängen sowie geeignete Plätze für die Trophäen zu finden, die seine Pferde im Laufe der Jahre gewonnen hatten. Eichhoff war stolz auf sein Museum und freute sich, wenn er seine Geschichten zum Besten geben konnte. Wind und Wetter hatten tiefe Falten in sein Gesicht gegraben, doch seine zweiundachtzig Jahre sah man ihm nicht an. Er war topfit und ritt auch heute noch regelmäßig. Er hatte das Gestüt aus eigener Kraft aufgebaut, nachdem er von seinen Eltern einen kleinen Bauernhof mit vier Pferden geerbt hatte, und es zu dem gemacht, was es heute war.

»Hallo Carla«, begrüßte er sie mit einem verschmitzten Lächeln. Er kannte Carla schon, seit sie als Kind bei ihm Ponys reiten durfte, und duzte sie immer noch.

»Wie geht es Bellaringa?«, erkundigte er sich. »Ist Peter bei ihr?«

»Natürlich«, erwiderte Carla. »Sie kennen ihn doch. Wenn es sein muss, verbringt er die ganze Nacht im Stall.«

Eichhoff nickte nachdenklich. »Ich befürchte nur, wir werden Peter bald verlieren.«

»Das glaube ich auch«, bestätigte Carla. »Er möchte unbedingt Gestütsleiter werden und jetzt, da Sibyl das Baby bekommt, mehr Geld verdienen.«

»Kann ich gut verstehen«, entgegnete Eichhoff. »Er ist genau der Richtige dafür. Wenn der Job bei uns frei wäre, würde er ihn sofort kriegen. Aber du weißt ja, hier liegt alles in den Händen der Familie.« Dann zeigte er ihr ein Foto, auf dem ein Pferd samt Reiter zu sehen war, das im eleganten Sprung eine hohe Hürde überwand, und sagte stolz: »Schau her, was ich gefunden habe. Das ist Goldfire, Nachtfalkes Großvater. Mit diesem Sprung gewann er 1988 das Deutsche Springderby.« Er betrachtete das Bild. »Ein Klassehengst, was? Gehörte einem englischen Stall. Hat in seinen Glanzzeiten alle Preise abgeräumt, die es nur abzuräumen gab. William Sharp hat ihn geritten. Die beiden waren ein unschlagbares Team.« Er legte das Foto beiseite und kramte in einer bunten Kiste herum. »Ich hatte vorhin noch etwas entdeckt, was ich dir unbedingt zeigen wollte … Wo ist es nur? Ich hatte Nachtfalkes kompletten Stammbaum beieinander, bis hin zu seinem Urgroßvater. Wo habe ich nur dieses Bild hingelegt?«

Carla ließ ihm Zeit zum Suchen. Als er es aber Minuten später noch immer nicht gefunden hatte, sagte sie: »Ich werde es mir beim nächsten Mal anschauen. Heute habe ich es leider sehr eilig. Ich bin nur gekommen, weil Sibyl mir erzählt hat, dass es einen Interessenten für Nachtfalke gibt.«

»O ja«, rief Eichhoff und stöberte weiter. »Einen sehr guten sogar. Könnte keinen besseren geben.«

»Und er ist bereit, den Preis zu zahlen?«, fragte sie vorsichtig. »Einhunderttausend Euro?«

Der Senior deutete ein Lächeln an. Dann suchte er weiter. Carla wurde ganz nervös dabei, doch sie ließ sich nichts anmerken.

»Wer ist dieser Interessent?«, fragte sie.

»Baron von Stein«, murmelte Eichhoff, während er in der Kiste kramte. »Vielleicht hast du schon einmal vom Gestüt Fasanenhof gehört?«

»Fasanenhof?« Carla schüttelte den Kopf. »Das kenne ich nicht.«

»Christoph von Stein ist berühmt für seine Zuchterfolge. Er kauft nur ausgewählte Pferde, in seinem Stall stehen die besten. Es ist praktisch eine Ehre, dass er sich für Nachtfalke interessiert.«

Darüber hätte Carla glücklich sein müssen, doch Nachtfalke wegzugeben versetzte ihr einen heftigen Stich in der Magengegend. Er war das schönste und edelste Pferd, das sie je besessen hatte und besitzen würde. Doch er war ein Teil ihrer Märchenwelt, die von der Realität gnadenlos verschlungen wurde.

»Die hunderttausend Euro sind kein Problem?«, wollte sie wissen.

Eichhoff lächelte. »Die zahlt er aus der Kaffeekasse.«

»Also gut!« Sie holte tief Luft. »Wann können wir mit diesem Herrn einen Termin vereinbaren?«

»Jederzeit«, sagte Eichhoff. »Wenn du willst, rufe ich ihn an.«

»Gerne.« Sie schrieb ihre Handynummer auf einen Zettel. »Bitte melden Sie sich, sobald Sie ihn erreicht haben.« Sie wollte gerade gehen, als der Senior plötzlich rief: »Halt! Hier ist es. Ich habe es gefunden.«

Obwohl sie bereits an der Tür war, kam sie noch einmal zurück; mehr aus Höflichkeit als aus Interesse. Er hielt ihr ein Schwarz-Weiß-Bild hin. Es war aus einer Zeitung ausgeschnitten und zeigte ein rassiges, schwarzes Pferd, auf dessen Rücken eine junge Frau im Reiterkostüm saß. Strahlend hielt sie eine Trophäe in der Hand.

»Das ist Ambassador«, erklärte er ihr, »Nachtfalkes Urgroßvater. Hier auf dem Bild hat er zum ersten Mal in der Aachener Soers gewonnen. Das war 1977. Damals ritt ihn Helena von Waldheim. Sie war eine tolle Reiterin und Ambassador ein wunderbares Pferd. Fünfmal hat der Hengst noch in Aachen gesiegt, also sechsmal hintereinander, stell dir das nur vor. Und von diesem Prachtkerl stammt Nachtfalke ab.«

Carlas Handy klingelte. Sie zog es aus der Jackentasche und erkannte im Display die Nummer ihres Anwalts. Eine kurze Entschuldigung an den Senior murmelnd, nahm sie das Gespräch entgegen.

»Hallo, Dr. Beltheim«, sagte sie und fügte schnell hinzu: »Einen kleinen Moment, bitte.« Sie nahm das Telefon vom Ohr und sah Eichhoff an: »Sie melden sich wegen des Termins?«, vergewisserte sie sich.

»Ganz bestimmt«, nickte er, während Carla sich langsam in Richtung Tür bewegte. Sie winkte ihm noch einmal zu und widmete sich dann dem Anruf.

*

Dr. Beltheim teilte ihr mit, dass es endlich eine Spur von Jan gab. Seit seinem Verschwinden wurde Jan per Haftbefehl international gesucht. Nun schien es einen Hinweis zu geben, wo er sich aufhielt. Ein Funke Hoffnung durchfuhr Carla. Es war von entscheidender Bedeutung, dass Jan endlich gefunden und nach Deutschland zurückgebracht wurde. Nur so konnte Carla in einem Prozess beweisen, dass er schon beim Kauf der Villa betrügerische Absichten verfolgt hatte und plante, sich eines Tages mit sehr viel Geld aus dem Staub zu machen. Das war ihre einzige Chance, von dem Kreditvertrag und den damit verbundenen Restschulden befreit zu werden. Außerdem konnte sie sich danach in einem Eilverfahren scheiden lassen.

»Er wurde auf dem Flughafen von Buenos Aires gesehen«, erzählte Dr. Beltheim. »Er ist scheinbar mit falschen Papieren in Argentinien eingereist.«

Carla spürte, wie sie vor Aufregung zu zittern begann. Sie wollte etwas sagen, brachte aber keinen Ton heraus. Sie musste ruhig durchatmen, nur das half in solchen Situationen.

»Sie sind dicht an ihm dran«, fuhr Dr. Beltheim fort. »Wenn wir großes Glück haben, fassen sie ihn noch vor Weihnachten.«

Noch vor Weihnachten? Ihr stiegen Tränen in die Augen, ohne dass sie dagegen etwas tun konnte. Sie sah hinauf in den grauen Himmel. Noch vor Weihnachten! Sie konnte es kaum glauben.

»Keine Angst, sie kriegen ihn.« Dr. Beltheim gab sich siegessicher. »Es wird sich für Sie alles zum Guten wenden.«

»Ihr Wort in Gottes Ohr«, flüsterte Carla.

»Wie meinten Sie? Ich konnte Sie nicht verstehen«, rief er.

»Ich habe gesagt, dass das wirklich eine sehr gute Nachricht ist«, sagte sie mit fester Stimme.

Nachdem das Gespräch beendet war, zog sie ein Taschentuch aus der Jackentasche und trocknete sich die Tränen. Dann lief sie ein paar Meter auf und ab, um sich zu beruhigen. Sie war aufgewühlt, ihr Inneres bebte. Nie hätte sie damit gerechnet, Jan so schnell wiederzusehen. Sie hatte geglaubt, er sei nun für immer und ewig untergetaucht, saß in irgendeinem tropischen Paradies, trank Champagner an einem Palmenstrand und lachte über die Dummheit der anderen, inklusive die seiner Ehefrau. Wie sollte sie reagieren, wenn sie ihm gegenüberstand? Ihn ohrfeigen? Ihn nicht beachten? Er würde lächeln, das wusste sie. Er würde sie eiskalt anlächeln. Sie hasste ihn. Er war niederträchtig. Sie war mit einem miesen Betrüger verheiratet.

»Alles okay mit dir?«, fragte jemand in ihrem Rücken.

Erschrocken drehte sie sich um. Es war Peter.

»Ich brauche ein bisschen frische Luft«, erklärte er. »Sibyl und Pauline sind bei Bellaringa. Hast du geweint? Bist du traurig wegen Nachtfalke? Es gibt wohl tatsächlich einen Interessenten?«

Sie nickte. »Einen Baron von Stein. Wie es aussieht, wird er Nachtfalke kaufen.«

»Baron von Stein?«, fragte Peter verwundert. Etwas schien ihn daran zu stören.

»Kennst du ihn?«, fragte Carla.

»Nicht persönlich«, antwortete er. »Aber ich weiß, dass er auf seinem Jagdschloss bei Aachen ein sehr exklusives Gestüt betreibt und normalerweise nur Siegerpferde kauft. Ein Pferd muss schon beachtliche Erfolge vorweisen, bevor Christoph von Stein sich dafür interessiert. Deshalb wundert es mich, dass er Nachtfalke will.«

»Warum nicht?«, meinte Carla verblüfft. »Nachtfalke ist doch ein sehr gutes Pferd. Du selbst hast oft gesagt, dass sich mit ihm eines Tages viel Geld verdienen lässt.«

»Eines Tages schon«, erwiderte Peter. »Aber Pferde zu kaufen, aus denen vielleicht irgendwann einmal etwas wird, entspricht nicht dem Konzept des Herrn Baron. Nachtfalke hat bisher noch nichts geleistet, keine Preise geholt, kein Publikum begeistert, keine Lobartikel in der Presse bekommen. Deshalb ist es erstaunlich, dass er ihn haben will.«

»Wer weiß«, meinte Carla achselzuckend. Sie wollte ihren Schmerz überspielen, doch es gelang ihr nicht. Schon wieder füllten sich ihre Augen mit Tränen. Ihr graute vor dem Tag, an dem sie sich von Nachtfalke verabschieden musste.

*

Es war längst dunkel, als Carla und Pauline nach Hause kamen. Carla mochte diese Jahreszeit nicht. Früher fand sie es schön, sich mit einem guten Buch und einem duftenden Tee vor den Kamin zu setzen, aber jetzt war ihr die Dunkelheit zuwider. Und das schlechte Wetter drückte aufs Gemüt. Vielleicht sollte sie auswandern? In ein Land, in dem immer die Sonne schien. Sie war mit Jan einmal auf Barbados gewesen. Dort könnte sie als Übersetzerin arbeiten oder als Kellnerin in einer kleinen Bar, und Pauline würde in eine Dorfschule gehen. Dieser Gedanke war ihr hin und wieder gekommen, aber sie hatte ihn nie zu Ende gedacht. Was half es auszuwandern? Die Banken würden ihr bis ans Ende dieser Welt folgen. Ihre Schulden wurde sie auf diese Weise nicht los.

Im Briefkasten steckte eine Zeitung, obwohl Carla keine abonniert hatte. Sie konnte sich schon denken, was es damit auf sich hatte, und zog sie heraus. Wie erwartet grinste ihr ein widerlicher Typ von der Titelseite entgegen. Schnell faltete sie die Zeitung zusammen, sodass Pauline nichts merkte, und klemmte sie sich unter den Arm. Danach schloss sie den Briefkasten auf. Früher war das Aufschließen des Briefkastens eine ganz normale Tätigkeit gewesen, jetzt bedeutete es für sie eine Qual. Wie verrückt klopfte jedes Mal ihr Herz, wenn sie den kleinen Schlüssel umdrehte und ein Aufatmen folgte, wenn keine Hiobsbotschaft darin lag. Heute allerdings entnahm sie einen Brief ohne Absender. Das hieß grundsätzlich nichts Gutes.

Im Haus legte sie die Zeitung auf eine der Kisten und bat Pauline, gleich nach oben zu gehen. »Zähneputzen und Schlafanzug anziehen«, rief sie ihr nach, während sie nervös den Briefumschlag aufriss. Er kam von den neuen Hauseigentümern, die am zehnten Dezember um zehn Uhr die Villa übernehmen wollten. Sie schrieben in sehr freundlichem Ton und boten Carla an, eine andere Uhrzeit zu wählen, falls ihr diese nicht passte. Doch es war nicht die Uhrzeit, die sie störte, es war das Datum. Nur konnte sie daran nichts ändern. Vor ihren Augen tanzten eine Zehn und eine Zwölf durch den Raum, standen mal an den Wänden, an der Decke oder auf den Kisten. Und vom Titelblatt der Boulevardzeitung, die vor ihr auf der Kiste lag, grinste ihr Hajo Becker entgegen, der Unterweltkönig von Köln. Hajo, dem sämtliche Spielhöllen und Bordelle der Stadt gehörten, war einer von Jans Kunden gewesen, dessen Geld nun samt Jan verschwunden war. Auf dem Foto zerquetschte er mit fiesem Blick eine Tomate. *So wird es auch Jan Sandberg ergehen, wenn ich ihn in die Hände kriege* – stand fett gedruckt darunter. Mit diesem Aufmacher war die *Bildzeitung* bereits am sechzehnten April, vor mehreren Monaten also, erschienen. Doch irgendjemand steckte sie ihr regelmäßig in den Briefkasten; jemand, der wohl alle Restbestände dieser Ausgabe aufgekauft hatte. Ohne Zweifel war das Hajo Becker selbst, der damit zum Ausdruck bringen wollte, dass die Angelegenheit *Jan Sandberg* nicht vergessen worden war. Neulich erst hatte Hajo in einem Interview gesagt, er sei der Meinung, dass Carla und ihr lieber Ehemann gemeinsame Sache machten. Verständlich, dass ein Herr van der Veelt sie nicht einstellen wollte. Was sollte sie nur tun? Ihr wurde schwindelig, erschöpft sank sie auf den Fußboden. Warum war das alles passiert? Warum war es *ihr* passiert? Tag und Nacht quälten sie diese Fragen. Sie verstand nicht, warum das Leben ihr zuerst alle Träume erfüllt hatte, um sie ihr kurz darauf wieder zu nehmen.

Pauline war heruntergekommen. Carla bemerkte es erst, als sie sich neben sie setzte. Sie hatte ihren Schlafanzug an und trug den Pu im Arm.

»Bist du traurig?«, fragte sie.

Carla nickte.

»Ich bin auch traurig«, sagte Pauline. »Ich bin traurig, weil du traurig bist und weil wir hier wegziehen müssen, wahrscheinlich zu Oma, wo ich kein eigenes Zimmer mehr habe, und weil ich Sterntaler nicht bekomme und ihn jetzt bestimmt ein anderer kauft, und weil Papa nicht zurückkommt.« Daraufhin nahm Carla ihre Tochter in den Arm und zog sie fest an sich heran.

»Manchmal weiß ich gar nicht, ob ich Papa noch lieb habe«, fuhr Pauline fort und fragte vorsichtig: »Hast du ihn eigentlich noch lieb?«

»Nein«, antwortete Carla leise und fügte schnell hinzu: »Aber dich habe ich lieb, ganz doll sogar.«

*

Bloß keine Aufregung! Diese Worte bekam Carla von der diensthabenden Schwester mit auf den Weg, bevor sie das Krankenzimmer ihrer Mutter betrat. Jede kleinste Erregung konnte ihrer Mutter im Augenblick schaden. Sie sollte das dringend beherzigen. Also gab sie Luise den obligatorischen Begrüßungskuss und setzte sich lächelnd zu ihr aufs Bett, bemüht um einen entspannten Gesichtsausdruck.

»Du musst mich nicht ansehen, als wolltest du mir gleich dein schönstes Urlaubserlebnis erzählen«, eröffnete Luise das Gespräch. »Haben die dir gesagt, dass ich keine Aufregung vertrage?«

Carla rollte die Augen. Schauspielern war nicht ihre starke Seite. Schon als Kind hatte sie nie eine Hauptrolle in der Theatergruppe ihrer Schule bekommen.

»Genau das haben sie gesagt«, bestätigte Carla. »Und weil das so ist, werden wir uns heute ausschließlich über belanglose Dinge unterhalten.«

»Zum Beispiel?« Luise verschränkte abwartend die Arme vor der Brust.

»Plätzchenrezepte«, schlug Carla vor, während sie ein Frauenmagazin mit buntem Titelblatt aus der Handtasche holte. »Wie wär's mit den neusten Plätzchenrezepten?«

»Wo ist denn Pauline?«, fragte Luise.

»Im Kindergarten, wo sonst?« Carla blätterte die Zeitschrift durch und fand einen Bericht über die Insel Ischia. »Du könntest zur Kur fahren.«

»Unfug«, wehrte Luise ab.

Dann stockte die Unterhaltung, weil Carla es schwer fand, über Belanglosigkeiten zu sprechen, obwohl der Ernst des Lebens sie plagte. Was interessierten sie Plätzchenrezepte oder italienische Kurorte. Sie legte die Zeitschrift auf den Nachtschrank und sagte schließlich: »Es gibt eine Spur von Jan.«

Luise horchte auf, während Carla fortfuhr: »Er ist unter falschem Namen in Argentinien eingereist und in der Villa eines Mafiabosses abgestiegen, irgendwo in der Nähe von Buenos Aires. Diese Information habe ich von Dr. Beltheim bekommen.«

»Sie sind ihm also auf den Fersen?«, fragte Luise aufgeregt.

Besorgt schielte Carla auf den Monitor neben dem Bett.

»Keine Angst!« Luise lachte. »Solche Nachrichten lösen in mir nur Glücksgefühle aus.«

»Dr. Beltheim meint, sie kriegen ihn noch vor Weihnachten«, berichtete Carla und sah die Augen ihrer Mutter aufleuchten. Die Neuigkeit schien bei ihr tatsächlich für gute Laune zu sorgen. War das der richtige Zeitpunkt, sie noch einmal auf die Erbschaft anzusprechen? Sie zog es vor zu schweigen.

Da sagte Luise plötzlich: »Wenn ich nach Hause komme, werde ich mich um die Sache mit dem Haus kümmern.«

Konnte das Gedankenübertragung gewesen sein?

»Was wirst du in dieser Angelegenheit tun?«, erkundigte sich Carla vorsichtig.

Luise atmete tief durch. »Ich will es verkaufen.«

»Verkaufen?« Argwöhnisch legte Carla die Stirn in Falten. »Du hast mir erzählt, es sei ein kleines, altes, halb verfallenes Haus. Und das willst du verkaufen? Wer kauft so etwas schon?« Sie wollte ihre Mutter provozieren, ohne einen Streit vom Zaun zu brechen. Doch das gelang ihr nicht. Luise ging auf die Bemerkung nicht ein.

Carla ließ nicht locker: »Also ist es längst nicht so verfallen, wie du es mir geschildert hast?« Ihr Blick streifte den Monitor. Die Maschine blieb ruhig. Deshalb setzte sie hinzu: »Ist es etwa doch bewohnbar?«

»Woher soll ich das wissen?«, entgegnete Luise sichtlich verärgert. »Ich war als Kind nur einmal dort, das habe ich dir schon erzählt. Ich weiß nicht, in welchem Zustand das Haus ist. Ich werde es einem Makler übergeben und fertig. Ich wollte damit nur sagen, dass ich mich selbst um alles kümmere und du dich in die Sache nicht einmischen musst.«

»Einmischen?«, rief Carla empört. »Ich habe mich nicht eingemischt. Ich habe lediglich diesen Erbschein gefunden.«

»Und gelesen«, ergänzte ihre Mutter.

»Natürlich habe ich ihn gelesen. Sonst wüsste ich bis heute nichts davon. Wieso wolltest du mir diese Erbschaft verheimlichen? Wieso willst du alles alleine regeln?« Sie hatte sich in Rage geredet und bereute das sofort, weil das Gerät mit dem Monitor zu piepsen begann. Abrupt griff sie nach der Hand ihrer Mutter und streichelte diese liebevoll.

»Lass uns nicht streiten«, sagte sie, während das Piepsen leiser wurde und allmählich verstummte. Erleichtert atmete Carla auf und beschloss, das Thema zu wechseln. »Es gibt einen Interessenten für Nachtfalke.«

»Jemanden, der einhunderttausend Euro zahlen will?«, fragte Luise zweifelnd.

»Ja!«, antwortete Carla fest. »Es gibt jemanden, der diesen Preis bezahlen will.«

»Der es nur will, oder der es auch kann?«

»Du solltest nicht so misstrauisch sein«, entgegnete Carla. »Einhunderttausend Euro scheinen für den Interessenten kein Problem darzustellen. Eichhoff kennt ihn persönlich. Er hat versprochen, ihn anzurufen und einen Termin zu vereinbaren.«

Damit gab Luise sich zufrieden. Carlas Gedanken kreisten weiter um die Erbschaft. Sie fragte sich, wieso ihre Mutter sich so merkwürdig verhielt. Sie musste etwas zu verbergen haben. Carlas Neugier war geweckt und ein verwegener Plan keimte in ihr auf.

Sie wartete noch ein paar Minuten, dann sah sie, betont erschrocken, zur Uhr und griff hektisch nach ihrem Mantel. »Himmel, ich habe die Zeit ganz vergessen«, rief sie und erklärte: »Ich muss heute früher zu Adelina in den Laden. Ihr Mann ist nicht da, und es gibt furchtbar viel zu tun.« Entschuldigend zuckte sie mit den Schultern. »Du weißt ja, Mama, die Vorweihnachtszeit. Tut mir wirklich leid. Sei nicht böse.«

»Besuchst du mich heute Abend noch einmal?«, erkundigte sich Luise.

»Wahrscheinlich nicht«, erwiderte Carla. »Wenn Sanchez nicht rechtzeitig zurückkommt, bleibe ich bis Ladenschluss bei Adelina.«

Hastig schlüpfte Carla in den Mantel und wickelte sich den Schal um den Hals, als Luise fragte: »Wie heißt eigentlich dieser reiche Interessent? Hat Eichhoff dir einen Namen genannt?«

»Von Stein«, sagte Carla. »Irgendein Baron von Stein. Sein Gestüt heißt Fasanenhof. Hast du davon schon gehört?«

»Nein«, antwortete Luise.

»Ich auch nicht.« Carla gab ihrer Mutter einen Kuss auf die Stirn. »Tschüss, Mama. Bis morgen.«

*

Kaum hatte Carla das Zimmer verlassen, schob Luise die Bettdecke zurück, setzte sich auf den Bettrand und sah aus dem Fenster. Der Wind wirbelte welkes Laub durch die Luft. Früher hatte sie gern dabei zugesehen, wie der Herbstwind die Blätter von den Bäumen fegte. Nur die der alten Rotbuche hielten ihm stand. Kaum eines ihrer rotbraunen Blätter überließ sie dem Wind. Selbst den heftigen Stürmen, die im Spätherbst über die Eifel zogen, trotzte der alte, knochige Baum. Seine Äste rieben im Sturm aneinander und verursachten knarrende Geräusche. Nachts war das zum Fürchten. Helena war überzeugt, dass in der Rotbuche Geister lebten.

Drei Jahrzehnte lang hatte alles geruht. Und jetzt begann es zu brodeln wie in einem Vulkan. Zuerst die Erbschaft und nun auch noch das Pferd. Warum nur hatte sie damals Jan empfohlen, ausgerechnet Nachtfalke für Carla zu kaufen? Heute noch spürte sie die Aufregung, die sie empfunden hatte, als sie Nachtfalkes Stammbaum zum ersten Mal sah. Eichhoff hatte ihr von dem Pferd erzählt. Daraufhin war sie wie besessen gewesen und hatte die Gefahr unterschätzt. Niemals hätte Carla ein Pferd besitzen dürfen, das den Namen Ambassador in seinem Stammbaum trug.

Sie faltete die Hände im Schoß. Die Vergangenheit ruhte nicht. Das war ihr klar geworden, als die Nachricht über die Erbschaft kam. Wehmütig dachte sie an Hoheneck. Seit dreiunddreißig Jahren war sie nicht mehr dort gewesen. Das war eine lange Zeit. Nicht lang genug, um zu vergessen. Wie viel Zeit musste vergehen, um nicht mehr daran zu denken?

3

Carla warf einen kurzen Blick auf die Straßenkarte, die neben ihr auf dem Beifahrersitz lag. Sie befand sich inzwischen in der tiefsten Eifel, und es wurde immer einsamer. Doch es gab nur diese eine Straße. Sie konnte also nicht falsch gefahren sein.

Sie verlangsamte das Tempo, weil das Wetter immer schlechter wurde. Was in Köln noch ein feiner Nieselregen gewesen war, ging allmählich in Schnee über. Vielleicht hätte sie ihren Ausflug verschieben sollen. Adelina hatte sie gewarnt. Im Radio war ein Wintereinbruch vorhergesagt worden, in der Eifel sollte es heftige Schneefälle geben. Allerdings erst ab dem späten Abend, und bis dahin wollte sie längst zurück sein. Sie sah erneut auf die Karte. Sie musste ihr Ziel bald erreicht haben. Die Straße stieg an und schlängelte sich durch einen dunklen Tannenwald. Danach ging es kilometerlang geradeaus, immer aufwärts, bis sie den höchsten Punkt erreichte. Ein stürmischer Wind zerrte an ihrem Wagen. Automatisch hielt sie das Lenkrad fester. Am Straßenrand bildeten sich erste kleine Schneeverwehungen, und Schneematsch machte die Straße rutschig. Sie sollte umkehren, es war zu gefährlich. Und einsam noch dazu. Hier oben gab es weit und breit kein Haus. Die Landschaft war gespickt von unzähligen Windrädern mit gigantischen Flügeln, die der Sturm antrieb; über den weiten Feldern, bedeckt vom ersten Weiß, und den dicht bewaldeten Bergketten hingen dunkelgraue, mit Schnee gefüllte Wolken. Vogelsang konnte nicht mehr weit sein, diese düstere Ordensburg mit den dicken schwarzen Mauern, die an ein dunkles Stück deutscher Geschichte erinnerten. Daran durfte sie jedoch nicht vorbeifahren, sondern musste laut Karte vorher links abbiegen. Tatsächlich tauchte ein gelbes Hinweisschild auf. Nun waren es vielleicht noch drei, höchstens fünf Kilometer.

Sie wusste, es war unvorsichtig weiterzufahren. Doch so kurz vor dem Ziel wollte sie nicht aufgeben. Sie würde nur einen Blick auf das Haus werfen und danach sofort die Heimfahrt antreten. Die Neugier war stärker als die Vernunft.

Auf der linken Straßenseite tauchte ein kleiner Wachturm mit einem Zwiebeldach auf, der aussah, als gehörte er zu einer mittelalterlichen Burganlage, und eine kniehohe, teilweise eingefallene Mauer verlief den Straßenrand entlang. Am Ende der Mauer entdeckte Carla ein Schild, auf dem in verblassten Buchstaben der Name *Hoheneck* stand. Ein Pfeil wies nach links. Das musste es sein, dachte sie, und bog in den unbefestigten Weg ein. Es ging holprig über Stock und Stein, bis der Weg sanft in ein Tal abfiel und direkt auf das Anwesen zuführte. Es bestand aus mehreren Gebäuden, einem stattlichen Wohnhaus, Stallungen und Scheunen, war von Feldern und Wiesen umgeben und von bewaldeten Anhöhen umschlossen. Carla erinnerte sich an das Schreiben vom Amtsgericht: Herrenhaus mit Landbesitz. Sie hatte schon vermutet, dass es sich nicht um ein altes Häuschen handelte, wie Luise behauptete, doch so groß hatte sie es sich nicht vorgestellt.

Sie parkte den Wagen vor dem Wohnhaus, einem zweigeschossigen Herrenhaus aus dunklem Naturstein mit hohen weißen Sprossenfenstern und einem Erker an der rechten Hausseite, der einem verwunschenen Dornröschenturm glich.

Von wegen verfallen, dachte sie und stieg aus. Ein kräftiger, kalter Wind blies ihr um die Ohren, weshalb sie sich den langen Schal mehrfach um den Hals wickelte. Dann rief sie ein lautes Hallo und wartete darauf, dass jemand erschien. Doch es rührte sich nichts. Sie sah sich um. Die Krähen umkreisten die kahlen Bäume auf der Wiese neben dem Haus. Nur ein einziger trug noch sein Blattwerk in goldenem Rotbraun; ein knochiger, alter Baum, aus dessen Wurzelstock gleich mehrere Stämme emporgewachsen waren und dessen Zweige sich weit zur Erde hinabneigten.

Sie lief zu den Stallungen. Alles war leer. Ein langer Gang führte vorbei an verwaisten Pferdeboxen, aus denen längst der Geruch der Pferde, der Duft von Heu und Hafer gewichen waren. Im hinteren Teil fand Carla eine Sattelkammer. Dort lagen einige edle Stücke, wie sich unschwer erkennen ließ. Die Sättel waren aus feinstem Leder und auf Hochglanz poliert, die Decken mit Initialen bestickt. Auf einigen entdeckte Carla ein dunkelgrünes, geschwungenes *H*.

Hinter dem Stall befand sich ein Reitplatz, einst ein Trainingsplatz, wie Carla vermutete, denn unter dem Vordach an der Wand lehnte eine Sprunghürde. Wind und Wetter hatten ihr stark zugesetzt. Eine Koppel schloss sich an. Plötzlich verstand sie. Sie befand sich auf einem stillgelegten Gestüt! Hoheneck war früher einmal ein Gestüt gewesen.

Verwirrt ging sie um den Stall herum zum Wohnhaus. Drei breite Stufen führten zu einer rustikalen Eingangstür hinauf. Darüber war ein spitzes Vordach aus Holz, das von zwei Holzsäulen mit aufwendigen Schnitzereien getragen wurde. Sie suchte eine Klingel und weil sie keine fand, klopfte sie an die Tür. Sie konnte nicht glauben, dass sie ganz allein hier war. Doch alles blieb still. So zog sie den Schlüssel aus der Manteltasche, den sie bei dem Erbschein gefunden hatte, und steckte ihn ins Schloss. Er passte. Für den Bruchteil einer Sekunde zögerte sie, aber dann schloss sie auf und gab der Tür einen sanften Stoß. Vorsichtig betrat sie ein halbdunkles Vestibül und blieb nach drei Schritten staunend stehen. Was auch immer sie erwartet hatte, es war anders. Es war größer, weitläufiger, dazu stilvoll und vornehm. Wie gebannt starrte sie auf eine breite Treppe aus dunkelbraunem Holz mit einem kunstvoll geschnitzten Geländer, die oben in einer Galerie mündete. Die Wände waren dunkel getäfelt, an der Decke hing ein prachtvoller Lüster, und überall standen gusseiserne Kerzenleuchter, in denen schlanke weiße Kerzen steckten. Carla vergaß fast zu atmen.

Das Haus war so groß, dass sie nicht wusste, wo sie anfangen sollte, es zu besichtigen. In alle Richtungen gingen Zimmer ab. Sie entschied sich für das erste auf der linken Seite und kam in einen großzügigen, halbdunklen Raum. Durch drei hohe Fenster mit bodenlangen, beigefarbenen Samtvorhängen an den Seiten fiel das matte Tageslicht herein. Die ersten Schneeflocken klebten an den Fensterscheiben. Draußen wirbelte der Wind den Schnee heftig durch die Luft. Aber das bemerkte Carla kaum, so überwältigt war sie von ihrer Entdeckung. Sie schaltete das Licht ein. Drei Stehlampen mit weiten Schirmen sprangen gleichzeitig an und tauchten den Raum in warme, orangegelbe Farben. Vor einem Marmorkamin standen um einen rechteckigen, flachen Tisch herum drei braune Ledersofas im englischen Landhausstil. Auf dem Parkettfußboden lag ein Teppich mit orientalischen Ornamenten, und in einer Ecke tickte eine Standuhr mit einem Pendel und zwei eiförmigen Gewichten in einem holzumrahmten Glasgehäuse.

Fasziniert sank Carla auf eines der Sofas. Sie konnte nicht glauben, was sie sah. Es war alles unwirklich, wie in einem Film. War es ein Traum? Sie zwickte sich in den Arm und spürte den kurzen Schmerz. Es schien echt zu sein. Sie saß in einem wundervollen Herrenhaus, das den Eindruck erweckte, als sei jemand nur kurz ausgegangen und käme gleich wieder zurück. Selbst Holzscheite lagen in einem Weidenkorb neben dem Kamin bereit.

Carla setzte ihre Besichtigungstour fort, kam vom Wohnzimmer in ein Esszimmer mit ovalem Tisch und einem übergroßen Wandgemälde, das eine Jagdszene zeigte, und von da aus in eine riesige Küche. Hier gab es einen blau-weißen Kachelofen mit einer gemütlichen Ofenbank und einen alten Herd, in dem noch Feuer geschürt werden musste. Ein kupferner Wasserkessel hing darüber. Allerdings schienen das lediglich Erinnerungsstücke zu sein, denn auch in diese Küche hatte die moderne Zeit Einzug gehalten.

Ein klirrendes Geräusch ließ Carla aufschrecken. Draußen war etwas heruntergefallen und kaputtgegangen. Sie warf einen Blick durch das Küchenfenster in einen kopfsteingepflasterten Hof. Außer wildem Schneetreiben konnte sie nichts erkennen. Ihr wurde plötzlich sehr unbehaglich zumute. Zaghaft ging sie in die Halle zurück, sah sich dort um und horchte in die Stille. Nichts war zu hören bis auf das

Ticken der Standuhr. Es war beängstigend ruhig in dem großen, halbdunklen Haus. Dann entdeckte sie eine Tür, die in den Hof führte. Sie war abgesperrt, doch der Schlüssel zur Eingangstür passte. Als Carla den Hof hinter dem Haus betrat, wehte ihr ein eisiger Windstoß entgegen. Er peitschte den Schnee vor sich her, und die Tannen im Wald bogen sich unter seiner Kraft. Das Rauschen der Bäume klang bedrohlich. Irgendwo rieben Äste aneinander und verursachten ein knarrendes Geräusch. Suchend blickte sie sich um. Es dämmerte bereits, sie konnte nur wenig sehen. Doch sie fand die Scherben eines Blumentopfes, direkt neben der Hauswand. Eine Katze trollte sich in Richtung Scheune.

Erleichtert atmete sie auf, ging wieder hinein und schloss zweimal ab. Dann lief sie durch jedes Zimmer, machte überall das Licht aus und verließ eilig das Haus.

*

Langsam fuhr sie über den unbefestigten Weg in Richtung Hauptstraße. Es war glatt, und das Auto rutschte hin und her, vor allem, wenn eine Sturmbö daran zerrte. Krampfhaft hielt sie das Lenkrad fest. Schweißperlen traten ihr auf die Stirn. Sie hatte das Wetter unterschätzt und auch die Zeit nicht im Auge behalten. Es war schon beinah dunkel, und der Weg war kaum zu erkennen. Das Schneetreiben schluckte das Licht der Scheinwerfer, und die Scheibenwischer schafften es nicht, für freie Sicht zu sorgen. Wieder rüttelte der Wind an dem Auto. Nur Ruhe bewahren, redete sie sich ein. Langsam fahren, nicht stehen bleiben, nicht bremsen, nicht zu schnell werden, den Gang nicht wechseln. Ihr wurde heiß und kalt. Es war nicht nur der gefrorene Boden, der ihr Sorgen bereitete, auch der Schnee blieb jetzt liegen. Um sie herum war inzwischen alles weiß, und der Bordcomputer zeigte drei Grad minus an. Mit so viel Winter auf einmal hatte sie nicht gerechnet. Hoffentlich kam sie sicher nach Hause.

Sie hatte geglaubt, die Hauptstraße sei in besserem Zustand als der Weg, doch sie hatte sich geirrt. Schneeverwehungen machten sie fast unbefahrbar und türmten sich ausgerechnet dort auf, wo der unbefestigte Weg in die Straße mündete. Somit hatte Carla keine andere Wahl, als durch den Schnee hindurchzufahren. Sie gab Gas und blieb stecken. Was nun? Im ersten Moment war sie ratlos. Draußen war es stockdunkel. Es brannte nicht einmal eine Straßenlaterne, und nirgendwo war ein Auto in Sicht. Sie war ganz allein und musste zusehen, dass sie hier fortkam. Deshalb sollte sie einen zweiten Versuch wagen. Sie legte den Rückwärtsgang ein und schob den Fuß auf das Gaspedal. Das Auto bewegte sich, doch nicht, wie erwartet, schnurgerade zurück, sondern es rutschte nach links, immer weiter nach links, ohne dass sie dagegen etwas tun konnte. Hektisch trat sie auf die Bremse, aber der Wagen reagierte nicht mehr. Da bemerkte sie, dass es langsam abwärts ging. Sie begann zu schreien und wurde fast hysterisch, bis das Auto endlich zum Stehen kam und sie hinter dem Steuer zu Stein erstarrte. Sie brauchte ein paar Minuten, um zu verstehen, was passiert war. Sie hing windschief in einem Graben. Er schien nicht sonderlich tief zu sein, denn sie konnte noch den Straßenrand erkennen. Das Auto dort herauszumanövrieren war jedoch vollkommen ausgeschlossen. Sie griff nach ihrer Tasche, in der das Handy lag. Wo und wen sollte sie anrufen? Auf solche Notfälle war sie nicht vorbereitet. Sanchez würde ihr helfen. Er wusste bestimmt, wer in dieser Situation zu verständigen war. Sie wählte die Nummer des Ladens und hielt sich abwartend das Telefon ans Ohr. Doch es erklang kein Freizeichen. Sie hatte keinen Empfang. Verärgert steckte sie das Handy in ihre Manteltasche.

Adelina und der Wetterdienst hatten sie gewarnt. Und recht behalten! Der Wintereinbruch war heftig. Was hatte sie sich nur dabei gedacht, ausgerechnet heute in die Eifel zu fahren. Das war schierer Wahnsinn gewesen. Warum musste sie stets ihren Kopf durchsetzen? Wieso beherzigte sie nicht auch einmal den Ratschlag eines anderen?

Fluchend hängte sie sich ihre Handtasche um den Hals, öffnete vorsichtig die Autotür und kroch aus dem Wagen. Dann lief sie ein Stück an der Straße entlang und versuchte ein paar Meter weiter, noch einmal zu telefonieren. Ohne Erfolg. Sie ging zurück, blieb am Straßenrand stehen und wartete auf ein Auto. Es kam keines. Sie fror erbärmlich, denn sie hatte weder Mütze noch Handschuhe dabei, und ihr Designermantel aus feinster Wolle war für dieses Wetter ungeeignet. Die Kälte schmerzte in ihrem Gesicht. Ihre Hände verwandelten sich allmählich in Eiszapfen, und ihren Füßen erging es nicht besser. Aus ihren Zehen war schon jegliches Gefühl gewichen. Sie hatte einmal gelesen, dass ein Erfrierungstod genau mit diesen Symptomen begann. Wie lange dauerte eigentlich der Tod durch Erfrieren? Sie musste sich etwas einfallen lassen. Sie wog die Möglichkeiten ab. Viele gab es nicht. Das nächste Dorf war zu weit weg, um zu Fuß dorthin zu gehen. Auch das Auto bot ihr keinen Schutz, darin konnte sie nicht die Nacht verbringen, es war viel zu kalt. Frierend und hilflos drehte sie sich nach allen Seiten um, bis vor ihrem geistigen Auge ein Bild erschien. Neben einem Marmorkamin sah sie Holzscheite in einem Weidenkorb liegen und dachte an ein Feuer. Sie hörte es bereits leise knistern und spürte schon die Wärme in ihren Händen und Füßen. Diese Aussicht war so verlockend, dass ihr Entschluss schnell feststand. Sie zog den Autoschlüssel aus der Manteltasche, klickte ihn kurz an, um den Wagen zu verschließen, und stapfte durch Dunkelheit, Schnee und Sturm zum Haus zurück.

*

Halb erfroren und zitternd vor Kälte, betrat sie die Eingangshalle. Sie schaltete das Licht ein und lehnte sich erschöpft gegen die Tür. Noch nie zuvor war sie durch so einen heftigen Schneesturm gelaufen. Es war ihr kaum gelungen, sich auf den Beinen zu halten. Doch jetzt war sie in Sicherheit.

Sie rieb die Hände aneinander und spürte, wie langsam ein Gefühl in ihre Fingerspitzen zurückkehrte. Es kribbelte, als endlich wieder Blut hindurchfloss. Nur ihre eingefrorenen Füße wollten nicht auftauen. Wie abgestorben waren die Zehen, als gehörten sie nicht mehr zu ihrem Körper. Sie brauchten dringend die Wärme eines Feuers.

Sie ging ins Wohnzimmer, kniete sich vor den Kamin und stapelte das Holz hinein. Im Weidenkorb lagen auch Papier und Streichhölzer. Sie entzündete das Papier, legte es zu den Holzscheiten und beobachtete, wie die Flammen tänzelnd darauf übersprangen. Erneut rieb sie die Hände aneinander und wärmte sie zusätzlich mit ihrem Atem.

Das Feuer griff rasant um sich und füllte schnell den gesamten Kaminraum aus. Abwechselnd hielt Carla Hände und Füße dagegen und genoss die wohlige Wärme. Sie nahm sich vor, die ganze Nacht hier sitzen zu bleiben. Vor dem Kamin war der beste Platz, um auf den nächsten Morgen zu warten. Sie würde es sich gemütlich machen. So eine Nacht verging wie im Flug, versuchte sie sich gut zuzureden, während sie sich auf ein Sofa setzte und das Handy aus der Manteltasche zog. Sie musste unbedingt Adelina erreichen, denn die machte sich bestimmt schon große Sorgen. Und sie wollte sichergehen, dass Pauline bei Mara schlafen konnte. Carla drückte die Wahlwiederholung und atmete auf, als ein Freizeichen erklang. Zwar war die Verständigung schwierig, weil es nur minimalen Empfang gab, doch Adelina wusste nun Bescheid und kümmerte sich um Pauline. Die Details ihrer misslichen Lage konnte sie auch morgen noch berichten.

Eine Weile saß sie unschlüssig auf dem Sofa herum und hörte dem Sturm zu, der tosend um die Hausmauern fegte. Dann stand sie auf, ging zu den Fenstern und zog die langen Samtvorhänge zu. Das Zimmer wirkte gleich viel gemütlicher und vermittelte ihr das Gefühl, sicher aufgehoben zu sein. In dem Wohnzimmer gab es keinen Fernseher, und sie konnte auch nirgendwo ein Radio entdecken. Nur das Knistern des Feuers und das Ticken der Standuhr unterbrachen die Stille, ein monotones, schnell aufeinanderfolgendes Ticktack des schwingenden Pendels. Die Uhr ging falsch, fast zehn Minuten, deshalb öffnete Carla das Glasgehäuse und schob den Zeiger ein Stück nach vorn. Ihr Blick fiel auf eine dicke Bibel, die auf dem Kaminsims lag. Sie war in braunes Leder gebunden und an den Seitenrändern mit Blattgold versehen. Als Carla sie aufschlug, stellte sie fest, dass der Text in alter deutscher Schrift gedruckt war. Garantiert ein sehr wertvolles Stück, dachte sie, genau wie der Spiegel, der über dem Kamin hing. Sein Glas war nicht mehr ganz klar und der goldene Rahmen an einigen Stellen beschädigt, aber der Spiegel wirkte so vornehm, als käme er direkt aus Versailles. Sie fuhr mit der Hand über den gewölbten Rahmen und ließ anschließend die Finger über den Ledereinband der Bibel sowie über den Kaminsims gleiten. Kein Körnchen Staub. Dieses Haus war blitzsauber, wie frisch geputzt.

Sie legte Holz nach, während ihr bewusst wurde, dass eine lange, einsame Nacht in einem großen Haus vor ihr lag. Ein Haus mit vielen Zimmern, von denen sie bisher nur drei kannte. Vielleicht verspürte sie deshalb so ein unruhiges Gefühl. Das Haus war ihr fremd, und sie wusste nicht, was sich hinter all den Türen verbarg. Es war das Unbekannte, das ihr Furcht einflößte. Die langen Flure, die vielen Zimmer und die dunkle Galerie schienen geheimnisvoll und mysteriös. Vielleicht sollte sie überall das Licht einschalten und die anderen Zimmer erkunden. Doch der Gedanke machte ihr Angst. Sie musste aufhören, so ein Hasenfuß zu sein, schimpfte sie sich selbst. Wovor fürchtete sie sich? Sie redete sich Mut zu und ging entschlossen in die große Halle. Doch als sie vor der Treppe stand und auf die dunkle Galerie hinaufblickte, traute sie sich nicht weiter. Unweigerlich fiel ihr Manderley ein, das düstere alte Schloss aus einem ihrer Lieblingsromane, durch das die Seele der toten Rebecca geisterte. So wie auf Manderley stellte sich Carla die Zimmer auch in diesem Haus vor – halbdunkel, die Möbel mit weißen Tüchern bedeckt, dicker Staub auf all den Dingen, die einst benutzt worden waren, und dichte Spinnweben auf gerahmten Bildern aus vergangener Zeit. Jahrelang lag das seidene Nachthemd auf dem frisch bezogenen Bett bereit, als würde Rebecca jeden Augenblick zurückkommen. Dabei war es ihr Geist, der durch die verlassenen Räume spukte, die früher von ihrem Lachen erfüllt wurden. Schaudernd wandte Carla sich ab und ging zurück ins Wohnzimmer. Diese dummen Gedanken kamen ihr nur, weil es in diesem Haus so still war. So verdammt still. Es war wirklich nichts zu hören bis auf das Ticken der Uhr, dieses leise, rhythmische Ticktack. Wieso funktionierte die Uhr eigentlich? Wie ein Blitz schoss ihr die Frage durch den Kopf. Sie hatte noch nie von einer Pendeluhr gehört, die wochenlang lief, ohne aufgezogen zu werden. Wer zog die Uhr auf? Und wer wischte hier Staub? War sie doch nicht allein hier? Vorsichtig drehte sie sich nach allen Seiten um. Unfug, dachte sie und versuchte, sich zu beruhigen. Sie durfte und *wollte* sich nichts einreden. Geister gab es nur in der Fantasie und in Paulines Kinderzimmer, wo sie jedoch von Pu schnell wieder vertrieben wurden. Für ihre Aufregung bestand kein Grund.

Trotzdem fiel die Anspannung nicht von ihr ab, und sie verbrachte eine kleine Ewigkeit damit, steif wie ein Brett auf dem Sofa zu sitzen. Das Feuer knisterte, und immer wieder warf sie verstohlen einen Blick über die Schulter, als wollte sie sich vergewissern, dass auch wirklich niemand hinter ihr stand. Doch wer sollte das sein? Der Geist von Rebecca? Bestimmt nicht! Vielleicht waren es die Seelen der Toten, die bei Nacht durch das einsame Haus geisterten, das sie nicht verlassen konnten, weil ein Unrecht nicht gesühnt worden war. Sie hörte ein leises Lachen. Das Lachen einer Frau.

Wütend auf sich selbst sprang sie auf. War sie verrückt geworden? Sie spürte die Gänsehaut, die ihr über den Rücken lief. Sie musste etwas tun, sonst drehte sie durch. Vielleicht konnte sie sich einen Tee kochen. Der würde sie zur Vernunft bringen. Also lief sie durch das Esszimmer in die Küche, wobei sie überall die Lichter einschaltete, und begann, sich nach Tee und Geschirr umzuschauen. Lange suchen musste sie nicht, denn als hätte jemand von ihrem Vorhaben geahnt, stand alles bereit, was sie benötigte: neben dem Wasserkocher eine Dose Earl-Grey-Tee, im Vorratsschrank englisches Teegebäck, Tassen und Teller sowie eine silberne Thermoskanne ordentlich im Küchenschrank. Sie stellte das Wasser auf und warf neugierig einen Blick in den Kühlschrank. Eine Flasche Champagner lag darin, *Le Grand Dame*, sonst nichts. Ein guter Tropfen zur Begrüßung, dachte sie. Aber nach Champagner war ihr jetzt nicht zumute. Sie überbrühte den Tee mit kochendem Wasser, füllte ihn in die Thermoskanne und stellte diese samt einer Tasse auf ein Tablett. Dann legte sie eine Packung Gebäck dazu und ging zurück ins Wohnzimmer. Dort fiel ihr zum ersten Mal ein Lehnstuhl auf, der versteckt in einer Ecke stand. Auf der Sitzfläche lagen eine Decke und ein Buch. *Rebecca.* Beinah wäre Carla das Tablett aus der Hand gefallen. Sie ermahnte sich, ruhig zu bleiben. Der Roman war millionenfach verkauft worden. Es war reiner Zufall, dass sie ihn hier vorfand.

Sie nahm beides mit zum Kamin und ließ sich in eine Decke gehüllt auf einem Sofa nieder. Während sie den Tee schlürfte und die Kekse knabberte, schlug sie das Buch auf. Mit schwarzer Tinte und in verschnörkelter Handschrift hatte jemand einen Spruch auf die erste Seite geschrieben: *Vergiss nie, was wir sind; wir sind nur Staub.* Bedächtig blätterte Carla um und las den ersten Satz, den sie gut kannte: *Gestern Nacht träumte ich, ich sei wieder in Manderley.*

Das Licht flackerte auf. Sie warf einen besorgten Blick auf die Stehlampen. Doch es beruhigte sich wieder, und sie las weiter, bis es plötzlich schlagartig dunkel wurde. Der Strom war weg. Wie versteinert saß sie da und wartete minutenlang darauf, dass er zurückkam. Aber die Lichter blieben aus. Nur das Feuer erhellte den Raum. Verbranntes Holz fiel leise knirschend in sich zusammen. Und das Ticken der Uhr hallte durch das Haus.

Sie schälte sich aus der Decke, griff nach der Streichholzschachtel im Weidenkorb und stolperte in die Eingangshalle, um einen der Kerzenleuchter zu holen. Erschreckend finster war es dort. Sie machte ein Streichholz an, um sich zu orientieren, und tastete sich langsam vorwärts zu dem runden Tisch neben der Treppe, auf dem ein gusseiserner Leuchter mit fünf Kerzen stand. Diese zündete sie an und sah gespenstische Schatten durch die Halle tanzen. Leise knarrte die Treppe. Das Haus war jetzt nicht mehr still. Überall waren auf einmal Geräusche. Carla ermahnte sich erneut, ihren Verstand einzuschalten. Es war lediglich der Strom ausgefallen. Mit dem Leuchter ging sie zurück zum Kamin. Dort legte sie Holz nach und setzte sich wieder aufs Sofa. Das Kerzenlicht brach sich im matten Glas des Spiegels. Verzerrte schwarze Schatten bewegten sich an der Decke entlang und wanderten unruhig umher. Dieses Haus war voller Schatten. Und voller Geister, die im Dunkel der Nacht lebendig wurden. Sie konnte es hören. Ein leises Knarren und Knarzen kam aus jeder Ecke. Sie war nicht mehr allein. Es war noch jemand hier in diesem Raum, ganz nah bei ihr, dicht neben ihr, das fühlte sie. Sie sah im Spiegel die Umrisse einer nebelhaften Gestalt. Das Licht der Kerzen begann zu flackern. Dann erlosch es, und sie hörte ein Flüstern. Wir sind nur aus Staub, sagte eine fremde Stimme. Jemand berührte sie. Eine Hand fuhr ihr übers Gesicht, kalte Finger, ganz zart, kaum spürbar. Wir sind nur aus Staub, hauchte die Stimme in ihr Ohr. Sie hörte Schritte, deutliche Schritte, die aus der Halle zu ihr drangen. Jemand stieg die Treppe hinauf. Ein leises Lachen hallte wie ein Echo durch das Haus. Danach war es still. Totenstill. Selbst das Ticken der Uhr war nicht mehr zu hören. Nur der Sturm pfiff bedrohlich um die steinernen Mauern. Im Haus blieb es dunkel. Stockdunkel.

*

Als Carla erwachte, spürte sie einen Schmerz durch ihren Körper fahren. Wie ein Embryo lag sie auf dem Sofa, hatte die Beine fast bis zum Kinn angewinkelt, die Arme vor der Brust gekreuzt und den Kopf darin verborgen. Sie setzte sich auf. Ihr war kalt, obwohl sie immer noch ihren Mantel trug und in die Decke eingewickelt war. Doch in dem Zimmer war es eisig, und es roch nach erkalteter Asche. Verschlafen sah sie sich um. Auf dem Tisch stand die Thermoskanne und die Tasse mit dem Tee, daneben lag der Roman *Rebecca*, und die drei Stehlampen brannten. Durch einen Spalt der Samtvorhänge fiel Tageslicht herein. Erleichtert atmete sie auf. Sie hatte die Nacht überstanden. Sie war der Dunkelheit entflohen, die sie in Angst und Schrecken versetzt und ihrer Fantasie Flügel verliehen hatte. Sie dachte daran, was sie sich in dieser Nacht alles eingebildet hatte. Erst hatte sie geglaubt, nicht allein im Haus zu sein, danach Schritte auf der Treppe gehört, und schließlich war auch noch die Uhr stehen geblieben. Ihr Blick fiel auf die Standuhr. Die Zeiger zeigten halb zwei an, und das Pendel bewegte sich nicht mehr.

Sie stand auf und zog die Vorhänge zurück. Grelles Sonnenlicht flutete herein. Für einen Moment kniff sie die Augen zusammen. Dann konnte sie kaum glauben, was sie sah. Der Winter hatte Eisblumen an die Fenster gemalt, die Sonne schien, und die Eiskristalle auf dem Schnee reflektierten ihr Licht. Dabei funkelten sie wie tausend Sterne, und der Himmel erstrahlte in einem kräftigen Blau, ohne eine einzige Wolke. Ein Wintertag wie aus dem Bilderbuch, als hätte es den Sturm niemals gegeben.

Bei diesem Anblick begann Carlas Herz wild zu klopfen. Vergessen war die Nacht, freudig wie ein Kind lief sie hinaus in den Schnee, immer weiter. Dann drehte sie sich um und betrachtete das stattliche Herrenhaus mit dem verwunschenen Dornröschenturm inmitten der glitzernden Winterlandschaft, umschlossen von weißen Wäldern. Es war märchenhaft schön! Zum Verlieben schön! Wie gern würde sie sich jetzt das Haus anschauen, durch die langen Flure wandeln, all die vielen Türen öffnen und die Zimmer besichtigen, die sie noch nicht kannte. Doch dafür war keine Zeit, es gab weit dringlichere Aufgaben für sie. Nur ungern erinnerte sie sich daran, dass ihr Auto in einem Graben lag und sie es dort irgendwie wieder herausbekommen musste. Automatisch zog sie das Handy aus der Manteltasche. Vielleicht hatte sie jetzt einen besseren Empfang. Der Akku war leer. Es war wie verhext. Doch sich aufzuregen half ihr nicht weiter. Sie würde schon eine Lösung finden. Am Tag sah die Welt anders aus als bei Dunkelheit, Sturm und Schnee. Somit stapfte sie zum Haus zurück, schloss die Tür ab und marschierte in Richtung Straße.

Schon von Weitem sah sie, dass ihr Auto komplett zugeschneit war. Nur ein weißer Schneehügel ragte aus dem kleinen Graben hervor. Vom Wagen selbst war kaum noch etwas zu sehen. Als sie zu ihm vordringen wollte, rutschte sie aus und schlitterte auf dem Hosenboden in den Graben hinein. Nun sah sie aus wie ein Schneemann, stand fluchend auf und putzte sich ab. Mit den Händen, die schon wieder ganz rot vor Kälte waren, beseitigte sie den Schnee von der Fahrertür. Sie hatte nicht einmal einen Handfeger dabei, nur einen Eiskratzer, das war alles. Damit konnte sie den Wagen unmöglich von den Schneemassen befreien. Sie überlegte, ins nächste Dorf zu laufen, als sie plötzlich in der Ferne ein Auto hörte. Reflexartig versuchte sie, aus dem Graben zu klettern, doch in ihren dünnen Stiefeln mit der glatten Sohle gelang ihr das nicht. Das Auto kam näher. Vor Verzweiflung riss sie schließlich die Arme hoch und schwenkte den Eiskratzer wild durch die Luft, in der Hoffnung, dadurch gesehen zu werden.

Das Unternehmen schien von Erfolg gekrönt zu sein. Ein schwarzer Jeep hielt an, dem ein Mann in Jeans, Stiefeln und olivgrüner Allwetterjacke entstieg. Er ging zum Straßenrand und blickte grinsend zu ihr herab.

»Was ist denn passiert?«, rief er.

Sie blinzelte ihm entgegen, weil die Sonne sie blendete. »Ich hatte einen kleinen Unfall.«

»Sind Sie verletzt?«

»Nein, es geht mir gut. Ich weiß bloß nicht, wie ich das Auto hier herausbekommen soll.«

»Welches Auto?«, fragte er lachend.

Sehr witzig, dachte sie verärgert. Meinte er etwa, ihr sei nach Scherzen zumute?

»Das unter dem Schneehügel«, erwiderte sie leicht genervt.

Er holte einen Besen aus seinem Jeep und stieg zu ihr in den Graben hinab.

»Läuft der Wagen noch?«, wollte er wissen.

Verwirrt sah sie in seine blauen Augen, die ihren Blick beinahe magnetisch anzogen. Sie konnte sich von diesen Augen kaum lösen. Es war ihr unangenehm, dass sie ihn so anstarrte, obwohl er überhaupt nicht ihr Typ war. Er war ein Naturbursche, unrasiert und mit Stoppelbart, ein großer, kräftiger Mann, der sofort damit begann, den Schnee von ihrem Auto zu schaufeln.

»Ich bin nicht sicher, ob der Wagen fährt«, entgegnete sie skeptisch. »Ich habe es noch nicht probiert.«

Daraufhin bat er um den Schlüssel, setzte sich hinein und startete den Motor. Er sprang sofort an. Dem Himmel sei Dank, dachte Carla.

Dann stieg er wieder aus, zog sein Handy aus der Jackentasche und rief einen gewissen Bernie an, der einen Traktor zu besitzen schien.

»In zehn Minuten kommt Hilfe«, sagte er, nachdem er sein kurzes Telefonat beendet hatte. Dafür schenkte Carla ihm ein knappes Lächeln.

»Hat der Wagen die ganze Nacht hier gestanden?«, fragte er, während er den Schnee wegfegte.

Sie nickte. »Gestern Abend bin ich in einer Schneeverwehung stecken geblieben und beim Versuch, wieder herauszukommen, in dem Graben gelandet. Erinnern Sie mich bloß nicht daran! Es war schrecklich. Kein Handyempfang, kein Auto weit und breit, nur der Schneesturm und ich.«

Er wirkte bestürzt. »Haben Sie die Nacht etwa im Auto verbracht?«

»Du lieber Himmel …«, rief sie entsetzt. Allein diese Vorstellung ließ sie erschaudern. »Ich habe in dem Haus dort unten übernachtet.« Sie zeigte in Richtung Hoheneck.

»In dem Haus?« Er stutzte. »Dort wohnt niemand mehr.«

»Ich weiß«, sagte Carla.

In dem Moment kam ein Traktor angetuckert. Ein junger Mann, höchstens zwanzig Jahre alt, saß am Steuer. Er trug eine graue, wattierte Arbeitsjacke und eine Wollmütze auf dem Kopf.

»Morgen Tom«, grüßte er Carlas Helfer und sprang vom Bock.

»Hallo Bernie«, rief der zurück. »Kriegst du das hin?«

Bernie warf einen Blick auf Carlas Auto und nahm ein dickes Seil zur Hand. Von da an ging alles sehr schnell. Das Seil wurde an Carlas Wagen befestigt, den Bernie dann mit dem Traktor aus dem Graben zog.

Sie atmete erleichtert auf, als ihr kleiner Peugeot wieder fahrbereit auf der Straße stand. Unterdessen löste Bernie das Seil von ihrem Auto, stieg auf den Traktor und tuckerte davon.

»Halt!«, rief Carla ihm nach und blickte Hilfe suchend zu Tom. »Er kann doch nicht einfach so abfahren, ohne dass ich mich bei ihm bedankt habe.« Hektisch zog sie ihr Portemonnaie aus der Tasche. »Was bin ich ihm schuldig? So rufen Sie ihn doch zurück!«

Aber Tom stand nur grinsend da, die Hände in den Jackentaschen vergraben, und meinte: »Von schönen Frauen nimmt Bernie sowieso kein Geld.«

Sie zuckte ratlos mit den Achseln. »Darf ich mich dann wenigstens bei Ihnen bedanken?«

»Keine Ursache«, antwortete er verlegen. »Kommen Sie gut nach Hause, und fahren Sie vorsichtig, die Straßen hier oben sind in ziemlich schlechtem Zustand.«

»Ich werde mich bemühen«, erwiderte Carla. Nach einem letzten Blick in seine blauen Augen stieg sie in ihr Auto ein, ließ den Motor an, winkte ihm zum Dank noch einmal zu und fuhr los.

4

Das Museum von Herrn Eichhoff steckte voller Andenken. Manche Menschen liebten es, in Erinnerungen zu schwelgen; Carla hätte sie gern aus ihrem Kopf verbannt. Doch das gelang ihr nicht. Sie liefen ab wie ein Film und begannen stets an dem Tag, an dem sie Nachtfalke geschenkt bekommen hatte. Sie war so stolz auf den edlen Hengst mit dem glänzenden goldbraunen Fell gewesen. Sie hatte es geliebt, mit ihm auszureiten, seine Kraft und Vitalität zu spüren, seinen unbändigen Drang nach Bewegung. Nachtfalke war ein ganz besonderes Pferd. Ihn verkaufen zu müssen traf sie tief in ihrer Seele.

»Du konntest keinen besseren Käufer finden«, sagte Eichhoff senior, als hätte er ihre Gedanken erraten. Er versuchte, sie zu trösten. »Nun mach nicht so ein Gesicht. Du kriegst einen anständigen Preis für das Pferd und verkaufst es an einen ausgezeichneten Stall. Der Baron wird Nachtfalke trainieren, ihn fördern, ihm etwas beibringen. Der Mann versteht was von Pferden, hat ein Gespür für sie. Nachtfalke hätte es nicht besser treffen können.«

»Hoffentlich«, sagte Carla besorgt. »Peter fand es jedenfalls sehr merkwürdig, dass dieser Herr von Stein sich für Nachtfalke interessiert.«

»Wieso denn?«, fragte Eichhoff verwundert. »Nachtfalke ist doch ein sehr gutes Pferd.«

»Ohne Zweifel«, bestätigte sie. »Aber Peter meinte, der Baron kaufe eigentlich nur Pferde, die bereits große Siege errungen haben. Nachtfalke hat gerade erst mit dem Training begonnen, von einem Sieg in einem bedeutenden Turnier ist er noch meilenweit entfernt. Wieso also will dieser Herr von Stein ihn haben?«

Eichhoff zuckte mit den Schultern, als plötzlich die Tür aufging und ein junger Mann in dunkelblauem Anzug eintrat. Armani, das erkannte Carla sofort. Außerdem bemerkte sie mit einem kurzen Blick, dass seine Schuhe handgenäht waren, die Uhr von Cartier stammte und die Aktentasche aus schwarzem Nappaleder ein Vermögen gekostet haben musste. Er wirkte arrogant und überheblich, sah gar nicht aus wie ein Gestütsbesitzer. Noch dazu einer, der angeblich nur für die Pferde lebte. Carla fand ihn unsympathisch. Ein unangenehmes Gefühl überkam sie bei dem Gedanken, ihm Nachtfalke verkaufen zu müssen.

Er reichte ihr die Hand. Gepflegt, die Fingernägel manikürt. Mit klangvoller Stimme sagte er: »Hagenbeck ist mein Name, Wolf Hagenbeck, von der Kanzlei Hagenbeck & Kühn. Baron von Stein kann den Termin heute leider nicht wahrnehmen. Ich bin bevollmächtigt, ihn zu vertreten.«

»Ach so …«, erwiderte Carla verwirrt, »na ja … Wenn das so ist …«

Er öffnete seine Aktentasche, zog den Vertrag heraus, den Carla dem Baron bereits hatte zukommen lassen, und stellte fest: »Es war sehr hilfreich, dass die Eigentümerin des Pferdes den Vertrag bereits unterzeichnet hat. Das erspart uns Zeit und Mühe.« Damit reichte er Carla eine der zwei Ausfertigungen. »Auch Herr von Stein hat schon unterzeichnet. Somit ist unser heutiger Termin reine Formsache.«

Schweigend blätterte sie den Vertrag bis zur letzten Seite durch und betrachtete die markante Unterschrift, die neben der ihrer Mutter aufs Papier geworfen war, ein großes, geschwungenes *C*, in dessen Öffnung ein kleines *v* eingefügt war, an das sich der Name Stein anschloss, als sei alles nur ein einziges Wort. Damit war es also besiegelt. Lange hatte sie sich vor diesem Moment gefürchtet. Nun war es so weit, Nachtfalke gehörte ihr nicht mehr.

»Die Überweisung wurde bereits angeordnet«, erklärte der Anwalt. »Das Geld wird in den nächsten Tagen auf dem Konto der Eigentümerin eingehen. Bitte melden Sie sich dann telefonisch bei uns, damit wir die Überführung besprechen können.«

Carla nickte automatisch, obwohl die Worte an ihr vorbeiflogen. Sie fühlte sich elend. Wieso war dieser Christoph von Stein nicht selbst gekommen? Deprimiert nahm sie die Visitenkarte, die der Anwalt ihr reichte, und verabschiedete sich. Sehr schnell verließ sie das Museum. Sie wollte nicht, dass jemand ihre Traurigkeit bemerkte.

*

Nachtfalke blickte neugierig über die zweigeteilte Tür, als Carla sich seiner Box näherte. Wie immer, wenn er Schritte hörte, scharrte er ungeduldig mit den Hufen.

Sie schlug die Boxentür auf und nahm seinen Kopf in beide Hände. Mit seinen großen, dunklen Augen blickte er sie aufmerksam an. Da konnte sie die Tränen nicht mehr zurückhalten. Er schnaubte, als wolle er sie trösten.

»Ist der Vertrag unterschrieben?«, fragte plötzlich jemand hinter ihr. Peter stand in der Boxentür.

»Alles unterschrieben«, bestätigte sie traurig. »Ab sofort gehört Nachtfalke dem Herrn Baron.«

»War er nett?«, wollte Peter wissen.

Carla zuckte mit den Schultern. »Keine Ahnung, ich habe ihn nicht kennengelernt. Er hat einen Anwalt geschickt.«

»Er war nicht da?« Peter wirkte verwundert. »Wollte er sich Nachtfalke nicht wenigstens einmal anschauen?«

Diese Bemerkung ließ sie stutzig werden. Sie wischte sich die Tränen aus dem Gesicht.

»Wieso?«, fragte sie irritiert. »Hat er ihn denn noch nicht gesehen?«

»Soviel ich weiß, war er nie hier«, erklärte Peter.

Carla hob die Augenbrauen. »Er hat ein Pferd für hunderttausend Euro gekauft, ohne es je begutachtet zu haben?«

»Sieht ganz danach aus«, stellte Peter fest und fügte nachdenklich hinzu: »Seltsam, nicht wahr?«

»Ich kann das nicht glauben«, sagte sie. »Ich werde Eichhoff fragen.«

Sie marschierte ins Museum. Zum Glück war Hagenbeck bereits gegangen.

»Wann hat der Baron Nachtfalke begutachtet?«, fragte sie ohne Umschweife. »Wann war er hier?«

»Gar nicht«, sagte Eichhoff.

Jetzt war Carla wirklich verblüfft. »Er kauft so ein teures Pferd, ohne es gesehen zu haben?«

Der Senior kratzte sich am Ohr. »Darüber habe ich mich auch gewundert. Es kam mir komisch vor, das gebe ich zu. Vielleicht hat er ja Nachtfalkes Stammbaum vertraut. Immerhin kann er sich noch gut an Goldfire und Ambassador erinnern ... apropos ...«, er zeigte auf seine Bildergalerie, »in einer alten Zeitung habe ich ein tolles Foto von Ambassador gefunden. Willst du es dir anschauen?«

Aus Höflichkeit sah sich Carla ein farbiges Hochglanzfoto an, auf dem ein schwarzer Hengst mit einer Reiterin auf dem Rücken elegant eine Sprunghürde überflog. *Sieg beim CHIO, Aachen 1977, Ambassador, Gestüt Hoheneck* – stand darunter.

»Ambassador entstammte dem Gestüt Hoheneck?«, fragte Carla erstaunt.

»Ja, ja!«, erwiderte der Senior. »Er gehörte Sophie von Waldheim. Ihre Nichte Helena hat ihn geritten. Sie war erst achtzehn, als sie damals in Aachen gewann.« Er wies auf ein anderes Foto, auf dem die schöne, junge Frau stolz eine Trophäe hochhielt. Dieses Bild hatte er ihr neulich schon gezeigt, daran erinnerte sie sich schwach. Sie betrachtete es interessiert. Wo hatte sie dieses Pferd schon einmal gesehen? Sie zog das Schwarz-Weiß-Foto aus der Handtasche, das sie in Luises Wohnzimmerschrank gefunden hatte. Sie hatte es eingesteckt, um ihre Mutter später danach zu fragen. Sie hielt es Eichhoff hin.

»Könnte das Ambassador sein?«, fragte sie.

Er warf einen flüchtigen Blick darauf. »Ohne Zweifel. Er hat einen weißen Fleck auf dem vorderen rechten Fuß, das war sozusagen sein Erkennungszeichen.«

Eichhoff hatte recht. Es war eindeutig Ambassador. Im Schrank ihrer Mutter hatte sie die Fotografie eines Pferdes gefunden, das einst zum Gestüt Hoheneck gehört hatte.

Geistesabwesend sah Carla noch einmal auf das Foto aus der Zeitung. Helena hieß die schöne junge Frau. Bei dem Namen machte es klack in ihrem Kopf. Sie dachte an die Kusine, die nach Paris entführt wurde. Da wusste sie, dass sie die Geschichte als Kind falsch verstanden hatte. Die schöne Helena wurde nicht nach Paris entführt, sondern vom Königssohn *Paris* nach Troja, was den trojanischen Krieg auslöste.

»Wieso wurde das Gestüt stillgelegt?«, wollte Carla wissen.

Der Senior zuckte mit den Achseln. »Keine Ahnung. Ende der Siebzigerjahre war es plötzlich aus mit Hoheneck. Das kam für uns alle sehr überraschend, denn Sophie von Waldheim war eine ausgesprochen erfolgreiche Frau, eine ganz Große im Pferdesport. Die eiserne Lady, so hat man sie genannt, weil sie ein strenges Regime führte. Aber Ahnung von Pferden hatte sie, und ihre Zuchterfolge waren unbestritten. Ambassador gehörte auch dazu. Eines Tages hat sie aus heiterem Himmel alle Leute entlassen und kurz darauf die Pferde verkauft. Seitdem wurde es still um sie. Sie hat sich vollkommen zurückgezogen. Ehrlich gesagt habe ich nie wieder etwas von ihr gehört.«

»Und was wurde aus Helena?«, fragte Carla.

»Das kann ich dir nicht sagen. Nachdem sie in Aachen gewonnen hatte, ritt sie nie wieder ein großes Turnier. Dabei war sie eine talentierte Reiterin, vor der eine ganz große Zukunft lag.«

»Sie hat mit achtzehn Jahren den CHIO gewonnen und ist danach nie wieder in Erscheinung getreten?«, fragte Carla ungläubig. »Ist das nicht merkwürdig?«

»Ja, ja …«, brummte Eichhoff. »Kein Mensch hat je wieder von ihr gehört. Dieses Mädchen war auf einmal wie vom Erdboden verschluckt.«

*

Die Entlassung ihrer Mutter kam für Carla sehr überraschend. Auf der Heimfahrt erfuhr sie allerdings, dass Luise selbst entschieden hatte zu gehen. Das Krankenhaus habe sie erst richtig krank gemacht, sie wolle zurück nach Hause, in ihre eigenen vier Wände, sagte Luise.

»Du darfst deine Herzrhythmusstörungen nicht auf die leichte Schulter nehmen«, warnte Carla, während Luise die Tür zu ihrem Häuschen aufschloss. Als sie die Schneiderei betrat, lief sie sofort zu ihrer Nähmaschine. Dort durchwühlte sie einen Stapel Kleidung und rief hektisch: »Wie viel Arbeit hier auf mich wartet!«

»Der Arzt hat gesagt, du sollst dich noch ein paar Tage schonen«, mahnte Carla.

»Ach was.« Mit einer abfälligen Handbewegung wischte Luise die Bedenken beiseite. »Ärzte reden viel, wenn der Tag lang ist.«

Sie stiegen die Wendeltreppe hinauf, und Luise steuerte schnurstracks in ihre kleine Küche. Sie nahm eine Porzellankanne aus dem Schrank und setzte einen gelben Plastikfilter darauf.

»Jetzt kochen wir uns erst mal einen richtig guten Kaffee«, sagte sie fröhlich.

Carla sah sie kritisch an. »Der Arzt hat gesagt, du darfst keinen starken Kaffee …«

»Nun erzähl mir doch nicht dauernd, was der Arzt gesagt hat.« Sie gab Kaffeepulver in den Filter und Wasser in einen altmodischen Kessel, den sie auf die Herdplatte stellte.

»Ist der Kaufvertrag für Nachtfalke eigentlich schon unterzeichnet?«, erkundigte sie sich.

Carla zog ihn aus der Handtasche und legte ihn auf den Küchentisch.

»Stell dir vor, dieser Baron hat Nachtfalke gekauft, ohne ihn je gesehen zu haben. Komisch, nicht wahr?«

Luise erwiderte kein Wort.

»Eichhoff meint, er habe Nachtfalkes Stammbaum vertraut«, fuhr Carla fort. »Immerhin waren seine Vorfahren geradezu berühmt. Sein Großvater Goldfire soll zahlreiche Siege errungen haben, ganz zu schweigen von seinem Urgroßvater.« Sie legte eine kurze Pause ein, um die Reaktion ihrer Mutter abzuwarten. Als Luise keine Miene verzog, fragte sie: »Wusstest du eigentlich, dass Nachtfalkes Urgroßvater dem Gestüt Hoheneck entstammte?«

»Nein«, antwortete Luise, ohne Carla dabei anzusehen. Sie konzentrierte sich vollkommen darauf, den Kaffee in zwei hohe Tassen zu füllen. »Willst du Milch? Ich weiß nicht, ob noch welche da ist.« Mit flatterigen Händen öffnete sie den Kühlschrank und holte eine Tüte Milch heraus.

»Ich war übrigens dort«, sagte Carla.

»Wo?«

»In Hoheneck.«

Ihre Mutter ließ einen Kaffeebecher fallen. Er zersprang klirrend, die heiße schwarze Flüssigkeit ergoss sich über die Fliesen.

»Himmel, Nadel und Zwirn!«, ereiferte sie sich und zog gleich einen Eimer und einen Putzlappen unter dem Spülbecken hervor. Carla sammelte die Scherben auf und wischte mit einem nassen Tuch den Boden sauber.

»Es ist schön dort in Hoheneck«, erzählte Carla. »Es war einmal ein sehr berühmtes Gestüt. Aber das weißt du bestimmt, oder?« Sie bekam wieder keine Antwort. So fügte sie hinzu: »Nachtfalkes Urgroßvater war ein rassiger, prachtvoller Hengst. Wusstest du das auch nicht?«

»Nein.«

»Ein Siegertyp. Sechsmal hintereinander hat er den CHIO gewonnen.«

Luise nahm Carla den Putzlappen ab und wrang ihn aus.

»Sechsmal hintereinander«, wiederholte Carla. »Stell dir das nur vor. Ende der Siebzigerjahre wurde er nach England verkauft. Hast du nie davon gehört?«

»Nein!« Gereizt nahm Luise den Lappen und warf ihn ins Spülbecken. »Was soll das? Was willst du von mir? Es interessiert mich nicht im Geringsten, welche Preise dieses Pferd geholt hat und wohin es verkauft wurde. Ich möchte einfach nur in Ruhe meinen Kaffee trinken und nichts von Hoheneck oder von Ambassador hören. Würdest du das bitte beherzigen?«

»Ich habe dir nicht erzählt, dass er Ambassador hieß.« Herausfordernd blickte Carla ihre Mutter an.

»Woher sollte ich es sonst wissen«, erwiderte Luise ungehalten.

»Weil du das Pferd gekannt hast.« Carla legte das Schwarz-Weiß-Foto auf den Küchentisch. »Das habe ich in deinem Schrank gefunden. Du musst direkt vor dem Pferd gestanden haben, als du das Foto aufgenommen hast.«

»Ich habe es nicht aufgenommen.« Luise war erregt, ihre Stimme zitterte.

»Wer dann?«, fragte Carla. »Deine Kusine Helena vielleicht?«

»Hör auf damit!« Luise nahm eine neue Tasse aus dem Schrank und schenkte sich den Rest Kaffee ein. Damit setzte sie sich an den Küchentisch und starrte die Wand an. Für ein paar Minuten herrschte ein bedrückendes Schweigen, bis Luise sagte: »Ich werde Hoheneck verkaufen. Ich werde einen Immobilienmakler beauftragen, der sich darum kümmert. Es ist ein sehr großes Haus, und ein gutes Stück Land gehört auch dazu. Das alles wird sicher so viel einbringen, dass wir uns davon ein Häuschen in Köln kaufen können, in das wir drei dann gemeinsam einziehen. Was hältst du von dieser Idee?«

Kopfschüttelnd sah Carla ihre Mutter an. Es war wie immer. Ihr gefiel ein Thema nicht, also wich sie aus.

»Ich weiß, dass meine Fragen dich quälen«, sagte Carla bedrückt. »Aber ich werde sie dir so lange stellen, bis ich eine Antwort bekomme.«

»Wie findest du meine Idee?«, wiederholte Luise tonlos.

»Sehr gut«, seufzte Carla. »Hast du schon einen Makler beauftragt?«

»Nein, aber der lässt sich bestimmt schnell finden.« Sie war traurig, das las Carla in ihren Augen. Die kleinen braunen Sprenkel in der Iris wirkten wie ungeweinte Tränen.

*

Sie wollte Carlas Liebe nicht verlieren. Carla war alles, was sie hatte; alles, was ihr geblieben war. Carla war ihr Leben. Sie musste sie beschützen. Ihretwegen musste Hoheneck verkauft werden. Niemals durfte Carla die Wahrheit erfahren.

Luise schlug die Gelben Seiten auf und starrte hilflos auf die unzähligen Einträge unter der Rubrik *Immobilienmakler*. Wen davon sollte sie anrufen? Wo beginnen? Eine fett gedruckte Anzeige von einer Firma aus Rodenkirchen stach ihr ins Auge, ein gewisser Immobilienservice Ambach. Dort wollte sie es zuerst versuchen. Sie nahm das Telefon zur Hand, legte es aber erschrocken auf den Tisch zurück. Plötzlich hörte sie Sophies harte Stimme durch das Haus dröhnen: *Du willst Hoheneck verkaufen? Mein Hoheneck? Unser Hoheneck?* Ihre grünen Augen funkelten zornig, die Nasenflügel zuckten verräterisch. Wie immer, wenn sie wütend war. Dann straffte sich auch ihre hohe Stirn, in die Wind und Wetter, Sorgen und Verantwortung tiefe Falten gegraben hatten, und ihre schmalen, blassroten Lippen pressten sich fest aufeinander. Das war der Moment, in dem jeder Angst vor ihr hatte. Manchmal wurde sie blind vor Wut, vor allem dann, wenn jemand ihrem Willen nicht folgte.

Luise starrte das Telefon an. Ihre Hände wagten nicht, es zu berühren, solange Sophie in ihrer Gegenwart war. Minutenlang saß sie da und wartete darauf, dass Sophie im Nirgendwo verschwand, sich in den Nebeln der Erinnerung auflöste. Danach erst griff sie nach dem Hörer. Mit dem Wählen der Nummer zögerte sie jedoch. War die Erbschaft eine Laune des Schicksals? Oder forderte Gott das Begleichen der Schuld? Schuld verjährt nicht. Deshalb spielte es keine Rolle, wie viel Zeit inzwischen vergangen war. Sie hatten alle Schuld auf sich geladen. Auch sie selbst war nicht frei davon. Sie hatte geschwiegen. Und sie war nicht da gewesen, als Helena sie am dringendsten brauchte. Sie war davongelaufen, hatte Helena einfach allein gelassen. Das würde sie sich nie verzeihen. Dreißig Jahre schon quälte sie sich damit herum, fand nachts keine Ruhe.

Doch Carla hatte damit nichts zu tun. Es ging darum, sie zu beschützen. Deshalb gab es keine andere Möglichkeit, als Hoheneck zu verkaufen. Sie tippte die Nummer in die Tastatur des Telefonhörers ein. Wie lange würde es dauern, bis das Haus sein Geheimnis preisgab? Auf keinen Fall durfte Carla die Wahrheit erfahren. Mit allen Mitteln musste sie das verhindern.

Ein Freizeichen erklang, kurz darauf meldete sich eine freundliche Frau: »Immobilienservice Ambach, was kann ich für Sie tun?«

Luise konnte nicht antworten. Hoheneck zu verkaufen kam ihr vor wie Verrat. Sie hatte es geliebt, hatte nie ein anderes Zuhause gehabt. Mit ihrem Herzen war sie immer in Hoheneck gewesen und wünschte sich nichts sehnlicher, als eines Tages dorthin zurückzukehren.

»Hallo!«, rief die Frau am anderen Ende.

Da stand Sophie wieder neben ihr. Luise sah das Entsetzen in ihrem Gesicht.

Leg auf, sagte Sophie.

»Hier ist der Immobilienservice Ambach«, wiederholte die freundliche Dame. »Was kann ich für Sie tun?«

»Oh! Entschuldigung!«, murmelte Luise verstört. »Ich habe mich verwählt.«

*

Carla wog den Schinken ab. Einhundert Gramm Jamón Ibérico, Schinken vom schwarzen Schwein, eine andalusische Spezialität.

»Darf es sonst noch etwas sein?«, wandte sie sich danach wieder an Frau Felden. Die stand vor der Ladentheke und blickte sich suchend um. Sie war eingehüllt in einen langen Nerzmantel und hatte, passend dazu, eine Fellmütze auf dem Kopf. Damit sah sie aus, als wollte sie gleich einen Ausflug nach Sibirien unternehmen. Nur ihr kleines, ältliches Gesicht lugte noch aus all dem Fell hervor.

»Wo haben Sie denn die schwarzen Oliven? Die in dem Holzfass, die so köstlich waren.« Ihre Augen, die sie, trotz ihres hohen Alters, mit kräftigem Lidschatten und Wimperntusche schminkte, leuchteten, als sie fragte: »Wissen Sie, woran schwarze Oliven mich immer erinnern?«

Carla rang sich ein Lächeln ab. Natürlich wusste sie das. Schwarze Oliven erinnerten Frau Felden an ihren spanischen Liebhaber, einen Stierkämpfer, mit dem sie vor mehr als dreißig Jahren eine heiße Affäre hatte. Er brachte ihre dritte Ehe zum Scheitern, doch die Abfindung und die Heißblütigkeit des Spaniers entschädigten sie dafür. In der ersten gemeinsamen Nacht tranken sie Champagner und aßen dazu schwarze Oliven, die angeblich das Blut in Wallung brachten. Pure

Leidenschaft war die Folge. Allerdings war der Stierkämpfer zwanzig Jahre jünger, vielleicht lag es einfach nur daran. Diese Geschichte hatte Carla schon hundertmal gehört, aber sie nahm Frau Felden nicht das Vergnügen, sie noch einmal zu erzählen.

»Schwarze Oliven erinnern mich an meinen spanischen Matador. Das war vielleicht ein Mann!« Frau Felden schnalzte mit der Zunge und machte die typische Handbewegung, die zum spanischen *Olé* gehörte. »So feurig und leidenschaftlich. Und unglaublich männlich. Ich sage Ihnen, Kindchen, jede Frau sollte wenigstens einmal im Leben einen spanischen Matador gehabt haben.« Sie kicherte erneut und wollte gerade mit einer detaillierten Schilderung der kleinen Episode beginnen, als die Ladentür aufging und ein Mann hereinkam. Daraufhin verstummte Frau Felden abrupt und drehte sich nach dem Eindringling um. Als sie Carla den Kopf wieder zuwandte, zog sie bewundernd die Augenbrauen hoch. Der Mann sah ausgesprochen gut aus. Aber das war nicht nur Frau Felden, sondern auch Carla aufgefallen. Sie schätzte ihn auf Mitte dreißig. Unter seinem offenen, langen Mantel trug er einen eleganten grauen Anzug und dazu ein weißes Hemd mit Krawatte und goldener Krawattennadel. Das stürmische Wetter hatte sein welliges, dunkelblondes Haar zerzaust, weshalb er leger mit der Hand hindurchfuhr, um es wieder zu legen.

»Guten Tag«, grüßte er mit einem strahlenden Lächeln, das schneeweiße Zähne zum Vorschein brachte.

»Guten Tag«, erwiderte Carla. Frau Felden sagte gar nichts.

»Ich möchte einen guten Sherry kaufen«, trug der Herr sein Anliegen vor, ohne dass Carla ihn dazu aufgefordert hatte. Das ärgerte sie. Sah er denn nicht, dass sie gerade eine Kundin bediente? Arroganter Schnösel, dachte sie, während ihr auffiel, wie unverblümt er sie musterte. Sie widmete sich wieder Frau Felden, ohne ihn weiter zu beachten. Doch die gab ihr durch Mimik und Gestik zu verstehen, dass sie sich um den gut aussehenden Herrn kümmern solle. Sogar ihren Daumen hielt die alte Dame in die Luft.

Carla reagierte nicht, sondern fragte stattdessen: »Von den schwarzen Oliven einen kleinen oder einen großen Becher?«

»Bedienen Sie doch zuerst den jungen Mann«, tönte Frau Felden lauthals. »Ich wollte sowieso nach dem Olivenöl schauen.«

»Ist die Flasche, die Sie gestern gekauft haben, schon leer?«, erkundigte sich Carla. Leise Ironie schwang in ihrer Stimme.

»Nein«, antwortete Frau Felden schlagfertig. »Die habe ich meiner Putzfrau geschenkt.«

Carla rieb sich die Hände an ihrer roten Schürze ab, ging um die Ladentheke herum und steuerte auf das Regal mit dem Sherry zu. »Was darf es denn sein?«, fragte sie kurz angebunden. »Trocken, Medium oder Cream?«

Der Mann sah ihr geradewegs in die Augen. »Trocken. So trocken, wie es nur geht.«

Sie bot ihm Fino und Oloroso an und erzählte von bernsteinfarbenen Goldtönen, samtigen Körpern, Feigendüften und Haselnussaromen. Sie wurde das Gefühl nicht los, dass er sie mit seinen Blicken auszog, bis sie praktisch nackt vor ihm stand. Aber den Triumph, sie aus dem Takt zu bringen, gönnte sie ihm keineswegs. Sie blieb sachlich und hielt ihm einen Vortrag über die Palomino-Traube, bis Frau Felden sich einmischte und rief: »Warum nehmen Sie keinen Almacenista?«

»Was ist das?«, fragte er Carla.

»Ein sehr guter und alter Sherry«, erklärte sie. »Er wird ausschließlich auf kleinen Bodegas in und um Jerez hergestellt, reift mindestens dreißig Jahre und ist eine absolute Rarität, weil es jedes Jahr nur kleine Mengen davon gibt. Er ist schwer zu bekommen und auch sehr teuer. Aber er ist intensiv im Geschmack, viel reicher und feiner als jeder andere Sherry.«

»Gekauft«, sagte er lächelnd. Sein Lächeln fand Carla eher anzüglich als charmant. Wortlos nahm sie eine der letzten Flaschen des teuren Sherrys aus dem Regal und ging damit zur Kasse. »Das macht einhundertsiebenundsechzig Euro«, sagte sie und freute sich schon auf sein verdutztes Gesicht. Er hatte nicht nach dem Preis gefragt. Doch er verzog auch keine Miene, sondern legte unbeeindruckt eine goldene Kreditkarte auf die Ladentheke. Dann beugte er sich zu ihr hinüber und sagte: »Ich werde ihn sehr schnell austrinken, damit ich bald wieder zu Ihnen kommen kann.«

Jetzt lachte die Felden, die alles mit angehört hatte. »Dazu müssen Sie doch kein Alkoholiker werden«, rief sie amüsiert. »Sie können praktisch jeden Tag hier einkaufen, es muss ja nicht immer ein Sherry sein. Ich kann Ihnen das Olivenöl empfehlen, oder den Schinken von den schwarzen Schweinen. Von weißen Schweinen gibt's den auch, aber da ist er längst nicht so lecker.«

In seinen Augen blitzte es auf. An Carla gewandt säuselte er: »Vielleicht können Sie mir die andalusischen Spezialitäten bei einem Abendessen näher erklären. Ich kenne ein tolles andalusisches Gourmetrestaurant …«

Sofort schnitt Carla ihm das Wort ab: »Unmöglich!«

»Wieso?«, fragte er sichtlich verwirrt.

»Ein andalusisches Gourmetrestaurant ist ein Widerspruch in sich«, sagte sie. »Aber wenn Sie die typisch rustikale andalusische Küche kennenlernen wollen, die mit Haute Cuisine nicht das Geringste zu tun hat, empfehle ich Ihnen ein gutes Kochbuch.« Sie nahm ein in Folie verpacktes Buch aus dem Regal und legte es auf den Ladentisch. »Für nur neununddreißig fünfundneunzig.«

»Das Essen mit Ihnen wäre mir lieber.« Er zog eine Visitenkarte aus der Manteltasche. »Vielleicht überlegen Sie es sich und rufen mich an. Ich würde mich freuen.« Dann verließ er mit dem Sherry unterm Arm das Geschäft. Carla sah ihm nach. Sie konnte nicht leugnen, dass sie sich geschmeichelt fühlte, auch wenn sie ihn ziemlich unverschämt fand. Sie warf einen Blick auf die Visitenkarte: Frederik von Claßen, Immobilienmakler. Was für ein verrückter Zufall.

»Zeigen Sie mal her!« Resolut griff Frau Felden nach der Karte. »Von Claßen. Nie gehört. Soll ich meine Freundinnen fragen, ob die etwas über die Familie wissen?«

»Nein, lassen Sie nur«, wehrte Carla ab.

»Wieso nicht?« Frau Felden schüttelte verständnislos den Kopf. »Sie hätten sich mit ihm verabreden sollen. Der Mann bringt die besten Voraussetzungen mit. Er sieht unglaublich gut aus, ist teuer gekleidet und trägt keinen Ehering.«

»Worauf Sie alles achten«, meinte Carla.

»Mein liebes Kind«, seufzte Frau Felden. »Ich war viermal verheiratet. Ich weiß, worauf ich achten muss. Immerhin habe ich mich in jeder Ehe finanziell verbessert und nicht einen einzigen Tag in meinem Leben gearbeitet. Das wäre ja auch noch schöner gewesen! Ich an Ihrer Stelle hätte mir längst einen neuen Mann gesucht. Wozu sind Männer da, wenn nicht zum Heiraten? Gerade die reichen. Ich bitte Sie. Was sollen die mit ihrem ganzen Geld anstellen, ohne eine Frau, die es ausgibt. Sie sollten wirklich ein bisschen cleverer sein. Oder wollen Sie ewig Schulden abbezahlen und mit Ihrer Tochter in einer Zwei-Zimmer-Wohnung leben?«

Sie hatte es kaum ausgesprochen, da ging die Tür auf, und Herr von Claßen stand wieder im Laden. Er hatte seine Kreditkarte vergessen. Als Carla sie ihm über die Theke reichte, fragte er augenzwinkernd: »Heute Abend zwanzig Uhr? Ich hole Sie hier am Laden ab.«

Hilfe suchend blickte Carla zu Frau Felden, die ihr aufmunternd zulächelte. Vielleicht hatte die alte Dame recht, ihre innere Abwehr war unsinnig. Sie konnte nicht ewig auf alle Männer dieser Welt wütend sein, nicht für alle Zeit enttäuscht von ihnen. Vor ihr stand ein gut aussehender Mann, der obendrein noch Immobilienmakler war. Eine gelungenere Kombination war im Augenblick kaum vorstellbar.

»Nun geben Sie Ihrem Herzen einen Stoß«, drängte er sanft.

Carla holte tief Luft.

»Also gut«, sagte sie. »Um acht Uhr hier am Laden.«

*

Schwarz oder Rot? Rot auf keinen Fall, dachte sie und hängte das Kleid zurück in den Schrank. Den schwarzen Hosenanzug aber fand sie zu trist. Und viel zu elegant. Was sollte sie nur anziehen? Hilflos stand sie vor ihrem Kleiderschrank, in dem die schönsten Sachen hingen. Manches davon hatte sie kaum getragen. Einige Kleider oder Kostüme höchstens ein einziges Mal. Doch die Zeiten, in denen sie von Jan in jeder Saison neu eingekleidet wurde, waren vorbei. Sie erinnerte sich an die feinen Geschäfte in der Avenue Montaigne und griff instinktiv nach einem beigefarbenen Wollkleid von Gucci. Das hatte Jan für sie ausgesucht, letztes Jahr kurz vor Weihnachten in Paris.

Sie zog das Kleid an, band den passenden braunen Gürtel um die Hüften, schlüpfte in blickdichte Strumpfhosen und wählte dazu braune Lederstiefel. Dann stellte sie sich vor die verspiegelten Schranktüren und betrachtete lange, was sie sah. Die Frau, die jetzt dieses Kleid trug, war eine andere als die, für die es einst gekauft wurde. Zwar war die äußere Erscheinung noch die gleiche, doch in ihrem Gesicht hatte sich etwas verändert. Sie hatte inzwischen eine wichtige Erfahrung gemacht: Sie hatte verstanden, dass Kartenhäuser einstürzen können.

Carla ging ins Badezimmer und begann, ihr Gesicht zu schminken. Das Make-up von Dior war fast leer. Ein neues konnte sie sich nicht leisten. Doch sie wollte das nicht überbewerten, es gab Wichtigeres im Leben. Sie griff nach dem Parfümflakon. Nicht zu viel davon nehmen, ein Tropfen genügte. Ein zartes Duftwölkchen schwebte an ihrer Nase vorbei, blumig, sinnlich, romantisch. Sie schnupperte ihm nach, bis es verflogen war. Dabei warf sie einen Blick aus dem Fenster und bemerkte den Wagen, der den ganzen Tag schon vor ihrem Haus stand. Ein schwarzer Opel mit Kölner Kennzeichen. Ein Mann mit einer Mütze, die er tief ins Gesicht gezogen hatte, saß darin und sah zu ihr hinauf. Irritiert schnellte Carla zurück und schaltete reflexartig das Licht aus. Der Mann beobachtete sie, das war eindeutig.

Hektisch lief sie hinüber ins Schlafzimmer, löschte auch dort das Licht und setzte sich im Dunkeln aufs Bett. Sollte sie die Polizei anrufen? Doch die würde nichts unternehmen, nur weil ein Wagen vor ihrer Tür parkte. Sie schlich zurück ins Bad, blickte wieder aus dem Fenster und prägte sich das Nummernschild ein.

Der Mann starrte immer noch zu ihr hinauf. Was wollte er? Schnell ließ sie die Rollläden herunter. Dann schaltete sie das Licht wieder ein. Vielleicht war es reiner Zufall, dass dieser Wagen dort stand. Sie war in letzter Zeit viel zu nervös.

Sie bürstete sich die Haare, die sie heute einmal offen tragen wollte, und warf einen letzten prüfenden Blick in den Spiegel. Sie fand, dass sie gut aussah, und begann, sich auf den Abend zu freuen. Es war lange her, dass sie ausgegangen war. Sie griff nach ihrer Abendtasche, die auf dem Bett bereitlag, ging nach unten und zog sich den Mantel an. Es war längst noch nicht acht Uhr, doch sie wollte am Laden stehen, bevor ihr Verehrer eintraf. Er musste nicht gleich erfahren, wo sie wohnte. Für Informationen solcher Art und all die Erklärungen, die sie nach sich zogen, war es beim ersten Treffen zu früh.

Als sie zwei Minuten später aus der Haustür trat, erwartete sie eine große Überraschung. Frederik von Claßen stand direkt vor der Villa, in einem eleganten, knöchellangen Mantel, die Arme vor der Brust verschränkt, lässig an seinen roten Ferrari gelehnt.

»Woher wussten Sie, wo ich wohne?«, fragte Carla überrascht.

»Bis jetzt wusste ich das nicht«, gab er grinsend zu. »Es war reiner Zufall, dass ich hier geparkt habe.« Er zog eine rote Rose aus der Manteltasche und faselte etwas Französisches; so etwas wie: *une fleur d'amour*. Eine Blume der Liebe! So ein Blödsinn, dachte Carla verärgert, das hätte von Jan sein können. Dann stieg sie in den Ferrari ein und sah, dass der schwarze Opel noch immer am selben Platz parkte. Auch der Mann mit der Mütze saß noch darin. Sie versuchte, dem keinerlei Beachtung zu schenken und rang sich ein Lächeln ab, als Frederik von Claßen hinter dem Steuer Platz nahm. Er benutzte Jans Parfüm und nahm, genau wie Jan, zu viel davon, sodass die Duftwolke sie fast hypnotisierte. Er wandte ihr das Gesicht zu und sagte: »Sie sehen fantastisch aus, Carla.«

Seine Stimme klang wie die von Jan. Es war derselbe Tonfall und dieselbe Übertreibung in seinen Worten. Bloß keinen zweiten Jan, dachte sie panisch und wollte schon wieder aussteigen. Doch es war zu spät, der Motor des Ferraris brummte bereits auf, und von Claßen legte einen rasanten Start hin, der sie fest in die Polster des Sitzes drückte. Da die Straße durch den Schneematsch sehr glatt war, kam der Wagen bedrohlich ins Schleudern, doch er schien ein geübter Fahrer zu sein und brachte den Ferrari zurück in die Spur.

Danach erzählte er ihr, wie sehr er sich auf den Abend gefreut habe, und klang dabei ganz normal. Carla entspannte sich. Wahrscheinlich hatte sie nur eine Aversion gegen alles, was Jan je gesagt, getan oder benutzt hatte. Nicht alle Männer, die ein bestimmtes Parfüm benutzten, rote Rosen verschenkten oder Komplimente auf Französisch machten, waren Betrüger. Sie drehte die Rose zwischen ihren Fingern, als ihr auf einmal etwas bewusst wurde. Sie hatte ihm bisher ihren Namen nicht verraten. Woher wusste er also, wie sie hieß? Oder hatte sie sich nur eingebildet, dass er sie eben *Carla* genannt hatte?

Ein Alarmglöckchen begann zu läuten, doch sie ermahnte sich streng, es zu überhören. Wäre sie bei Jan nur halb so aufmerksam gewesen, wie sie es heute Abend war, dann säße sie jetzt nicht als betrogene, verlassene Ehefrau vor einem Berg voller Schulden. Sie durfte nicht in alles etwas hineindeuten, sie sollte akzeptieren, dass es Zufälle gab. Und während sie noch darüber nachdachte, erblickte sie im Rückspiegel den schwarzen Opel. Er fuhr unmittelbar hinter dem

Ferrari und folgte ihnen über die Rheinuferstraße bis in die Innenstadt, direkt vor das Restaurant.

*

Wurde sie wirklich verfolgt? Wer sollte das tun? Wen interessierte es, wohin sie ging und was sie tat? Jan? Nein, den bestimmt nicht! Oder etwa Hajo Becker, den Unterweltkönig? Sie fühlte sich plötzlich sehr unwohl und spürte ein paar Schweißperlen auf ihrer Stirn.

»Heiß hier, was?«, meinte Frederik von Claßen.

Sie nickte geistesabwesend.

»Gefällt es Ihnen?«, fragte er und holte sie damit zurück in die Gegenwart. Er schien bemerkt zu haben, dass sie in Gedanken weit weg gewesen war. Jedenfalls lächelte er sie merkwürdig an. Er hatte nicht gerade ein sympathisches Lächeln, es wirkte gekünstelt. Er war auch kein angenehmer Typ, obwohl er unerhört gut aussah. Im Augenblick war ihr nicht klar, wieso sie sich mit ihm verabredet hatte. Nur der Umstand, dass er Immobilienmakler war, rechtfertigte diese Fehlentscheidung. Wenn es ihr gelingen würde, Hoheneck durch ihn schnell und gut zu verkaufen, hätte der Abend sich wenigstens gelohnt. Sie beschloss, freundlich und trotzdem distanziert zu bleiben.

»Es gefällt mir hier wirklich sehr gut«, versicherte sie, während sie sich in dem schlauchartigen Lokal umsah. Laut Frederik von Claßen galt es im Moment als absolut *in*. Schöne, gestylte Menschen standen und saßen herum, verteilten Küsschen, und nicht abbrechende *Schätzchen*-Rufe übertönten das allgemeine Stimmengemurmel. Carla nippte an ihrem Champagner, von dem von Claßen gleich eine ganze Flasche bestellt hatte. Champagner zu trinken schien hier üblich zu sein. Einen Sherry hatte jedenfalls niemand in der Hand.

Überhaupt gab es hier nur sehr wenig, was Carla an Andalusien erinnerte, höchstens ein paar Fotos von Stierkämpfern und Flamencotänzerinnen, die neben spanischen Fächern und Torerohüten die Wände zierten.

Er prostete ihr zu. Dann trank er in einem Zug das Glas leer und sagte: »Das *Andaluz* hat erst vor Kurzem eröffnet, aber Sie sehen ja, was hier los ist. Hier trifft sich die gesamte High Society. Ist ja auch ein toller Laden. Mal was anderes. Ich liebe dieses spanische Ambiente und erst die Flamencomusik … Da steckt so unglaublich viel Leidenschaft drin!«

Er kam ihr näher, sie trat einen Schritt zurück. Verkrampft lächelnd stimmte sie ihm zu, obwohl sie keine echte Flamencomusik hörte. Der spanische Schmusesong, der gerade erklang, hatte mit Flamenco so viel zu tun wie Andalusien mit diesem Restaurant.

Nachdem die Flasche Champagner geleert war, setzten sie sich zum Essen an einen der hohen Holztische. Die hölzernen Hocker waren ziemlich unbequem, vermittelten aber immerhin eine rustikale Atmosphäre. Eine junge Kellnerin in einer blütenweißen Schürze brachte eine Auswahl verschiedener Tapas, die zwar eher an italienische Küche erinnerten und auf modernem, quadratisch geschwungenem Geschirr serviert wurden, aber ausgesprochen lecker schmeckten. Dazu bestellte Frederik von Claßen eine Flasche teuren Rioja, tiefrot, kräftig, mit holzigen Aromen, der dem Essen letztendlich die spanische Note verlieh.

»Zum Wohl.« Er hob sein Glas an, während eine große, schlanke Brünette auf ihn zuschoss und ihm ein Küsschen auf die Wange drückte.

»Hallo Schätzchen, auch mal wieder da?«, raunte sie, wobei sie Carla abwertend musterte. Wahrscheinlich erkannte sie sofort, dass das Guccikleid aus der Vorjahreskollektion stammte. Carla nahm es gelassen. Es gab Schlimmeres, das wusste sie inzwischen.

Die Brünette verzog sich schnell wieder.

»Sind Sie oft hier?«, fragte Carla.

»Hin und wieder«, antwortete Frederik von Claßen und nahm einen großen Schluck Wein. Er hatte die Flasche Champagner fast alleine ausgetrunken und ließ sich nun den Rotwein gut schmecken. Carla befürchtete schon, dass er irgendwann von dem Hocker kippen würde. Doch nichts dergleichen geschah.

»Ich bin überall, wo man wichtige Leute trifft, Kontakte zu knüpfen ist gut für mein Geschäft«, erklärte er und spießte mit der Gabel eine riesige Garnele auf, die er sich quer in den Mund schob.

Endlich hatte er ihr das Stichwort geliefert. »Sie sind Immobilienmakler, nicht wahr?«

»Und als solcher international tätig!« Er grinste sie an. »Dubai, Moskau, Peking. Ich arbeite nur für eine ausgesuchte Klientel, meistens Geschäftskunden. Mit Kleinkram gebe ich mich nicht ab.«

»Ach so«, erwiderte sie enttäuscht. Unter diesen Umständen konnte sie ihre Pläne mit Hoheneck wohl vergessen.

Dann sagte er jedoch: »Natürlich kommt es auch vor, dass ich für Privatpersonen tätig werde. Ich werde immer dann engagiert, wenn man etwas Besonderes sucht.«

»Aha!« Carlas Interesse blitzte wieder auf.

»Neulich erst«, so erzählte er, »wollte jemand ein Schloss in den Pyrenäen kaufen. Stellen Sie sich das nur vor. In der Provence schmeißen sie Ihnen die Dinger nach, aber der Typ wollte unbedingt eines in den Pyrenäen.«

»Und haben Sie es gefunden?«, erkundigte sie sich höflich.

»Klar!«, gab er überheblich zurück. »Einen uralten Kasten, aber der Kunde war begeistert. Ich hingegen weniger, weil meine Provision nicht im Geringsten dem Zeitaufwand entsprach, den ich dafür betrieben habe.« Er goss wieder Wein nach und prostete ihr zu. »So ist das immer bei diesen Aufträgen. Alte Kästen bringen nichts ein. Doch für renommierte Kundschaft muss ich manchmal solche Jobs erledigen. Gerade jetzt habe ich wieder so einen Fisch an der Angel, nach dessen Wünschen ich mich halb tot suchen werde.«

»Was wünscht Ihr Kunde denn?«

Er lachte kurz auf. »Da kommen Sie nie drauf! Ein Haus in der Eifel! Aber nicht irgendeines. Mein Kunde will ein richtiges Herrenhaus, verstehen Sie. In England gibt es Tausende davon. Aber er will es nicht in Cornwall, Somerset oder Glastonbury, sondern in der Eifel! Und schön einsam soll es liegen, umgeben von großen Ländereien. Ich bitte Sie, bin ich Merlin, der Zauberer? Woher soll ich so etwas nehmen? Noch dazu in der Eifel! So ist das immer, ich schwör's Ihnen.«

Ein Champignon blieb Carla fast im Hals stecken. Tapfer schluckte sie ihn herunter, trank hastig einen Schluck Rotwein hinterher und beeilte sich zu sagen: »So etwas gibt es bestimmt! Sie müssen nur danach suchen. Haben Sie schon damit begonnen?«

Er schüttelte den Kopf. »Nein. Ich bekam den Auftrag erst vor ein paar Tagen. Ich konnte mich noch nicht darum kümmern.« Danach bestellte er die Rechnung, ohne sich noch einmal nach ihren Wünschen zu erkundigen. Und nachdem er bezahlt hatte, lächelte er süffisant und fragte: »Gehen wir woanders hin? Hier ist es so laut.«

»Oh …«, stammelte Carla und sah zur Uhr. »Es ist schon spät und ich …«

Er griff nach ihrer Hand und hauchte einen Kuss darauf. »Aber ich bitte Sie, Carla. Nur noch auf ein Glas Champagner, das dürfen Sie mir nicht abschlagen.«

»Also gut«, sagte sie mit einem unsicheren Lächeln, nicht überzeugt davon, das Richtige zu tun. Ein dumpfes Gefühl schien sie warnen zu wollen. Doch sie dachte an den Kunden, der das Herrenhaus suchte, und gab sich innerlich einen Ruck.

*

Das Taxi hielt vor einem schicken Glaspalast am Rheinufer. Ein Restaurant oder eine Bar konnte Carla aber nirgendwo entdecken.

»Wir müssen nach oben fahren«, sagte Frederik von Claßen, während er ihr die Haustür aufhielt. Sie betraten eine Halle, ganz aus Marmor, in der ein Portier hinter einer Rezeption saß. Von Claßen nickte ihm kurz zu und führte Carla zu einem Fahrstuhl.

»Und dort oben ist eine Bar?«, fragte sie skeptisch.

»Das *Belle vue*«, entgegnete er, während er eine Zahlenkombination in eine Tastatur an der Wand eintippte. »Noch nie davon gehört?«

»Nein.« Irritiert betrat sie den Fahrstuhl und schreckte zusammen, weil aus heiterem Himmel Verdi erklang, der Gefangenenchor aus Nabucco, so ohrenbetäubend laut, dass sie froh war, ohne Zwischenstopp die fünfzehnte Etage zu erreichen. Zu spät, erst nachdem sich die Türen des Fahrstuhls wieder geschlossen hatten, wurde ihr bewusst, dass sie nicht in einer Bar, sondern in einem modernen Penthouse stand. Die Einrichtung war vollkommen in Schwarz-Weiß gehalten. Schwarz-weiße Tapeten, schwarz-weiße Hochglanzfliesen auf dem Boden, schwarze Kissen auf einem weißen Ledersofa und schwarz-weiße Damastgardinen an den Fenstern.

»*Belle vue.*« Er wies auf die breite Fensterfront. »Habe ich dir zu viel versprochen? Und im Kühlschrank steht der beste Champagner, außerdem Beluga-Kaviar auf Eis.«

Carla war so entsetzt, dass ihr die Worte fehlten.

»Mach's dir ruhig schon mal gemütlich«, hauchte Frederik von Claßen und verschwand hinter einer weißen Tür.

Sie brauchte ein paar Sekunden, um sich von ihrem ersten Schock zu erholen. Dann allerdings dämmerte ihr, was er plante. Ein Schäferstündchen. Er war wohl nicht ganz bei Trost! Von wegen *Belle vue*! Seine schöne Aussicht konnte er für sich behalten. Und seine Fischeier allein essen. So etwas Unverschämtes war ihr noch nie passiert. Sie beschloss zu gehen, und zwar auf der Stelle. Doch sie fand keine Tür. Aus diesem Appartement schien es keinen Ausgang zu geben, bis auf den Fahrstuhl, mit dem sie gekommen waren. Hektisch versuchte sie, den Fahrstuhl durch Knopfdruck zurückzuholen, aber er reagierte nicht. Dann bemerkte sie die Tastatur. Sie benötigte einen Code. Natürlich! Frederik von Claßen hatte eine Zahlenkombination eingegeben. Wieso war ihr das nicht weiter aufgefallen? Sie benahm sich wie ein naiver Teenager. Es war doch sehr ungewöhnlich, in einen Fahrstuhl einen Code einzugeben, um zu einer Bar zu gelangen.

Nervosität überfiel sie, als plötzlich leise Kuschelmusik erklang, aus jeder Ecke, wie in einem Konzertsaal, die den ganzen Raum erfüllte. Dazu veränderte sich das Licht, es wurde weicher und tauchte das Penthouse in romantische, zartrote Farben. Carla war kurz davor zu explodieren, vor allem, als von Claßen, leicht bekleidet mit einem weißen Bademantel und einem schwarzen Seidenschal, zurückkehrte. Wie albern, dachte sie. Er sah aus wie eine Vogelscheuche. Hätte sie auch nur die geringste Lust auf Sex verspürt, wäre ihr diese bei seinem Anblick vergangen.

»Du hast es dir ja noch gar nicht bequem gemacht«, raunte er ihr zu.

»Ich bin auch weit entfernt davon«, erwiderte sie kratzbürstig.

Er ließ sich nicht beirren. »Ein bisschen Kaviar?«, bot er mit sanfter Stimme an.

»Ich hasse Kaviar«, entgegnete sie. »Außerdem möchte ich jetzt gehen, also rufen Sie bitte den Fahrstuhl.«

»Warum bist du so verkrampft?« Er trat einen Schritt auf sie zu und stand nun bedrohlich nah vor ihr. »Sei ein bisschen locker, und zieh endlich den Mantel aus.« Daraufhin begann er, ihren Mantel aufzuknöpfen. Empört schlug sie ihm auf die Finger. »Was erlauben Sie sich?«, fauchte sie ihn an.

Er fletschte die Zähne, gab ein kurzes, leopardenähnliches Knurren von sich und rief lustvoll: »Du kleine Wildkatze!«

Carla aber wollte von seinen Liebesspielen nichts wissen. »Ich möchte jetzt gehen«, sagte sie energisch. »Bitte rufen Sie sofort den Fahrstuhl.«

»Aber Schätzchen. Wir wollen doch nur ein bisschen Spaß haben.« Dann öffnete er seinen nur lose zusammengebundenen Bademantel und stand auf einmal völlig nackt mit erigiertem Glied vor ihr.

Unfassbar, dachte sie, während er sich zu ihr herabbeugte und ihr seine feuchten Lippen in den Nacken presste. Angewidert versuchte sie, ihn wegzustoßen. Doch er hatte sich wie ein Blutegel festgesaugt, sodass ihr keine andere Wahl blieb, als ihm einen ordentlichen Tritt gegen das Schienbein zu verpassen. Leider zeigte das keinerlei Wirkung. Im Gegenteil. Er schien ihren Widerstand für ein antörnendes Spiel zu halten, denn er wurde immer wilder. Somit griff sie zum letzten Mittel und rammte ihm mit voller Wucht ihr Knie in sein bestes Stück. Mit einem lauten Aufschrei ließ er von ihr ab und krümmte sich vor Schmerz.

»Sie rufen jetzt sofort den Fahrstuhl, sonst rufe ich die Polizei«, drohte Carla, zitternd am ganzen Körper, und zog aufgeregt ihr Handy aus der Tasche.

Mit schmerzverzerrtem Gesicht sank er auf das weiße Ledersofa, mitten hinein in die dicken schwarzen Kissen, und flüsterte einen Zahlencode, den Carla mit flatterigen Fingern in die Tastatur neben dem Fahrstuhl eintippte. Daraufhin öffneten sich die Türen, und sie verschwand aus seinem Appartement.

*

Am nächsten Morgen steckten ihr die Ereignisse der letzten Nacht noch in den Knochen. Sie hatte kaum geschlafen, so aufgeregt war sie gewesen. Diese Verabredung hatte jedenfalls nicht dazu beigetragen, ihr Männerbild wieder ins rechte Licht zu rücken. Schluckweise trank sie heißen, starken Kaffee, als es an der Tür klingelte. Es war erst kurz nach neun. Wer sollte sie um diese Zeit besuchen? Es klingelte erneut. Der Besucher schien hartnäckig zu sein, und Carla überfiel eine böse Ahnung. Sie warf einen Blick durch den Türspion und stellte fest, dass nicht Frederik von Claßen dort stand, sondern ein fremder Mann mit einem Blumenstrauß.

»Fleurop«, sagte er, nachdem sie geöffnet hatte, und drückte ihr einen Strauß gelber Rosen in die Hand, an dessen Papiermanschette eine Karte mit nur einem einzigen Wort klebte: *Entschuldigung*.

Sie gab dem Mann ein Trinkgeld, schloss die Tür und warf die Rosen achtlos auf eine der Kisten. Kurz darauf läutete das Telefon. Im Display erschien eine unbekannte Nummer. Zögernd nahm sie das Gespräch entgegen. Ihre schlimmsten Befürchtungen bestätigten sich, am anderen Ende war Frederik von Claßen.

»Ich habe keine Lust, mit Ihnen zu reden«, sagte sie kühl.

Doch er ließ sich nicht abweisen. »Ich wollte mich entschuldigen, Frau Sandberg, weil ich mich gestern Abend so dumm benommen habe. Ich hatte wohl zu viel getrunken, anders kann ich mir das nicht erklären. Ich hoffe, Sie nehmen meine Entschuldigung an. Bitte verzeihen Sie mir mein flegelhaftes Verhalten.« Sein Tonfall war freundlich und keineswegs anzüglich, sodass Carla, die das Gespräch eigentlich sofort beenden wollte, es sich anders überlegte. Sie dachte an Hoheneck. Vielleicht ließ sich das Anwesen doch über ihn verkaufen. Ein Funke Hoffnung flammte erneut in ihr auf.

»Ist schon gut«, murmelte sie versöhnlich und kam ohne Umschweife zum Thema. »Sie haben mir gestern Abend erzählt, dass ein Kunde von Ihnen ein Herrenhaus in der Eifel sucht.«

Schweigen am anderen Ende. Danach erklang ein kurzes: »Ja.«

»Wie der Zufall es will«, fuhr sie fort, »besitzt meine Mutter ein solches Haus und hat beschlossen, es zu verkaufen. Meiner Meinung nach entspricht es genau den Wünschen Ihres Kunden.«

»Das ist nicht Ihr Ernst!«, rief er überrascht.

»Mein voller Ernst«, bestätigte Carla. »Wenn Sie sich das Haus einmal anschauen möchten, können wir gern einen Termin vereinbaren.«

»Jederzeit. Passt es Ihnen heute Nachmittag?«

»Heute Nachmittag …?«, stammelte sie verwirrt. Mit einer so prompten Reaktion hatte sie nicht gerechnet. Doch was sprach dagegen? Je schneller, desto besser, also ließ sie sich darauf ein.

»Um drei?«

»Um drei ist gut.«

»Soll ich Sie abholen?«, fragte er.

Um Himmels willen, nein, dachte sie entsetzt und sagte freundlich: »Wir treffen uns am besten dort.« Sie gab ihm die Adresse und beschrieb ihm den Weg, falls sein Navigationssystem in der Einöde versagte. Nach einer höflichen Verabschiedung rief sie sofort ihre Mutter an. Luise reagierte jedoch nicht sehr begeistert.

»Was ist denn los?«, fragte Carla enttäuscht. »Gestern wolltest du Hoheneck noch verkaufen, und jetzt, da ich es innerhalb eines Tages geschafft habe, einen Makler dafür zu gewinnen, bist du vollkommen niedergeschlagen.«

»Das verstehst du falsch«, entgegnete Luise bedrückt. »Natürlich werden wir Hoheneck verkaufen.«

Verständnislos legte Carla auf und eilte hinauf ins Badezimmer. Nachdenklich stellte sie sich unter die Dusche. Warum reagierte ihre Mutter nur so sonderbar auf dieses Haus? Minutenlang genoss Carla das herabprasselnde, warme Wasser. Dann trocknete sie sich ab, wickelte sich in das Handtuch ein und warf, fast automatisch, einen Blick aus dem Fenster. Der schwarze Opel parkte schon wieder vor dem Haus, und der Mann mit der Mütze saß hinter dem Steuer. Jetzt war es genug! Sie musste endlich herausfinden, wer sie beobachtete und verfolgte. In Windeseile schlüpfte sie in eine Jeans, zog einen Rollkragenpullover an und stürmte trotz nasser Haare hinaus. Resolut marschierte sie auf den Opel zu. Doch kaum hatte sie den Wagen erreicht, fuhr der Mann davon.

»Feigling!«, schrie sie ihm nach und lief ihm wild mit den Armen fuchtelnd hinterher.

Frau Felden, die eine Tüte Brötchen unterm Arm trug, blieb kopfschüttelnd stehen. »So etwas schickt sich aber nicht für eine Dame«, sagte sie.

»Ich bin keine Dame«, gab Carla grimmig zurück und blieb stehen. »Und ich will auch keine sein.«

*

Luise legte den Telefonhörer auf den Küchentisch und starrte ins Leere. Nun nahm das Schicksal ihr die Entscheidung ab. Wie gelähmt saß sie da und hatte das Gefühl, um sie herum beginne sich alles aufzulösen. Sie schien von dichten Nebeln umgeben zu sein, zurückversetzt an einen Ort, an dem sie einst glücklich war – nach Hoheneck. Am Heiligabend vor dreiunddreißig Jahren hatte sie es verlassen. Sie schloss die Augen, um das Glitzern des Baumes nicht zu sehen, der jedes Jahr zum Weihnachtsfest in der Halle stand. Doch die Augen zu schließen war sinnlos, denn die Erinnerungen waren in ihrem Herzen. Sie ließen sich nicht auslöschen und verblassten nicht im Laufe der Zeit. Sie wusste noch genau, wie der Baum geschmückt gewesen war, mit bunten Kugeln und goldenen Glöckchen. Sie hatten ihn jedes Jahr am ersten Advent in der Eingangshalle aufgestellt. Viel zu früh, hatte Sophie oft geschimpft. Sie mochte Weihnachten nicht. Ihr Herz war zu Stein erstarrt, nachdem ihr Verlobter zwei Wochen vor der Hochzeit im Krieg gefallen und ihre geliebte Schwester Amelie mit dem Flugzeug verunglückt war. Aber Helena, Grethe und sie selbst liebten die Weihnachtszeit mit ihren Lichtern, Düften und Geheimnissen. Und sie liebten es, den Baum zu schmücken. Den ganzen Sonntag hatte es gedauert, alle Kugeln, Schleifen und Kerzen daran zu befestigen, und Grethe musste jedes Jahr auf eine Leiter steigen, weil der Baum so groß war. Danach tranken sie Glühwein, aßen den ersten

Marzipanstollen, der schon im November gebacken wurde, und warteten darauf, dass Sophie aus dem Stall kam und den Baum bestaunte. Er war immer ein richtiges kleines Kunstwerk, und die Halle erstrahlte in dem Licht, das sich in den bunten Kugeln brach. Die Weihnachtszeit in Hoheneck war eine Märchenzeit gewesen, bis auf das letzte, verhängnisvolle Fest, das alles zerstörte. Zu diesem Zeitpunkt hatten sich die unglückseligen Ereignisse schon zu einem dichten Netz verflochten, aus dem es kein Entrinnen mehr gab. Der Pakt mit dem Teufel war längst geschlossen. Deshalb stand Gott ihnen nicht mehr bei. *Wer das Böse herausfordert, darf nicht auf Gottes Schutz hoffen!* Trotzdem hatte Luise Nacht für Nacht gebetet. Auch am Heiligabend, als die Glocken zur Christmesse läuteten, hatte sie Gott angefleht, er möge ihnen helfen. Doch er schien ihre Gebete nicht zu erhören. *Du bist fern von uns, und wir sehen dich nicht, und du lässt uns mit unserem Unrecht allein.*

5

Als Carla auf Hoheneck zufuhr, hatte sie eine Vision. Sie sah Pferde auf der Koppel stehen, Rauch aus dem Schornstein des Hauses aufsteigen, Licht hinter den Fenstern und einen Schneemann vor der Haustür, der einen schwarzen Hut trug und eine Möhre als Nase hatte. Wie mochte es früher hier gewesen sein, als Hoheneck noch ein Gestüt und das Haus noch bewohnt war? Ein Teil ihrer Familie hatte hier gelebt. Welches Schicksal hatte diese Menschen ereilt? Ob es Fotos von ihnen gab? Tagebücher oder Briefe? Einen Hinweis darauf, warum Sophie von Waldheim das Gestüt aufgab und Helena nie wieder ein Turnier ritt?

Carla konnte ihre Neugier auf das alte Haus kaum bremsen, als sie die Eingangstür aufschloss. Langsam schritt sie die Treppe hinauf, Stufe für Stufe, und achtete dabei auf jedes Geräusch. Wollte das Haus ihr etwas erzählen? Verbargen sich alte Familiengeschichten oder düstere Geheimnisse in den dicken Mauern? Sie hörte leise wispernde Stimmen und blieb stehen, um ihnen zu lauschen, bis sie erkannte, dass sie das Produkt ihrer Einbildung waren. Es gab keine Stimmen. Lediglich das Ticken der Uhr durchbrach die Stille. Sie lief weiter, hinauf zur Galerie. Zum ersten Mal hatte sie das Gefühl, auf den Spuren ihrer eigenen Vergangenheit zu wandeln. Sie hätte viel dafür gegeben, das Leben in diesem Haus vor ein paar Jahrzehnten erlebt zu haben.

Ein schmaler, dunkler Flur ging von der Galerie ab. Zwei Türen gab es dort, eine rechts und eine links. Die rechte war verschlossen. Schade, denn dahinter musste das Zimmer mit dem Erker sein, das Dornröschenturmzimmer, wie Carla es nannte. Genau das hätte sie sich gern angesehen. Sie rüttelte an der Klinke, aber die Tür blieb zu. Dafür ließ sich die andere Tür problemlos öffnen, und Carla betrat ein weiß gestrichenes Schlafzimmer mit knarrenden Fußbodendielen. Der Raum wirkte so unschuldig wie eine Braut vor der Hochzeitsnacht, mit langen weißen Gardinen vor den Fenstern und schneeweißer Damastbettwäsche auf dem altmodischen Ehebett. Selbst der rustikale alte Kleiderschrank war weiß angestrichen. Er war so groß, dass er die gesamte Wand gegenüber dem Bett einnahm, und so klobig, dass ein Kran erforderlich gewesen wäre, ihn von seinem Platz zu bewegen. Erwartungsvoll öffnete sie eine der vier Schranktüren, die mit kunstvollen Schnitzereien versehen waren. Ein einziges Kleid hing darin, ein leicht vergilbtes, längst aus der Mode gekommenes Hochzeitskleid mit langen Ärmeln und einem hohen Dekolleté aus Spitze. Sanft ließ sie ihre Finger darübergleiten. Wer hatte einst dieses Kleid getragen? Sophie von Waldheim? Oder ihre Nichte, die schöne Helena, die Kusine ihrer Mutter?

Den passenden Schleier fand Carla in einem der Schrankfächer. Ein Schwarz-Weiß-Foto mit abgegriffenem Büttenrand war eingeschlagen. Es zeigte einen jungen Mann in Uniform vor einem Militärflugzeug. Auf der Rückseite war ein Datum vermerkt: 23.1.1944. Eine Weile betrachtete Carla das Foto, bis sie ein energisches Klopfen an der Haustür hörte. Sie sah auf ihre Armbanduhr. Frederik von Claßen kam zu früh. Ein Gedanke durchzuckte sie. Sollte sie Hoheneck wirklich verkaufen? Vielleicht war es kein Zufall, dass das Schicksal sie hierhergeführt hatte. Es klopfte erneut, dieses Mal noch lauter.

»Ich komme ja schon.« Sie eilte die Treppe hinunter. Dabei überkam sie ein ungutes Gefühl. Sie musste verrückt gewesen sein, sich mit Frederik von Claßen in diesem einsamen Haus zu verabreden. Was sollte sie tun, wenn er noch einen Annäherungsversuch startete? Sie atmete tief durch, öffnete die Tür und blickte in stahlblaue Augen.

»Hallo«, rief sie freudig überrascht.

Tom lächelte sie an. Seine Mimik verriet seine Unsicherheit. »Ich habe Ihr Auto gesehen«, meinte er, während er die Hände in den Taschen der olivgrünen Allwetterjacke vergrub. »Und wollte fragen, ob Sie neulich gut nach Köln zurückgekommen sind.«

»Das ist nett von Ihnen.« Carla trat einen Schritt zur Seite. »Möchten Sie hereinkommen?«

Er ging an ihr vorbei in die Eingangshalle. Dabei fiel ihr auf, dass er sich dort nicht umsah. Keinen Blick verschwendete er an die Treppe oder den imposanten Lüster. Er schien das Haus gut zu kennen.

»Wie konnten Sie eigentlich von der Straße aus mein Auto sehen?«, fragte sie. »Das Anwesen ist von dort nicht einsehbar.«

»Stimmt!«, erwiderte er mit einem jungenhaften Lachen. »Aber ich fahre meistens durch den Wald, das ist eine Abkürzung. Der Wald gehört zwar zu Hoheneck und ist damit Privatbesitz, aber mein Vater und ich durften ihn immer schon zur Durchfahrt benutzen. So können wir die Höfe der Umgebung schneller erreichen.« Er streckte ihr seine große Hand entgegen und fügte hinzu: »Ich bin Dr. Thomas Roland, aber alle nennen mich Tom. Ich bin der hiesige Tierarzt.«

»Carla Sandberg.« Sie spürte seinen festen Händedruck.

»Was machen Sie auf Hoheneck?«, fragte er zögernd.

»Ich warte auf einen Makler«, antwortete sie wahrheitsgetreu.

Er wirkte verwundert. »Sind Sie von der Stiftung?«

»Von welcher Stiftung?«

»Sophie von Waldheim hat Hoheneck doch einer Stiftung hinterlassen.«

»Wie kommen Sie darauf?«

»Das hat sie meinem Vater erzählt«, sagte er. »Sie hat in ihrem Testament eine Stiftung zu ihrem Erben bestimmt, weil es keine Verwandten mehr gab.«

Carla schüttelte den Kopf. Soweit ihr bekannt war, existierte gar kein Testament. Aus diesem Grund hatte das Nachlassgericht überhaupt erst mit Recherchen begonnen und ihre Mutter als einzige noch lebende Verwandte gefunden.

»Davon weiß ich nichts«, entgegnete sie. »Ich weiß nur, dass meine Mutter Haus und Anwesen geerbt hat und wir es jetzt verkaufen wollen. Deshalb warte ich hier auf den Makler.«

»War Ihre Mutter mit Sophie von Waldheim verwandt?«, wollte er wissen.

»Entfernt«, sagte Carla. »Sie kannte sie kaum und war nur ein- oder zweimal in Hoheneck, damals, als es noch ein berühmtes Gestüt war.«

»Das ist lange her«, meinte Tom.

»Sehr lange sogar«, bestätigte Carla. »Soviel ich weiß, wurde es Ende der Siebzigerjahre stillgelegt. Aber ich habe keine Ahnung, aus welchem Grund. Wissen Sie es vielleicht?«

Er zuckte mit den Schultern. »Das weiß wahrscheinlich niemand. Man munkelt, dass es finanzielle Probleme gab, und hinter vorgehaltener Hand erzählt man etwas von einer Familientragödie. Aber Sophie von Waldheim hat nie darüber geredet, sie war verschlossen wie eine Auster. Nicht einmal meinem Vater gegenüber hat sie irgendetwas erwähnt.«

»Sie stand Ihrem Vater wohl sehr nahe?«

»Das kann man so sagen.« Er lachte herzhaft. »Mein Vater war damals der Tierarzt und in dieser Funktion einer der wichtigsten Menschen für Sophie. Diese Frau war ein Drachen, aber die Pferde gingen ihr über alles.«

»Haben Sie Hoheneck als Gestüt noch erlebt?«

»Ich war zehn, als sie die Pferde verkauft hat, und kann mich nur noch schwach daran erinnern. Aber mein Vater hat mir viel erzählt. Er kann bis heute nicht verstehen, warum Sophie von Waldheim aufgab. Das Gestüt war ihr Leben. Es ist ihm völlig unbegreiflich, dass sie Hoheneck so lange ungenutzt ließ und dreißig Jahre lang fast allein hier lebte.«

»Wieso *fast*?« Fragend sah Carla ihn an. »Wer lebte denn noch in diesem Haus?«

»Grethe«, antwortete er. »Sie war das Dienstmädchen und arbeitete seit ihrer frühesten Kindheit für Sophie. Sie war stumm, ungemein fleißig und eine treue Seele. Sie blieb im

Haus, bis Sophie verstarb. Sie war die Einzige, die noch da war.«

»Und wo ist sie jetzt?«, wollte Carla wissen.

»Keine Ahnung«, erwiderte Tom. Dann sah er durch die offene Eingangstür und sagte: »Ich glaube, Ihr Makler kommt.«

»Wo?«, fragte Carla und warf erstaunt einen Blick nach draußen, denn sie hatte weder das Brummen eines Ferraris gehört, noch konnte sie einen entdecken.

»Da!« Tom zeigte auf einen dunklen Punkt in der Ferne. Tatsächlich war es Frederik von Claßen. Zu Fuß stapfte er über den unbefestigten Weg auf das Haus zu. Je näher er kam, umso deutlicher hörte Carla ihn fluchen.

»Liegt sein Ferrari etwa auch im Graben?«, bemerkte sie hämisch.

»Das wäre schade«, meinte Tom und fügte hinzu: »Dann werde ich jetzt mal gehen.«

»Hätten Sie nicht Lust, noch ein wenig zu bleiben?«, fragte sie. »Nur so lange, bis der Makler wieder weg ist. Er ist nämlich ein sehr unangenehmer Typ, und ich wäre froh, nicht mit ihm allein sein zu müssen.«

Ein Lächeln huschte über sein Gesicht. Er sah zur Uhr. »Ein paar Minuten habe ich noch Zeit.«

Carla bedankte sich mit einem Augenaufschlag. Als Frederik von Claßen eintraf, stellte sie Tom als guten Freund vor.

»Wo haben Sie Ihr Auto gelassen?«, fragte sie von Claßen.

»Na, wo schon? An der Straße natürlich«, gab er missmutig zurück. »Oder glauben Sie, ich will die teure Karre auf den Feldwegen hier zu Schrott fahren?«

»Für Ferraris ist das Gelände wirklich ungeeignet«, gab Carla mit leichtem Spott zurück und fragte: »Wollen wir mit der Hausbesichtigung loslegen?«

Sie sah die beiden Männer an und unterdrückte ein Schmunzeln. Der eine roch nach Parfüm, trug einen Designermantel und handgenähte Schuhe, auf denen der Schnee unschöne weiße Flecken hinterlassen hatte, und der andere roch nach Stall, hatte einen Stoppelbart und dicke Winterstiefel an.

»Wo sollen wir beginnen? Vielleicht im Wohnzimmer? Was meinst du, Tom?« Sie blickte unverblümt in sein Gesicht. Er wirkte überrascht, bestimmt, weil sie ihn duzte. Doch wie sollte sie ihn sonst anreden? Schließlich hatte sie ihn als guten Freund vorgestellt.

Sie besichtigten die unteren Räume, das Wohn- sowie das Esszimmer und die Küche. Außerdem führte Tom sie in ein Jagdzimmer, das auf der anderen Seite der Eingangshalle lag und das selbst Carla noch nicht kannte. Es war ein gemütlicher Raum mit dunkelgrünen Plüschsofas, ausgestopften Tieren und Geweihen an den Wänden und einer leeren Glasvitrine, in der sich früher einmal eine Waffensammlung befunden hatte.

»Schön, schön«, kommentierte Frederik von Claßen uninteressiert. Das Haus schien ihm gleichgültig zu sein. Er stellte keine einzige Frage und warf nur einen flüchtigen Blick in die einzelnen Zimmer. Schnell stellte er fest: »Es ist genau das, was mein Klient sucht.«

»Möchten Sie nicht auch noch die oberen Räume besichtigen?«, fragte Carla, als sie wieder in der Halle standen.

Frederik von Claßen sah kopfschüttelnd auf seine Armbanduhr. »Dazu habe ich leider keine Zeit mehr. Doch ich habe genug gesehen, um Ihnen versichern zu können, dass mein Klient interessiert ist. Er bietet zweihunderttausend Euro. Mehr ist nicht drin für den alten Kasten.«

»Zweihunderttausend Euro?«, wiederholte Carla ungläubig. Dieser Betrag erschien ihr lächerlich. Hilfe suchend sah sie zu Tom. Er verzog das Gesicht.

»Kommt nicht infrage«, sagte Carla, beleidigt und verärgert zugleich. »Bei zweihunderttausend Euro fange ich nicht an zu verhandeln. Nicht für so ein großes Anwesen.«

»An Ihrer Stelle wäre ich nicht so voreilig«, entgegnete von Claßen leicht verächtlich. »Für so ein Objekt gibt es nicht viele Interessenten, und wenn ich das richtig verstanden habe, möchten Sie schnell verkaufen.«

»Vielleicht verkaufe ich gar nicht«, erwiderte Carla unfreundlich. Meinte dieser von Claßen etwa, sie habe von ihrem Ehemann nichts gelernt?

Er stutzte. Mit Widerstand schien er nicht gerechnet zu haben. »Vergessen Sie es!«, sagte Carla bestimmt. »Unter solchen Voraussetzungen hat das keinen Sinn. Sagen Sie Ihrem Klienten, er muss sich nach etwas anderem umschauen.«

»Ich könnte noch einmal mit ihm reden«, lenkte von Claßen ein. »Vielleicht ist mein Klient bereit, ein neues Angebot zu unterbreiten.«

»Es sollte fair sein«, forderte Carla.

Von Claßen nickte ihr kurz zu. Dann drehte er sich um und ging.

»Er ist wirklich ein unangenehmer Typ«, meinte Tom entschieden. »Mit solchen Leuten darf man keine Geschäfte machen.«

»Das befürchte ich auch«, sagte Carla und sah ihn an. Sein stechender Blick traf sie unvorbereitet. Verlegen wandte sie sich ab, wehrte sich innerlich gegen Herzklopfen und weiche Knie. Es war nicht die richtige Zeit, sich zu verlieben. »Willst du einen Tee?«, hörte sie sich fragen.

Er nahm ihre Einladung dankend an. In der Küche füllte sie Wasser in den Wasserkocher, nahm Tassen aus dem Schrank und sprach dabei kein einziges Wort. Er schwieg ebenfalls, stand unbeholfen im Türrahmen und vergrub die Hände in den Jackentaschen. Er ist schüchtern, dachte Carla, doch er wirkt stark. Sie würde ihm bedenkenlos in die Wildnis folgen, weil er garantiert jedes wilde Tier erlegen und sie vor allen Gefahren beschützen könnte. Dafür machte er einer Frau bestimmt keine Komplimente, erst recht nicht auf Französisch.

Sein Handy klingelte, noch bevor sie den Tee aufgegossen hatte.

»Tut mir leid«, sagte er nach einem kurzen Telefongespräch. »Ich muss los.«

Sie war beinahe erleichtert. Und hätte sich trotzdem gefreut, wenn er geblieben wäre. Sie winkte ihm nach, als er davonfuhr. Tom gefiel ihr, doch die Verletzungen, die Jan ihr zugefügt hatte, waren längst nicht verheilt.

Um wieder in die Küche zu gelangen, ging sie durch das Wohnzimmer. Irgendetwas in diesem Raum hatte sie während der Hausbesichtigung irritiert. Sie konnte nur nicht sagen, was es war. Deshalb blieb sie stehen, ließ ihren Blick umherwandern und lauschte dem Ticktack der Pendeluhr. Die Uhr ging wieder falsch. Sie öffnete das Glasgehäuse und schob den Zeiger ein Stück nach vorn. Dabei bemerkte sie, dass im Weidenkorb neue Holzscheite lagen. Auch der Kamin war sauber, die Thermoskanne und die Teetasse, die Carla nach der ersten Nacht einfach auf dem Tisch hatte stehen lassen, waren verschwunden, und die Decke wie auch das Buch lagen wieder auf dem Lehnstuhl. Jemand war hier im Haus gewesen und hatte aufgeräumt.

*

»Hallo mein Schatz!« Mit diesen Worten nahm Carla ihre Tochter in den Arm und gab ihr einen Kuss. »Hattest du einen schönen Nachmittag mit Oma?«

»Wir waren auf dem Spielplatz«, erzählte Pauline begeistert. »Und wir haben für meine Puppen neue Kleider genäht. Schau hier!« Sie zeigte Carla ein rotes Spitzenkleid. »Das habe ich ganz alleine an Omas Nähmaschine gemacht.«

»Toll!«, lobte Carla und sagte: »Spielst du noch ein bisschen mit deinen Puppen, damit die Oma und ich etwas besprechen können?«

»Ich will das auch mit besprechen«, quengelte Pauline.

Doch Carla schüttelte entschieden den Kopf und trug ihr auf, den Puppen die neuen Kleider anzuziehen. Danach ging sie zu ihrer Mutter in die Küche.

»Wie ist es gelaufen?«, fragte Luise.

Carlas Stimme klang enttäuscht. »Nicht sehr gut. Er hat nur zweihunderttausend Euro geboten.«

»Das ist wenig.«

»Viel zu wenig.«

»Trotzdem werde ich verkaufen«, beschloss Luise nach einer Weile.

Carla hob die Augenbrauen. »Für zweihunderttausend Euro?«

Luise sank auf einen Stuhl. Unter ihren müden Augen zeichneten sich dunkle Schatten ab. »Dann wäre die Sache erledigt.«

»Es geht doch nicht darum, die Sache zu erledigen«, empörte sich Carla. »Warum willst du das Haus unbedingt verkaufen? Gibt es nicht doch etwas, was du mir darüber erzählen willst?«

Luise faltete verkrampft ihre zitternden Hände im Schoß zusammen und starrte schweigend ins Leere.

»Wer hat in diesem Haus gelebt?«, fragte Carla. »Unsere Familie? Du selbst? Hast *du* in diesem Haus gelebt?«

Wieder schwieg Luise und fixierte einen imaginären Punkt auf dem Fußboden. Das war für Carla Antwort genug.

»Also ist es so«, stellte sie fest.

»Nein«, flüsterte Luise. Doch die Lüge stand ihr ins Gesicht geschrieben. Ihre Wangen glühten, die kleinen braunen Sprenkel in ihren Augen hüpften nervös umher.

»Lass uns den Verkauf nicht überstürzen«, bat Carla. »Es ist zu früh für eine Entscheidung. Der Makler möchte noch einmal mit seinem Klienten sprechen und uns eventuell ein neues Angebot unterbreiten. Wenigstens das sollten wir abwarten.«

Luise dachte kurz nach. »Gut, warten wir ab.«

Wie Carla ihre Mutter kannte, war das Thema damit erledigt, und jeder Versuch, es fortzusetzen, war zum Scheitern verurteilt. Deshalb drehte sie sich abrupt um, verließ die Küche und ging zu Pauline. Das Mädchen saß im Wohnzimmer auf dem Teppich und spielte mit einer Strohpuppe.

»Was hast du denn da?«, fragte Carla und nahm ihr die Puppe aus der Hand.

»Die habe ich geschenkt bekommen«, berichtete Pauline stolz.

»Von Oma?«

»Nein.«

»Von Mara?«

»Auch nicht.«

»Von wem dann?«, wollte Carla wissen.

Pauline zögerte mit der Antwort. Carla ließ nicht locker. »Wer hat dir diese Puppe geschenkt?«

»Ein Mann auf dem Spielplatz«, sagte Pauline schließlich.

Carla spürte, wie ihr jegliche Farbe aus dem Gesicht wich. »Was für ein Mann?«, fragte sie heiser.

Pauline zuckte mit den Schultern. »Weiß ich nicht.«

»Du kennst den Mann nicht?«, bohrte Carla weiter.

»Nein.« Ihre Tochter schüttelte den Kopf. »Aber er war sehr nett. Und er hat gesagt, dass er die Puppe extra für mich gebastelt hat.«

Carla schluckte den Kloß herunter, der ihr plötzlich im Hals saß.

»Wie sah der Mann denn aus?«, fragte sie. »Kannst du ihn mir beschreiben?«

»Er hatte eine schwarze Mütze auf und so eine große Narbe auf der Hand.« Pauline fuhr mit dem Zeigefinger quer über Carlas Handrücken. In diesem Moment erschien Luise in der Tür. Carla sprang auf und hielt ihr die Strohpuppe unter die Nase. »Die hat Pauline auf dem Spielplatz von einem fremden Mann geschenkt bekommen. Weißt du etwas darüber?«

Luise machte ein erschrockenes Gesicht.

»Die Oma hat den Mann gar nicht gesehen«, erklärte Pauline. »Als er da war, hat sie sich mit einer Frau unterhalten, die ein Baby bekommen hat. Das war ganz klein und hat immerzu geweint.«

»Und hast du der Oma die Puppe nicht gezeigt?«, fragte Carla.

»Nein«, sagte sie. »Das durfte ich nicht.«

»Das durftest du nicht? Wer hat dir das verboten?« Carla war innerlich völlig aufgelöst und hatte große Mühe, ruhig zu bleiben.

»Der Mann«, erwiderte Pauline zaghaft. Ein schlechtes Gewissen plagte sie, das sah Carla ihrem Gesichtsausdruck an. »Er hat gesagt, dass ich die Puppe erst zeigen darf, wenn meine Mama wieder da ist. Aber ich darf nicht verraten, woher ich sie habe.« Jetzt schlang sie ihre Arme um Carlas Hals und flüsterte ihr ins Ohr: »War es schlimm, dass ich die Puppe genommen habe?«

»Nein, mein Schatz.« Liebevoll strich Carla ihr übers Haar. Dann umfasste sie fest Paulines Schultern, sah ihr in die Augen und sagte mit eindringlicher Stimme: »In Zukunft darfst du nie wieder etwas von einem fremden Mann annehmen. Hörst du? Nie wieder!«

*

Der Mann auf dem Spielplatz war kein Pädophiler, da war Carla sich ziemlich sicher. Sie vermutete, dass Hajo Becker dahintersteckte. Scheinbar genügte es dem Unterweltkönig nicht, ihr Zeitungen in den Briefkasten zu werfen und sie in Interviews zu verleumden. Nun belästigte er auch ihre Tochter. Was wollte er damit erreichen? Jan auf diesem Weg zur Rückkehr bewegen? Sie lachte kurz auf.

»Warum lachst du?«, fragte Pauline, die neben ihr im Auto saß.

»Nur so, mein Schatz. Ich habe gerade über etwas nachgedacht.«

Pauline drehte das Radio lauter, während Carla einen Blick in den Rückspiegel warf. Dabei fiel ihr der schwarze Opel auf, der dicht hinter ihr fuhr. Sie prüfte das Kennzeichen. Da war er also wieder! Sie gab Gas, wechselte auf der zweispurigen Straße rasant von rechts nach links, drängelte sich zwischen andere Autos und überfuhr letztendlich eine rote Ampel.

»Du fährst komisch«, nörgelte Pauline.

»Macht doch Spaß, oder nicht?«, rief Carla. Den Opel hatte sie abgehängt. Jedenfalls dachte sie das, bis sie ihn an der nächsten Kreuzung wieder im Rückspiegel entdeckte. Sie trat erneut kräftig aufs Gaspedal, warf den rechten Blinker an, bog aber in allerletzter Sekunde links ab. Dann fuhr sie in eine kleine Seitenstraße, schlüpfte zwischen zwei dicke Limousinen in eine Parklücke und schaltete den Motor aus.

»Ist er weg?«, fragte Pauline.

»Wer?« Erstaunt sah Carla ihre Tochter an.

»Na, der Wagen, der uns verfolgt hat.«

»Ja«, sagte Carla. »Ich glaube, er ist weg.«

Sie atmete tief durch. Ihre Beine waren weich wie Pudding vor Aufregung. Sie wartete einige Minuten ab. Als der Opel nicht mehr auftauchte, startete sie den Wagen und fuhr zum Gestüt Eichhoff. Dort wurde sie von Peter in Empfang genommen.

»Hast du schon mit diesem Anwalt die Überführung von Nachtfalke besprochen?«, erkundigte er sich.

»Ach du Schreck«, meinte Carla. Sie hatte vollkommen vergessen, diesen Hagenbeck anzurufen, obwohl das Geld längst auf dem Konto war.

»Umso besser«, freute sich Peter. »Denn ich würde ihm gerne ein Angebot unterbreiten: *Ich* möchte Nachtfalke überführen.«

»Du?«, staunte Carla. »Wieso du? Das ist doch Aufgabe des Herrn Baron.«

»Ich weiß«, entgegnete Peter. »Aber ich würde mir gern sein Gestüt anschauen, und ich möchte diesen Mann einmal kennenlernen. Er hat sehr viele Kontakte, vielleicht kann er mir bei meiner Jobsuche behilflich sein. Oder er sucht selbst gerade einen Gestütsleiter? Wer weiß? Es ist jedenfalls eine einmalige Chance für mich, nach Fasanenhof zu kommen. Herr Eichhoff ist einverstanden, dass ich den Transporter benutze.«

»Also gut«, sagte Carla. »Dann werde ich dem Baron anbieten, dass wir die Überführung übernehmen.« In diesem Moment riss Pauline sich von ihrer Hand los und rannte zum Stall.

»Ich gehe Sterntaler besuchen«, rief sie.

Peter rief ihr erschrocken nach: »Halt, warte mal!«

Unvermittelt sah Carla ihn an. In seinem Gesicht konnte sie lesen, was passiert war.

»O nein«, flüsterte sie. Gemeinsam mit Peter lief sie in den Stall, wo Pauline bereits in der Box des Ponys stand.

»Wo ist er?«, fragte sie zaghaft.

Peter beugte sich zu ihr herab und umfasste liebevoll ihre Schultern. »Er ist nicht mehr da.«

Ihre Augen füllten sich mit Tränen. »Haben ihn jetzt andere Leute gekauft?«

»Ja«, antwortete er. »Und sie haben ihn auch gleich mitgenommen.«

Pauline begann zu weinen. Carla nahm ihre schluchzende Tochter in den Arm. Sie hielt sie einfach fest, ohne etwas zu tun oder zu sagen. Es gab keine Geste und keine Worte, die für Pauline im Augenblick Trost bedeuteten. Sterntaler war ihr Freund gewesen, und sie hatte ihn verloren.

Es dauerte lange, bis Pauline sich wieder beruhigt hatte und die Tränen versiegt waren. Danach fragte Peter: »Wollen wir zu Bellaringa und dem Fohlen gehen?« Aufmunternd streckte er ihr die Hand entgegen. Mit hochrotem Gesicht und verweinten Augen ergriff sie seine Hand und nickte ihm tapfer zu. Bevor sie die Box verließ, sagte sie entschlossen: »Ich werde nie wieder mit Papa reden. Nie wieder, in meinem ganzen Leben.«

*

Zur Begrüßung nahm Carla Nachtfalkes Kopf in die Hände. Zärtlich rieb er ihn an ihrer Wange. Er schien zu spüren, dass sie traurig war.

»Wir müssen uns bald voneinander trennen«, sagte sie leise zu ihm, »und werden uns lange Zeit nicht mehr sehen. Der Abschied wird mir schwerfallen. Dir vielleicht auch. Aber es bleibt uns beiden nichts anderes übrig.« Er schnaubte, als wolle er ihr zustimmen. Carla fuhr fort: »Du wirst in einen sehr schönen Stall kommen und gute Trainer haben. Eines Tages wirst du große Turniere reiten, und ich werde im Publikum sitzen und dich anfeuern, das verspreche ich dir. Wart's ab, du wirst sie alle schlagen. Du bist ein Sieger, Nachtfalke.« Sie gab ihm einen Kuss auf die Nasenflügel, und er hob stolz den Kopf, als hätte er sie verstanden.

»Er wird dich vermissen«, sagte plötzlich jemand hinter ihr. Sie drehte sich um. Eichhoff senior stand an der Boxentür.

»Ich ihn auch«, sagte Carla und schmiegte sich eng an ihr Pferd.

Der Senior fasste sich nachdenklich an den Kopf. »Wir haben Sterntaler verkauft. Hast du es schon gehört?«

Sie nickte.

»Tut mir leid«, meinte Eichhoff unbeholfen. »Aber der Preis stimmte, und die Leute haben ihn gleich mitgenommen.«

»Natürlich«, erwiderte Carla. Sie durfte Eichhoff deswegen nicht böse sein. Pferde zu verkaufen gehörte schließlich zu seinem Geschäft.

»Pauline kann jederzeit zu uns zum Reiten kommen«, bot er an. »Immerhin haben wir noch andere Ponys. Und du kommst auch, wenn du Lust hast, dich auf ein Pferd zu setzen.«

»Das ist nett.« Carla lächelte ihm zu. »Auch Pauline wird dafür sehr dankbar sein. Sie wissen ja, wie gerne sie reitet.«

»Wo ist sie eigentlich?«, erkundigte sich der Senior.

»Bei Bellaringa und dem Fohlen«, erklärte Carla.

»Ich gehe mal zu ihr«, sagte er und verschwand.

Kurz darauf erschien Peter in der Box. »Der Senior hat mich abgelöst. Er zeigt Pauline die anderen Ponys«, erzählte er.

»Hat sie sich wieder beruhigt?«, wollte Carla wissen.

»Nicht wirklich«, antwortete Peter. »Du weißt ja, wie sehr sie an Sterntaler hing, genauso wie du an Nachtfalke.«

Sie nickte schweigend und sagte anschließend: »Ich habe mir etwas überlegt.«

Peter machte ein gespanntes Gesicht.

»Ich werde mitfahren nach Fasanenhof«, erklärte Carla entschieden.

»Ist das dein Ernst?«, fragte er erstaunt.

»Ja, warum nicht? Auch ich will diesen Mann einmal kennenlernen. Ich will wissen, wer für einhunderttausend Euro ein Pferd kauft, ohne es vorher gesehen zu haben.«

»Der Abschied von Nachtfalke wird hart«, gab Peter zu bedenken. »Du wirst ihn in einem fremden Stall stehen lassen müssen und ohne ihn wieder nach Hause fahren.«

»Der Abschied fällt mir auch so nicht leicht«, entgegnete Carla. Dann wandte sie sich an Nachtfalke. »Soll ich mitkommen nach Fasanenhof?« Er schnaubte wie zur Bestätigung. Damit war es beschlossene Sache.

*

Als Carla und Pauline nach Hause kamen, steckte ein großer weißer Umschlag im Briefkasten. Er trug den Stempel einer Firma, bei der sich Carla vor wenigen Tagen beworben hatte. Man schickte ihr die Unterlagen zurück und wünschte ihr in einem Standardschreiben alles Gute für die Zukunft. Vielen Dank, dachte sie frustriert und schloss die Tür zur Villa auf.

»Meinst du, dass Sterntaler jetzt auch traurig ist?«, fragte Pauline, während sie ihren Anorak an die Kindergarderobe hängte und nach oben stiefelte.

»Ganz bestimmt«, versicherte Carla. Sie verriegelte die Eingangstür, lief durch die Villa und ließ überall die Rollläden herunter. Zwar hatte sie den schwarzen Opel seit heute Nachmittag nicht mehr gesehen, und auch jetzt stand er nicht vor ihrem Haus, doch sie fühlte sich einfach unwohl. Es war schon verrückt. Sie wurde beobachtet, verfolgt und ihre Tochter bekam eine Strohpuppe von einem fremden Mann geschenkt. Das Telefon klingelte. Sie schreckte zusammen. Zögernd nahm sie es aus der Basisstation. Kurz darauf erklang Frederik von Claßens Stimme. Er erhöhte das Angebot auf dreihundertfünfzigtausend Euro.

»Ich werde es an meine Mutter weitergeben«, sagte Carla.

Er versuchte, sie zu drängen. »Überlegen Sie nicht zu lange. Es ist das beste Angebot, das Sie für dieses Objekt je bekommen werden, das dürfen Sie mir glauben. Allerdings wird mein Klient es nur wenige Tage aufrechterhalten. Wenn Sie annehmen wollen, sollten wir schnellstmöglich einen Vorvertrag unterschreiben. Morgen Nachmittag passt es gut. Vierzehn Uhr in meinem Büro? Überlegen Sie es sich. Vielleicht bis morgen.«

Damit war das Gespräch beendet. Verdutzt legte Carla den Hörer zurück. Der hatte es aber verdammt eilig. Warum diese Eile?

Sie ging nach oben zu Pauline, die bereits im Bett lag, und las ihr eine Gutenachtgeschichte vor. Doch sie konnte sich nicht darauf konzentrieren, ihre Gedanken kreisten weiter um das neue Angebot. Dreihundertfünfzigtausend Euro waren für Hoheneck immer noch zu wenig und trotzdem eine Menge Geld, gerade in ihrer derzeitigen Situation. Sie geriet aus dem Text und begann zu stottern. Pauline, die die Geschichte auswendig kannte, korrigierte sie streng.

Dann sagte Pauline auf einmal: »Mir ist übrigens noch etwas eingefallen, wegen dem Mann, der mir die Puppe geschenkt hat.«

Sofort wurde Carla aufmerksam. »Was denn?«

»Er trug Reiterstiefel«, sagte Pauline. »Und eine Reiterhose. Das habe ich ganz genau gesehen.«

*

Punkt vierzehn Uhr trafen Carla und Luise in Frederik von Claßens Büro ein. Es war ausstaffiert wie sein Penthouse. Hochmodern und in den gleichen Farben. *Black and white* schien sein Motto zu sein. Auch hier war vom Fußboden bis zur Decke alles in Schwarz-Weiß gehalten, einschließlich der Sekretärin, einer schlanken Mittfünfzigerin mit schmaler Brille auf der Nase, die ein eng anliegendes schwarzes Kostüm mit weißer Bluse und weißem Chaneltuch trug. Ohne eine Miene zu verziehen, erklärte sie Carla und Luise, Herr von Claßen sei noch in einem Gespräch, und bat sie, im Wartezimmer Platz zu nehmen. Mit einer Handbewegung wies sie auf einen kleinen Flur. »Der erste Raum rechts«, sagte sie, bevor sie sich wieder ihrem Computer widmete.

Das Wartezimmer war ein schmuckloser Raum ohne Blumen oder Bilder. Drei Glasfenster waren in die Wand zum Flur eingelassen und ermöglichten einen Blick auf eine weiße Tür, hinter der sich wahrscheinlich von Claßens Büro befand. Unter den Fenstern standen zwei schwarze Ledersessel und ein Glastisch mit einem Pendel, ein Zamboni-Pendel. Auch Jan hatte so eines in seinem Büro gehabt. Zwei anthrazitfarbene Marmorsäulen unter einem Glasgehäuse, auf denen jeweils eine goldene Kugel thronte, die abwechselnd von einem Pendel mit einer feinen Nadel berührt wurden. Die Nadel schwang stets im gleichen Rhythmus und in der gleichen Geschwindigkeit hin und her.

Carla und Luise setzten sich in die Sessel und starrten schweigend die kahle weiße Wand gegenüber an. Keiner von ihnen sagte ein Wort. Seit ihre Mutter den Entschluss gefasst hatte, Hoheneck zu verkaufen, schien es ihnen die Sprache verschlagen zu haben. Carla fand den Preis immer noch zu niedrig, obwohl das Geld sehr gelegen käme. Doch noch etwas anderes beschäftigte sie. Sie würde Hohenecks Geschichte nie mehr erfahren, wenn es jetzt verkauft wurde. Sie dachte an das Haus, sah es inmitten der glitzernden Winterlandschaft stehen. Auf den alten Bäumen im Garten lag Schnee, und auch der Wald dahinter war weiß. Die Sonne beschien die dunklen Mauern und den verwunschenen Dornröschenturm. Die Schneekristalle glitzerten und funkelten im Licht. Dieses Bild ließ Carla nicht mehr los.

»Eigentlich schade, dass wir Hoheneck verkaufen müssen«, sagte sie. Es war ein letzter Versuch, ihre Mutter umzustimmen. In unbedarftem Tonfall fuhr sie fort: »Das Haus ist wirklich ein Schmuckstück. Du hättest es an diesem Wintermorgen sehen sollen. Den Anblick vergesse ich nie. Es muss früher dort sehr schön gewesen sein. Stell dir vor, man könnte wieder ein Gestüt daraus machen. Das wäre eine tolle Sache, was? Dann würden wir Peter als Gestütsleiter einstellen und Sibyl als Trainerin. Und jeden Sonntag würden wir Ponyreiten anbieten, dann käme auch Pauline auf ihre Kosten.« Sie warf ihrer Mutter einen flüchtigen Blick von der Seite zu. »Natürlich weiß ich, dass das unmöglich ist. Das wolltest du mir doch gerade sagen, oder? Es war ja auch nur eine Idee. Man muss auch mal träumen dürfen. Aber schön wäre es, nicht wahr?«

Es gab nichts, was Luise aus der Reserve locken konnte. Sie schwieg beharrlich, und Carla gab auf. Sie betrachtete das Zamboni-Pendel und verfolgte mit ihren Blicken die Nadel, die abwechselnd die goldenen Kugeln berührte. Lange Zeit hatte man das Pendel für ein Perpetuum mobile gehalten, weil es scheinbar ohne eine Energiequelle lief. Dabei wurde es von zwei Trockenzellen angetrieben, die einfach nur nicht sichtbar waren. Die Menschen wollen betrogen werden, hatte Jan damals gesagt, als er das falsche Perpetuum mobile lachend in seinem Büro platzierte. Das Zamboni-Pendel gab vor, etwas zu sein, was es nicht war, die Wahrheit blieb dem Auge des Betrachters verborgen. Blieb auch ihr gerade die Wahrheit verborgen? Die ganze Zeit schon hatte sie das Gefühl, dass hier etwas nicht stimmte. Sie sprang auf und lief ein paar Schritte durch den Raum. Dann drehte sie sich zu ihrer Mutter um und sah, dass Luise weinte. Still tupfte sie die Tränen mit einem Taschentuch ab.

»Was ist los, Mama?«, rief Carla erschrocken. Luise antwortete nicht. Carla verfluchte ihr Schweigen. Es war unerträglich und grausam und entfernte sie beide immer weiter voneinander. »Du möchtest Hoheneck doch gar nicht verkaufen, habe ich recht?« Wieder bekam sie keine Antwort.

Sie nahm ihre Wanderung durch den Raum wieder auf, bis sie stehen blieb und durch die Glasfenster auf die weiße Tür blickte. Genau in diesem Moment wurde sie geöffnet, und Frederik von Claßen trat heraus. Ihm folgte ein Mann, groß, dunkelhaarig, sportlich gekleidet. Blitzartig trat Carla einen Schritt zur Seite, um nicht gesehen zu werden und trotzdem beobachten zu können, wie die beiden sich mit Händedruck voneinander verabschiedeten. Danach ging Frederik von Claßen zurück in sein Büro. Das dumpfe Gefühl, das Carla umtrieb, verstärkte sich. Sie betrachtete das Pendel. *Die Menschen wollen betrogen werden,* hörte sie Jan sagen. Und es war, als flüstere er ihr ins Ohr: *Du darfst nie glauben, was deine Augen sehen! Hast du das nicht gelernt?*

Sie setzte sich neben ihre Mutter, ergriff deren Hand und sagte leise: »Wollen wir gehen, Mama? Ich denke, hier stimmt etwas nicht.«

Zunächst sah Luise sie ungläubig an. Dann huschte ein zustimmendes Lächeln über ihr Gesicht. Wortlos standen sie beide auf und verließen in seltenem Einverständnis von Claßens Büro.

*

Carla konnte nicht einschlafen. Zu vieles beschäftigte sie und ließ sie nicht zur Ruhe kommen. Nie hätte sie es für möglich gehalten, dass ihre Mutter das Büro verlassen würde, ohne den Kaufvertrag für Hoheneck zu unterschreiben. Nun wusste Carla, was sie bisher nur geahnt hatte. Luise war tief im Herzen mit diesem Haus verbunden, sie liebte es und konnte sich nicht davon trennen, obwohl sie es verzweifelt versuchte.

Carla kroch aus dem Bett. Es machte sie wahnsinnig, länger liegen zu bleiben. Ihre Schläfen pochten. Sie ging zum Fenster und warf einen Blick auf die Straße. Auch mitten in der Nacht stand der schwarze Opel vor ihrem Haus, und der Mann mit der Mütze saß darin. Sie zog einen Bademantel an und streifte unruhig durch die halbdunkle Villa. Dieser von Claßen und sein Klient hatten es auf Hoheneck abgesehen, das lag auf der Hand. Dabei hatte dieser mysteriöse Klient das Haus bisher nicht einmal besichtigt. Wer kaufte so ein großes Haus, ohne es besichtigt zu haben? Und wer kaufte für hunderttausend Euro ein Pferd, ohne es vorher gesehen zu haben?

Sie zog den Korken aus einer Flasche Saint-Émilion, schenkte den Wein in ein dickbauchiges Glas und setzte sich auf eine der Kisten im Wohnzimmer. Normalerweise trank sie Melissentee, wenn sie nicht einschlafen konnte. Doch bei Rotwein ließ es sich besser nachdenken. Sie probierte ihn. Er schmeckte vorzüglich, war weich und intensiv auf der Zunge, kräftig, trotzdem elegant und von unglaublicher Tiefe. Kein Wunder, bei einem Grand Cru! Sie wollte gar nicht wissen, was Jan dafür bezahlt hatte.

»Prost, Jan«, murmelte sie und ließ ihren Blick durch das Zimmer schweifen. In dieser wundervollen Villa hatte sie mit ihrer kleinen Familie glücklich leben wollen. Er hatte alle ihre Träume zerstört, ihre Liebe mit Füßen getreten, ihr Vertrauen missbraucht, sie finanziell ruiniert. Eine Stimme aus ihrem Inneren meldete sich zu Wort und legte entschieden Einspruch ein. Sie durfte nicht alles ausschließlich auf ihn schieben. Trug sie nicht auch Schuld an ihrem unsanften Sturz aus den rosaroten Wolken? Musste sie nicht zugeben, dass sie nur gesehen hatte, was sie sehen wollte? Es war so leicht gewesen, sie zu belügen und zu betrügen. Sie goss sich Wein nach und beschloss, die ganze Flasche auszutrinken. Was war sie doch für eine naive, törichte, dumme Gans gewesen? Sie hatte geglaubt, vom Leben endlich zu bekommen, was sie sich immer gewünscht hatte. Fehlanzeige! Sie hasste Jan, sie hasste ihn so sehr. Deshalb gelang es ihr auch nicht, sich von ihm zu befreien. Hass war nur das andere Ende der Liebe, genauso ehrlich, intensiv und genauso abgrundtief. Er schweißte zusammen und ließ es nicht zu, sich von dem anderen zu lösen. Wie sollte Jan aus ihrem Kopf verschwinden, wenn sie ständig an ihn dachte? Wenn er jede Minute des Tages bei ihr war und in der Nacht sowieso; wenn sie in Fotoalben blätterte und wehmütig in

Erinnerungen schwelgte. Es war vorbei! Wann würde sie das endlich begreifen? Keine Familie mehr, keine Villa, kein Geld und keinen Vater für Pauline. Sie musste Jan aus ihrem Kopf verbannen und alles vernichten, was an ihn erinnerte. Warum tat sie es nicht? Warum zerstörte sie nicht die letzten Dinge ihrer kaputten, heilen Welt? Es gab keine heile Welt, dieser Illusion war sie beraubt, der Kindheitstraum war ausgeträumt.

Sie sprang hoch und riss wütend die Kisten auf, zog Fotoalben, Liebesbriefe, Glücksbringer und Urlaubssouvenirs heraus und warf alles in den Kamin. Selbst ihr Hochzeitskleid samt Schleier und Schuhen stopfte sie dazu. Danach zündete sie die Sachen an und trank genüsslich den teuren Saint-Émilion, während ihr Leben mit Jan in Flammen aufging. Das Feuer fraß alles auf, verwandelte es in Rauch und Asche. Er hatte sie sowieso nie geliebt. Sie war nur eine Figur in seinem großen Spiel gewesen, ein kleiner Bauer, der dem König diente.

Nie wieder würde ihr so etwas passieren. Nie wieder würde sie sich benutzen lassen. Von niemandem. Erst recht nicht von diesem Frederik von Claßen, der glaubte, Hoheneck für einen viel zu niedrigen Preis bekommen zu können. Doch er irrte sich gewaltig. Vor einem Jahr wäre das vielleicht noch möglich gewesen, heute nicht mehr. Sicherlich war Hoheneck zehnmal mehr wert als den lächerlichen Betrag, den er ihr und ihrer Mutter geboten hatte. Wahrscheinlich rieb er sich mit seinem Klienten vor Freude schon die Hände. Sie sollten sich noch wundern. So nicht, meine Herren! Sie blickte auf die Reste des Feuers im Kamin und trank den letzten Schluck Wein.

*

»*Was* willst du?«, rief Luise entsetzt.

»In Hoheneck einziehen«, gab Carla ruhig zurück. Sie hatte sich auf das Gespräch mit ihrer Mutter gut vorbereitet und darauf eingestellt, allen Widersprüchen mit großer Besonnenheit zu begegnen.

»Das kannst du nicht tun«, keuchte Luise.

»Warum nicht?«, widersprach Carla. »Ich will nicht für immer dort wohnen. Es ist nur für einen begrenzten Zeitraum.«

Luise schüttelte heftig den Kopf. »Du kannst dort nicht einziehen. Das ist unmöglich.«

»Hör dir meinen Vorschlag doch wenigstens einmal an«, sagte Carla.

»Es kommt nicht infrage, dass du in dieses Haus einziehst.« Luise klang sehr entschieden, aber Carla war nicht bereit, sich in die Flucht schlagen zu lassen.

»Dann nenne mir bitte den Grund. Erkläre es mir«, forderte sie. »Damit ich es verstehe, denn im Augenblick kann ich nicht erkennen, warum Pauline und ich dort nicht einziehen sollen, obwohl wir in ein paar Tagen die Villa verlassen müssen.«

»Ihr kommt zu mir, das habe ich doch schon gesagt.«

»Ach, Mama«, rief Carla verärgert, doch sie korrigierte ihren Tonfall sofort und fügte wesentlich sanfter hinzu: »Immer dieses leidige Thema. Wir können doch nicht zu dritt in deiner kleinen Wohnung leben. Wohin mit all den Kisten und Möbeln? Und wo sollen wir schlafen? Das ist keine Lösung. Dieses Haus hat uns der Himmel geschickt, also lass Pauline und mich dort einziehen. Wenn wir erst einmal in Hoheneck wohnen, sind wir wegen des Verkaufs nicht mehr in Zeitdruck. Dann bestellen wir in Ruhe einen Gutachter und lassen das Anwesen schätzen, denn ich glaube, dass es sehr viel mehr wert ist als das, was man uns geboten hat.«

»Was soll so ein altes Haus schon wert sein«, erwiderte Luise mit einer abfälligen Handbewegung.

»Es ist nicht einfach nur ein altes Haus«, erwiderte Carla. »Es ist ein Anwesen mit riesigen Ländereien. Vielleicht ist es eine Million wert, vielleicht auch zwei. Wir wissen es nicht. Deshalb sollten wir es dringend herausfinden, damit uns Typen wie dieser von Claßen nicht über den Tisch ziehen. Warum bist du nur immer so stur?«

»Ich bin nicht stur.«

»Natürlich! Doch ich werde nicht zulassen, dass wir Hoheneck an den erstbesten dahergelaufenen Makler verschleudern, verstehst du.«

Luise setzte sich an den Küchentisch. Carla sah die Verzweiflung in ihren Augen. Doch sie spürte auch, dass ihre Mutter kurz davor war, einzuwilligen. Deshalb fuhr sie ohne Pause fort: »Ich war heute Morgen auf dem Gestüt Eichhoff und habe mit Peter und Sibyl gesprochen. Die beiden wollen mir beim Umzug helfen. Gleich morgen haben sie Zeit.«

»Morgen?« Luise wurde ganz blass.

»Warum nicht?«, rief Carla unbekümmert. »Morgen ist Samstag, da hat Peter seinen freien Tag. Und Eichhoff stellt uns den großen Transporter zur Verfügung. Ginge es nach mir, würden wir heute schon umziehen. Ich sitze seit Wochen auf gepackten Kisten und bin froh über jeden Tag, den ich nicht mehr in der Villa verbringen muss, wo mich alles nur an Jan erinnert.«

»Aber Sibyl ist schwanger«, warf Luise ein.

»Sie will uns trotzdem helfen«, sagte Carla. »Natürlich wird sie keine Kisten schleppen, das machen Peter und ich.

Aber jede Hand wird gebraucht. Möchtest du uns auch helfen, Mama?«

»Nein«, erwiderte Luise schroff.

Carla hatte mit keiner anderen Antwort gerechnet. Sie zuckte beiläufig mit den Schultern und fragte vorsichtig: »Trotzdem bist du damit einverstanden, dass Pauline und ich nach Hoheneck ziehen? Natürlich nur so lange, bis wir einen Käufer für das Haus gefunden haben.«

Ihre Mutter war kurz davor nachzugeben. Sie hatte sich also für die richtige Strategie entschieden. Sie hatte den Kaufpreis vorgeschoben, obwohl sie aus einem ganz anderen Grund nach Hoheneck wollte. Sie durfte nicht zulassen, dass das Haus verkauft wurde, bevor es ihr seine Geschichte erzählt hatte. In Hoheneck lag der Schlüssel zur Wahrheit, das fühlte sie – zu einer Wahrheit, die Luise ihr seit dreiunddreißig Jahren konsequent verschwieg.

»Du wirst uns alle ins Unglück stürzen«, flüsterte Luise.

Lachend, als hätte sie die Bemerkung überhört, gab Carla ihrer Mutter einen Kuss auf die Wange. »Du bist und bleibst eine Unke«, rief sie betont fröhlich. Doch sie registrierte sehr wohl den Ausdruck in Luises Augen. Es war Angst, die sie darin las. Angst und Verzweiflung.

*

Luise saß am Küchentisch und hörte das Zuschlagen der Tür. Carla war gegangen. Nun war sie allein und konnte ihre Gedanken ordnen. Aber was gab es da noch zu ordnen? Carla war fest entschlossen, nach Hoheneck zu ziehen. Damit wurden ihre schlimmsten Befürchtungen wahr. Nun dauerte es nicht mehr lange, bis das Haus sein Geheimnis preisgab. War es das, was Gott gewollt hatte? Wurde es Zeit für die Wahrheit? Sie kannte darauf keine Antwort. Sie wusste nur eines:

sie hatte Carla ein Leben lang beschützen wollen. Doch jetzt hatte sie dazu keine Kraft mehr. Sie war zu müde, um sich zu wehren. Dreißig Jahre lang hatte sie versucht, Carla von Hoheneck fernzuhalten. Letztendlich war ihr das nicht gelungen. Gott war stärker als sie. Das Schicksal nahm seinen Lauf. Die Dinge lagen nicht mehr in ihrer Hand.

6

Das Haus hieß sie willkommen. Jedenfalls hatte Carla dieses Gefühl, als sie die erste Kiste hineintrug und in der Halle abstellte. Gemeinsam mit Pauline hatte sie sich ein wunderschönes, helles Zimmer an der Galerie ausgesucht, in dem sie vorerst ihr Lager aufschlagen wollten. Das Zimmer war hellgelb gestrichen, vor den Fenstern hingen gelbe, mit Zitronenfaltern bedruckte Gardinen und an der Wand drei Gemälde mit Motiven aus Südfrankreich – die Lavendelfelder der Provence, die mondäne Croisette in Cannes und der Hafen von Saint-Tropez. Im Gegensatz zu den anderen Räumen, die rustikal eingerichtet waren, wirkte dieses Zimmer fast mediterran, weshalb Carla es kurzerhand auf den Namen *gelber Salon* getauft hatte. Außerdem stand kaum ein Möbelstück darin, auch aus diesem Grund hatte sie sich für das Zimmer entschieden.

Der *gelbe Salon* entwickelte sich jedoch nur zögerlich zu ihrem neuen Schlafzimmer. Die Kisten und Einzelteile der Möbel, die nach oben getragen werden mussten, waren so schwer, dass Carlas Kräfte zusehends schwanden. Sie war Peter keine große Hilfe und erwies sich auch beim Zusammenbauen der Möbel als völlig ungeübt. Sie sollte einen Heimwerkerkurs absolvieren. Immerhin musste sie eine Bohrmaschine bedienen und einen Nagel in die Wand schlagen können, wenn sie in Zukunft nicht auf einen Mann angewiesen sein wollte.

»Der Mensch wächst mit seinen Aufgaben«, bemerkte sie, als wenigstens das Bett schon einmal stand.

Mit einem Blick auf seine Armbanduhr lachte Peter kurz auf. »Wenn wir so weitermachen, sind wir morgen früh noch nicht fertig.«

»Habt ihr Hunger?«, fragte Sibyl, die Wurstbrote und einen selbst gebackenen Kuchen mitgebracht hatte.

»Etwas zu essen gibt es erst, wenn der Kleiderschrank steht!« In dieser Beziehung war Peter rigoros.

»Hoffentlich sind wir bis dahin nicht verhungert«, entgegnete Sibyl ironisch und wandte sich an Pauline. »Wollen wir beide schon einmal die Betten beziehen und das Badezimmer putzen?«

»Ich will die Bettwäsche mit der Prinzessin«, flötete Pauline, während sie Pu am Kopfende ihres Bettes einen Platz zuwies. Ab sofort durften sie und Pu bei Carla schlafen, was Pauline wirklich toll fand. Und sie war entzückt von dem großen alten Haus. Doch nicht nur sie. Auch Peter und Sibyl waren tief erstaunt gewesen, als sie am Vormittag in Hoheneck eintrafen. Peters Begeisterung war kaum zu bremsen gewesen, nachdem er die Ställe, den Reitplatz und die Scheunen besichtigt hatte. Ununterbrochen schwärmte er davon, was man aus dem Anwesen machen könnte. In den schönsten Farben malte er sich ein hochmodernes Gestüt aus und ließ seiner Fantasie freien Lauf. Es scheint das alte Haus zu sein, das die Fantasie beflügelt, dachte Carla und erinnerte sich an die erste Nacht, die sie hier verbracht hatte. Was hatte sie für Ängste ausgestanden! Und wie kindisch hatte sie sich benommen. Als gäbe es wirklich Geister! Doch sie mochte jetzt nicht an diese grauenvolle Nacht zurückdenken, sondern sich auf die kommende konzentrieren, die sie in einem fertig eingerichteten Schlafzimmer verbringen wollte. Dafür benötigte sie ihren Kleiderschrank, der, in viele Einzelteile zerlegt, noch in der Eingangshalle lagerte.

Kurz vor vier war die Arbeit geschafft. Sie saßen alle um den Küchentisch versammelt und ließen sich Sibyls selbst gebackenen Rührkuchen schmecken. Wie ein Kind freute sich Carla über ihren Einzug in Hoheneck. Sibyl konnte das nicht nachvollziehen.

»Wollt ihr zwei wirklich alleine in diesem riesigen alten Haus übernachten?«, fragte sie nun schon zum dritten Mal.

»Wir wollen hier nicht nur übernachten«, entgegnete Carla vergnügt. »Wir wollen hier leben.«

Skeptisch zog Sibyl ihre leicht geschwungenen Augenbrauen in die Höhe. »Habt ihr gar keine Angst? Also *ich* hätte Angst hier.«

»Was soll uns schon passieren?«, sagte Carla achselzuckend. »In diese Einöde verirrt sich garantiert kein Einbrecher.«

»Außerdem haben wir doch Pu«, erklärte Pauline mit ernstem Gesicht. »Der beschützt mich und Mama. Da musst du dir keine Sorgen machen.«

»Ach ja, der Pu«, seufzte Sibyl, »den hatte ich ganz vergessen.«

Pauline sprang auf. »Gehen wir einen Schneemann bauen?«

»Bitte nicht jetzt«, rief Carla abwehrend. Im Moment spürte sie jeden Knochen. Ein schmerzhafter Muskelkater war unumgänglich.

Pauline aber gab keine Ruhe und schlüpfte in ihre Jacke. »Nun kommt schon«, drängelte sie. »Es wird bald dunkel.«

Daraufhin sprang ihr Freund Peter auf. Wie immer war es ihr gelungen, ihn um den Finger zu wickeln. Ihm folgte Sibyl. Nur Carla blieb sitzen. Sie hatte wirklich keine Energie.

»Kommst du nicht mit?«, rief Sibyl.

Sie wehrte ab. »Fangt ruhig schon einmal ohne mich an.«

Die drei stürmten nach draußen, während Carla das Geschirr abräumte. Dabei hörte sie durch die offen stehende Eingangstür das zufriedene Lachen ihrer Tochter. Pauline schien glücklich zu sein. Es gab nichts Wichtigeres auf der Welt. Sie hatten beide in den letzten Monaten viel durchgemacht, Enttäuschungen erlebt und erfahren, wie es sich anfühlt, wenn zusammenbricht, was man für beständig hielt. Doch nun begann für sie beide vielleicht ein neues Leben. Seit dem Morgen spürte Carla so ein Kribbeln im Bauch, das nur ein gutes Omen sein konnte. Nach all den Monaten voller Angst und Hoffnungslosigkeit hatte sie sich zum ersten Mal wieder richtig gefreut. Sie freute sich, hier zu sein, im Haus ihrer Familie. Dieser Tag war wie ein neuer Anfang in ihrem Leben. Es kam ihr vor, als habe sie am Ende des Tunnels endlich ein Licht entdeckt. Vor ihren Augen entstand das Bild einer brennenden Kerze in einer finsteren, sternenlosen Nacht. Dabei fiel ihr ein, dass morgen der erste Advent war. Bald war Weihnachten und ihr dreiunddreißigster Geburtstag. In den letzten Wochen hatte sie nur mit Grauen daran gedacht, doch jetzt stimmte die bevorstehende Adventszeit sie fast fröhlich. Sie nahm sich vor, mit Pauline in den Wald zu gehen, Reisig, Tannenzweige und Tannenzapfen zu sammeln und eine Weihnachtsdekoration zu basteln. Und sie wollte einen Christbaum in die Eingangshalle stellen und auf die Treppenstufen rote Weihnachtssterne, weil ihre Mutter die so gern mochte. Sie würde einen Marzipanstollen backen und Weihnachtsplätzchen, so wie jedes Jahr, und am Heiligabend einen Gänsebraten in den Ofen schieben. Die Vorstellung, dass Weihnachten so verlief wie immer, fand Carla ungemein beruhigend.

Paulines Rufen unterbrach ihre Gedanken. Wahrscheinlich war der Schneemann fertig, den sie sich nun anschauen sollte. Also zog sie ihre warme Daunenjacke an, wickelte sich den langen Schal um den Hals und ging nach draußen. Wie sie aber feststellen musste, nahm der Schneemann nur langsam Gestalt an, weil Pauline und Sibyl allein daran bauten.

»Wo ist Peter?«, fragte Carla.

»Im Stall«, sagte Sibyl und fügte ironisch hinzu: »Er will dir noch heute Abend die Pläne für den Umbau des Gestüts präsentieren.«

»Darauf bin ich aber wirklich gespannt«, gab Carla lachend zurück und beschloss, einen Spaziergang durch den Garten zu unternehmen, obwohl sich schon sanft die Dämmerung über das Haus und den Wald legte. Sie stapfte durch das unberührte Weiß, drehte sich hin und wieder nach der Spur um, die sie hinterließ, und sah den schwarzen Krähen zu, die mit lautem Krächzen die Bäume umkreisten. Einer der Bäume stach ihr besonders ins Auge, eine alte Rotbuche. Gleich mehrere Stämme ragten aus ihrer imposanten Wurzel empor. Dabei war die Buche nicht hochgewachsen, doch ihr Umfang war gewaltig, und ihr dicht verzweigtes Geäst neigte sich auf der einen Seite weit zur Erde herab, als wollten die Äste etwas schützen. Neugierig bog Carla sie auseinander und wurde dabei mit Unmengen Schnee überschüttet. Nun sah sie selbst aus wie ein Schneemann. Doch das war ihr gleichgültig, denn sie hatte etwas entdeckt.

Unter der Rotbuche, dicht an ihrem knochigen Stamm, stand ein hölzernes Kreuz. Es schien ein Grab zu sein. In das Holz war etwas eingraviert – ein Name und ein Datum. Um es besser erkennen zu können, trat sie näher heran und schob die Zweige weit auseinander, damit mehr Licht einfiel. Das letzte matte Licht des Tages, dämmergrau, da die Nacht sich schon herabsenkte. Der Ruf einer Krähe erklang, laut und bedrohlich wie eine Warnung. Doch es war zu spät! Carla las, was auf dem Kreuz geschrieben stand. Es war ihr eigener Name.

CARLA
* 24. Dez. 1977 · † 24. Dez. 1977

Wie von Sinnen starrte sie das Grab an. War das möglich? Dieses Grab schien ihr eigenes zu sein. In dem Holzkreuz war ihr Name verewigt sowie der Tag ihrer Geburt und der ihres Todes. Sie war gestorben, so stand es dort. Nicht einen einzigen Tag lang hatte sie gelebt. Ein Schauer jagte über ihren Rücken. Sie lief davon, durch den verschneiten Garten auf das alte einsame Haus zu, das ihr plötzlich wieder Angst machte.

ZWEITER TEIL

1

Die Nacht war sternenlos. Nur der Vollmond stand am Himmel und tauchte den Garten in seinen matten Schein. In der Ferne läuteten die Glocken, während sich der kleine Trauerzug langsam auf die alte Rotbuche zubewegte. Ein Mann in einer schwarzen Kutte führte ihn an. Eine Kapuze bedeckte seinen Kopf. Auf den Händen trug er den Sarg des Kindes, auf dem eine Laterne stand.

Et lux perpetua luceat ei – Und das ewige Licht leuchte ihr.

Stumm zogen sie durch den Schnee. Das Glockengeläut verklang. Stille senkte sich herab. Zart umriss das Mondlicht den alten Baum, der auserkoren war, das Grab zu schützen. Unter den dichten Zweigen setzte der Mann den Sarg ab.

Requiem aeternam dona ei – ewige Ruhe schenke ihr.

Sie stellten Grablichter auf, die durch die Dunkelheit leuchteten. Die Glocken begannen wieder zu läuten. Es war Weihnachten, die Heilige Nacht. In dieser Nacht wurde ein Kind geboren. Und ein anderes verstarb.

Requiescat in pace – Ruhe in Frieden.

Amen.

⁕

»Mama, wach auf!«

Wie durch einen Schleier drangen die Worte in Carlas düstere Traumwelt ein. Sie spürte die Kälte der Winternacht, sah den kleinen Sarg inmitten der brennenden Kerzen im Schnee stehen. Da hörte sie erneut die Worte: »Mama, wach auf.« Verschlafen drehte sie sich um und fühlte den Körper ihrer Tochter, die ganz nah an sie herangekrochen war.

»Es ist jemand im Haus«, flüsterte Pauline mit angsterfüllter Stimme.

Erschrocken schlug Carla die Augen auf. Im Zimmer war es dunkel. Der Radiowecker zeigte zwei Uhr nachts an. Sie horchte in die Stille. Alles war ruhig, es gab keine Geräusche.

»Du hast bestimmt nur schlecht geträumt«, murmelte sie.

»Nein, habe ich nicht«, erwiderte Pauline. »Ich habe Schritte gehört.«

Carla nahm sie in den Arm. »Du musst keine Angst haben. Es ist niemand da. Hör nur, es ist alles still.«

Doch kaum hatte sie es ausgesprochen, da hörte auch sie die Schritte. Dielen knarrten. Irgendwo im Haus quietschte eine Tür. Ihr stockte der Atem. Sie starrte zur Decke hinauf. Von dort oben kamen die Geräusche. Jemand lief auf dem Dachboden umher. Pauline hatte sich nicht geirrt. Es war jemand im Haus. Automatisch presste sie ihre Tochter fest an sich. Carlas Schläfen pochten. Angestrengt lauschte sie in die Dunkelheit. Wie erstarrt lag sie im Bett und hielt Pauline im Arm. Minuten verstrichen, so lang wie eine Ewigkeit. Wieder knarrte es leise. Danach waren die Schritte nicht mehr zu hören.

Eine halbe Stunde verging, in der Carla keinen einzigen Laut vernahm. Irgendwann stand sie auf, mit rasendem Herzen, und schlich zur Tür. Diese öffnete sie einen Spaltbreit und lugte hindurch. Im Haus war es dunkel. Und still. Lautlos huschte sie zurück ins Bett.

»Vielleicht hat sich nur eine Katze auf dem Dachboden verirrt«, flüsterte sie Pauline zu.

»Das war keine Katze«, gab diese aufgeregt zurück.

»Doch, ganz bestimmt«, sagte Carla mit gedämpfter Stimme. Ihr fiel nichts Besseres ein, um ihre Tochter zu beruhigen.

Obwohl Pauline die Geschichte von der Katze nicht glauben wollte, schlief sie nach einer Weile wieder ein. Carla hingegen blieb wach. Immer wieder hörte sie ein Knacken und Knarzen, den Wind, der um die Hausmauern pfiff, das Rauschen des Waldes, das Krächzen der Krähen, den Ruf eines Käuzchens. Die Schritte aber hörte sie nicht mehr. Es war halb vier, als sie das letzte Mal zur Uhr sah. Sie war todmüde, ihre Augen wurden schwer. Sanft hüllte der Schlaf sie ein und entführte sie erneut in sein Traumreich.

Da klopfte es plötzlich an der Eingangstür. Ein lautes, unheimliches Klopfen. Sie erhob sich, ging im Schlafanzug die Treppe hinunter. Es war bitterkalt. Sie öffnete die Tür. Der Mann mit der schwarzen Kutte stand davor. Es war der Tod. Er übergab ihr den Sarg des Kindes. Darauf stellte er die Laterne. Ein Lichtschein durchzuckte die Halle, ein Schatten wanderte umher. Das leise Lachen einer Frau erklang. Auf dem Sarg stand ein Name geschrieben – ihr eigener! Der Tod löschte die Laterne. Dann schlug er die Eingangstür zu. In diesem Moment schreckte Carla hoch. Sie hatte deutlich das Zuschlagen der Tür gehört. Das hatte sie nicht geträumt. In diesem Haus war eine Tür zugefallen. Ohne nachzudenken sprang sie aus dem Bett, raste aus dem Zimmer, machte Licht und hetzte die Treppe hinunter. Mutig riss sie die Eingangstür auf und sah gerade noch die Rücklichter eines Autos, das über den unbefestigten Weg in Richtung Hauptstraße fuhr. Am liebsten wäre sie hinterhergerannt, doch sie trug nur einen Schlafanzug und keine Schuhe. Außerdem war der Wagen schon viel zu weit weg.

Sie verriegelte die Tür, schob den runden Tisch mit dem gusseisernen Kerzenständer davor und holte sich ein großes Brotmesser aus der Küche. Damit setzte sie sich auf die Treppe und beschloss, bis zum Morgen dort sitzen zu bleiben.

*

Carla erwachte, weil jemand unsanft an ihren Schultern rüttelte. Pauline stand vor ihr, im Schlafanzug, den Teddy im Arm. Verschlafen blinzelte Carla sie an.

»Es klopft«, sagte Pauline, während jemand gegen die Eingangstür hämmerte.

»Wie spät ist es?« Verwirrt blickte Carla sich um. Sie war auf der Treppe eingeschlafen. Sie hatte noch immer ihren Schlafanzug an, neben ihr lag das Brotmesser, und sie zitterte vor Kälte.

»Halb acht«, antwortete Pauline, die entschlossen den runden Tisch zur Seite schob und die Tür öffnete. Frederik von Claßen stand davor. Was wollte er hier? Noch dazu um diese Uhrzeit. Carla starrte ihn entgeistert an.

Von Claßen hingegen musterte sie mit einem amüsierten Lächeln. Dabei wurde ihr bewusst, dass sie ihm in einem rosa gestreiften Schlafanzug und flauschigen Blümchensocken gegenüberstand.

Sein Blick fiel auf das Brotmesser. »Hatten Sie etwa Angst in diesem Haus?«, fragte er leichthin.

»Ich war gerade dabei, Frühstück zu machen«, konterte Carla schlagfertig und fügte verärgert hinzu: »Was wollen Sie hier?«

Der Immobilienmakler trat ein, obwohl ihn niemand dazu aufgefordert hatte, und durchschritt gemächlich die Eingangshalle, blieb stehen und sah sich um. »Also *ich* hätte Angst in diesem großen Haus. Wie ich hörte, sind Sie mit Ihrer kleinen Tochter inzwischen hier eingezogen.«

»So? Wo hören Sie denn so etwas?«, fragte Carla spitz.

»Das pfeifen die Spatzen von den Dächern«, erklärte er.

»Reden Sie nicht so einen Unsinn.« Demonstrativ griff sie nach dem Messer. »Was wollen Sie hier? Sie sind bestimmt nicht zum Frühstück vorbeigekommen.«

Er machte einen Schritt auf sie zu. Der Duft seines eleganten Parfüms kroch ihr in die Nase. »Es wird Sie freuen, dass mein Klient sein Angebot noch einmal erhöht hat.« Er kniff die Augen zu kleinen Schlitzen zusammen. »Fünfhunderttausend Euro, bar auf die Hand, wenn Sie wollen, sofort.«

Überrascht zog Carla die Augenbrauen hoch. In ihrem Bauch jedoch spürte sie Unbehagen.

»Im Augenblick steht das Haus nicht zum Verkauf«, erklärte sie kühl. »Meine Mutter und ich werden erst einen Gutachter bestellen, der dafür einen Preis festlegt.«

»Aha.« Sein Erstaunen wirkte gekünstelt. »Und so lange wollen Sie hier wohnen bleiben?«

»Das geht Sie nichts an«, erwiderte sie abweisend.

»Da haben Sie völlig recht … Caaaarla.« Mit boshafter Genüsslichkeit zog er ihren Namen in die Länge. »Ich meine es auch nur gut mit Ihnen. Sie sollten mit Ihrer süßen kleinen Tochter nicht alleine hier bleiben.« Er warf einen Blick auf Pauline. Das Mädchen presste den Pu an sich und betrachtete den fremden Mann voller Skepsis.

Da klopfte es erneut an die halb offene Eingangstür. Kurz darauf streckte Tom seinen Kopf durch den Türspalt.

»Guten Morgen«, grüßte er freundlich und trat ein.

Carla wäre am liebsten im Erdboden versunken. Das hatte ihr gerade noch gefehlt. Sie dachte an den Winterschlafanzug, die Blümchensocken, die ungekämmten Haare und an das Brotmesser, das sie in der Hand hielt, als wollte sie jemanden abstechen, während Toms blaue Augen sie anblitzten.

»Alles in Ordnung?«, erkundigte er sich, wobei sein Blick auf das Messer fiel.

»Ja, ja, alles okay«, stammelte sie und fügte hinzu: »Herr von Claßen wollte gerade gehen.«

Missmutig zog der Immobilienmakler die Stirn in Falten. »Wenn Sie das Angebot interessiert, müssen Sie sich schnell entscheiden«, sagte er gereizt.

»Wir entscheiden uns erst, nachdem der Gutachter da war«, gab Carla in betont ruhigem, sachlichem Tonfall zurück.

Von Claßen schnaubte verärgert. Der arrogante Zug wich aus seinem Gesicht, sein rechter Mundwinkel begann nervös zu zucken. Zum ersten Mal kam Carla der Gedanke, dass er unter Druck stand. Wer auch immer dieser mysteriöse Klient war, er schien von Claßen unter Druck zu setzen.

»Sie haben mir den Namen Ihres Klienten noch gar nicht verraten.« Herausfordernd blickte Carla ihn an.

Er winkte ab. »Das ist unwichtig. Allein das Angebot ist von Bedeutung. Schlafen Sie eine Nacht darüber.« Wieder kniff er die Augen zusammen und presste hervor: »Aber schlafen Sie nicht zu unruhig in diesem großen, einsamen Haus.« Damit nickte er ihr kurz zu und stürmte an Tom vorbei. Kurz darauf ließ er den Motor seines Wagens aufheulen und fuhr mit quietschenden Reifen davon.

»War das eine Drohung?«, fragte Tom.

»Es hörte sich so an«, bestätigte Carla. Dabei entging ihr das belustigte Schmunzeln nicht, das ihr Aufzug hervorrief. Sie rang sich ein Lächeln ab. »Ich sollte mir wohl erst einmal etwas anziehen, nicht wahr?« Ohne ein weiteres Wort hastete sie die Treppe hinauf und verschwand im gelben Salon. Dort verstaute sie das Brotmesser unter dem Bett, schlüpfte eilig in Jeans und Pullover und flog ins Bad, wo sie kaltes Wasser über ihr Gesicht laufen ließ. Keine fünf Minuten später kehrte sie zurück in die Halle, mit gekämmten Haaren und

Lipgloss auf den Lippen, aber Tom war verschwunden. Nur Pauline stand an der Treppe und hielt seine Visitenkarte in der Hand.

»Wenn du Hilfe brauchst, sollst du ihn anrufen«, erklärte sie.

»Hat er sonst noch etwas gesagt?«, wollte Carla wissen.

»Nein.« Pauline schüttelte den Kopf. »Er hat nur gefragt, ob wir jetzt hier wohnen.«

»Und was hast du gesagt?«

»Dass wir das noch nicht so genau wissen.«

»Aber wieso denn? Wir wohnen doch jetzt hier.«

»Ich *will* aber nicht hier wohnen«, gab Pauline gereizt zurück.

Dann stapfte sie die Treppe hinauf. Wenig später kam sie, komplett angezogen, mit dem Rucksack auf dem Rücken und dem Teddy im Arm, zurück und bestand darauf, zu ihrer Oma gefahren zu werden.

*

Carla hatte ihrer Mutter nichts von den Ereignissen der letzten Nacht erzählen wollen. Die Sache mit dem Einbrecher hätte sie ihr gern verschwiegen. Doch Pauline konnte ihren Mund nicht halten und erstattete ihrer Oma einen detaillierten Bericht.

»Was erzählt sie da?«, rief Luise erschrocken. »Ein Einbrecher war im Haus?«

Beiläufig zuckte Carla mit den Schultern. »Es war nicht so aufregend, wie Pauline es jetzt schildert.« Sie wollte die Geschichte keineswegs dramatisieren, befürchtete jedoch, dass es dafür zu spät war.

»Du findest es nicht aufregend, wenn nachts ein Einbrecher durchs Haus schleicht?«, fuhr Luise sie an.

Carla warf Pauline einen zweifelnden Blick zu.

»Es hätte euch etwas zustoßen können!« Luise bekam vor Erregung rote Flecken am Hals. »Kein Mensch wäre euch in dieser Einsamkeit zu Hilfe gekommen. Ich werde nicht zulassen, dass ihr länger in diesem Haus bleibt. Ihr müsst das Haus verlassen. Heute noch!«

»Dafür gibt es keinen Grund«, erklärte Carla betont unbedarft.

»Ist ein Einbrecher etwa kein Grund?«, rief Luise.

»Er hat uns ja nichts getan«, sagte Carla. »Und gestohlen wurde auch nichts.«

»Was hatte er dann im Haus zu suchen?«, fragte Luise mit versteinerter Miene.

Diese Frage ließ Carla stutzig werden. Luise hatte recht. Was hatte der Einbrecher gewollt? Und wie war er hereingekommen? Er musste einen Schlüssel besitzen, denn es gab keine Spuren eines Einbruchs. Es war weder ein Türschloss kaputtgegangen, noch ein Fenster zerbrochen.

»Du musst dort ausziehen«, entschied Luise, während sie auf einen Stuhl sank. »Du kannst dort nicht bleiben. Das ist unmöglich.«

Carla fiel auf, dass sich kleine Schweißperlen auf der Stirn ihrer Mutter gebildet hatten.

Sie schickte Pauline ins Wohnzimmer und fragte leise: »Was weißt du über Hoheneck, Mama?«

»Nichts.« Mit einer flüchtigen Handbewegung wehrte Luise ab.

Carla holte tief Luft, um ihre Wut zu zügeln. Dieses ewige Schweigen trieb sie in den Wahnsinn. »Ich glaube dir nicht. Du weißt etwas über dieses Haus, da bin ich mir sicher. Warum erzählst du es mir nicht? Ich werde es sowieso herausfinden.« Sie sah die Angst in den Augen ihrer Mutter und fuhr fort: »Die erste interessante Entdeckung habe ich bereits gemacht. Im Garten des Hauses gibt es ein Grab. Aber nicht irgendeines! Auf dem Grabstein steht mein Name. *Mein* Name, hörst du!« Sie redete sich in Rage. »Auf einem Kreuz unter einem Baum steht, dass in diesem Haus am 24. 12. 1977 ein Mädchen namens Carla geboren wurde, das ein paar Stunden später verstarb. Das ist doch ein merkwürdiger Zufall, nicht wahr? Warum willst du mich von diesem Haus fernhalten? Was verschweigst du mir, Mama?« Carla hatte Tränen in den Augen, so sehr regte sie sich auf. Sie konnte das Schweigen ihrer Mutter nicht länger ertragen. Es zermürbte sie, ließ jedes Gefühl von Liebe und Zuneigung in ihr erstarren.

»Ein Grab?«, fragte Luise verstört. Sie war leichenblass, wirkte tief bestürzt.

Carla beugte sich zu ihr herab. Da schlang Luise die Arme um ihren Hals und zog sie fest an sich heran. »Verlass dieses Haus«, flüsterte sie. »Bitte verlass dieses Haus!«

*

Luise wollte sich erheben. Sie wollte aufstehen, doch sie war nicht fähig dazu. Ihr Körper war wie Blei, ihre Hände zitterten, die Finsternis fing sie ein. Es schneite. Glocken läuteten. Die heilige Messe begann. *Herr, höre mein Gebet …* Das neugeborene Baby weinte. Überall war Blut. Im Bett und auf dem Fußboden. So viel Blut war in diesem Zimmer, als der Teufel es betrat. Sein Gesicht hielt er hinter einer Maske versteckt, doch das Böse ließ sich nicht verbergen. Wo war Gott in diesem Augenblick? *Herr, höre mein Schreien, verbirg dein Antlitz nicht vor mir, wenn ich in Not bin, wende dein Ohr mir zu.* Noch immer läuteten die Glocken durch die Heilige Nacht. *Fürchte dich nicht, sprach der Engel zu ihnen, fürchte dich nicht.* Doch sie fürchteten sich, denn sie hörten das Weinen des Kindes, das der Teufel mit sich forttrug. Gott durfte das nicht geschehen lassen. *Herr, wenn ich dich anrufe, erhöre mich!* Ein gellender Schrei drang durch das Haus, voller Verzweiflung, Angst und Hilflosigkeit. Der Teufel kannte keine Gnade. *Vater unser, der du bist im Himmel, geheiligt werde dein Name, dein Reich komme, dein Wille geschehe, wie im Himmel, so auf Erden …* Das Baby weinte nicht mehr. Auch die Glocken waren verstummt. Stille lag über dem Haus. Nun wussten sie: Gott hatte sie verlassen und stand ihnen nicht mehr bei.

⁂

»Mama!«, rief Carla erschrocken, als sie bemerkte, dass ihre Mutter auf dem Stuhl zusammengesackt war. Die Arme hingen schlaff am Körper herab, der Kopf lag auf dem Brustkorb, die Augen waren geschlossen. Aufgeregt umfasste Carla ihre Schultern. »Was ist mit dir? Soll ich einen Arzt holen?«

Es dauerte eine Weile, bis Luise reagierte und die Augen wieder aufschlug. Sie waren stark gerötet, als habe sie heftig geweint. Dabei hatte sie nicht eine einzige Träne vergossen.

»Ich brauche keinen Arzt«, flüsterte sie heiser. »Mir war nur etwas schwindelig.«

»Geht es wieder?«

»Ja, ja, es geht wieder. Gib mir bitte einen Kaffee.«

Aus einer Thermoskanne schenkte Carla den Kaffee ein.

Luise schlürfte ihn in kleinen Schlucken. Er brachte frische Farbe in ihre Wangen zurück.

»Wir müssen über das Haus sprechen«, sagte Carla nach einer Weile. »Was hat das Grab im Garten zu bedeuten?«

»Ich weiß es nicht«, erwiderte Luise leise.

»Wer hat in dem Haus gelebt?«, setzte Carla nach. »Sophie von Waldheim war deine Tante, also war Helena deine Kusine. Hat sie auch dort gelebt? Hast *du* dort gelebt?« Sie blickte ihrer Mutter fest in die Augen und wiederholte mit eindringlicher Stimme: »Hast *du* dort gelebt, Mama?«

Gequält schüttelte Luise den Kopf.

»Aber Helena, nicht wahr?«, fragte Carla weiter.

»Ja«, sagte Luise leise.

»Und wer noch? Wer von unserer Familie hat noch in Hoheneck gelebt?«

Luise senkte den Kopf. »Mein Vater, jedenfalls für einen kurzen Zeitraum. Wie du weißt, ist er früh gestorben. Er war nicht mit meiner Mutter verheiratet und hat auch nie bei uns in München gewohnt. Er pendelte zwischen München und Hoheneck.«

»Und du?«, fragte Carla. »Bist du auch zwischen München und Hoheneck gependelt?«

»Nein, bin ich nicht!«, rief Luise erregt. »Ich habe dir schon hundertmal erzählt, dass ich bei meiner Mutter in München aufgewachsen bin.«

»Das hast du mir erzählt«, bestätigte Carla. »Aber es ist gelogen.« Damit zog sie einen Briefumschlag aus ihrer Tasche und legte diesen auf den Tisch. Zögernd griff Luise danach. Er enthielt eine Kopie der Sterbeurkunde von Luises Mutter.

»Sie ist gestorben, als du fünf Jahre alt warst«, sagte Carla. »Du kannst nicht bei ihr aufgewachsen sein, das ist unmöglich.«

»Woher hast du das?«, keuchte Luise.

»Vom Standesamt.« Carla wartete auf eine Reaktion von Luise, eine Erklärung, eine Entschuldigung. Doch es kam nichts.

»Ich werde nicht aufhören, nach der Wahrheit zu suchen.« Mit diesen Worten verließ Carla wortlos die Küche.

*

Luise hörte die Tür ins Schloss fallen. Der starke, ungesüßte Kaffee hatte auf ihrer Zunge einen bitteren Geschmack hinterlassen. Bitter wie die Tränen, die sie nach dem Tod ihrer Mutter geweint hatte. Sie dachte an die Beerdigung. Es hatte geregnet an diesem Tag. Ihre Mutter hatte Regen gehasst. Musste es ausgerechnet an diesem Tag in Strömen gießen? Sie erinnerte sich daran, dass sie zaghaft nach der Hand ihres Vaters gegriffen hatte, als die erste feuchte Erde auf den Sarg fiel. Doch er hatte ihre Hand weggestoßen. Er mochte es nicht, angefasst zu werden.

Keine zwei Stunden später hatte sie mit ihm im Zug nach Aachen gesessen. Dort hatte er ihr zum ersten Mal von Hoheneck erzählt. Und von Sophie. Nie würde Luise den Moment vergessen, als sie ihrer Tante gegenüberstand. Verängstigt hatte sie zu ihr aufgeblickt, zu dieser großen, hageren Frau mit dem strengen Gesicht, den hohen Wangenknochen und den Händen, rau wie Reibeisen. Sophie kam gerade aus dem Stall, jedenfalls roch sie so, und war auch so angezogen. Nach den Erzählungen ihres Vaters hatte Luise geglaubt, Sophie von Waldheim sei eine feine Dame, die auf einem Gestüt in einem stattlichen Herrenhaus residierte – eine dieser Damen, für die ihre Mutter Kleider genäht hatte. Doch Sophie sah nicht so aus, sie sprach nicht gebildet, bewegte sich nicht elegant und benahm sich nicht wie eine feine Dame. Sie trug keine schönen Kleider und auch keine Hüte. Immer nur Hosen. Und ihre Stimme war so dunkel und hart wie die eines Stallburschen.

Du wirst im Haushalt helfen und im Stall mit anpacken! Mit dieser Ankündigung wurde sie in Hoheneck empfangen.

Einen herzlichen Willkommensgruß konnte Sophie sich nicht abringen. Ebenso wenig ein freundliches Wort. Schnell fand Luise heraus, dass Sophie niemals etwas Nettes sagte. Allein der Klang ihrer Stimme ließ das nicht zu.

Trotzdem war Luise in Hoheneck nicht unglücklich. Sie bekam ein schönes großes Zimmer, das eine richtige Heizung hatte. Mit ihrer Mutter hatte sie in einem einfachen Mietshaus gelebt; in den zwei engen Räumen unter dem Dach hatte es nur einen kleinen Kohleofen gegeben, sodass es immer feucht und kalt geblieben war.

Zart und bunt erlebte Luise den ersten Frühling in Hoheneck. Gelbe Blumen übersäten die Wiesen, lilafarbener Flieder rankte an der Hausmauer empor, Bienen umschwirrten die dicken weißen Blüten der Apfelbäume, und süße Sommerdüfte hingen in der Luft. Sie fand es unbegreiflich, dass ihr Vater hier nicht bleiben wollte. Doch er hielt es nie lange an einem Ort aus, vor allem, wenn es dort keinen Roulettetisch gab. Nach ein paar Wochen bat er Sophie um Geld, verschwand und ließ Luise mit ihrer Tante allein zurück. Kurz darauf kam Amelie, Sophies jüngere Schwester. Sie war Sängerin in Paris. Und sie war schwanger mit einem Kind, das sie nicht wollte, weil es nicht in ihr Leben passte. Amelie brachte es in Hoheneck zur Welt und ging wieder nach Paris. Ohne das Baby. Sie ließ es zurück, worüber Luise sehr glücklich war, denn von nun an hatte sie eine Schwester.

*

Luise spürte eine Hand zärtlich über ihren Rücken streichen.

»Bist du traurig, Oma?«, fragte Pauline besorgt.

»Ein bisschen«, antwortete Luise, während sie sich die Tränen aus dem Gesicht wischte.

»Du musst an etwas Schönes denken«, empfahl Pauline. »Denk an die Geschenke, die das Christkind bringen wird.«

»Und das funktioniert?«, fragte Luise skeptisch.

In voller Überzeugung nickte Pauline. Dann fragte sie ungeduldig: »Können wir jetzt das neue Abendkleid für die Barbie nähen?«

Sie gingen nach unten ins Atelier, wo Pauline zunächst den Stoff aussuchte. Stilsicher entschied sie sich für dunkelgrüne Seide. Dazu wünschte sie sich eine violette Stola. Luise fand die Farbkombination zu wild, doch sie erfuhr, dass man das im Barbieland so trug. Sie schnitten das Kleid zu und setzten sich an die Nähmaschine, Luise auf den Arbeitsstuhl, Pauline auf den Hocker daneben. Dann fädelte Luise das Garn ein und begann mit dem Nähen. Leise surrte die Maschine, während sie die einzelnen Stiche vollführte.

Das erste Kleid, das Luise für Helena genäht hatte, war auch grün gewesen. Nicht so dunkelgrün wie dieses hier, sondern hell, frisch und zart wie der Frühling. Helena trug es an ihrem dritten Geburtstag und sah darin aus wie eine kleine Prinzessin. Sie hatte damals schon lange blonde Haare, seidenweich, die in der Sonne wie Gold flitterten. Doch die Sonne schien nicht an Helenas drittem Geburtstag, dem 2. Mai 1962. Es war ein trüber, freudloser Tag. Und genauso verlief auch die Feier. In Hoheneck verliefen alle Geburtstagsfeiern trostlos. Niemals gab es ein richtiges Fest; Sophie mochte das nicht. Nur ein einziges Mal, als Helena siebzehn Jahre alt wurde, veranstaltete sie eine große Party – aber nicht, weil sie Helena damit erfreuen, sondern weil sie Tante Miranda beeindrucken wollte, die eigens von der Côte d'Azur angereist war. Damals stand Hoheneck schon kurz vor dem Abgrund, und Sophie musste handeln. Hätte sie gewusst, dass alles Unglück mit diesem Fest begann, hätte sie es wahrscheinlich nicht gegeben. Doch wer hätte ahnen können, dass sich an diesem Tag das Schicksal zweier Familien miteinander verband.

An Helenas drittem Geburtstag war das alles noch weit weg gewesen. Sophie hatte vergessen, die Torte zu bestellen. Aus diesem Grund backte Luise ihren ersten Kuchen, einen Marmorkuchen mit bunten Kerzen, die Helena alle auspusten musste. Er schmeckte so vorzüglich, dass Luise von diesem Tag an nicht mehr im Stall helfen musste, sondern ausschließlich im Haushalt arbeiten durfte. Darüber war sie sehr glücklich, denn kochen und backen bereitete ihr Freude. Außerdem hatte sie nun viel mehr Zeit, sich um Helena zu kümmern, die sie abgöttisch liebte. Und sie wurde von Helena ebenso geliebt. Sie hatten ja beide sonst niemanden. Als sie älter wurden, blieben sie nicht einfach nur Schwestern, sie wurden Blutsschwestern und leisteten wie die Indianer einen Eid, damit jeder dem anderen beistand, wenn dieser Hilfe benötigte – unerschütterlich, unbeirrbar, unumstößlich. Das versprachen sie sich in einer lauen Sommernacht, als sie wieder einmal heimlich aus dem Fenster geklettert waren, um unter der alten Rotbuche die Sternbilder zu beobachten. Sie erkannten den Großen Wagen und träumten vom Erwachsensein. Luise wünschte sich eine Familie mit vielen Kindern. Helena wollte eine berühmte Reiterin werden. Sie hatte viel Talent, und Sophie war eine gute Ausbilderin. Sie hatte Helena auf ein Pferd gesetzt, noch bevor sie laufen konnte, worüber Amelie bei einem ihrer seltenen Besuche sehr böse geworden war. Amelie hatte ihrer Schwester vorgeworfen, Helena wie einen Jungen zu erziehen. Zu Helenas drittem Geburtstag war sie zum letzten Mal in Hoheneck gewesen, für ganze drei Stunden, von drei bis sechs. Noch vor dem Abendessen fuhr sie wieder nach Paris zurück, denn sie musste Koffer für eine Reise nach Monaco packen. Dort hatte sie einen reichen Mann kennengelernt und rechnete nun mit einem Heiratsantrag. Doch dazu kam es nicht mehr. Kurz vor der Landung zerschellte ihr Flugzeug in den Bergen. Zurück blieb ein Koffer mit Kleidern und Seidenstrümpfen, der in dem Wrack gefunden wurde. Sophie war verzweifelt. Sie hatte Amelie sehr geliebt. Es gab nur zwei Menschen, die Sophie je geliebt hatte – ihre Schwester Amelie und ihren Verlobten, der zwei Wochen vor der Hochzeit im Krieg gefallen war. 1944, in der Normandie. Er war Pilot gewesen. Sophie konnte seinen Tod nie akzeptieren. Sie konnte den Tod überhaupt nicht akzeptieren, weder den ihres Verlobten noch den von Amelie, noch den ihrer Eltern. Die Endgültigkeit des Sterbens machte sie verrückt. Es gelang ihr nicht, dies hinzunehmen. Sie verfiel in eine Depression. Die starke, pflichtbewusste Sophie fühlte sich plötzlich schwach. Auf einmal glaubte sie, die Verantwortung für das Gestüt und die zwei fremden Kinder nicht mehr allein tragen zu können. Deshalb bat sie Luises Vater, ihren Bruder Ernst, bei ihnen in Hoheneck zu bleiben. Er willigte ein. Sie übertrug ihm die Geschäfte; sie selbst wollte sich nur noch um die Pferde kümmern. Damals ahnte sie nichts von seiner Spielsucht. Nur Luise wusste davon. Doch sie glaubte, ihr Vater sei geheilt. Sie irrte sich. Er verspielte Haus und Hof, vertuschte die Schulden, indem er die Bücher fälschte und die Zahlen beschönigte. Ein paar Jahre ging das gut, bis der Bankdirektor höchstpersönlich Sophie einen Besuch abstattete. Daraufhin nahm Ernst einen Strick, marschierte auf den Dachboden und hängte sich auf. Sophie fand, er habe den einfachsten Weg gewählt.

*

»Die Stola möchte ich zuschneiden«, flötete Pauline.

Luise gab ihr die Schere. Sie wollte ihrer Enkelin die Hand führen, aber die wehrte ab und durchschnitt hochkonzentriert den violetten Stoff. Das machte sie sehr gut. Pauline hatte Talent zum Nähen. Und sie hatte Geschmack. Aus ihr konnte eine gute Designerin werden.

»Ist es richtig so?«, fragte sie, als sie fertig war.

»Sehr gut«, lobte Luise. »Willst du die Stola nun auch alleine zusammennähen?«

Begeistert setzte sich Pauline auf den Stuhl, der vor der Nähmaschine stand. Sie saß zu niedrig, deshalb schob Luise ihr ein Kissen unter den Po. Dann half sie ihr, die Stoffteile richtig einzulegen und überwachte das Nähen. Wie einfach es mit den modernen Maschinen ging. Sie dachte an die uralte Singernähmaschine, die sie früher in Hoheneck hatten. Ein Vorkriegsmodell, doch das war Sophie gleichgültig. Bevor Luise ins Haus kam, wurde die Maschine kaum benutzt. Nähen interessierte Sophie nicht. Sie brauchte keine schönen Kleider; sie ging ja niemals aus. Sie war immer nur in Hoheneck und wollte auch nirgendwo anders sein. Hoheneck war ihr Leben. Sie tat alles, um es vor dem finanziellen Ruin zu retten. Sie verhandelte mit den Bankdirektoren und schuftete wie ein Ackergaul, um das Gestüt aus den roten Zahlen zu holen. Sie hasste Ernst dafür, Hoheneck verspielt zu haben, doch sie hätte das Gestüt niemals aufgegeben. Auch Luise verabscheute ihren Vater. Er hatte sich weder um sie noch um ihre Mutter gekümmert. Ihr Schmerz und ihre Enttäuschung saßen tief, und sie gab ihm die Schuld an dem, was später geschah. Er hatte Hoheneck in den Ruin getrieben. Ohne ihn hätte es die unglückseligen Verstrickungen nie gegeben, aus denen sie kein Zurück mehr fanden. Alles war nur aus Verzweiflung geschehen. Sie war der

Nährboden für das Böse und das Unrecht. Nur aus purer Verzweiflung hatte Sophie am Ende zerstört, was sie im Grunde hatte retten wollen.

*

»Fertig, Oma!« Pauline löste die Stola aus der Nähmaschine und hielt sie hoch. »Ist sie nicht schön geworden?« Als Luise darauf nichts erwiderte, bemerkte sie beleidigt: »Du guckst ja gar nicht hin.«

»Doch, doch, natürlich.« Mit einer entschuldigenden Geste strich Luise ihrer Enkelin übers Haar. Sie war tatsächlich weit, weit weg gewesen. Doch die Erinnerungen an Hoheneck versüßten das Leben nicht, sie schmerzten nur. Dreiunddreißig Jahre lang war es ihr nicht gelungen, sie aus ihrem Herzen zu verbannen. Und es würde ihr auch in Zukunft nicht gelingen. Für alle Ewigkeit würde sie an Hoheneck denken – und an Helena.

2

Carla fühlte sich unwohl, als sie die Eingangshalle betrat. Es war still im Haus, selbst die Uhr tickte nicht. Wahrscheinlich war sie wieder stehen geblieben. Sie ging ins Wohnzimmer, öffnete den Glaskasten der Standuhr und zog die Gewichte auf. Dabei drehte sie sich mehrmals argwöhnisch um. Der Gedanke, dass noch jemand einen Schlüssel zu dem Haus haben könnte, löste in ihr großes Unbehagen aus. Trotzdem wollte sie Hoheneck nicht verlassen. Um hinter das Geheimnis ihrer Familie zu kommen, musste sie hier bleiben. Und aktiv werden, recherchieren. Sie sollte nach Hinweisen suchen, Schränke durchstöbern, Bücher durchblättern, Briefe finden, Tagebücher lesen. Nur so konnte sie herausfinden, was ihre Mutter ihr verschwieg.

Carla verschloss die Eingangstür sowie die Tür zum Hof und überprüfte durch mehrmaliges Drücken der Klinken, dass beide Türen geschlossen waren. Danach durchstreifte sie das Haus und hielt Ausschau nach einer Dachluke, bis sie am Ende der Galerie eine Tür entdeckte, hinter der eine Treppe nach oben führte. Bedächtig stieg sie hinauf und achtete wachsam auf jedes Geräusch, als habe sie Angst, dort oben könnte noch jemand sein. Doch auf dem Dachboden war niemand. Und sie fand nichts von alledem, was sie erwartet hatte, keine ausrangierten Dinge, keine Truhen mit Großmutters Aussteuer, keine Schränke mit verstaubten und von Motten zerfressenen Mänteln. Lediglich ein Stuhl stand unter einem dicken Holzbalken, an dem ein abgeschnittenes Seil baumelte. Darin war noch der Knoten, der einst die Schlinge hielt. Es sah aus, als hätte sich jemand erhängt.

Schaudernd wandte sie sich ab und sah sich aufmerksam um. Der Dachboden war völlig leer. Was hatte der vermeintliche Einbrecher hier oben gesucht?

Sie ging zurück und begann, die Türen zu den ihr unbekannten Zimmern zu öffnen. Sie durchkämmte Raum um Raum, große und kleine, mit rustikalen Bauernmöbeln, Pferdebildern an den Wänden und langen Gardinen vor den Fenstern. Nirgends lag ein Körnchen Staub. Schon beim ersten Mal war ihr aufgefallen, dass dieses Haus blitzsauber war. Und so roch es auch – frisch und rein und keineswegs muffig, wie es sonst bei alten Häusern der Fall war.

Sie ließ die Türen offen stehen und schaltete überall das Licht ein. So hatte das Haus nichts Unheimliches oder Furchteinflößendes an sich. Nur eine Tür ließ sich nicht öffnen. Das weckte Carlas Neugier.

Mit der intensiven Suche nach dem Schlüssel zu dem Zimmer verging der Nachmittag. Die Dämmerung setzte ein, und anthrazitgraue Wolken hingen über dem Wald. Dicke Schneeflocken wirbelten durch die Luft, der Wind rauschte bedrohlich durch den Wald, ein Schneesturm kündigte sich an. Sollte sie die Nacht wieder in diesem Haus verbringen? Ganz allein in der Einsamkeit? Erste Zweifel kamen ihr. Sie blickte auf das Handy, das vor ihr auf dem Küchentisch lag, direkt neben Toms Visitenkarte. Sie hätte ihn gern angerufen, doch ihr fiel kein triftiger Grund ein. Schließlich konnte sie ihn nicht bitten, die Nacht mit ihr in Hoheneck zu verbringen. Sie dachte an seine stahlblauen Augen und an seine starken Arme, die Geborgenheit versprachen, und schob das Telefon ganz weit weg. Es war zu früh dafür.

Irgendwo im Haus knarrte es. Dann war es wieder still. Die Uhr tickte leise. Sie lauschte dem monotonen Ticktack und meinte ein leises Lachen zu hören. Ihr Herz klopfte schnell. Angst überkam sie. Sie fürchtete sich vor dem Einbrecher, der über den leeren Dachboden schlich, vor den wispernden Stimmen und vor dem Lachen der Frau, das sie gehört hatte, vor dem verschlossenen Zimmer und dem, was sich dahinter verbarg. Sie sah von weißen Tüchern verhüllte Möbel vor ihrem geistigen Auge, Spinnweben, die von der Decke herabhingen, und dicke Staubschichten, die die Geschehnisse der Vergangenheit bedeckten. Carla spürte, dass in diesem Zimmer vor langer Zeit etwas Schreckliches passiert war. Deshalb war es verschlossen worden. Wer hatte einst darin gelebt? Die Frau, deren Lachen nachts durch das Haus hallte, deren Seele im Schutz der Dunkelheit umherwandelte, gefangen in den dunklen Mauern des Hauses? War *sie* es, die nachts die Treppe hinaufstieg, langsam, Schritt für Schritt? War *sie* es, die über den Dachboden schlich?

Erschrocken über ihre eigenen Gedanken griff Carla nach dem Handy und floh aus dem Haus. Hektisch schloss sie die Eingangtür ab, stürzte zu ihrem Auto und fuhr los. Wie von Sinnen jagte sie davon, über den unbefestigten Weg in Richtung Hauptstraße. Erst dort blieb sie stehen und blickte zurück. Das Haus war von hier aus nicht mehr zu erkennen. Nur ein matter Lichtschein hob sich vom Wald ab. Sie hatte vergessen, das Licht zu löschen. Es brannte in jedem Zimmer, und alle Türen standen offen. Sie lehnte sich zurück und atmete tief durch. Sie benahm sich kindisch. Schon wieder bildete sie sich Dinge ein, die es überhaupt nicht gab. Durch das Haus spukten keine Geister. So ein Unsinn! Doch ihr Magen rebellierte bei dem Gedanken, eine weitere Nacht dort zu verbringen. Am Ende siegte ihr Verstand. Also drehte sie mitten auf der Straße um und fuhr zurück nach Hoheneck.

*

Am nächsten Morgen fühlte sie sich matt und erschöpft, doch sie hatte die Nacht tapfer überstanden. Sie hatte kaum geschlafen, sich umhergewälzt und immer wieder geglaubt, Geräusche zu hören.

Sie quälte sich aus dem Bett. Dunkel und grau lag der Tag vor ihr. Am liebsten hätte sie ihn aus dem Kalender gestrichen, bevor er richtig begonnen hatte, denn es war der Tag der Trennung. Heute musste sie sich von Nachtfalke verabschieden. Gemeinsam mit Peter würde sie ihr Pferd in wenigen Stunden ins Gestüt Fasanenhof überführen, zu seinem neuen Besitzer, Baron von Stein, der Nachtfalke noch nie zuvor gesehen hatte.

3 Der Pferdetransporter näherte sich Schloss Fasanenhof. Nur noch wenige Kilometer waren es bis zu dem Ort, an dem Nachtfalke bleiben würde. Der Gedanke schmerzte Carla. Sie versuchte, ihn beiseitezuschieben. Es wollte ihr nicht gelingen. Sie war bedrückt, während Nachtfalke immer nervöser wurde. Besorgt beobachtete Carla ihn auf dem Monitor am Cockpit, auf den die Bilder der Videokamera aus dem Pferdeanhänger übertragen wurden. Nachtfalke scharrte ungeduldig mit den Hufen und bewegte ruhelos den Kopf.

»Er ist schon ein sensibler Kerl«, meinte Peter, während er den Transporter vorsichtig um eine Kurve lenkte. Da die Straße nach Fasanenhof immer holpriger wurde, fuhr er fast im Schritttempo. Er wusste, dass jedes Ruckeln Nachtfalke noch reizbarer machen würde. Der Hengst hasste die Enge des Transporters. Auch an diesem Tag war es schwierig gewesen, ihn dort hineinzubekommen, denn er setzte keinen Schritt freiwillig auf die Rampe.

»Er weiß genau, dass etwas nicht stimmt«, sagte Carla traurig. Sie drehte den Kopf zur Seite und schaute aus dem Fenster auf schneebedeckte Felder, Windräder und dicht bewaldete Bergketten. Dabei ermahnte sie sich, nicht schon wieder mit dem Schicksal zu hadern. Auf die Frage nach dem *Warum* gab es keine Antwort.

Nachtfalke wurde immer unruhiger. Er spürte den bevorstehenden Abschied. Sie hätte nicht mitfahren dürfen. Warum hatte sie Peters Bedenken nicht ernst genommen?

In diesem Moment tauchte ein imposantes schmiedeeisernes Tor vor ihnen auf. Dahinter lag die prachtvolle Residenz der Familie von Stein – ein weißes, majestätisches Jagdschloss mit Türmen rechts und links, einem roten Dach und rotweißen Fensterläden.

Peter hielt vor dem verschlossenen Tor an. Er ließ das Fenster herunter und blickte sich suchend um, bis er sich an Carla wandte. »Gibt es hier keine Klingel?«

Sie zuckte ratlos mit den Schultern, als eine monotone Stimme aus einer Sprechanlage erklang und sich nach ihrem Anliegen erkundigte.

»Wir kommen vom Gestüt Eichhoff«, erklärte Peter. »Wir bringen ein Pferd für den Herrn Baron. Er erwartet uns bereits.«

Lautlos öffnete sich daraufhin das Tor und schloss sich sofort wieder, kaum dass sie es passiert hatten. Eine gepflasterte Auffahrt führte zum Schloss und mündete in ein Rondell, auf dem Peter den Transporter parkte. Sie stiegen aus und warteten darauf, in Empfang genommen zu werden, doch niemand kam. Es dauerte einige Zeit, bis ein Mann um die Ecke bog. Er trug Reiterhosen, darüber eine dunkelblaue sportliche Jacke und glänzende schwarze Stiefel. Carla bemerkte seine aufrechte Haltung, den leicht erhobenen Kopf, das angedeutete Lächeln, den energischen Gang. Wo hatte sie diesen Mann schon einmal gesehen?

»Bitte entschuldigen Sie, dass es so lange gedauert hat.« Er streckte ihr die Hand entgegen. »Ich bin Christoph von Stein.«

Sie spürte seinen angenehmen Händedruck. Dabei fiel ihr die edle Parmigiani-Uhr auf, die er am Handgelenk trug. Eine Parmigiani bedeutete Stil.

»Carla Sandberg«, erwiderte sie freundlich, während sie in sein markantes Gesicht sah. Sein Blick war offen, die vielen Lachfältchen fand sie charmant, sie passten gut zu dem silbergrauen Haaransatz.

»Hat Nachtfalke die Fahrt gut überstanden?«, fragte er.

»Er steht unter Stress«, erklärte Carla.

Christoph von Stein nickte wissend. »Er ist ein sensibles Pferd. Er spürt, dass eine ungewohnte Situation auf ihn wartet.«

»Woher wollen Sie wissen, wie sensibel er ist?«, fragte sie forsch. »Sie haben ihn doch noch nie gesehen.«

Ein Schmunzeln huschte über sein Gesicht, als er sagte: »Das ist richtig. Aber ich kenne seine Vorfahren.«

»Zum Beispiel seinen Großvater Goldfire?«, fragte Carla.

»Den kannte ich sogar sehr gut«, bestätigte der Baron.

»Und auch Nachtfalkes Urgroßvater Ambassador?« Erwartungsvoll schaute sie ihn an.

»Selbstverständlich«, sagte er. »Ambassador war ein erstklassiges Pferd, eines der besten, die es ja gab.«

Inzwischen hatte Peter die Auflaufklappe des Transporters geöffnet und war im Innenraum des Anhängers verschwunden. Carla hörte, wie er dort mit Nachtfalke sprach, mit einer so weichen und besänftigenden Stimme, als wolle er ein Kind in den Schlaf wiegen.

Kurz darauf schritt Nachtfalke, geführt von Peter, die Rampe herunter. Unmittelbar vor Carla blieb der Hengst stehen, schnaubte und blähte seine Nüstern auf. Ein Zeichen dafür, dass er nervös war. Voller Skepsis beschnupperte er Christoph von Stein, scharrte gereizt mit den Hufen und vergrub seinen Kopf in Carlas Nacken. Liebevoll kraulte sie ihn am Hals.

»Es ist alles gut«, flüsterte sie ihm ins Ohr. »Hier ist jetzt dein neues Zuhause. Gefällt es dir? Es ist sehr beeindruckend, nicht wahr?« Er nickte, als hätte er sie verstanden. Doch die Anspannung fiel nicht von ihm ab. Als auf dem Weg zum Stall plötzlich ein Glockenspiel erklang, bäumte er sich wild und ungestüm auf. Nur in letzter Sekunde konnte Carla seinem ausschlagenden Huf ausweichen. Peter versuchte, ihn zu bändigen, doch es gelang nicht. Erst nachdem das Glockenspiel verstummt war, beruhigte sich Nachtfalke allmählich wieder. Allerdings ließ er niemanden an sich heran. Christoph von Stein begann, mit ihm zu reden. »Tut mir leid, mein Freund«, sagte er und schaute mit missmutigem Gesichtsausdruck zu dem Glockenturm auf dem Schlossdach hinauf. »Auch ich mag dieses Gebimmel nicht. Ich kann gut verstehen, dass du dich darüber aufregst. Soll ich dir mal was verraten?« Er machte einen Schritt auf Nachtfalke zu, ohne mit dem Sprechen aufzuhören. »Mehr als fünfzig Jahre ertrage ich das schon. Mein Vater ließ damals den Glockenturm bauen. Seitdem spielen diese Glöckchen zu jeder vollen Stunde eine andere Melodie. Jeden Tag von acht Uhr morgens bis acht Uhr abends.« Er wagte einen weiteren Schritt, und als Nachtfalke ruhig blieb, wieder einen. »Selbst sonntags bimmeln die Glocken. Du wirst sehen, das ist kein Vergnügen. Du wirst dich daran gewöhnen müssen. Meinst du, das kriegst du hin?« Jetzt stand er dicht neben dem Hengst, der ihn mit seinen schwarzen Augen fixierte. Dann ließ er sich von dem Baron sanft berühren. »Du bist ein guter Junge«, lobte Christoph von Stein. Der Hengst gab ein zufriedenes Schnauben zurück. Damit hatte er seinen neuen Besitzer akzeptiert.

Von Stein führte ihn in die Box, die groß und hell war, so wie Nachtfalke es liebte, und mit der neuesten Technik ausgestattet. Außerdem stand schon ein Stallbursche bereit, der sich sofort um Nachtfalke kümmerte.

Carla hätte keinen besseren Stall für ihr Pferd finden können. Und keinen besseren Besitzer als Christoph von Stein. Das wurde ihr in diesen Minuten bewusst.

Peter und der Baron ließen sie mit Nachtfalke allein, damit sie sich von ihm verabschieden konnte. Nur der Stallbursche blieb in der Box, zog sich aber in die hinterste Ecke zurück.

Ein letztes Mal kraulte sie ihr Pferd am Hals. »Tschüss, mach's gut. Wir sehen uns wieder, wenn du dein erstes Turnier bestreitest. Ich werde dort sein und dich anfeuern, wo auch immer es stattfindet. Das verspreche ich dir.« Sie kämpfte mit den Tränen.

Sie übergab dem Stallburschen die Zügel, wobei ihr Blick auf dessen Handrücken fiel. Eine Narbe zeichnete sich darauf ab – eine schwulstige, rot schillernde Narbe, die quer über der Hand verlief.

Erschrocken starrte sie den Mann an. Ein stoppeliger Bart überzog die aschfahlen Wangen.

»Alles in Ordnung, Madam?«, fragte er hämisch grinsend.

»Ja, ja …«, antwortete sie verstört. Dann stolperte sie aus der Box und lief dem Ausgang entgegen, wo Peter und der Baron sie bereits erwarteten.

Christoph von Stein führte sie in sein Büro, das sich in einem kleinen Gebäude hinter den Stallungen befand. Dort erledigten sie die Formalitäten. Aber Carla konnte sich nur schwer darauf konzentrieren. Ein Mann mit einer Narbe auf der Hand hatte Pauline eine Strohpuppe geschenkt. Und er hatte Reiterstiefel getragen. Sie versuchte, sich zu beruhigen. Bestimmt war es nur eine zufällige Übereinstimmung. Welchen Grund hatte dieser Stallbursche, ihrer Tochter eine Strohpuppe zu schenken?

Sie übergab dem Baron die Eigentumsurkunde für Nachtfalke. Danach bat sie ihn, die Überführung zu quittieren. Er zückte einen silbernen Füllfederhalter, zog ihn auf und unterschrieb das Papier, das Carla ihm vorlegte. Mit einer energischen Handbewegung setzte er ein geschwungenes *C* aufs Papier, in dessen Öffnung er ein kleines *v* einfügte, woran er den Namen Stein anschloss, als sei alles nur ein einziges Wort.

»Möchten Sie einen Kaffee?«, fragte er dann.

Carla lehnte dankend ab. Sie konnte nicht mehr länger an diesem Ort bleiben. Sie war verwirrt, wegen des Mannes mit der Narbe auf der Hand und weil sie Nachtfalke nun nicht mehr sehen würde.

Der Baron begleitete sie zum Rondell zurück. Ein weißer Maybach parkte dort, und ein Chauffeur in Uniform half einer eleganten alten Dame beim Aussteigen. Er reichte ihr einen Gehstock, ging dann um den Wagen herum und hielt einer anderen, etwas jüngeren Frau im langen weißen Wollmantel die Tür auf.

Christoph von Stein trat einen Schritt auf die beiden zu. »Darf ich euch mit meinen Besuchern bekannt machen?«, fragte er in höflichem Tonfall. »Carla Sandberg und Peter Weiss. Ich habe ein Pferd von Frau Sandberg gekauft. Bestimmt erinnert ihr euch, ich habe euch schon von Nachtfalke erzählt.« Formvollendet stellte er daraufhin seine Mutter und seine Ehefrau vor.

Die alte Baronin deutete ein Kopfnicken an, wobei ihr graublaues Haar in der matten Wintersonne glänzte. Ihre Schwiegertochter hingegen ließ sich nicht zu einem Gruß herab.

Dem Baron schien das unangenehm zu sein, denn er räusperte sich verhalten. Carla sagte kurzentschlossen Auf Wiedersehen zu Christoph von Stein und kletterte dann in den Transporter. Als Peter kurz darauf dem Tor entgegenfuhr, kamen ihr die Tränen.

*

»Musst nicht traurig sein«, versuchte Peter sie zu trösten. »Nachtfalke ist in guten Händen. Dieser Mann kann mit Pferden umgehen, das habe ich sofort gemerkt.«

Zustimmend nickte sie und fragte heiser: »Hast du ihn wegen eines Jobs angesprochen? Kann er für dich etwas tun?«

»Er will sich umhören«, antwortete Peter und fügte ein wenig enttäuscht hinzu: »Er selbst braucht leider keinen Gestütsleiter. Schade! Auf Fasanenhof hätte ich gern gearbeitet. Die Stallungen sind das Beste, was ich bisher gesehen habe. Bis ins kleinste Detail ist dort alles durchdacht.«

Carla lachte kurz auf. »Ist das ein Wunder? Schließlich hat dieser Mann genug Geld, um alles perfekt zu haben.«

»Er nicht, aber sie«, stellte Peter richtig.

Erstaunt drehte Carla ihm den Kopf zu. »Wie meinst du das?«

»Ich hab ein bisschen recherchiert«, berichtete Peter, während er sich in den Verkehr auf der Autobahn einfädelte. »Die Familie von Stein ist längst nicht so reich, wie du glaubst. Nach dem Zweiten Weltkrieg haben sie fast alles verloren, vor allem ihre Schlösser und Ländereien in den östlichen Teilen Deutschlands. Danach sind sie finanziell nie wieder richtig auf die Füße gekommen.«

»Den Eindruck vermitteln sie aber nicht«, erwiderte Carla mit sarkastischem Unterton. »Allein der Maybach kostet ein Vermögen.«

»Fünfhunderttausend bestimmt«, meinte Peter.

»Dann erzähl mir nichts von finanzieller Not«, sagte Carla ärgerlich.

»Die haben sie auch nicht, seit Christoph von Stein mit Alexa Thossmann verheiratet ist«, gab Peter zurück.

»Redest du von Thossmann-Stahl?«, fragte Carla ungläubig.

»Bingo!« Er grinste. »Die Ehefrau des Herrn Baron ist die Thossmann-Erbin. Ihre Familie gehört zu den reichsten von ganz Deutschland. Bei denen spielt Geld keine Rolle. So einen Maybach bezahlen die aus der Kaffeekasse.«

»Ach, deshalb trägt sie die Nase so hoch«, sagte Carla. »Mit keinem Blick hat sie uns gewürdigt. Hast du das bemerkt?«

»Ich befürchte, wir waren unter ihrem Niveau.« Peter lachte. »Und aus Pferden macht sie sich sowieso nichts. Im Gegenteil, sie mag keine Pferde, das hat sie einmal in einem Interview gesagt.«

»Oje«, stöhnte Carla. »Wie kann ein Pferdenarr wie der Baron mit einer Frau zusammenleben, die keine Pferde mag?«

»Geld entschädigt für vieles.« Peter zwinkerte ihr zu. »Ohne ihr Geld hätte er vor dreißig Jahren sein Gestüt nicht gründen und von Anfang an in der obersten Liga mitspielen können. Die vornehme Familie von Stein stand damals kurz vor dem Bankrott. Nur das Geld der Thossmanns hat sie gerettet.«

»Was sagtest du gerade?«, fragte Carla verdutzt. »Wann hat er das Gestüt gegründet?«

»1978«, erklärte Peter. »So steht es auf seiner Homepage im Internet.«

In diesem Augenblick klingelte ihr Handy. Im Display erkannte Carla die Nummer ihres Anwalts. Sofort spürte sie einen Stich in der Magengegend. Gab es gute oder schlechte Nachrichten? Mit zittrigen Händen nahm sie das Gespräch entgegen. Doktor Beltheim hatte Neuigkeiten zu berichten. Die argentinischen Behörden waren Jan dicht auf den Fersen. Es konnte sich nur noch um wenige Tage handeln, bis sie ihn fassen würden. Das wusste er aus sicherer Quelle. Und noch etwas hatte er erfahren: Die deutschen Fahnder hatten Jans Konten gefunden. Das Geld befand sich auf den Bahamas und den Kaimaninseln.

»Noch ist nichts offiziell«, meinte Dr. Beltheim. »Aber die Information ist sicher. Sobald Ihr Mann festgenommen und nach Deutschland ausgeliefert ist, gehen wir vor Gericht und sorgen dafür, dass Sie schuldenfrei werden. Ich denke, unter diesen Umständen ist das eine reine Formsache. Es wird gut ausgehen, Frau Sandberg, verlassen Sie sich darauf.«

Für einen kurzen Moment schloss Carla die Augen. Zum ersten Mal nach langer Zeit spürte sie Zuversicht. Gerade noch war sie tieftraurig gewesen, jetzt machte ihr Herz einen Sprung vor Freude. So nah lagen Glück und Unglück an manchen Tagen beieinander. Über diese gute Nachricht vergaß sie sogar den Trennungsschmerz und den Mann mit der Narbe auf der Hand. Dafür fiel ihr ein, wo sie Christoph von Stein schon einmal gesehen hatte: in Frederik von Claßens Büro.

4 Carla lauschte dem Wind, der durch die Äste der alten Rotbuche fuhr. Dabei knackte es leise, es war ein wenig unheimlich. Seit dreiunddreißig Jahren schützte der Baum das Grab des kleinen Mädchens, das den Namen Carla trug, genau wie sie, und das wie sie am Heiligabend 1977 geboren wurde. Nur wenige Stunden danach war das Kind verstorben. Sein Tod schien auf Hoheneck alles verändert zu haben. Kurz darauf hatte Sophie von Waldheim das Gestüt stillgelegt, und Helena war nie wieder ein Turnier geritten. Aus Hoheneck wurde ein einsamer Ort. Carla sah zum Haus hinüber. Umrahmt vom weißen Schnee erschienen seine steinernen Mauern fast schwarz – so schwarz wie die Raben, die krächzend auf den kahlen Bäumen saßen. Traurig wirkte das

verlassene leere Haus. Sie dachte an die Familie, die einst darin wohnte – *ihre* Familie, über die ihre Mutter nicht sprach. Dabei hatte sich Carla immer eine Familie gewünscht, vor allem einen Vater. Wie schön wäre es gewesen, mit Großeltern am Küchentisch zu sitzen und ihren Erzählungen zu lauschen, den Geschichten von früher. Zu gern wäre sie in die Erinnerungen eingetaucht und hätte erfahren, worüber sie gelacht und geweint hatten, welches Glück und welches Unglück ihnen widerfahren war, wovon sie träumten. Sie hätte so gern die Familie kennengelernt, zu der sie gehörte. Dann hätte sie sich nicht mehr wie ein Blatt im Wind gefühlt, sondern wie dieser alte Baum, der jedem Sturm trotzte und unumstößlich an seinem Platz stand, weil er mit seinen Wurzeln tief in der Erde verankert war.

*

Die verschlossene Tür verbarg ein Geheimnis, das ahnte Carla. Sie nahm das Türschloss in Augenschein und warf einen Blick auf den Werkzeugkoffer, den sie im Baumarkt erstanden hatte. Er enthielt alles, was man benötigte, um ein Schloss aufzubrechen. Das hatte sie zwar noch nie zuvor getan, doch es würde ihr schon gelingen. Sie hatte sich im Internet ein Video angesehen und sich einige Notizen gemacht. Im Grunde ging es ganz leicht. Zuerst musste man in den Schlüsselkanal eindringen, danach die Stifte herunterdrücken und dann mit einem Spanner den Schließzylinder drehen. Einige Minuten stocherte sie in dem Schloss herum, drehte und drückte. Es bewegte sich nichts. Dann plötzlich machte es *klack*. Doch die Tür blieb zu. Erst ein wütender Tritt löste das Problem. Die einfachsten Methoden waren manchmal am effektivsten.

Neugierig blieb sie im Türrahmen stehen und warf einen Blick in das geheimnisvolle Zimmer. Eine dicke Staubschicht lag auf den weiß verhangenen Möbeln. An der Decke hingen Spinnweben, ein muffiger Geruch schlug ihr entgegen. Alles war genau so, wie sie es sich in ihrer Fantasie ausgemalt hatte. Als wäre sie schon einmal in diesem Zimmer gewesen. Zaghaft setzte sie den ersten Schritt hinein. Seit langer Zeit schien es niemand mehr betreten zu haben.

Sie ging den kleinen engen Raum ab. Sie hatte sich das Zimmer größer vorgestellt. Außerdem vermisste sie den Erker. Da es keine weitere Tür im Haus gab, hatte sie das Erkerzimmer hier vermutet.

Vor dem Fenster blieb sie stehen und sah hinunter in den Garten. Dann drehte sie sich um und ließ den Blick durch das Zimmer schweifen. Blümchentapete aus den Siebzigerjahren klebte an den Wänden, die Silhouette eines Sofas zeichnete sich unter den weißen Tüchern ab, ebenso die eines Schreibtisches und eines Stuhls. Ein Bücherregal stand an der Wand gegenüber. Ihre Hand glitt über die Buchrücken. Staub wirbelte auf. Sie nahm eine eigenartige Schwingung wahr. Fast glaubte sie, ein Flüstern zu hören. Was geschah hier? Nachdenklich blieb sie vor den Büchern stehen. Etwas in diesem Zimmer wartete darauf, von ihr entdeckt zu werden. Das fühlte sie. Sie musste nur aufmerksam hinschauen, um es zu erkennen. Sie ging zurück zum Fenster. Die vergilbten Spitzengardinen waren so eingestaubt, dass sie nicht wagte, diese zu berühren. Zwei Poster der Gruppe *Abba* zierten die Wand zwischen Fenster und Regal. Darunter war die Tapete eingerissen. Sonst fiel ihr nichts Besonderes auf. Doch sie spürte, dass sie etwas übersah. Aus diesem Grund schloss sie die Augen, nur einen Moment lang, um den Blick für das Wesentliche zu schärfen. Diesen Trick hatte sie von Jan gelernt. Als sie die Augen ein paar Sekunden später wieder öffnete, fixierte sie eine Türklinke. Die dazugehörige Tür war mit der Blümchentapete tapeziert und mit den Abba-Postern überklebt worden. Deshalb war sie ihr nicht sofort aufgefallen.

Sie legte die Hand auf die Klinke, als sie die Stimme ihrer Mutter hörte. *Du stürzt uns alle ins Unglück.* Wie ein leises Echo hallten die Worte durch den Raum. Carla ignorierte sie und öffnete die Tür. Ein schmuckloses Schlafzimmer verbarg sich dahinter. Ein weißer Kleiderschrank, ein Bett und eine altmodische weiße Kommode standen darin, außerdem ein kleines rotes Sofa inmitten des halb runden Erkers. Über seinen vier Fenstern wucherte wilder Efeu, der dem Zimmer die letzten Sonnenstrahlen des Tages vorenthielt. Dadurch wirkte es düster, fast gespenstisch.

Carla wollte das Licht einschalten, aber es funktionierte nicht. So blieb sie im Türrahmen stehen und betrachtete die rustikalen Möbel und die viel zu große, eingestaubte Tagesdecke, die über dem Bett lag. An beiden Seiten hing sie so weit herab, dass sie einen großen Teil des Holzfußbodens bedeckte, der an einigen Stellen aufgequollen und uneben war.

Aus einem unerfindlichen Grund ging sie nicht in das Zimmer hinein. Vielleicht weil es so dunkel darin war. Oder weil in diesem vergessenen Zimmer eine seltsam bedrückende Atmosphäre herrschte. Es war der finsterste Ort des Hauses. Viele Jahre, vielleicht sogar Jahrzehnte lang war dieser Raum verschlossen gewesen, niemand hatte ihn betreten. Doch etwas aus der Vergangenheit hatte darin überlebt. Carla verstand, dass das Haus begonnen hatte, ihr seine Geschichte zu erzählen. Sie musste nur gut zuhören.

*

Als es draußen zu dämmern begann, verriegelte sie die Eingangstür sowie die Tür zum Hof. Danach unternahm sie einen Kontrollgang durch das ganze Haus, überprüfte die Fenster, zog alle Gardinen zu und kehrte letztendlich ins Dornröschenturmzimmer zurück. Sie musste etwas Wichtiges übersehen haben.

Sie nahm die weißen Tücher von den Möbeln. Große Geheimnisse verbargen sich jedoch nicht darunter. In einem kleinen Schrank neben dem Sofa entdeckte Carla einen alten Plattenspieler und eine Schallplattensammlung, die sich wie die deutschen Charts des Jahres 1975 las. In den Schreibtischschubladen lag geblümtes Briefpapier. Das war alles. Nachdenklich sah sie sich um. An der Wand gegenüber fiel ihr eine weißblaue Keramikkachel auf. Solche Kacheln wurden in den Bergdörfern Andalusiens hergestellt, wo sie Hauswände, Türen und Innenhöfe schmückten. Manchmal fand sich ein kleiner Text darauf, ein Willkommensgruß für Gäste oder die Namen der Hausbewohner.

Auch auf dieser Kachel stand etwas:

cariño mío	(mein Liebling)
apasionado por ti	(verliebt in dich)
rosas rojas	(rote Rosen)
loco por ti	(verrückt nach dir)
amor para siempre	(Liebe für immer)

Liebeserklärungen auf Spanisch.

Carla versuchte sich ein Bild von der Person zu machen, die in diesem Zimmer gelebt hatte. Es musste eine junge Frau gewesen sein, die gern Popmusik hörte, nach Andalusien gereist war, dort einen leidenschaftlichen Verehrer hatte und die Pferde liebte. Letzteres erkannte sie am Bücherregal. Es war bis oben hin vollgestopft mit Pferdebüchern – Bildbänden,

Sachbüchern und Romanen. In diesem Zimmer hatte eine Pferdenärrin gelebt, Helena von Waldheim! Das konnte nur *ihr* Zimmer sein. Carla erinnerte sich an das Zeitungsbild in Eichhoffs Museum, an die strahlende junge Frau auf dem schwarzen Hengst, die stolz die Siegertrophäe in die Luft hielt.

Sie ging zum Bücherregal, zog einen Bildband heraus und ließ die Seiten über ihren Daumen gleiten. Dann legte sie das Buch auf das Sofa, nahm ein weiteres zur Hand und noch eines und wieder eines, bis sie einen Teil des Regals fast leer geräumt hatte und ein flacher Karton zum Vorschein kam, der hinter den Büchern versteckt war. Er war mit Pferdebildern beklebt. Darin lagen zwölf Briefe, zusammengeschnürt mit einem bordeauxroten Schleifenband. Im Sommer 1976 wurden sie postlagernd nach Nizza geschickt – an Helena von Waldheim.

Zögernd nahm Carla den ersten Brief aus dem Umschlag. Ihr war bewusst, dass sie damit in Helenas Welt eindrang. Ihr Herz klopfte vor Aufregung.

Der Brief trug das Datum vom 10. Juli 1976 und begann mit den Worten:

Ich vermisse Dich.

Er war drei Seiten lang und in einer Handschrift verfasst, die große Buchstaben so eng aneinanderfügte, dass sie nur schwer zu entziffern waren.

Die Tage ohne Dich sind trostlos und grau. Dabei ist noch immer schönes Wetter in Deutschland. Es ist beinah so warm wie in Andalusien. Ich träume davon, mit Dir in einer einsamen Bucht an den Steilküsten des Atlantiks zu liegen und Dich in meinen Armen zu halten, während meterhohe Wellen gegen die Felsen schlagen. Schließ die Augen! Hörst Du das Geräusch? Ich sehne mich nach Dir, Helena. Wann kommst Du zu mir zurück? Fast jeden Tag reite ich zur Höhle, in der Hoffnung, Dich dort zu treffen. Wie soll ich zwei Monate ohne Dich überstehen? Ich frage mich noch immer, was Deine Tante an dieser schrecklichen, überlaufenen Côte d'Azur will. Beim besten Willen kann ich nicht glauben, dass Sophie das glamouröse Party- und Strandleben für sich entdeckt hat. Allein die Vorstellung löst einen Lachkrampf in mir aus. Hat die Hexe außer Reitstiefeln eigentlich noch andere Schuhe? Warum fährt sie mit Dir einen ganzen Sommer lang an die Côte d'Azur? Bestimmt will sie Dich mit einem der reichen, aufgeblasenen Amerikaner verkuppeln, die sich dort unten tummeln. Bleib mir treu, mein Liebling. Vergiss nicht, dass ich Dich liebe.

Damit endete die erste Seite. Auf der nächsten berichtete der Briefschreiber ausführlich von verschiedenen Pferden, darunter auch von Ambassador.

Ich war in Hoheneck und habe ihn beim Training gesehen. Er ist wirklich ein Prachtkerl. Nächstes Jahr wirst Du mit ihm gewinnen, da bin ich mir sicher. Dann wirst Du ganz oben auf dem Siegertreppchen stehen, und ich werde unglaublich stolz auf Dich sein. Bleib mir treu, auch wenn sich die reichen Amerikaner um Dich reißen. Ich liebe Dich, nur Dich allein!

Tausend Küsse

Alle anderen Briefe waren im gleichen Stil verfasst, nur der Ton wurde immer flehender, je mehr sich der Sommer dem Ende zuneigte. Der letzte Brief wurde am 10. August geschrieben:

Helena, ich habe Sehnsucht nach Dir. Du bist die Einzige, die ich liebe. Ich werde es Dir hundertmal sagen, wenn wir uns endlich wiedersehen. Komm zur Höhle, sobald Du auf Hoheneck eintriffst. Ich werde dort auf Dich warten. Sieht dieser Amerikaner wirklich so gut aus? Bist Du mit ihm verlobt? Komm zu mir, Helena. Ich werde sonst verrückt.

Tausend Küsse

Carla hob den Kopf und betrachtete die andalusische Kachel. Immerhin wusste sie jetzt, dass Helenas Verehrer kein Spanier war. Nur seine Liebe war so leidenschaftlich wie die eines Spaniers. *Amor para siempre* stand auf der Kachel.

Mit dem Brief in der Hand stellte sie sich vor das Fenster und blickte in die stockdunkle Nacht. Kein Stern war am Himmel, und auch der Mond hatte sich hinter den Wolken verkrochen. Es schneite schon wieder. Zarte Flöckchen tänzelten zur Erde herab. Was war aus der großen Liebe geworden? Hatte Helena mit diesem Mann ihr Glück gefunden?

Nachdem Carla alle Briefe gelesen hatte, legte sie diese zurück in die Schachtel und verstaute sie wieder hinter den Büchern. Vielleicht war die Liebe auch einfach zerbrochen. Nicht immer war Liebe stark genug, alle Abgründe zu überwinden. Manchmal scheiterte sie an der Realität und hinterließ einen riesigen Scherbenhaufen. Das hatte sie selbst erlebt. Wie mochte es Helena wohl ergangen sein?

⁂

Grablichter standen im Schnee und leuchteten durch die Dunkelheit. *Es ist ein Mädchen,* flüsterten die Stimmen. Doch der Tod war gekommen, um es zu holen. Langsam schritt er auf die Rotbuche zu und hinterließ dabei Spuren im Schnee. Er stellte die Laterne auf den Sarg, als sich plötzlich die Zweige des Baumes herabneigten und so dicht verästelten, dass auch er sie nicht mehr durchdringen konnte. *Der Baum schützt das Mädchen,* raunten die Stimmen, *denn das Mädchen lebt.* Leise riefen sie nach ihr, während der Mann mit der schwarzen Kapuze im Wald verschwand. Schweißgebadet schreckte Carla hoch. Wie spät war es? Ihr Blick suchte das erleuchtete Display des Radioweckers. Ein Uhr nachts. Erschöpft fiel sie in die Kissen zurück. Unzählige Male schon hatte sie zur Uhr gesehen. Wieder konnte sie nicht schlafen, und die Nacht schleppte sich dahin. Die Minuten wurden zur Ewigkeit. Sie sollte aufstehen, überall im Haus das Licht einschalten, Tee kochen und Rühreier mit Schinken essen. Diese Idee verwarf sie sofort wieder. Sie war müde, ihre Augen waren schwer, ihre Glieder träge, und sie sehnte sich nach Schlaf. Doch der stellte sich nicht ein, weil der Kopf sich dagegen wehrte. Ihre Gedanken rasten, getrieben von der Angst, die in der finsteren Nacht nicht weichen wollte. Sie tastete nach dem Handy, das neben ihr auf dem Kopfkissen lag, nach der Taschenlampe und dem Brotmesser unterm Bett. Angespannt lauschte sie in die Stille. Hörte sie Schritte? War jemand im Haus? Nein! Es war alles in Ordnung. Sie musste jetzt schlafen.

Sie schloss die Augen. Doch die Augenlider flatterten umher wie ein flügelschlagender Schmetterling. Sie dachte an eine Sommerwiese, stellte sich vor, im sattgrünen Gras zu liegen, umgeben von süß duftenden Blumen, gestreichelt von warmen Sonnenstrahlen. Schlaf ein … schlaf endlich ein, sprach sie sich selbst gut zu, während der Wind um die Hausmauern pfiff und der Wald bedrohlich rauschte. Erneut öffnete sie die Augen und sah vom Bett aus zum Fenster hinaus. Es schneite schon die ganze Nacht. Das Haus war umgeben von verschneiten Wäldern – dieses große, dunkle, einsame Haus, in dem sie ganz allein war. Rede dir nichts ein, ermahnte sie sich und dachte krampfhaft an die Sommerwiese. Sie strengte sich an, den Duft der Blumen zu riechen und die Wärme der Sonne zu spüren. Nur wollte ihr das nicht gelingen. Sie hörte wieder das Lachen der Frau. Gequält presste sie ihre Finger an die dröhnenden Schläfen. Sie wollte schlafen, einfach nur schlafen. Verzweifelt begann sie, Schäfchen zu zählen. Ein Schäfchen, zwei Schäfchen, drei Schäfchen … siebenundzwanzig, achtundzwanzig … neunundfünfzig. Sie kam bis einhundertdrei, als sie plötzlich die Schritte hörte. Augenblicklich erstarrte sie zu Stein. Wie gelähmt lag sie da und starrte zur Decke. Es lief jemand auf dem Dachboden herum. Doch nur ein paar Minuten lang, danach war es wieder still. Noch eine Weile blieb sie bewegungslos liegen, registrierte wachsam jedes Geräusch. Die Schritte waren nicht mehr zu vernehmen. Da bewaffnete sie sich mit der Taschenlampe und dem Brotmesser, stand auf und schlich zur Tür. Vorsichtig streckte sie ihren Kopf durch einen schmalen Spalt. Nichts war zu sehen. Im Haus war es dunkel. Mit klopfendem Herzen verließ sie das Zimmer, fest entschlossen, den Einbrecher dieses Mal zu stellen.

Lautlos bewegte sie sich im schwachen Schein der Taschenlampe die Galerie entlang. Dabei umklammerte sie fest den Griff des Messers und hielt es in Bereitschaft, falls ein Angreifer sie überwältigen wollte. Wie weggeblasen war die Müdigkeit, sie war hellwach.

An der Tür angekommen, hinter der die Treppe hinauf zum Dachboden führte, drehte sie sich nach allen Seiten um. In diesem Moment vernahm sie ein leises Knarren.

Blitzschnell löschte sie das Licht der Taschenlampe und verschwand im Dunkel der Galerie. Dicht an eine Wand gepresst, beobachtete sie die Tür. Erneut ertönte ein Knarren, irgendwo im Haus, und ein klackendes Geräusch, das sie nicht einordnen konnte. Danach war wieder alles ruhig. Minuten vergingen. Konzentriert behielt sie die Tür im Auge. Niemand kam heraus, und niemand ging hinein. Also musste der Einbrecher noch dort oben sein.

Mit weichen Knien schlich sie die Treppe hinauf. Der schwache Lichtkegel der Taschenlampe wies ihr den Weg. Sie musste vorsichtig sein. Und leise! Der Einbrecher durfte auf keinen Fall Verdacht schöpfen. Deshalb knipste sie auf den letzten Treppenstufen die Taschenlampe aus und ging auf Zehenspitzen weiter. Finster war es hier oben. Hatte der Einbrecher sie etwa bemerkt? Hielt er sich versteckt? Sie wartete ab. Doch es rührte sich nichts, weder einen Lichtschein noch ein Geräusch gewahrte sie. Irgendwann versagten ihre Nerven, und sie schaltete die Deckenbeleuchtung ein, eine einfache Glühbirne an einem Kabel, in dessen mattem Lichtschein sie unschwer erkennen konnte, dass auf dem Dachboden niemand war. Irritiert drehte sie sich nach allen Seiten um. Es gab keinen Einbrecher. Sie suchte den ganzen Dachboden ab und sah hinter jedem Holzbalken nach, bis sie schließlich akzeptieren musste, dass sie sich geirrt hatte.

Kopfschüttelnd und an sich selbst zweifelnd, kehrte sie in ihr Schlafzimmer zurück. Dort verschloss sie die Tür und legte sich wieder ins Bett. Um vier sah sie das letzte Mal zur Uhr. Danach schlief sie ruhig und selig ein.

*

Es war halb zehn, als sie am nächsten Morgen erwachte. Die Sonne schien, es hatte aufgehört zu schneien, und sie fühlte sich so fit und ausgeruht, als hätte sie zwei Tage lang durchgeschlafen. Voller Energie und Tatendrang sprang sie hoch, zog dicke Wollsocken an und lief in Richtung Dornröschenturmzimmer. Vom Erker aus wollte sie den zugeschneiten Garten betrachten. Doch auf dem Weg dorthin machte sie eine seltsame Entdeckung. Die Tür zum weißen Schlafzimmer stand sperrangelweit offen, obwohl sie diese gestern Abend bei ihrem Kontrollgang durch das Haus zugemacht hatte. Da war sie sich ganz sicher. Und noch etwas bemerkte sie. Auch eine der Türen des rustikalen Kleiderschrankes war weit geöffnet. Es knarrte leise, als sie diese verschloss. Die Erinnerung an die letzte Nacht kehrte zurück, an die knarrenden Geräusche und die Schritte auf dem Dachboden, auf dem niemand war. Wurde sie allmählich verrückt?

Sie ging ins Dornröschenturmzimmer, stellte sich vor die Fenster des Erkers und schaute hinaus in den Garten. Alles war zugeschneit. Die Zweige der Bäume bogen sich unter der weißen Last, und die Schneekristalle funkelten so intensiv im Sonnenlicht, dass sie die Augen zusammenkneifen musste. Deshalb dauerte es eine Weile, bis ihr die Spuren im Schnee auffielen. Fußspuren, die direkt zu der alten Rotbuche führten. Genau so hatte sie es geträumt. Ihr wurde kalt. Sie begann vor Kälte zu zittern und wollte das Zimmer schnell verlassen. Da rutschte sie aus. Ihr Fuß verfing sich in der viel zu langen Tagesdecke, die über dem Bett lag und bis auf den Boden reichte. In letzter Sekunde gelang es ihr, sich mit den Händen abzustützen, sonst wäre sie gestürzt. Dabei verschob sich die Tagesdecke, und ein dunkelroter Fleck kam zum Vorschein. Sie zog die Decke ein Stück zur Seite. Und sah das Blut auf dem Fußboden – große Blutflecke, längst eingetrocknet. Jemand hatte versucht, sie auszuwaschen und den Holzboden so lange geschrubbt, bis er aufgequollen war. Doch das Blut war tief in die Dielen gesickert. Mit Wasser und Seife hatte sich nicht bereinigen lassen, was einst in diesem Zimmer geschehen war. Blut, überall war Blut.

*

Gerade hatte Carla sich angezogen, als es an der Eingangstür klopfte. Nachdem sie geöffnet hatte, erblickte sie Frederik von Claßen.

»Was wollen *Sie* denn schon wieder hier?«, schleuderte sie ihm genervt entgegen.

»Haben Sie sich unser Angebot noch einmal durch den Kopf gehen lassen?«, fragte er.

»Nein«, antwortete Carla scharf.

»Warum nicht?«

»Weil Hoheneck im Augenblick nicht zum Verkauf steht, das sagte ich doch bereits.«

»Auch nicht für fünfhunderttausend Euro?«

»Nicht einmal für eine Million!«

Frederik von Claßen lächelte herablassend. »Für diesen alten Schuppen kriegen Sie niemals eine Million.«

»Na und.«

»Fünfhunderttausend ist das beste Angebot, das Sie je dafür bekommen werden.«

Carla funkelte ihn herausfordernd an. »Warum ist Ihr Klient eigentlich so scharf auf dieses Haus? Er hat es sich ja noch nicht einmal angesehen!«

»Er kennt es.«

»Woher?«

»Das ist uninteressant und spielt für den Verkauf keine Rolle«, wehrte er ab.

»Für mich spielt es schon eine Rolle«, fauchte Carla. »Wer ist Ihr Klient? Warum will er seinen Namen nicht nennen?«

»Er will anonym bleiben.«

»Ich verkaufe Hoheneck nicht an jemanden, der anonym bleiben will.« Sie blickte unverblümt in seine kalten Augen. »Richten Sie Ihrem Klienten das aus.«

»Sie sollten nicht so voreilig sein, Caaaarla …« Frederik von Claßen spitzte den Mund. »Ich an Ihrer Stelle wäre vorsichtiger. Die Atmosphäre in diesem Haus kann für Sie und Ihre süße kleine Tochter unter Umständen etwas ungesund werden.«

»Das erwähnten Sie bereits«, entgegnete sie kühl.

»Dann empfehle ich Ihnen dringend, es auch ernst zu nehmen.«

Sie knallte ihm die Tür vor der Nase zu und wartete, bis er davongefahren war. Er hatte ihr schon einmal gedroht. Was hatte das zu bedeuten? Es machte sie nervös, doch sie durfte sich nicht einschüchtern lassen. Sie beschloss einen Spaziergang zu unternehmen und verließ das Haus durch die Hintertür. Sie stapfte durch den unberührten Schnee, lief immer tiefer in den Wald hinein und stellte sich vor, in einem Märchenwald zu sein, in dem die guten Feen lebten.

Bald ging es steil bergauf, und Carla geriet ziemlich außer Puste. Der Wald wurde steiniger und das Laufen beschwerlicher. Kleine Felsformationen ragten zwischen den Bäumen hervor. Sie sollte umkehren. Dann fand sie einen Weg und kam an eine kleine Lichtung, wo sie eine Entdeckung machte. Zwei Felsspalten ragten aus einem Berg heraus und schoben sich dicht aneinander vorbei, sodass zwischen ihnen eine Öffnung entstand – der Eingang zu einer Höhle. Ein hohes Gewölbe empfing sie, durch das fächerartig Tageslicht einfiel. Die matten Lichtstrahlen brachen sich auf zerklüfteten Felswänden. Sie erinnerte sich an die Briefe, die sie in Helenas Zimmer gefunden hatte. Darin wurde eine Höhle erwähnt. *Komm zur Höhle, ich werde dort auf Dich warten,* schrieb Helenas glühender Verehrer. Hatten die beiden sich hier getroffen? Carla dachte an die flehenden Sätze, in denen er von Liebe und Treue schrieb, bis ihr auf einmal etwas bewusst wurde. Sie hatte das Zeichen übersehen! Ein Wasserzeichen, rechts unten im Briefpapier.

Eilig lief sie zum Haus zurück, stürmte die Treppe hinauf, riss die Tür zum Dornröschenturmzimmer auf und zerrte den Karton hinter den Büchern hervor. Aufgeregt nahm sie einen Brief aus dem Umschlag, faltete das Papier auseinander und starrte auf das geschwungene *C*, in das ein kleines *v* eingefügt war, an welches sich ein schnörkelloses *S* anschloss. Nun wusste sie, wer Helenas Geliebter war. Ein Irrtum war ausgeschlossen.

5 *Gestüt Hoheneck, 2. Mai 1976*

»Sophie wird mich umbringen«, rief Luise besorgt, während sie das Kleid durch die Nähmaschine zog und die letzten Stiche setzte.

»Sei doch nicht so ein Hasenfuß«, gab Helena lachend zurück. Sie griff nach dem geblümten Kleid, das Luise ihr reichte, und streifte es über. Auf ihr Drängen hatte Luise es fast zwanzig Zentimeter kürzer gemacht. Außerdem hatten Luises geschickte Finger die Form des Dekolletés so verändert, dass Helenas Busen jetzt sehr gut zur Geltung kam. Er war klein, doch ein sündhaft teurer BH, den sie heimlich in Aachen gekauft hatte, hob ihn ein wenig an. Von diesem Trick hatte sie in der *Bravo* gelesen. Regelmäßig schmuggelte Luise die heiß begehrte Zeitschrift ins Haus, die umgehend in Grethes Zimmer versteckt wurde. Tante Sophie hatte verboten, so etwas Unsittliches zu lesen. Dreimal schon hatte sie Helenas Zimmer danach durchsucht. Bei der guten, frommen Grethe aber würde sie die Zeitschrift niemals vermuten. Mehr als die Bibel auf dem Nachttisch traute sie Grethe nicht zu.

Mit glänzenden Augen betrachtete sich Helena im Spiegel. Sie sah aus wie aus einem Modekatalog.

»Was machen wir mit deinen Haaren?«, fragte Luise.

»Die werde ich heute offen tragen«, antwortete Helena.

Doch Luise hatte bereits Kamm und Haarspangen in der Hand. »Wir stecken sie nach oben und lassen eine Strähne ins Gesicht hängen. Du wirst sehen, das sieht sehr sexy aus.«

»Wofür soll ich denn sexy aussehen?«, rief Helena amüsiert. »Zu meiner Geburtstagsparty kommen doch sowieso nur alte Menschen.«

»Das ist nicht richtig«, widersprach Luise, während sie die Frisur richtete. »Heiner Jacobi wird dabei sein, Ludger Behrendt und Hansi Beimer.«

Helena verdrehte die Augen. »Die sind doch alle langweilig.«

»Aber keine schlechten Partien«, erwiderte Luise.

»Sie sind trotzdem langweilig«, stellte Helena fest und fügte in schwärmerischem Tonfall hinzu: »Ich möchte mal einen richtig tollen Jungen treffen. Einen, der gut aussieht und unglaublich aufregend ist.«

»Warst du nicht neulich mit Ludger Behrendt im Kino?«, fragte Luise daraufhin.

Helena rümpfte die Nase. »Zum ersten und zum letzten Mal. Er ist ein Vollidiot. Erst hat er seine Hand auf meine Schenkel gelegt, und danach wollte er mich küssen.«

»Nein!«, rief Luise mit gespielter Empörung. »Er wollte dich küssen?«

»Jetzt machst du dich über mich lustig.«

»Hat er dich nun geküsst oder nicht?«

»Natürlich nicht. Das fehlte mir noch. Ich mag ihn nicht. Er hat eine feuchte Aussprache und eine schiefe Nase. Außerdem hat er schrecklich viele Pickel im Gesicht. Ich finde ihn einfach widerlich.«

»Stimmt«, bestätigte Luise. »Er hat tatsächlich viele Pickel.«

Die Frisur war fertig. Überglücklich strahlte Helena ihr Spiegelbild an und drehte sich wie eine Prinzessin hin und her, während Luise gut gelaunt einen Schlager trällerte: »Siebzehn Jahr, blondes Haar, so stand sie vor mir …« Lachend stimmte Helena mit ein. Zwar trafen sie keinen einzigen Ton, doch sie hatten eine Menge Spaß beim Singen, bis sie abbrechen mussten, weil sie nicht textsicher waren.

Kurz darauf fragte Luise: »Weißt du eigentlich, dass es auf deiner Party einen Überraschungsgast geben wird?«

»Einen Überraschungsgast?« Helena sah sie ungläubig an. »Wer soll das denn sein? Und wer soll ihn eingeladen haben? Sophie bestimmt nicht.«

»Er hat sich praktisch selbst eingeladen«, erklärte Luise mit vielsagendem Blick. »Stell dir vor, Christoph von Stein wird kommen.«

»Christoph?«, rief Helena erstaunt. »Den habe ich ja schon ewig nicht mehr gesehen. Studiert der nicht in Oxford?«

»Nicht mehr. Das letzte Jahr hat er in Sevilla verbracht, wo er auf einer sehr berühmten Handelsschule war.«

»Woher weißt du das alles?«

»Ich habe die Baronin getroffen. Sie war sehr überrascht wegen der Einladung zu deiner Geburtstagsparty.«

»Kann ich verstehen«, meinte Helena. »Schließlich gab es noch nie eine Party in Hoheneck. Oder kannst du dich an eine erinnern?«

Luise verzog nachdenklich das Gesicht. Dann schüttelte sie den Kopf.

In diesem Moment wurde die Tür aufgerissen, und Sophie trat ein. Als sie Helena in dem kurzen Kleid sah, stockte ihr vor Entsetzen der Atem. Fassungslos klebte ihr Blick zuerst an Helenas langen schlanken Beinen, bis er zusehends nach oben wanderte, um dort den gewölbten Busen unter dem ausgeschnittenen Dekolleté zu fixieren. Ihre Nasenflügel zuckten, was das untrügliche Vorzeichen eines Wutanfalls war.

»Bist du wahnsinnig geworden?«, fuhr sie Helena an.

»Wieso denn?«, gab Helena unbedarft zurück.

Erbost wandte sich Sophie an Luise. »Wer hat dir erlaubt, das Kleid abzuschneiden?«

Luise senkte beschämt den Blick, während Sophie Helena befahl: »Zieh sofort das Kleid aus! Keinen Schritt setzt du damit unter die Gäste. Sollen dich alle für ein Flittchen halten?«

»So trägt man das heute«, erwiderte Helena trotzig.

Sophies Stirn straffte sich, sie presste ihre Lippen fest aufeinander. Bei diesem Anblick trat Helena automatisch einen Schritt zurück.

Da ertönte das zwitschernde Stimmchen von Tante Miranda. »Warum regst du dich so auf?« In einer aufwendigen Robe schwebte sie ins Zimmer und musterte Helena wohlwollend von oben bis unten. »Das Kind hat recht, so trägt man das heute. Du bist nicht auf dem Laufenden, meine liebe Sophie. Soll sie etwa aussehen wie eine Landpomeranze?«

Helena schenkte ihr ein dankbares Lächeln. Miranda war Sophies Kusine, die seit Jahren an der Côte d'Azur lebte. Dorthin hatte sie sich nach dem Tod ihres reichen Gatten zurückgezogen. Die Côte war der richtige Platz für die lebenslustige Exzentrikerin. Bisher hatten sie selten zu ihr Kontakt gehabt. Seit vielen Jahren schon war Miranda nicht mehr nach Hoheneck gekommen. Und niemand hatte sie vermisst, bis Sophie auf die Idee kam, sie einzuladen. Daraufhin wurde ein unglaublicher Aufwand betrieben, damit Miranda sich in Hoheneck auch wohlfühlte. Da sie rustikale Bauernmöbel verabscheute, wurde das große Zimmer an der Galerie leer geräumt und umgestaltet. Es bekam ein mediterranes Flair – hellgelbe Wände, Bilder mit Motiven aus Südfrankreich und luftige Chiffonvorhänge mit zitronengelben Schmetterlingen. Das alles hatte ein Vermögen gekostet, genauso wie die Party. Eigentlich entsprach es keineswegs Sophies sparsamer Art, Geld für Chiffonvorhänge und Feste auszugeben. Noch dazu Geld, das sie gar nicht hatten. Zweifellos führte sie etwas im Schilde. Sie wollte Miranda beeindrucken, ihr Wohlwollen erwecken. Doch aus welchem Grund?

»Sie sieht aus wie ein Flittchen«, schimpfte Sophie.

»So ein Unsinn«, sagte Miranda lachend. »Es kann ja nicht jeder so herumlaufen wie du.« Mit abfälligem Blick musterte sie Sophie. Diese trug noch immer ihre Arbeitskleidung, einen olivgrünen Overall über einem braunen Baumwollhemd und Gummistiefel. Statt nach Parfüm roch sie nach Stall, obwohl die Partyvorbereitungen in vollem Gange waren und bald die ersten Gäste eintrafen.

»Sollen die Pferde verhungern, nur weil wir hier so einen Zirkus veranstalten?«, meinte sie, während sie verärgert aus dem Zimmer stapfte.

Kopfschüttelnd sah Miranda ihr nach und bemerkte belustigt: »Sie wird sich nie ändern. Das hat ihre Französischlehrerin auf dem Internat für höhere Töchter ganz richtig erkannt.« Dann wandte sie sich an Helena und betrachtete sie zufrieden. »Die jungen Männer werden sich um dich reißen. Komm, mein Kind. Wir gehen nach unten und probieren den Champagner. So ein Gläschen Champagner kann uns nicht schaden.«

*

Es war ein sonniger warmer Tag. Viel zu warm für Anfang Mai. Schon der April war so warm gewesen. Deshalb blühten bereits die ersten Rosen. Zu Helenas großer Freude stand auch die rote Amélia schon in voller Pracht. Die Amélia war ihre Lieblingsrose, weil der Name sie an ihre Mutter erinnerte. Luise hatte ihr einen entzückenden Strauß davon auf den Geburtstagstisch gestellt, der im Garten aufgebaut worden war und auf dem sich inzwischen unzählige Geschenke stapelten. Jeder Gast brachte etwas mit. Noch nie hatte Helena so viel geschenkt bekommen. Auch so eine Party wurde noch nie für sie veranstaltet. Sophie mochte es nicht zu feiern. Selbst bei den herrschaftlichen Festivitäten auf Schloss Fasanenhof ließ sie sich nur selten sehen.

Helena war jedenfalls sehr glücklich über das Fest, auch wenn sie wusste, dass es nicht ihr, sondern Miranda galt. So viel Aufwand war in Hoheneck noch nie betrieben worden, jedenfalls nicht seit Sophie hier das Sagen hatte. Bedienungen in blütenweißen Schürzen servierten Champagner und kleine Törtchen, während die Mitarbeiter eines Partyservice ein riesiges Buffet für das Abendessen aufbauten.

Sie nippte an ihrem Champagner. Zum ersten Mal in ihrem Leben trank sie dieses prickelnde Getränk, von dem sie schon so viel gehört hatte. Und tatsächlich perlte es aufregend auf der Zunge. *Superbe,* sagte Tante Miranda dazu. Mit spitzem Mund machte Helena sie nach. Luise lachte laut darüber und stellte fest, dass Helena einen roten Kopf hatte. Das kam vom Alkohol. Sie fühlte sich federleicht, als spaziere sie auf einer Wolke umher.

Eine weiße Limousine fuhr vor.

»Oje«, entfuhr es Luise mit einem argwöhnischen Blick auf Helena. »Die Familie von Stein trifft gerade ein. Hoffentlich singst du der Frau Baronin nicht was vor.«

»Siebzehn Jahr, blondes Haar …«, trällerte Helena.

Erschrocken legte Luise den Zeigefinger auf die Lippen. »Psst. Jetzt ist gutes Benehmen gefordert.«

Sie versteckten sich hinter den Rosensträuchern und beobachteten amüsiert, wie Sophie die Baronin begrüßte. Die beiden umarmten sich jedes Mal so herzlich, als wären sie engste Freundinnen. In Wahrheit mochten sie sich nicht besonders, sie waren einfach zu verschieden. Kennengelernt hatten sie sich auf dem Internat in Brüssel. Sophie hatte es allerdings nur ein Jahr lang besucht. Danach hatte sich ihre Französischlehrerin in aller Form geweigert, sie länger zu unterrichten. Und auch die anderen Lehrkräfte hatten sich bei Sophies Eltern über das ungezogene Verhalten und das jungenhafte Benehmen beschwert. So kehrte Sophie nach den Sommerferien nicht mehr dorthin zurück, worüber sie heilfroh war. Doch sie hätte das Internat sowieso verlassen müssen, denn kurz darauf starben ihre Eltern bei einem Autounfall. Mit nur siebzehn Jahren übernahm Sophie die Verantwortung für das Gestüt und ihre zwei jüngeren Geschwister.

Die Baronin hauchte Sophie zwei Küsschen auf die Wangen, ohne diese mit ihren Lippen zu berühren. Helena hatte das schon oft beobachtet. Scheinbar schickte sich das so in feinen Kreisen, denn die Baronin wusste – im Gegensatz zu Sophie – ganz bestimmt, wie man sich richtig benahm. Sie war sehr vornehm. Neben Sophie wirkte sie wie ein Porzellanpüppchen. Ihre Haut schimmerte rosé, ihre Hände waren weich, gepflegt und manikürt, die Fingernägel rot lackiert, das zarte Gesicht in Frühlingstönen geschminkt. Und sie trug immer einen Hut und keinen davon zweimal. Darüber machte sich Sophie oft lustig. Helena hingegen fand es elegant. Die Baronin von Stein war eine vollendete Dame, neben der alle anderen unscheinbar wirkten. Vor allem ihr eigener Ehemann. An der Seite seiner Frau fiel er kaum auf. Helena musste zweimal hinschauen, um ihn überhaupt wahrzunehmen.

Dafür bemerkte sie den großen, sportlich gekleideten, braun gebrannten jungen Mann, der gerade aus dem Wagen der Baronin stieg. Erstaunt zog sie die Augenbrauen in die Höhe. Er war wirklich aufregend.

»Ist er das?«, flüsterte sie.

»Wer?«, fragte Luise.

»Na, Christoph.«

»Ich nehme es an, wer soll es sonst sein?«

»Die englische Luft scheint ihm gut zu bekommen.«

»Sieht mehr nach andalusischer Sonne aus«, widersprach Luise und spielte auf seine Bräune an.

Ein zweiter Wagen fuhr vor, ein weißes Cabriolet mit zwei Damen, die weiße Chiffonschals um die Köpfe gebunden hatten, wie Grace Kelly in *Über den Dächern von Nizza*. Eine der beiden Frauen – diejenige am Steuer – war ungefähr so alt wie Helena, höchstens zwei oder drei Jahre älter, die andere schien ihre Mutter zu sein.

»Wer sind die beiden?«, fragte Helena.

»Frau Thossmann und ihre Tochter Alexa«, antwortete Luise. »Sie sind gerade auf Schloss Fasanenhof zu Gast. Deshalb hat die Baronin anfragen lassen, ob sie mitkommen können.«

»Thossmann?« Helena runzelte die Stirn, während Luise leise auflachte.

»Der Name kommt dir wohl bekannt vor? Denk an Thossmann-Stahl. Steinreiche Leute verkehren heute bei uns.«

Alexa Thossmann entstieg dem Wagen, löste mit einer geübten Handbewegung den Knoten des Chiffontuches, zog es vom Kopf, schwang es um ihren Hals und schwebte der Baronin entgegen, sofern das mit den Stöckelschuhen auf der unebenen Wiese möglich war.

Helena musterte sie eindringlich. Sie trug ein weißes, hochmodernes Kleid, das nur aus Paris stammen konnte, dazu ein schickes Lacktäschchen, und die Absätze ihrer Schuhe waren schwindelerregend hoch. Solche Schuhe hatte Helena noch nie besessen.

»Sie sieht eingebildet aus«, stellte Helena fest.

»Aber sehr schick«, erwiderte Luise.

»Kein Wunder«, sagte Helena neidisch. »In einem solchen Kleid und diesen Schuhen würde ich auch so aussehen.«

»In den Schuhen könntest du überhaupt nicht laufen«, amüsierte sich Luise.

»Wie soll ich das auch lernen, wenn ich immer nur Gummistiefel tragen muss«, entgegnete Helena.

Dann verließen sie ihr Versteck, um die Gäste zu begrüßen.

»Wo wart ihr denn nur?«, fragte Sophie ungehalten. Jedoch zauberte sie sofort ein Lächeln in ihr Gesicht und wandte sich an Christoph. »Kennst du Helena noch? Es muss Jahre her sein, dass ihr zwei euch zum letzten Mal gesehen habt. Seit wann bist du eigentlich wieder in Deutschland? Was macht das Studium? Gefällt es dir in Oxford?«

»Sevilla«, verbesserte er sie mit einem freundlichen Lächeln. Er hatte strahlend weiße Zähne, wie der Mann in der Zahnpastawerbung. Helena gab ihm die Hand, während er ihr auf Englisch zum Geburtstag gratulierte. »Happy birthday to you«, sagte er. Wie aufregend das klang! Seine Stimme war dunkel und weich, sein Händedruck fest, trotzdem sanft. Für den Bruchteil einer Sekunde trafen sich ihre Blicke. Ihr Herz fing an zu klopfen. Ganz laut pochte es in ihrer Brust. Er verwirrte sie. Sie wusste gar nicht, wo sie noch hinschauen sollte. Sie fand ihn unglaublich aufregend. Zum Glück hatte Luise das Kleid gekürzt, denn es entging ihr nicht, wie interessiert er ihre Beine betrachtete. Sie lief rot an und spürte deutlich, wie die Farbe in ihre Wangen schoss. Was war sie doch für eine unerfahrene dumme Gans.

*

»Die Party läuft gut«, meinte Miranda, die mit einem Glas Champagner in der Hand die Gäste beobachtete.

»Findest du?«, fragte Sophie skeptisch.

»Natürlich! Es ist alles perfekt. Das Wetter ist traumhaft, und die jungen Männer sind von Helena begeistert.«

»Das ist mir nicht entgangen«, entgegnete Sophie scharf. »Aber von denen kommt keiner für sie infrage. Ich plane etwas anderes.«

Miranda lachte schrill auf. »Verstehe ich das richtig, du willst etwas arrangieren? Diese Zeiten sind vorbei, Herzchen. Die jungen Leute wollen sich ihre Partner heutzutage selbst aussuchen.«

»Darauf kann ich leider keine Rücksicht nehmen.« Mit ernster Miene sah Sophie ihre Kusine an. »Und damit wären wir beim Thema. Ich wollte etwas mit dir besprechen. Aus diesem Grund habe ich dich auch eingeladen.«

»Direkt wie immer«, meinte Miranda und fügte nüchtern hinzu: »Ich dachte mir schon so etwas. Sehr geliebt hast du mich schließlich noch nie. Was hast du auf dem Herzen?«

Sophie blickte Miranda ernst an. Eine tiefe Falte grub sich in ihre Stirn. »Ich möchte Helena mit einem reichen Mann verheiraten.«

»Sie ist siebzehn«, bemerkte Miranda trocken.

»Na und? Das ist ein gutes Alter, um sich zu verloben und nächstes Jahr zu heiraten.«

»Sophie! Helena ist eine lebenslustige junge Frau, die von den Männern umschwärmt wird. Warum lässt du sie das nicht noch ein bisschen genießen? Wenn du jemanden verheiraten willst, dann fang mit Luise an. Es wird höchste Zeit, dass sie unter die Haube kommt. Wie alt ist sie?«

»Fünfundzwanzig«, erklärte Sophie. »Aber sie ist für mein Vorhaben ungeeignet. Schau sie dir doch an. Ein bezauberndes Aussehen hat ihr der liebe Gott nicht gerade geschenkt. Doch reiche Männer wollen Frauen, mit denen sie sich schmücken können. Also kommt nur Helena infrage.«

»Hast du Geldsorgen?«, fragte Miranda spitz.

»Mehr als genug«, antwortete Sophie. »Ich bin pleite. Mein Bruder, dieser Feigling, hat mir nichts als Schulden hinterlassen. Seit Jahren kämpfe ich ums Überleben, aber es geht nicht aufwärts. Ich müsste investieren, die Ställe und Reitanlagen modernisieren, damit die Leute ihre Pferde wieder bei mir unterstellen. Außerdem brauche ich einen guten Trainer. Ohne Geld kriege ich von alldem gar nichts.«

»Kann ich dir helfen?«, fragte Miranda erschüttert.

Sophie lehnte ab. »So viel Geld, wie ich brauche, hast auch du nicht.«

»Dann nimm einen Kredit auf«, schlug Miranda vor.

»Tolle Idee«, sagte Sophie verbittert. »Die hatte ich auch schon. Nur leider geben mir die Banken nichts mehr.«

Miranda sah sie nachdenklich an. »Dann stehst du vor dem finanziellen Ruin?«

»Mehr oder weniger. Noch ist Zeit für ein Wunder, aber ohne eine baldige Finanzspritze ist das Gestüt erledigt. Ich muss handeln, verstehst du? Ich muss Helena gut verheiraten. Eine andere Lösung fällt mir nicht ein.«

Miranda seufzte leise, während Sophie ungerührt fortfuhr. »Ich brauche deine Hilfe. An der Côte d'Azur gibt es reiche Männer wie Sand am Meer. Du hast doch gute Beziehungen. Kannst du nicht etwas arrangieren? Ich bitte dich, mir zu helfen, Miranda.«

»Ist unter den anwesenden jungen Herren kein passender Kandidat dabei?« Miranda warf einen prüfenden Blick auf die Partygesellschaft. »Wie wäre es mit Christoph von Stein? Wenn ich mich nicht täusche, ist er von Helena hingerissen. Er sieht gut aus, stammt aus bestem Hause … Er wäre der ideale Ehemann für sie. Warum in die Ferne schweifen, wenn das Gute liegt so nah?«

»Das soll wohl ein Witz sein!«, entfuhr es Sophie. »Warum, glaubst du, hat die Baronin die Thossmann-Erbin im Schlepptau? Außer ihrer adligen Herkunft haben die von Steins nicht mehr viel zu bieten. Seit Kriegsende sind sie arm wie Kirchenmäuse. Nur der gut aussehende Christoph kann sie noch retten. Wenn er nicht bald jemanden wie Alexa Thossmann heiratet, kassiert die Bank das schöne Schloss und die großen Ländereien, sogar das Familiensilber der Frau Baronin.«

»Sieh an, sieh an«, meinte Miranda. »Den passenden Ehemann für Helena zu finden wird nicht einfach. Die reichen Familien suchen die Schwiegertöchter bevorzugt in ihren eigenen Kreisen. Dazu kommt, dass Helena zwar ein hübsches Ding ist und durchaus Esprit besitzt, aber sie wirkt – bitte verzeih mir – ein wenig ungeschliffen. Sie ist ein Wildfang ohne Manieren. Nichts als Pferde hat sie im Kopf. Ich befürchte, als heiratsfähige Kandidatin wird ein junger kultivierter Mann sie nicht in Betracht ziehen. Und dessen Mutter erst recht nicht.«

»Dann machen wir aus ihr jemanden, den man in Betracht zieht«, erwiderte Sophie.

»Du liebe Güte«, rief Miranda. »Wie sollen wir in wenigen Wochen nachholen, was du siebzehn Jahre lang versäumt hast? Außerdem kann ich mir nur schwer vorstellen, dass Helena, dieser Dickkopf, das überhaupt mitmachen wird.«

»Sie wird«, meinte Sophie kühl. »Sie liebt Hoheneck, ebenso wie ich es liebe. Wir haben keine andere Wahl. Ohne Geld sind wir verloren.«

»Ich möchte trotzdem mit ihr reden. Wo ist sie?« Miranda setzte ihre riesige Sonnenbrille auf und ließ den Blick über die Wiese schweifen, die inzwischen mit bunten Lampions geschmückt war. »Siehst du sie irgendwo?«

»Nein«, antwortete Sophie. »Ich weiß nicht, wo sie jetzt schon wieder steckt.«

*

Aus den Augenwinkeln beobachtete Helena, dass Christoph sich von der Partygesellschaft entfernte. Sie ahnte, wohin es ihn zog. Und folgte ihm.

Er lief in den Stall. Genau so hatte sie es vermutet. Er wollte sich die Pferde ansehen. Seit sie denken konnte, liebte er Pferde. Früher war er nach Hoheneck gekommen, so oft seine Mutter es erlaubt hatte, um zu reiten und im Stall zu helfen. Nur zu gern hätte er das langweilige Schloss seiner Eltern gegen das Gestüt eingetauscht.

Sie versteckte sich in der Sattelkammer und sah zu, wie er jedes Pferd in Augenschein nahm, bis er die Box von Ambassador erreichte. Dort blieb er stehen, bewunderte den Hengst und erzählte ihm minutenlang, was er für ein Prachtkerl sei. So etwas hörte Ambassador sehr gern, deshalb streckte er interessiert den Kopf über die Boxentür.

Diesen Moment hielt Helena für günstig, ihr Versteck zu verlassen. Sie schlenderte durch den Stall, als sei sie rein zufällig hier, und gab sich überrascht, als sie ihn erblickte. »Was machst *du* denn hier?«

»Ich schaue mir den rassigen Hengst an, von dem meine Mutter mir vorgeschwärmt hat«, erklärte er, ohne den Blick von Ambassador abzuwenden.

»Er ist etwas ganz Besonderes«, sagte Helena stolz, während sie die Box betrat. Mit einer Geste lud sie Christoph ein, ihr zu folgen. Dann kraulte sie Ambassador zärtlich am Hals, während der ein kurzes Schnauben von sich gab.

»Er ist wirklich wunderschön«, sagte Christoph bewundernd. »Ich habe gehört, dass du mit ihm beim CHIO antreten wirst.«

»Das ist richtig«, bestätigte Helena. »Und wir wollen dort nicht einfach nur antreten, wir wollen siegen, nicht wahr, Ambassador?« Das Pferd bewegte seinen Kopf, als wollte es Helena zustimmen.

»Ich werde dich anfeuern«, versprach Christoph.

»Wirst du auch dort sein?«, fragte Helena erstaunt.

»Selbstverständlich«, lachte er. »Allein schon wegen dir und Ambassador.« Seine Augen versprühten Funken.

Unsicher lächelte Helena zurück. »Du interessierst dich wohl immer noch für Pferde?« Eine dumme Frage, doch vor Aufregung war ihr nichts Besseres eingefallen.

Er ließ seine Hand über Ambassadors Rücken gleiten, bis seine Finger wie zufällig die ihren berührten. Verlegen zog sie ihre Hand weg.

»Reitest du noch so gut wie früher?«, wollte sie wissen.

»Besser«, antwortete er.

Eine verrückte Idee kam ihr. Sie schwang sich auf das ungesattelte Pferd. »Beweise es!«, rief sie ihm abenteuerlustig zu.

»Jetzt?« Er sah sie ungläubig an.

Sie lachte verwegen. »Kennst du die Höhle, oben im Wald?«

»Na klar.«

»Und du findest dorthin?«

»Ich denke schon.«

»Nimm Sheila.« Sie wies auf die weiße Stute in der gegenüberliegenden Box. »Wer zuerst an der Höhle ist, hat gewonnen.« Damit ritt sie aus dem Stall und jagte davon. Doch es dauerte nicht lange, da holte Christoph sie ein. Sheila war längst nicht so schnell wie Ambassador, aber er verstand es, sie zu reiten. Er ritt wie ein Cowboy, trieb das Pferd an und rief ihr siegessicher zu: »Ich werde gewinnen.«

»Niemals«, rief Helena und stürmte los. Über Stock und Stein flog Ambassador, übersprang auswuchernde Wurzeln, hetzte über den weichen, von Tannennadeln bedeckten Waldboden, immer bergauf, hinauf zur Höhle. Sie kam zuerst dort oben an, allerdings nur mit wenigen Metern Vorsprung. Erhitzt sanken sie von den Pferden und lachten wie ausgelassene Kinder. Als Christoph ihr zum Sieg gratulierte, stand er auf einmal dicht vor ihr. Seine Finger glitten durch ihr Haar.

Die Hochsteckfrisur hatte sich gelöst, die Haare fielen jetzt bis zur Taille herab.

»Der Sieger muss eine Prämie bekommen«, sagte sie mit herausforderndem Blick. Sie wollte unbedingt von ihm geküsst werden.

»Ohne Zweifel«, raunte er. »Das steht jedem Sieger zu.«

Dann umschlossen seine Hände zärtlich ihr Gesicht, und sein Mund näherte sich ihren Lippen. Tausend feine Nadeln tanzten auf ihrer Haut, und es kribbelte in ihrem Bauch. Kurz darauf spürte sie seine Zunge, weich und sanft. Es dauerte nur einen kurzen Moment, bis sie sich wieder voneinander lösten.

Verstört blickte sie ihn an. »Wir müssen zurück«, flüsterte sie.

Ein Blitz aus seinen Augen traf sie wie ein Stromschlag. Seine Augen hatten die Farbe seiner Haare, ein warmes, weiches Haselnussbraun. Sie wollte ihm vorschlagen, sich morgen Nachmittag an der Höhle zu treffen, aber sie bekam kein Wort heraus.

»Wollen wir uns morgen Nachmittag hier treffen?«, fragte er, als hätte er ihre Gedanken erraten.

Sie nickte. Zu etwas anderem war sie nicht fähig. Es war ihr nicht einmal möglich. Ja zu sagen.

⁕

Sophie verpasste Helena eine schallende Ohrfeige. »Du wagst es, sechzehn Tage vor dem Turnier mit Ambassador durch den Wald zu reiten? Über Stock und Stein? Bist du von allen guten Geistern verlassen?« Sie schrie so laut durch den Stall, dass die Pferde in ihren Boxen aufgeregt wieherten. Sie bebte vor Wut und hatte Mühe, sich zu beherrschen. Wären nicht Gäste in Hoheneck gewesen, hätte sie Helena wahrscheinlich mit der Reitpeitsche verprügelt.

»Es war eine spontane Idee«, verteidigte sich Helena, während sie die schmerzende Wange mit der Hand bedeckte. Es brannte wie Feuer. Sophie hatte einen kräftigen Schlag.

»Du bist nicht bei Trost«, rief Sophie erzürnt. »Reitest während deiner Geburtstagsparty mit Christoph von Stein davon, als hättest du keinerlei Verpflichtungen deinen Gästen gegenüber. Ihr seid keine herumtollenden Kinder mehr. Ist dir das klar?«

Helena antwortete nicht, sondern blickte stur zu Boden.

»Ist dir das klar?«, schrie Sophie sie an.

»Ja«, stammelte sie.

»Ab sofort verbiete ich dir jeglichen Umgang mit Christoph von Stein.«

»Aber wieso denn?«, fragte sie leise. »Wir haben doch nichts Schlimmes getan.«

»Halt den Mund! Glaubst du, mir ist entgangen, wie er dich angafft? Bilde dir bloß nichts darauf ein. Der feine Herr Baron hat andere Pläne und du ebenfalls.«

»Was denn für Pläne?«, fragte Helena verwirrt.

Doch Sophie blieb ihr die Antwort schuldig. Stattdessen ordnete sie streng an: »Wasch dir das Gesicht, und steck dir das Haar wieder nach oben. Danach kehrst du schleunigst zu den Gästen zurück. Hast du mich verstanden?«

»Ja«, entgegnete Helena mit gesenktem Kopf.

*

3. Mai 1976
Mein liebes Tagebuch,
gestern ist etwas Aufregendes passiert. Christoph von Stein kam zu meiner Geburtstagsparty. Ich hatte ihn ewig nicht mehr gesehen. Er hat sich sehr verändert. Er sieht jetzt sehr gut aus, und er ist unglaublich aufregend. Und er hat

mich geküsst. Wir sind zusammen zur Höhle geritten, und dort ist es passiert. Einen richtigen Zungenkuss hat er mir gegeben. Es war sehr romantisch.

Sophie hat gekocht vor Wut, als wir zurückkamen. Nicht wegen des Kusses, davon wusste sie gar nichts. Sie war schrecklich erbost darüber, dass ich während der Party mit Christoph ausgeritten bin. Jetzt hat die alte Hexe mir verboten, ihn zu treffen.

Aber ich lasse mir von ihr nichts verbieten. Ich werde ihn sehen, heute noch. Er wird an der Höhle auf mich warten …

⁂

Mit verschränkten Armen stand Luise im Türrahmen und beobachtete, wie Helena verzweifelt die Schubladen ihres Schreibtisches durchwühlte. »Was suchst du denn?«

Kreidebleich im Gesicht winkte Helena sie herein und erklärte im Flüsterton: »Mein Tagebuch ist verschwunden.«

»Dann wird Sophie es gefunden haben«, sagte Luise trocken, während sie die Tür hinter sich schloss.

Helena stöhnte auf. »Das wäre mein Todesurteil.«

»Durchaus«, bestätigte Luise mit ernstem Gesicht. Ihre Mundwinkel jedoch zuckten verräterisch.

»Du hast es, nicht wahr?«, fragte Helena mit bangem Gesichtsausdruck.

Luise nickte und sagte vorwurfsvoll: »Du hast es einfach herumliegen lassen. Ich habe es in die Dachstube gebracht.«

Erleichtert schlang Helena die Arme um Luises Hals und drückte ihr einen Kuss auf die Wange. »Danke! Glaubst du, dort oben ist es sicher?«

»Sie geht niemals dort hoch«, meinte Luise. »Da musst du dir keine Sorgen machen. Aber jetzt erzähl mal, wie war's? Hast du ihn an der Höhle getroffen?«

Helena nickte mit glänzenden Augen. »Er hat schon ungeduldig auf mich gewartet.«

»Na und! Was ist passiert?«

»Wir haben uns geküsst.«

»Sonst nichts?«

»Was denn noch!«, sagte Helena empört. »Das, was du denkst, haben wir nicht gemacht.«

»Damit kannst du dir auch noch etwas Zeit lassen.« Luise lachte.

»Das sagst du immer«, erwiderte Helena genervt, während sie die *Bravo* unter dem Sofa hervorzog. »Wie viel Zeit soll ich mir denn noch damit lassen? Lies das mal! Die anderen Mädchen sind viel jünger als ich. Ich bin siebzehn und habe noch nie mit einem Jungen Sex gehabt. Findest du das normal?«

»Es ist auf jeden Fall nicht unnormal«, antwortete Luise.

»Ich bin ein Spätzünder«, stellte Helena betrübt fest.

»Du solltest es trotzdem nicht überstürzen«, mahnte Luise. »Mach es erst, wenn du es wirklich willst.«

»Aber ich will es doch!«, erwiderte Helena und verfiel sofort wieder ins Schwärmen. »Am liebsten mit ihm! Er sieht ja sooooo gut aus. Und er kann sooooo gut küssen.«

»Oje«, meinte Luise mitfühlend und fügte hinzu: »Ludger Behrendt hat angerufen, er möchte mit dir ins Kino gehen.«

Helenas Antwort kam prompt. »Sag ihm, ich sei verreist.«

6 *Aachener Soers, 40. Offizielles Internationales Reitturnier (CHIO 23. Mai 1976)*

Helena nahm den Parcours in Augenschein. Die Anspannung stieg. Das letzte Turnier stand unmittelbar bevor. Bis jetzt hatten sie und Ambassador sich gut geschlagen, waren vorn mit dabei. Sie galten als die Neuentdeckung des Jahres, waren die Attraktion in der Aachener Soers. Die Presse interessierte sich für sie. Zeitungen schrieben über sie, und selbst das Fernsehen berichtete über die junge blonde Frau mit dem rassigen schwarzen Hengst. Der Rummel bereitete ihr Vergnügen. Sie fand Gefallen daran zu siegen. Doch noch war alles offen. Die letzte Schlacht musste erst noch geschlagen werden. Im Augenblick lag Jean Laurent mit seiner feuerroten Stute Feu Rouge vor ihr. Drei Punkte trennten sie voneinander. Das letzte Turnier würde nun die Entscheidung bringen. Sie tätschelte Ambassador. »Schau dir die vielen Leute an«, sagte sie mit einem Blick auf die gefüllten Zuschauertribünen. »Die sind alle gekommen, um uns siegen zu sehen.« Ihr Herz klopfte schneller bei diesen Worten. Sophie und Luise erschienen – Sophie in einem schlichten dunkelblauen Hosenanzug, dessen Jacke sie bis zum Hals zugeknöpft hatte, und Luise in einem neuen Kleid. Sie hatte es selbst genäht, und es war viel schöner als die teuren Kleider der anderen Frauen.

Sophie war aufgeregt. Sie legte Helena ihre zitternde Hand auf die Schulter. »Mach deine Sache gut«, raunte sie. Diese Worte klangen wie ein Gebet. Noch nie hatte Helena ihre Tante in einem derartigen Zustand erlebt, zwischen Hoffen und Bangen. Ein Sieg würde alles verändern. Den konnten die Banken nicht ignorieren. Danach mussten sie den lebensrettenden Kredit gewähren. Sophie schloss Helena in die Arme. »Du schaffst es«, flüsterte sie ihr beschwörend ins Ohr.

Helena nickte. Sie war fest entschlossen zu siegen. Für sich selbst, für Hoheneck und für Christoph. War er schon da? Verstohlen blickte sie hinüber zur Ehrentribüne. Sie konnte ihn nirgendwo entdecken. Die Familie von Stein hatte ihre Plätze noch nicht eingenommen. In diesem Moment schoss die Baronin auf sie zu, mit einem federgeschmückten breitkrempigen Hut, der ihr schmales Gesicht fast völlig verdeckte. Christoph folgte ihr, und an seiner Seite schritt erhobenen Hauptes Alexa Thossmann, in einem langen knallengen Rock, auf dem eine kurze taillierte Jacke in zart schimmernden Fliedertönen saß. Helena fand, dass sie in diesem Kostüm wie eine Bohnenstange aussah.

»Wie schön, unseren neuen Star noch zu treffen«, rief die Baronin hocherfreut. »Trag einen Sieg nach Hause, Kindchen. Zeig es den Franzosen.« Sie formte ihre feingliedrigen Hände zu Fäusten und drückte die Daumen darauf.

»Ich werde mein Bestes geben«, versprach Helena, während sie aufs Pferd stieg.

»Viel Glück«, sagte Christoph.

Sie lächelte ihm zu. Ihre verliebten Blicke trafen sich für den Bruchteil einer Sekunde. Doch in diesem flüchtigen Moment registrierte Helena, dass Alexa ihn mit ihren grünen Katzenaugen wachsam von der Seite musterte.

»Viel Glück«, wünschte nun auch Alexa. Es klang kühl und überhaupt nicht ehrlich.

Helena bedankte sich ebenso kühl. Dann warf sie den Kopf in den Nacken, gab Ambassador einen sanften Hieb mit der Gerte und ritt davon.

*

Kerzengerade saß sie im Sattel und überblickte hochkonzentriert den Parcours. Dabei spürte sie Ambassadors gespannten Körper, seine gebündelte Kraft, seinen unbändigen Willen zu siegen. Noch einen letzten, flüchtigen Blick warf sie zur Ehrentribüne und fand Christophs Augen unter Tausenden von Augenpaaren, bevor sie sich am Start aufstellte. Eine letzte Sekunde verstrich. *Lass uns kämpfen, Ambassador.* Danach erklang die Glocke. Es ging los. Das erste Hindernis kam in Sicht, ein schwieriger Hoch-Weitsprung, den Ambassador fehlerfrei überwand. Elegant zog er die Hinterbeine nach und landete sicher auf dem Boden. *Sehr gut, weiter so.* Eine Abfolge schwerer Hindernisse bewältigte er bravourös. Aufsprung, Landung, erneuter Aufsprung. Aufmerksam galoppierte er auf den Wassergraben zu, überflog ihn unerschrocken und näherte sich einem Geländehindernis. Helena mäßigte das Tempo. Ein millimetergenauer Absprung war hier erforderlich. Ihre Ruhe übertrug sich auf das Pferd. Er sprang meisterhaft hoch, gelangte sanft zur Erde zurück. *Du bist ein Prachtkerl, Ambassador.* Doch nun musste sie Zeit aufholen, ohne ihn nervös zu machen. Eine kleine Steigung wartete auf sie. Es folgte ein leichter Sprung zur Vorbereitung auf das Finale. Dort war eine gefährliche Dreierkombination aufgebaut, die unbedingte Konzentration voraussetzte. Das Ziel war schon vor Augen und trotzdem noch weit weg. Eine schnelle Abfolge von Sprüngen ermöglichte kaum Korrekturen. Alles musste präzise getroffen werden. Ambassador setzte an, meisterte den ersten Sprung brillant. Auch der zweite gelang tadellos. Nur beim letzten Sprung berührte sein Huf die Stange. Ganz flüchtig, sie zitterte. Dann fiel sie herab. Fehler! Aus! Kein Sieg mehr möglich! Enttäuscht ritt Helena ins Ziel, während die Menschenmenge ihr zujubelte.

*

Umringt von der Presse genoss sie die Siegerehrung. Sie war Zweite geworden, doch man feierte sie als den neuen Star am Himmel des Pferdesports. Alle waren stolz auf sie – Sophie, Luise, Grethe, Dr. Roland und sogar die Frau Baronin, vor allem aber Christoph. Helena las es in seinem Gesicht. Doch auch Alexas wachsamen Blicken entging es nicht. Das eifersüchtige Funkeln in ihren Augen war nicht zu übersehen. Plötzlich verstand Helena: Alexa war in ihn verliebt. Sie wollte sein Herz erobern. Oder war es vielleicht sogar umgekehrt? Zeigte Christoph an ihr Interesse? Die ganze Zeit über hatte Helena sich eingebildet, er habe nur Augen für sie. Doch er bemühte sich um Alexa, charmant flirtete er mit ihr und bot ihr den Arm an, damit sie sich bei ihm einhaken konnte. Was fand er nur an dieser affektierten Bohnenstange?

Ein Fotograf rief Helena zu, sie möge bitte lächeln. Daraufhin zauberte sie ein Strahlen in ihr Gesicht und wandte sich der Kamera zu.

*

»Küss mich – küss mich – küss mich …«, rief Christoph ausgelassen, während er Helena durch die Luft wirbelte.

»Wie denn?«, lachte sie.

Er setzte sie ab und bedeckte ihr Gesicht mit unzähligen Küssen.

»Du warst so fantastisch!« Seine Begeisterung schien keine Grenzen zu kennen. »Wie berauscht war das Publikum von dir. Du hast sie alle in deinen Bann gezogen.«

Verlegen senkte sie den Blick. »Hör auf, sonst werde ich noch eingebildet.«

Er zog sie fest an sich heran. »Nächstes Jahr wirst du gewinnen. Das weiß ich genau. Da wirst du auf dem Siegerpodest ganz oben stehen.«

Sie ließen sich ins Gras fallen. Eng umschlungen blieben sie liegen und spürten die Wärme ihrer Körper. Er strich ihr zärtlich über die Wange. Dann küsste er sie, erst sanft und zaghaft, bis er immer leidenschaftlicher wurde. Seine Hand fuhr in den Ausschnitt ihres Kleides, um ihre Brüste zu streicheln. Diese Berührungen weckten in ihr ein unbekanntes Begehren. Längst war sie neugierig auf das, was er mit ihr tun wollte. Und hatte trotzdem so viel Angst davor. Sie stieß ihn weg, als er begann, sie zwischen den Schenkeln zu berühren.

»Liebst du mich?«, fragte sie zögerlich.

Seine Antwort kam schnell: »Wie verrückt.«

»Und Alexa Thossmann, liebst du die auch?«

Er reagierte erstaunt. »Wie kommst du darauf?«

»Weil sie in dich verliebt ist«, entgegnete Helena. »Glaubst du, ich sei blind?«

»Ich weiß, dass sie in mich verliebt ist«, sagte Christoph mit ernstem Gesicht. »Aber ich bin nicht in sie verliebt.«

»Obwohl sie so viel Geld hat?«, fragte Helena skeptisch.

»Obwohl sie so viel Geld hat«, erwiderte er und fügte nach kurzem Schweigen hinzu: »Trotzdem ist das der springende Punkt. Wie du weißt, sind wir finanziell ziemlich angeschlagen. Die Unterhaltung des Schlosses frisst uns auf. Wenn mein Vater nun auch noch wegen seiner gesundheitlichen Probleme seine politische Laufbahn beenden muss, brauchen wir dringend eine neue Geldquelle, sonst sieht es ziemlich düster aus.«

»Willst du Alexa Thossmann etwa heiraten?«, fragte Helena zutiefst entsetzt.

Er antwortete nicht. Das war auch nicht nötig. Sie sah es seinem Gesichtsausdruck an. Wütend sprang sie hoch und stapfte zu ihrem Pferd.

»Dann weiß ich ja jetzt, woran ich bin«, rief sie und stieg auf.

»Gar nichts weißt du«, rief er zurück.

Sie gab dem Pferd die Sporen.

»Bleib hier«, schrie er ihr nach. »Lass es mich erklären!«

Sie kehrte nicht um, sie wollte ihn nicht mehr sehen.

*

11. Juni 1976
Mein liebes Tagebuch,
Alexa Thossmann ist abgereist. Endlich ist sie weg! Sie ist mit ihrer Mutter an den Lago Maggiore gefahren, wo sie eine Sommervilla besitzen. Viel Spaß wünsche ich ihr dort. Soll sie sich doch einen Italiener angeln, die sollen ja sehr leidenschaftlich sein.

Seit einigen Tagen treffe ich Christoph wieder an der Höhle. Er hat mich angerufen (Stell dir nur vor, er hat hier in Hoheneck angerufen! Zum Glück war Sophie gerade im Stall!) und mich gefragt, ob ich zur Höhle komme. Erst habe ich mich ein bisschen angestellt. Er sollte nicht merken, wie glücklich ich war. Zweieinhalb Wochen haben wir uns nicht gesehen. Ich bin total verliebt in ihn. Und würde gerne mit ihm schlafen, aber ich habe solche Angst davor. Ich bin wohl ein ziemlicher Angsthase. Andere Mädchen sind bestimmt viel mutiger als ich. Wenn ich nur mit jemandem reden könnte. Luise hat bestimmt Erfahrung darin, immerhin ist sie sieben Jahre älter als ich und hatte schon einen festen Freund, Herrmann, er war ein bisschen verklemmt. Ob sie es überhaupt mit ihm gemacht hat? Sie erzählt jedenfalls nichts darüber, und ich will sie nicht fragen, weil sie dann immer so komisch reagiert.

Ich kann auf jeden Fall nur noch an Christoph denken. Zum Glück ist diese Alexa weg. Nun haben wir den Sommer für uns allein. Ende August wird er wahrscheinlich zurück nach Sevilla gehen. Aber daran will ich jetzt noch nicht denken. Ich bin so glücklich!! So so so glücklich!!

⁂

Die Stimmung war gedrückt, als Helena die Küche betrat. Mit bedrückter Miene saß Sophie am Tisch, während Luise schweigend am Ofen lehnte. Helena warf ihr einen fragenden Blick zu.

»Der Kreditantrag ist abgelehnt«, erklärte Luise.

»Abgelehnt?«, rief Helena erschrocken. »Warum denn das? Um ein Haar hätten wir den CHIO gewonnen. Was wollen sie denn noch? Interessiert das die Bank überhaupt nicht?«

»Scheinbar nicht«, erwiderte Luise.

»Nein, es interessiert sie nicht«, bestätigte Sophie. Sie war niedergeschlagen und zornig zugleich. Ihre Augen waren stark gerötet, so als hätte sie geweint. Noch nie hatte Helena sie weinen gesehen.

»Und nun?«, fragte Helena leise.

»Keine Ahnung.« Sophie zuckte ratlos mit den Achseln, bevor sie nach einer Teetasse griff, die vor ihr auf dem Tisch stand, und diese mit voller Wucht gegen die geflieste Wand schleuderte. Klirrend zerschepperte das Porzellan.

»Diese elendigen Halsabschneider!« Sie zitterte vor Aufregung.

»Sind wir jetzt pleite?«, fragte Helena nach einer Weile.

Sophie antwortete nicht. Stattdessen erhob sie sich und verließ wortlos die Küche. Kurz darauf hörten Helena und Luise sie im Wohnzimmer telefonieren. Als sie wenige Minuten später zurückkehrte, sagte sie mit versteinerter Miene zu Helena: »Wir beide werden für ein paar Wochen verreisen.«

Entsetzt sah Helena sie an. »Was? Wieso denn? Wohin?«

»An die Côte d'Azur, zu Tante Miranda.«

»Aber ich will nicht verreisen«, protestierte Helena. »Was soll ich denn an der Côte d'Azur?«

»Wenn wir Hoheneck retten wollen, müssen wir handeln«, erklärte Sophie.

»Indem wir an die Côte d'Azur fahren?«, rief Helena voller Unverständnis. »Wir müssen hierbleiben, in Hoheneck. Was wird aus den Sommerturnieren? Sollen wir die alle absagen? Und die Pferde alleine lassen? Was wird aus Ambassadors Training? Das können wir nicht einfach unterbrechen!«

Zornig über den Widerspruch schlug Sophie mit der flachen Hand auf den Küchentisch, so kräftig, dass das Geschirr schepperte. »Liebst du Hoheneck, oder liebst du es nicht?« Ihr Gesicht war rot angelaufen, sie hatte Tränen in den Augen. Helena erschrak, als sie das sah. Sophies Wutausbrüche kannte sie, die Tränen aber überraschten sie.

»Wir haben kaum noch Geld«, sagte Sophie, während sie sich energisch mit dem Handrücken über die Wange fuhr. »In ein paar Monaten werden wir gezwungen sein, Hoheneck zu verkaufen. Wenn wir Glück haben und einen guten Preis für das Anwesen und die Pferde erzielen, wird das Geld gerade ausreichen, um die laufenden Kredite bei der Bank zu begleichen. Somit sind wir zwar schuldenfrei, besitzen aber nichts mehr. Dann können wir unter der Brücke schlafen. Unsere Lage ist ernst, versteht ihr zwei das?« Es war mucksmäuschenstill in der Küche geworden. So eindringlich hatte Sophie noch nie mit ihnen gesprochen. »Wir müssen unser Hoheneck retten, wir alle zusammen, sonst sind wir verloren. Ohne euch – ohne dich, Helena – schaffe ich das nicht.«

Helena senkte den Kopf. Natürlich wollte sie Hoheneck retten, aber nicht an der Côte d'Azur. Das konnte niemand von ihr verlangen. Außerdem verstand sie Sophies Pläne nicht. Was wollte sie in Südfrankreich? Sich von Tante Miranda Geld borgen? Doch deswegen musste sie nicht mehrere Wochen dort verbringen. Oder wollte Sophie sich einen reichen Mann suchen? Bei diesem Gedanken hätte Helena fast angefangen zu lachen.

»Es gibt keine Diskussion«, sagte Sophie mit frostiger Miene. Plötzlich war sie wieder ganz sie selbst – streng und unnachgiebig. »Wir fahren in drei Tagen. Du kannst schon einmal anfangen, die Koffer zu packen.«

*

Helena rannte weinend nach oben, und Luise lief ihr nach, während Sophie allein in der Küche zurückblieb. Sie setzte sich auf einen Stuhl, legte die Arme auf den Tisch und faltete die Hände ineinander. Sie waren rau wie ein Reibeisen; so rau, dass die Haut auf den Fingerknochen kleine Risse aufwies, die manchmal zu bluten begannen. Dann schmierte sie Melkfett auf ihre Hände, bevor sie zu Bett ging. Doch das half wenig. Sie arbeitete zu viel, seit sie mehr als die Hälfte ihrer Leute entlassen musste. Das Leben war ungerecht. Es war nie zimperlich mit ihr umgegangen. Sie hatte alle Menschen verloren, die sie je geliebt hatte, ihre Eltern, ihren Verlobten, ihre Schwester Amelie. Sie durfte nicht auch noch Hoheneck verlieren. Hätte sie bloß niemals ihrem Bruder die Leitung der Geschäfte übertragen. Dieser verdammte Spieler hatte *ihr* geliebtes Hoheneck in den Ruin getrieben. Sie hätte ihn dafür umbringen können, doch das hatte er selbst besorgt. Wie konnte er ihr das nur antun? Nach dem Krieg hatte sie Hoheneck neu erschaffen, sie ganz allein! Damals hatten sie noch drei Pferde, die sie gerettet hatte, einen Stall, der zur Hälfte niedergebrannt war, eine zerstörte Scheune und das Haus, das die erbitterten Kämpfe in der Eifel wie durch ein Wunder fast unbeschädigt überstanden hatte. Nicht einen einzigen Tag lang hatte sie Hoheneck verlassen, nicht einmal, als alle anderen vor dem Krieg geflüchtet und die Dörfer restlos leer gefegt waren. Sie war hier geblieben.

Nach dem Krieg hatte sie Hoheneck wieder zu dem gemacht, was es unter ihrem Vater und ihrem Großvater schon war: ein angesehenes Gestüt. All ihre Kraft, ihren Mut, ihre Energie, ihre Liebe hatte sie Hoheneck gegeben. Und nun stand sie vor einem Trümmerhaufen. Ihr ganzes Leben wäre umsonst gewesen, wenn sie Hoheneck verlor.

*

Dunkle Gewitterwolken zogen auf, als Helena zur Höhle ritt. Sie war verzweifelt. Wochenlang würde sie von Christoph getrennt sein. Vielleicht konnte sie ihn überhaupt nicht mehr sehen, bevor er nach Sevilla zurückging. Ein Donner grollte in der Ferne, erste Regentropfen fielen herab. Sie gab dem Pferd die Sporen. Der Wald erschien bedrohlich schwarz. Angst kroch in ihr hoch. Doch sie fürchtete sich nicht vor dem Gewitter, sondern vor dem Abschied von Christoph.

Als er von der Reise an die Côte d'Azur erfuhr, war er schockiert. Es hatte angefangen zu regnen, doch das bemerkten die beiden nicht. Helena weinte, und er hielt sie in den Armen, während der Regen ihre Kleider durchnässte. Eng umschlungen küssten sie sich, dann trug er sie zum Eingang der Höhle. Ihr war klar, was nun geschehen würde. Und sie wollte es auch, hier und jetzt, mit jeder Faser ihres Herzens. Sie spürte seine Finger auf ihrem Körper und seine Lippen auf ihren Brüsten. Sie war bereit, den letzten Schritt mit ihm zu wagen.

Sie sank in das Stroh, das auf dem Boden der Höhle lag, und schloss die Augen. Sie hatte Angst vor dem Moment, in dem er in sie eindrang. Dann fühlte sie ihn. Er war vorsichtig, zärtlich und sanft. Sie spürte einen kurzen Schmerz. Jetzt war er ihr so nah wie nie zuvor. Sie gehörte nun zu ihm und er zu ihr. Jeder war ein Teil des anderen, unzertrennbar.

Als es vorbei war, schmiegte sie sich dicht an ihn heran und lauschte dem Regen. Sein Körper wärmte sie, das Stroh kitzelte auf der Haut.

»Wann werdet ihr fahren?«, fragte er.

Helena setzte sich auf. »In drei Tagen schon«, sagte sie mit trauriger Stimme.

»Warum an die Côte d'Azur? Was will sie dort?«

»Wenn ich das wüsste! Zuerst habe ich gedacht, sie will sich von Tante Miranda Geld borgen, aber inzwischen glaube ich …«, Helena musste unwillkürlich lächeln, »… dass sie sich einen reichen Mann angeln will.«

»Sophie?« Entschieden schüttelte Christoph den Kopf. »Niemals! Sie sucht für *dich* einen reichen Mann.«

»Für mich«, rief Helena erstaunt. »Du meinst, sie will mich zwangsverheiraten, mit einem Millionärssöhnchen?«

»Was ist so abwegig daran?«, fragte Christoph mit ernstem Gesicht. »Schließlich wäre es eure Rettung.«

Helena sah ihn fragend an. Ihr fiel das Gespräch wieder ein, das sie mit ihm über Alexa Thossmann geführt hatte. Dachte er noch immer über eine reiche Heirat nach?

»Niemals würde ich das tun«, sagte sie trotzig. »Nie würde ich einen Mann nur wegen des Geldes heiraten.«

»Auch nicht, um Hoheneck zu retten?«, fragte er provozierend.

»Nein«, erwiderte sie entschieden und fügte zögernd hinzu: »Würdest du Alexa Thossmann heiraten, um Fasanenhof zu retten?«

Er nahm sie in den Arm und drückte sie fest an sich. »Vielleicht müssen wir beide uns opfern, um unsere Familien zu retten. Vielleicht ist das unser Schicksal.«

Sie stieß ihn weg. »Ich will mich aber nicht opfern. Und ich will nicht, dass du dich opferst. Ich liebe dich und will mit dir zusammen sein. Nur mit dir.«

Sie küssten sich, leidenschaftlich und intensiv. Doch tief in sich drin spürte sie die Angst, ihn zu verlieren.

»Du verlierst mich nicht«, versprach er. »Denn ich liebe dich, Helena. Nur dich allein.«

Sie glaubte ihm. Sie vertraute ihm. Der Gedanke an die lange Trennung erschreckte sie. »Wirst du noch da sein, wenn ich zurückkomme? Oder bist du dann schon wieder in Sevilla?«, fragte sie leise.

»Nein, ich gehe nicht mehr zurück nach Andalusien«, antwortete er. »Ich werde hier auf dich warten, das verspreche ich dir. Mach dir keine Sorgen. Und ich werde dir schreiben, jede Woche einen Brief, postlagernd nach Nizza.«

7

Carla nannte ihren Namen, während sie auf einem der Besucherstühle Platz nahm. Danach erklärte sie der Standesbeamtin ihr Anliegen. »Ich bin freie Journalistin und arbeite für den *Kölner Express*. Im Moment recherchiere ich für einen Artikel, in dem es um Geburten am Heiligabend geht.«

»Ein Artikel?« Überrascht zog die Frau die Augenbrauen hoch.

»Es wird eine kleine Serie«, fuhr Carla freundlich lächelnd fort, »in der wir über das Weihnachtsfest in den Siebzigerjahren berichten und regionale Unterschiede aufspüren wollen. Dabei beleuchten wir Köln, Aachen und natürlich auch die Eifel.«

»Klingt spannend«, meinte die Beamtin begeistert.

»Schön«, sagte Carla zufrieden und fügte schnell hinzu: »Ich will Sie jedoch nicht lange aufhalten. Ich brauche nur eine kleine Auskunft. Ich möchte herausfinden, wie viele Kinder am Heiligabend 1977 in dieser Gemeinde geboren wurden.«

»Das haben wir gleich.« Mit geübten Griffen gab die Frau etwas in den Computer ein. Kurz darauf verzog sie enttäuscht das Gesicht. »Sehr viele waren es nicht. Nur ein einziges in der ganzen Region.«

»Ein Mädchen?«, fragte Carla gespannt.

Die Standesbeamtin verneinte. »Ein Junge. Der Helmut Ritzenberger. Er ist mit meinem Sohn in die Schule gegangen. Letzten Sommer hat er die Schreinerei seines Vaters übernommen. Ein fleißiger Kerl, wir kennen die Familie sehr gut …«

»Nur ein einziger Junge?«, unterbrach Carla den Redeschwall der Frau.

»So ist es.« Sie blickte wieder in den Monitor. »Auch am ersten und zweiten Weihnachtsfeiertag sind keinerlei Geburten verzeichnet. Ein gebärfreudiges Weihnachtsfest war das jedenfalls nicht.«

»Und am dreiundzwanzigsten Dezember? Wurde da ein Kind geboren?«

»Nein, auch nicht«, antwortete die Beamtin. »Ich sage es ja immer wieder, diese Weihnachtszeit ist der reinste Stress. Nicht mal Zeit zum Kinderkriegen haben die Leute.«

»Ist ein Kind in diesem Zeitraum verstorben?«, fragte Carla.

Die Frau sah sie überrascht an. Dann tippte sie kurz auf der Tastatur des Computers herum und meinte kopfschüttelnd: »Nein. Gestorben ist auch keins.«

Mit wichtiger Miene blickte Carla auf den kleinen Notizblock, den sie in der Hand hielt. »Eine letzte Frage habe ich noch. Ich interessiere mich für die Familie von Waldheim …«

Die Standesbeamtin zog die Stirn in Falten. »Meinen Sie die, die früher das Gestüt hatte?«

Carla nickte.

»Die alte Dame ist kürzlich verstorben«, erzählte die Frau. »Deshalb steht das schöne große Haus jetzt leer. Das Gestüt gibt es ja schon lange nicht mehr. Gleich nach dem Tod ihrer Nichte hat Sophie von Waldheim es stillgelegt.«

»Ihrer Nichte … Helena?«, fragte Carla überrascht.

Die Standesbeamtin nickte.

Helena war also tot. »Sie ist gestorben am 26. 12. 1977«, erklärte ihr die Beamtin und fügte hinzu: »Das weiß ich deshalb so genau, weil sich ihr Grab neben dem meiner Schwiegermutter befindet.«

»Haben die Waldheims keine Familiengruft?«, fragte Carla verwundert.

Die Frau lachte kurz auf. »Und ob sie die haben. Eine sehr imposante sogar, mit Säulen davor, wie in Griechenland. Auf unserem kleinen Dorffriedhof fällt die sehr auf. Na ja, die Familie wollte immer etwas Besonderes sein. Helena wurde jedenfalls nicht dort beerdigt. Sie hat ein eigenes Grab bekommen.«

»Warum?«

Die Beamtin zuckte mit den Schultern. »Das weiß ich nicht. Aber wenn Sie das interessiert, dann fragen Sie doch mal beim Herrn Pfarrer nach. Der war ja schon in unserer Gemeinde, als Helena von Waldheim beigesetzt wurde. Vielleicht kann er Ihnen mehr darüber erzählen.«

»Gute Idee.« Carla erhob sich und gab der Frau die Hand. »Sie haben mir sehr geholfen. Vielen Dank.«

»Man tut, was man kann«, erwiderte die Beamtin mit einem stolzen Lächeln.

⁂

Voller Staunen betrat Carla die Dorfkirche. So viel Prunk hatte sie nicht erwartet. Außerdem war alles schon weihnachtlich geschmückt, mit Tannenzweigen und unzähligen Kerzen. Eine goldene Marienstatue stand inmitten des Altarraumes – Maria, die ihr Kind im Arm trug.

Carla sah sich um. Sie war allein in der Kirche. Jedenfalls glaubte sie das, bis auf einmal das Spiel der Orgel erklang. Weiche Töne durchströmten das Kirchenschiff, und ein Knabe begann, das Ave-Maria zu singen. Seine Stimme war hell und kraftvoll. Fasziniert setzte sie sich auf eine Kirchenbank und lauschte verzaubert dem Gesang, der von der Orgel begleitet wurde. *Ave Maria, erhöre mein Flehen …*

Sie schloss die Augen, ließ sich einhüllen und forttragen von der Musik. Ganz weit fort von allem, was in diesem Jahr geschehen war, von den Sorgen, den Ängsten, den Verletzungen. *Ave Maria …* Zum Weinen traurig war das Lied und trotzdem voller Hoffnung. *Wir schlafen sicher bis zum Morgen …* Es war der Morgen des zwölften Februar gewesen, der ihr Leben schlagartig verändert hatte. In Gedanken hörte sie das Klingeln an der Tür, sah die Polizei vor dem Haus stehen, blickte in das ernste Gesicht des Kommissars und vernahm das sich ständig wiederholende Freizeichen im Telefon. Bis heute hörte sie es endlos klingeln und spürte, wie der Schmerz sich dabei tiefer und tiefer in ihre Seele fraß. Die zarte Musik streichelte die Wunde, die längst nicht verheilt war. Vielleicht würde der Schmerz eines Tages von allein vergehen, auch wenn Carla sich das nicht vorstellen konnte.

Ein letztes *Ave Maria* verlor sich im Kirchenschiff. Es hallte als leises Echo wider. In zwölf Nächten war Weihnachten. Was war vor dreiunddreißig Jahren in dieser Nacht in Hoheneck geschehen? Am 24. Dezember 1977 wurde im ganzen Umkreis kein Mädchen geboren und keines verstarb. Trotzdem gab es ein Grab im Garten des Hauses. Und nur zwei Tage später war Helena gestorben.

⁂

Carla lief über den kleinen am Hang gelegenen Dorffriedhof. Die Gruft der Familie von Waldheim war nicht zu übersehen. Der anthrazitfarbene Marmorstein, in den die Namen der Familienmitglieder eingemeißelt waren, überragte alle anderen Gräber. Ganz oben stand der Name von Sophie. Mit vierundachtzig Jahren war sie die Älteste in dieser Familie. Ernst von Waldheim war mit achtundvierzig Jahren, Amelie von Waldheim mit nur zweiunddreißig beerdigt worden.

Carla zog den Notizblock aus der Tasche und vermerkte die Namen, Geburts- und Todesdaten. Dann ging sie weiter und fand, unweit der Familiengruft, auch Helenas Grab. Die Zweige einer hohen Tanne berührten den schlichten Grabstein, vor dem eine brennende Kerze stand. Eine rote Rose lag im Schnee, deren Blütenblätter in der Kälte des Winters erfroren waren.

Ruhe in Frieden

HELENA VON WALDHEIM
* 2.5.1959 · † 26.12.1977

⁂

Zögerlich klopfte Carla an die Eingangstür des Pfarrhauses. Niemand öffnete ihr, doch sie hörte Stimmen. Deshalb klopfte sie noch einmal, woraufhin eine korpulente Frau mit leuchtend rotem Haar an der Tür erschien.

Carla nannte ihren Namen und bat um ein kurzes Gespräch mit dem Pfarrer. Die Frau schüttelte den Kopf.

»Donnerstagnachmittag nie«, erklärte sie resolut.

»Bitte, ich muss ihn sprechen«, wiederholte Carla höflich, aber auch hartnäckig. »Es wird bestimmt nicht lange dauern. Es ist sehr wichtig.«

Mürrisch verzog die Frau ihr rundes Gesicht. Dann verschwand sie hinter der angrenzenden Tür und kam mit dem Pfarrer zurück.

Sofort entschuldigte sich Carla für die Störung und setzte schnell hinzu: »Ich werde Sie nicht lange aufhalten.«

Der Pfarrer, ein untersetzter Mann, der die sechzig weit überschritten hatte, sagte mit einem gutmütigen Lächeln: »Kein Problem. Kommen Sie herein.«

Carla wurde in eine behagliche Küche geführt, wo es anheimelnd warm war und nach frisch gebackenem Kuchen roch. Eine schmächtige, alte Frau mit schneeweißem, dünnem Haar und einem kleinen Buckel saß in einem Rollstuhl am Fenster und blickte hinaus in den verschneiten Garten.

»Meine Mutter«, erklärte der Pfarrer. »Sie wird uns nicht stören, sie hört nicht mehr gut. Jeden Donnerstag hole ich sie aus dem Heim, um gemeinsam mit ihr Kaffee zu trinken.«

Carla wollte sie begrüßen, als die alte Frau mit zittriger Stimme rief: »Die Vögel sind weg.«

Liebevoll legte ihr der Pfarrer den Arm um die Schultern. »Sie kommen wieder, wenn sie Hunger haben.«

»Aber jetzt sind sie weg«, wiederholte sie.

Der Pfarrer bestätigte das. Danach wandte er sich wieder an Carla. »Sie ist verwirrt. Manchmal hat sie lichte Momente, aber die werden immer seltener. Die meiste Zeit verbringt sie in ihrer eigenen Welt. Trotzdem hole ich sie jeden Donnerstag zu mir. Das ist der Höhepunkt ihrer Woche, der große Ausflug, das Abenteuer, auf das sie sich jedes Mal freut. Aber Sie sind nicht gekommen, um mit mir über meine Mutter zu reden. Was kann ich für Sie tun?«

Carla überlegte kurz, erneut in die Rolle der Journalistin zu schlüpfen. Doch sie entschied sich dagegen. Diese Notlüge fand sie hier fehl am Platz.

»Ich möchte etwas über die Familie von Waldheim erfahren«, begann sie ihr Anliegen vorzutragen, »vor allem über Helena von Waldheim. Ich würde gern erfahren, warum sie so früh verstorben ist. Und aus welchem Grund sie nicht in der Familiengruft beigesetzt wurde. Diese Fragen konnte mir bisher niemand beantworten, deshalb wende ich mich an Sie.«

Der Pfarrer machte ein bedauerndes Gesicht. »Ich fürchte, da kann ich Ihnen auch nicht weiterhelfen. Das alles ist schon sehr lange her. Man erzählte sich damals, Helena sei bei einem tragischen Unfall ums Leben gekommen. Es gab viele Gerüchte, so ist es ja immer, wenn niemand etwas Genaues weiß. Früher war Sophie von Waldheim ein aktives Mitglied unserer Gemeinde, nach Helenas Tod aber zog sie sich völlig zurück. Zwar kam sie noch jeden Sonntag zum Gottesdienst, sprach aber mit niemandem mehr ein Wort. Sie war eine verbitterte, einsame Frau geworden.«

»Warum hat sie Helena nicht in der Familiengruft beisetzen lassen?«

»Auch dafür kann ich Ihnen keinen Grund nennen. In all den Jahren hat Sophie von Waldheim immer gezeigt, dass sie nicht über Helena und die Umstände ihres Todes reden mochte. Das habe ich akzeptiert und sie nie danach gefragt, und sie auch nicht auf die etwas außergewöhnlichen Umstände dieser Beerdigung angesprochen.«

»Welche Umstände?«, fragte Carla neugierig.

»Nun ja.« Der Pfarrer räusperte sich verhalten. »Es gab weder eine Trauerfeier noch eine Grabrede, und auch keine Trauergemeinde, wie man es eigentlich erwartet hätte. Nur zwei Menschen folgten in der Dunkelheit während eines heftigen Schneetreibens dem Sarg.«

»In der Dunkelheit?«

»Sie haben richtig gehört. Die Beisetzung fand bei Einbruch der Nacht statt, auf Frau von Waldheims ausdrücklichen Wunsch. Nur sie selbst und Grethe waren zugegen.«

Gerade wollte der Pfarrer noch etwas hinzufügen, als die Haushälterin den Kopf durch den Türspalt streckte und energisch rief: »Telefon!«

Er entschuldigte sich und eilte hinaus, während Carla mit seiner Mutter allein in der Küche zurückblieb.

»Die Vögel kommen nicht mehr«, stellte die alte Frau traurig fest.

Gemeinsam mit ihr schaute Carla aus dem Fenster. Im Garten stand ein Vogelhäuschen, doch nicht ein einziger Vogel saß darin.

»Ganz bestimmt kommen sie wieder«, sagte Carla. Da bemerkte sie, dass die Mutter des Pfarrers sie energisch am Arm zog. Verwundert beugte Carla sich zu ihr herab.

»Sie hat in Botrange ihren Frieden gefunden«, flüsterte die alte Frau.

»Wer?«, fragte Carla überrascht.

»Helena.« Kaum hatte sie den Namen ausgesprochen, legte die Frau den Zeigefinger auf ihre schmalen, blassblauen Lippen. »Aber niemand darf es wissen. Niemand darf je davon erfahren.«

Bevor Carla noch etwas fragen konnte, kam der Pfarrer zurück. Blitzartig trat sie einen Schritt zur Seite, als hätte sie etwas Verbotenes getan.

»Sind die Vögel schon da?«, erkundigte er sich bei seiner Mutter, die wieder aus dem Fenster sah.

Sie antwortete nicht. Sanft strich er ihr über das weiße, lichte Haar und sagte zu Carla: »Ich kann Ihnen leider nicht viel mehr dazu sagen. Am besten, Sie wenden sich an Grethe. Wenn jemand etwas weiß, dann sie.«

»Sie war das Dienstmädchen, nicht wahr?« Carla erinnerte sich daran, dass Tom diesen Namen erwähnt hatte.

Der Pfarrer nickte. »Sie kam zu Sophie, als sie noch sehr jung war. Sie war stumm, dafür ungemein fleißig. Und ein sehr lieber Mensch. Sie blieb im Haus, bis Sophie verstarb. Sie war die Einzige, die noch da war.«

»Wo kann ich sie finden?«, wollte Carla wissen.

»Das kann ich Ihnen leider nicht sagen«, meinte der Pfarrer. »Nach Sophies Beisetzung ging sie fort, aber ich weiß nicht, wohin.«

»Kennen Sie Ihren Nachnamen?«

Er dachte nach. »Alle nannten sie immer nur Grethe. An ihren Nachnamen kann ich mich nicht erinnern. Und mir fällt auch niemand ein, der ihn kennen könnte.«

»Schade«, sagte Carla und reichte ihm die Hand. »Trotzdem danke ich Ihnen, dass Sie sich Zeit genommen haben. Jetzt will ich Sie nicht länger stören.«

Er brachte sie zur Tür und hatte die Klinke schon in der Hand, als er zögernd sagte: »Eine Kleinigkeit gibt es allerdings noch zu erwähnen.«

Erwartungsvoll blickte Carla ihn an. Doch es dauerte eine Weile, bis er fortfuhr, als sei er nicht sicher, ob er wirklich darüber sprechen sollte. »Es war noch jemand bei Helenas Beerdigung. Er versteckte sich hinter den Bäumen. Trotzdem habe ich ihn bemerkt.«

»Wer war es?«, fragte Carla aufgeregt. »Haben Sie denjenigen erkannt?«

»Wie ich schon sagte«, antwortete der Pfarrer,»es war dunkel. Natürlich kann es gut möglich sein, dass die Person nur rein zufällig dort war. Vielleicht hatte sie mit Helenas Beerdigung gar nichts zu tun.« Als Carla schon fast aus der Tür war, fragte er: »Warum interessieren Sie sich eigentlich für die Familie von Waldheim?«

»Ganz einfach«, erwiderte Carla. »Es ist *meine* Familie. Sophie von Waldheim war meine Großtante.«

*

Sie fuhr gerade in den Hof, als Tom aus der Tierarztpraxis trat. Bei ihrem Anblick wirkte er sehr überrascht.

»Ich wollte einfach mal vorbeischauen«, meinte Carla leichthin und versuchte, ihre Verlegenheit zu überspielen. Doch sie war zu nervös. »Oder komme ich ungelegen?«, fragte sie schnell hinterher.

»Auf keinen Fall«, wehrte er ab und fügte nach einer Pause, in der nicht Worte, sondern Blicke sprachen, zögernd hinzu: »Hast du Lust auf ein kleines Mittagessen?«

Damit hatte sie nicht gerechnet. Sie hatte ihn als sehr schüchtern eingeschätzt.

Zwei große schwarze Hunde kamen angelaufen und beschnupperten sie neugierig. Energisch pfiff Tom die beiden zurück. Sie hörten aufs Wort und zogen davon.

»Es gibt Spaghetti«, erzählte er, während er mit ihr über den Hof zum Wohnhaus lief. »Du musst sie unbedingt probieren, mein Vater kocht fantastisch.«

Er hatte es noch nicht ausgesprochen, da riss ein älterer Mann, der eine grau gestreifte Küchenschürze umgebunden hatte, die Eingangstür auf. Er schwang einen Kochlöffel durch die Luft und fragte: »Haben wir Besuch?«

»Das ist noch nicht sicher«, entgegnete Tom. Dann lachte er Carla aufmunternd zu, als wollte er sagen: Nun gib deinem Herzen schon einen Stoß.

»Na ja«, meinte sie verlegen. »So eine nette Einladung kann ich wohl unmöglich ablehnen.«

Der ältere Mann drückte ihr herzlich und sehr kräftig die Hand. »Ich bin der Heinrich, Toms Vater«, stellte er sich vor und setzte hinzu: »Willkommen in unserem Heim.«

Das war ein kleines, gemütliches Fachwerkhaus mit Holzbalken an der Decke, Möbeln aus Urgroßmutters Zeiten und einem urigen Kachelofen in der Küche. Schnell legte er ein drittes Gedeck auf und erzählte währenddessen: »Es gibt Spaghetti bolognese. Zu mehr hat es in meinem Anfängerkurs nicht gereicht.«

»Mein Vater hat nämlich einen Kochkurs belegt«, erklärte Tom schmunzelnd.

Daraufhin setzte Heinrich eine beleidigte Miene auf, die allerdings nur gespielt war, denn seine Augen schienen unentwegt zu lachen. Dr. Heinrich Roland war ein paar Zentimeter kleiner als sein Sohn, wirkte aber genauso sportlich und energiegeladen, mit einem frischen Rot auf den Wangen, als sei er stundenlang durch den Winterwald spaziert.

»Jetzt macht mein Sohn sich über mich lustig«, beschwerte er sich bei Carla. »Habe ich das verdient? Irgendetwas muss man ja tun, wenn man plötzlich von Beruf Rentner ist.« Er nahm den Topf vom Herd und stellte ihn auf den Tisch. »Essen ist fertig.«

Carla nahm auf der Eckbank Platz und rutschte dicht an den Ofen heran, der eine wohlige Wärme verströmte. Tom setzte sich neben sie. Sie spürte seine Nähe.

Als Carla die Soße lobte, erhellte ein stolzes Lächeln Heinrichs Gesicht. Er verriet ihr das Geheimnis. Es waren die Steinpilze. Das Rezept stammte aus der Toskana, und Heinrich zögerte nicht, es Carla in allen Einzelheiten zu schildern.

»Sie ist bestimmt nicht gekommen, um sich mit dir über Kochrezepte zu unterhalten«, sagte Tom streng zu seinem Vater.

»So? Weswegen sonst?«, fragte Heinrich vergnügt.

Diese Gelegenheit ergriff Carla, um den wahren Grund ihres Besuches zu verraten.

»Ich möchte etwas über Botrange erfahren«, sagte sie.

Tom und Heinrich sahen sie leicht ungläubig an.

»Gruselige Gegend.« Heinrich schüttelte sich.

»Was ist dieses Botrange?«, wandte Carla sich an Tom.

»Die höchste Erhebung Belgiens«, erklärte er.

»Es ist ein Berg?«, fragte Carla verwirrt.

»Eher ein Hügel«, verbesserte Tom. »Botrange liegt in einer Hochmoorlandschaft im Hohen Venn, oben im belgischen Grenzgebiet. Es ist nicht so weit weg von hier. Aber die Gegend ist ziemlich ungemütlich, rau, neblig und sumpfig. Man muss über schmale Holzstege gehen, die man am besten nicht verlassen sollte.«

»Wirklich schaurig«, ergänzte Heinrich. »Im Spätherbst und im Winter ist dort oben so dichter Nebel, dass man die Hand vor Augen nicht sieht, und bei jedem Schritt blubbert das Moor unter den Füßen.«

»Warum willst du das wissen?«, fragte Tom.

Carla überlegte kurz, ob sie ihn und seinen Vater in ihre Recherchen einweihen sollte. Dann erzählte sie von ihrem gestrigen Besuch beim Pfarrer und gab die Worte der alten Frau wieder. »Wenn Botrange aber ein Hügel in einer Hochmoorlandschaft ist, ergibt das alles keinen Sinn«, stellte sie fest und zuckte ratlos mit den Achseln. »Wieso sollte Helena im Hochmoor ihren Frieden gefunden haben?«

Heinrich legte sein Besteck auf den Teller, lehnte sich zurück und sagte mit nachdenklichem Gesichtsausdruck: »Das ergibt schon einen Sinn, denn am Rande des Hochmoors gibt es ein Kloster mit dem schönen Namen *Zur Heiligen Mutter Maria*, das die Menschen hier schlichtweg *Botrange* nennen.« Grübelnd fügte er hinzu: »Die Aussage der alten Frau klingt gerade so, als würde Helena noch leben.«

»Stimmt«, bestätigte Tom. Doch er gab zu bedenken: »Sophie hat sie vor dreiunddreißig Jahren beerdigen lassen. Warum hat sie das getan, wenn Helena noch lebt?«

»Vielleicht sollte man glauben, dass sie tot ist«, überlegte Carla.

»Und aus welchem Grund?«, fragte Tom skeptisch.

»Um sie vor jemandem zu schützen!« Carla dachte an den mysteriösen Besucher auf dem Friedhof, der sich bei Helenas Beerdigung im Hintergrund hielt. Zuerst hatte sie Christoph von Stein in Verdacht, bis sie herausgefunden hatte, dass er zu diesem Zeitpunkt längst mit Alexa Thossmann verheiratet war. Im September 1977 hatten sich die beiden das Jawort gegeben. Zweifellos könnte Christoph auch nach seiner Hochzeit mit Helena liiert gewesen sein, Carla mochte jedoch nicht so recht daran glauben. Sie ging davon aus, dass es noch einen anderen Mann in Helenas Leben gegeben haben musste.

»Ich will herausfinden, was es mit diesem Botrange auf sich hat«, sagte Carla entschlossen.

Tom sah zur Uhr. »Kein Problem. Wenn mein Vater heute Nachmittag die Praxis übernimmt, können wir in zwei Stunden losfahren.«

Toms spontanes Angebot versetzte Carla in Erstaunen. Schüchtern schien er jedenfalls nicht zu sein. Mit einem Lächeln wehrte sie ab. »Bloß keine Umstände, ich finde auch alleine dorthin.«

»Das kann gefährlich werden«, warnte Heinrich. »Du kennst dich in dieser Moorlandschaft nicht aus, es ist neblig dort oben, und es wird sehr schnell dunkel.«

»Mein Vater hat recht«, sagte Tom mit ernstem Gesicht und eindringlicher Stimme. »Du solltest nicht allein dorthin fahren.«

Carla zögerte, bis sie schließlich nachgab. »Also gut. Fahren wir zusammen.«

*

Nebelschwaden durchzogen die Luft. Die Landschaft lag hinter einem grauen Schleier verborgen, der sich verdichtete, je näher das Moor kam. Ein Bauernhof tauchte aus dem Nichts auf. Das Dach des Hauses reichte fast bis zum Boden, um es vor Wind und Wetter zu schützen. Drei zottige Pferde weideten auf einer verschneiten Koppel. Grashalme ragten aus dem Schnee. Die ersten Holzpfähle wurden sichtbar, die den Verlauf der Stege markierten. Das Hochmoor begann. Gespenstisch durchdrang die Dämmerung den Dunst. Ein Kreuz stand am Straßenrand. Dahinter war die Straße zu Ende.

»Haben wir uns verfahren?«, fragte Tom.

Carla blickte ratlos auf die Karte. »Eigentlich müsste das Kloster unmittelbar vor uns liegen. Schau, hier …« Mit dem Finger umkreiste sie den Punkt, an dem sie sich gerade befanden. Dann stellte sie fest: »Dort vorne muss es sein.«

»Zu sehen ist jedenfalls nichts«, meinte Tom und schlug vor: »Lass uns zu Fuß gehen. Eine andere Möglichkeit haben wir wohl nicht.«

Sie stiegen aus. Ein schneidender Wind pfiff ihnen entgegen. Sie zogen die Mützen tiefer ins Gesicht und wickelten sich in lange Wollschals ein. Tom zog seinen Schal bis zur Nase hoch, sodass Carla nicht verstand, was er ihr sagen wollte. Er deutete auf ein Schild, das Wanderer davor warnte, im Moor die Stege zu verlassen. Sie nickte ihm zu und folgte ihm, bibbernd vor Kälte.

Die Stege waren schmal, außerdem gefährlich glatt. Auf den vereisten Holzdielen liefen sie hintereinander her und hielten sich am Geländer fest. Vorsichtig setzte Carla einen Schritt vor den anderen und kämpfte gegen den eisigen Wind. Diese Gegend erschien ihr unwirklich, geradezu schaurig. Zaghaft warf sie einen Blick über die Schulter. Das Auto war im Nebel verschwunden. Sie hörte das Moor unter der Schneedecke leise brodeln und zischen. Sie mussten genau aufpassen, wohin sie gingen, sonst würden sie im Nebel nicht mehr zurückfinden.

Carla hatte den Gedanken kaum zu Ende gedacht, als die Umrisse der Klosteranlage schemenhaft vor ihr auftauchten. Von einer hohen Mauer umgeben, befand sich das Kloster inmitten des Hochmoors, genau wie Heinrich es gesagt hatte. *Zur Heiligen Mutter Maria* stand über dem Eingangstor aus dunklem Holz, an dem ein gusseiserner Türklopfer angebracht war. Kraftvoll schlug Tom ihn gegen das Tor. Alles blieb still. Auch beim zweiten und dritten Versuch rührte sich nichts.

Carla fragte sich, ob das Kloster noch bewohnt wurde, es wirkte so dunkel und verlassen. Niemand schien hier zu sein. Sie warteten eine Weile ab. Danach klopfte Tom noch einmal an das Tor. Dann wurde es endlich einen Spaltbreit geöffnet. Das Gesicht einer jungen Frau, umrahmt von einer Nonnenhaube, lugte hervor.

»Wir möchten gern die Leiterin des Klosters sprechen«, sagte Tom.

»Die Mutter Oberin?«, fragte die Nonne.

»Genau die.«

Die junge Nonne ließ sie eintreten. »Sind Sie bei diesem Wetter durch das Moor gelaufen? Die Stege sind vereist. Ihnen hätte etwas zustoßen können«, sagte sie, und Entsetzen schwang in ihrer Stimme.

»Es war kein angenehmer Spaziergang«, entgegnete Tom. »Aber wie sollten wir sonst das Kloster erreichen?«

Die Nonne lächelte. »Über die Straße natürlich. Sie hätten direkt vor dem Haupteingang parken können.« Damit zeigte sie auf ein schmiedeeisernes, offen stehendes Tor.

»Das wussten wir nicht«, sagte Tom und warf Carla einen fragenden Blick zu. »War die Straße in unserer Karte nicht eingezeichnet?«

»Keine Ahnung«, stammelte sie nervös. Sie war noch nie eine talentierte Leserin von Straßenkarten gewesen. Oft genug hatte Jan sich darüber amüsiert, dass er in Rom statt in Saint-Tropez gelandet wäre, wenn er sich auf Carla verlassen hätte.

»Aus welchem Grund möchten Sie die Mutter Oberin sprechen?«, erkundigte sich die Nonne, die den Namen Schwester Marlies trug.

»Wir brauchen eine Auskunft«, erklärte Carla. »Es wird bestimmt nicht lange dauern.«

»Dann folgen Sie mir.« Schwester Marlies führte sie durch einen Kreuzgang, der einen zugeschneiten Innenhof umschloss. Eine der Nonnen zündete gerade die Laternen an, die in gusseisernen Halterungen an der steinernen Mauer befestigt waren. Durch eine offene Halle pfiff der Wind. Sie stiegen eine breite Treppe hinauf, die sich in der Mitte teilte, und folgten der Nonne nach links. In einem langen, halbdunklen Flur ließ flackerndes Kerzenlicht schwarze Schatten über die Wände huschen. Jemand murmelte ein Gebet.

Am Ende des Flurs klopfte Schwester Marlies an eine Tür, wartete das kurze Herein ab und trat dann ein. Wenig später kam sie zurück und bat Tom und Carla, in ein karg eingerichtetes Zimmer mitzukommen. Ein Kreuz an der Wand stach Carla ins Auge, außerdem zwei massive Schränke und ein Schreibtisch, neben dem die Mutter Oberin stand. Ihr gütiges Lächeln strahlte Wärme aus.

»Ich bin Schwester Anna«, stellte sie sich vor, während sie Carla und Tom die Hand reichte. »Wie kann ich Ihnen helfen?«

»Wir sind auf der Suche nach Helena von Waldheim«, erklärte Carla ohne Umschweife, »und hoffen, sie hier finden zu können. Lebt sie bei Ihnen im Kloster?«

Irritiert legte die Mutter Oberin ihre Stirn in Falten. Ein nachdenklicher Ausdruck trat in ihr rundliches Gesicht. Sie senkte den Blick, als wolle sie vermeiden, dass jemand in ihren Augen las. Nach einer Weile holte sie tief Luft und erklärte: »Eine Frau mit diesem Namen lebt nicht bei uns.«

Fragend sah Carla die Mutter Oberin an. Der Ausdruck in ihrem Gesicht, das nervöse Zucken der Mundwinkel, der gesenkte Blick ließen sie aufmerksam werden.

»Vielleicht hat sie ihren Namen inzwischen abgelegt«, sagte Carla, »und lebt unter einem anderen Namen bei Ihnen im Kloster.«

Das eben noch freundliche Gesicht der Mutter Oberin erstarrte. Sie lächelte. Doch ihr Lächeln war nicht mehr milde und herzlich, sondern kühl und abweisend.

»Warum suchen Sie diese Frau?«, erkundigte sie sich. Es sollte beiläufig klingen, aber ihr Interesse war nicht zu überhören.

»Sie ist meine Tante«, erklärte Carla. »Und ich weiß nicht, ob sie noch lebt. Genau das möchte ich herausfinden.« Sie bemerkte, wie der Blick der Mutter Oberin das Kreuz an der Wand streifte. Das achte Gebot fiel ihr ein: *Du sollst nicht lügen.* Carla war sich sicher, dass die Nonne etwas zu verbergen hatte. Umso hartnäckiger hakte sie nach: »Wissen Sie etwas über Helena von Waldheim?«

»Es tut mir leid«, erwiderte die Mutter Oberin. »Ich würde Ihnen gern helfen, aber ich befürchte, Sie haben den beschwerlichen Weg zu uns ins Moor umsonst auf sich genommen.« Damit war das Gespräch beendet. Die Mutter Oberin wies Schwester Marlies an, Carla und Tom zum Ausgang zu begleiten.

Verwirrt verließ Carla das Büro. An der Seite von Tom folgte sie der jungen Nonne über den langen, halbdunklen Flur. Das Licht der Kerzen flackerte unruhig. Fetzen von gebetsartigen Gesängen drangen zu ihnen herauf. Da zog Carla Tom am Arm. Sie blieben stehen, ohne dass die Nonne es bemerkte.

»Helena ist hier«, flüsterte sie. »Da bin ich mir sicher.«

»Woher willst du das wissen?«, fragte Tom leise.

»Weil ich es spüre. Die Mutter Oberin lügt.«

Er nickte zur Bestätigung, als Schwester Marlies sich umdrehte. »Gibt es ein Problem?«

»Keineswegs«, rief Tom. »Es ist alles in Ordnung.«

Schweigend liefen sie auf die Treppe zu, während Carla nur einen Gedanken verfolgte. Wie konnte sie herausfinden, ob Helena in diesem Kloster lebte?

Da rief plötzlich jemand ihren Namen. Durch die steinernen Klosterräume schallte das Echo. Verwundert drehte sie sich um und sah die Mutter Oberin am Ende des Flurs im Türrahmen stehen. Sie bat Carla und Tom zurückzukommen.

Als sie das Büro erneut betraten, lag ein dickes Buch auf dem Schreibtisch. »Ich war zunächst ein wenig verwirrt, als Sie den Namen Helena von Waldheim erwähnten«, erklärte die Mutter Oberin und schlug das Buch auf. »Der Name löste in mir ein unangenehmes Gefühl aus, allerdings konnte ich ihn nicht zuordnen. Ich brachte ihn mit der Zeit in Verbindung, in der ich mein Gelübde abgelegt hatte.« Sie beugte sich über die pergamentenen Buchseiten. »Helena von Waldheim lebte tatsächlich für kurze Zeit bei uns. Sie kam Ende August 1977 in unser Kloster. Es ging ihr nicht gut, als sie bei uns eintraf, und ihr Zustand verschlechterte sich von Woche zu Woche.«

»War sie krank?«, wollte Carla wissen.

»Krank?« Die Mutter Oberin räusperte sich verhalten, bevor sie sagte: »Sie war schwanger.«

»Sie war schwanger?«, wiederholte Carla erstaunt.

»Die Schwangerschaft verlief problematisch«, erklärte die Mutter Oberin. Es war ihr sichtlich unangenehm, darüber zu sprechen. »Aus diesem Grund brachte ihre Tante sie auch zu uns.«

»Wieso in ein Kloster und nicht in ein Krankenhaus?«, fragte Carla frei heraus.

»Weil sie bei uns in besten Händen war«, erwiderte die Mutter Oberin in leicht gekränktem Ton. »Wir haben sie bestens versorgt und uns Tag und Nacht um sie gekümmert.«

»Kam das Kind auch hier im Kloster zur Welt?«, wollte Carla wissen.

»Nein.« Die Mutter Oberin schüttelte den Kopf. »Helena von Waldheim hat das Kloster im Dezember 1977, in hochschwangerem Zustand, verlassen. Wir waren dagegen. Aber was sollten wir tun?« Wieder folgte ein Räuspern, und ein Blick voller schlechtem Gewissen wanderte zum Kreuz an der Wand, als sie hinzufügte: »Sie war unsere Patientin, nicht unsere Gefangene. Also ließen wir sie gehen. Helena und ihre Kusine haben darauf bestanden.«

»Ihre Kusine?«, rief Carla überrascht. Doch die Mutter Oberin schien das überhört zu haben und fuhr mit ihren Ausführungen fort. »Sie verließ das Kloster am 20. Dezember. Schwester Angelika, die Helena an diesem Tag betreute, hat einen ausführlichen Eintrag über die Geschehnisse vorgenommen. Die Kusine traf gegen 14.30 Uhr bei uns ein. Das war nichts Besonderes, sie kam oft zu Besuch. Doch an diesem Tag muss etwas vorgefallen sein, denn kurz darauf erlitt Helena einen Zusammenbruch. Schon die ganze Zeit über war sie sehr angespannt, ihr nervlicher Zustand war sehr labil. Aber an diesem Tag war es einfach furchtbar. Sie hat laut geschrien und geweint und war nicht mehr zu beruhigen. Deshalb hat ihre Kusine mit Nachdruck darauf bestanden, Helena umgehend mit nach Hause zu nehmen.«

»Wie war der Name der Kusine?«, setzte Carla nach.

»Ach ja, die Kusine«, murmelte die Mutter Oberin und warf einen Blick in das Buch. »Sie hieß Volkmann – Luise Volkmann.«

*

Der Wind zerrte an dem hölzernen Gebälk, als Carla und Tom der jungen Nonne schweigend durch den Kreuzgang folgten. Die Nonne öffnete das hintere Tor. »Passen Sie gut auf! Es ist gefährlich, im Dunkeln durch das Moor zu laufen. Man kann leicht vom Weg abkommen, es ist stockfinster da draußen«, warnte sie. »Nehmen Sie wenigstens eine Laterne mit.« Sie zog eine aus der Halterung und reichte sie Tom. »Viel Glück«, raunte sie und schloss das Tor, kaum dass Carla und Tom den Steg betreten hatten.

Rabenschwarz lag die hereinbrechende Nacht über dem Hochmoor. Das Licht der Kerze leuchtete wie ein einsames Glühwürmchen. Es war still. Unheimlich still.

»Bleib dicht hinter mir«, sagte Tom. »Bis zum Auto ist es nicht weit, nur ein paar Meter.«

Carla hielt sich am Geländer fest. Es war glatt, Eis und Schnee bedeckten die hölzernen Dielen. Vorsichtig setzte sie einen Schritt vor den anderen, immer dem Lichtpunkt folgend. Sie spürte die Feuchtigkeit im Gesicht. War es auch so neblig gewesen, als Luise mit der hochschwangeren Helena am 20. Dezember 1977 das Kloster verließ? Brachte Helena vier Tage später ein Mädchen zur Welt? Nannte sie es Carla? Starb es oder überlebte das Kind? Wurde es im Garten unter der alten Rotbuche begraben?

Gedankenversunken blieb sie stehen. Diese Fragen quälten sie so sehr, dass sie an nichts anderes denken konnte. Plötzlich bemerkte sie, dass Tom verschwunden war. Auch das Licht der Laterne erblickte sie nirgendwo. Ihre Hände umkrampften das Geländer. Hilfe suchend sah sie sich um. Nichts als Dunkelheit umgab sie. Das Moor brodelte unter ihren Füßen. Carla bekam Angst. Wo war Tom? Warum war sie auf einmal allein? Es war so dunkel. Etwas berührte sie. Panisch lief sie los, rutschte aus und fiel hin. Ein Schmerz durchfuhr ihr rechtes Knie. Sie tastete nach dem Geländer, versuchte sich daran hochzuziehen. Dann hörte sie, dass Tom nach ihr rief. Das Licht der Laterne tauchte vor ihr auf. Eine Gestalt trat aus dem Nebel und griff nach ihrer

Hand. Fest umschloss Tom sie und ließ sie nicht mehr los, bis sie das Auto erreicht hatten.

*

»Autsch!« Es schmerzte höllisch, als Tom die Wunde säuberte. Glücklicherweise ließ der Schmerz schnell nach, und Carla entspannte sich wieder. Ihr Knie war aufgeschlagen. Es blutete und sah furchtbar aus. Angewidert wandte sie den Blick ab und schmiegte sich an den warmen Kachelofen, während Tom mit geübten Fingern einen Verband anlegte.

»Es ist nur halb so schlimm«, tröstete er sie.

»Dafür hat es aber ganz schön wehgetan«, erwiderte sie schmollend.

»Gott sei Dank ist nicht noch mehr passiert«, sagte Heinrich, während er vorwurfsvoll seinen Sohn anblickte. »Es ist unverantwortlich, im Dunkeln durch das Moor zu laufen.«

»Uns blieb nichts anderes übrig«, verteidigte sich Tom.

»Es war meine Schuld«, nahm Carla ihn in Schutz.

»Hattet ihr wenigstens Erfolg?«, fragte Heinrich.

In kurzen Sätzen berichtete Carla von dem Gespräch mit der Mutter Oberin. Heinrich war bestürzt, als er von Helenas Schwangerschaft erfuhr. Dann erinnerte er sich daran, dass er Helena in jenem Herbst siebenundsiebzig nie gesehen hatte. Entweder war sie gerade verreist oder krank oder nicht zu Hause. Auch die Weihnachtszeit verlief anders als sonst. Am Nikolaustag brachte Heinrich jedes Jahr kleine Geschenke für Helena, Luise und Grethe vorbei, die in diesem besagten Jahr jedoch Sophie in Empfang nahm. Und am Heiligabend war niemand von der Familie zur Christmesse erschienen.

»Dieses Weihnachtsfest hat auf Hoheneck alles verändert«, stellte er fest. »Danach war Helena tot und Luise spurlos verschwunden.«

»Wieso war sie verschwunden?«, fragte Carla neugierig.

»Ich weiß es nicht.« Heinrich zuckte mit den Schultern. »Sie war plötzlich wie vom Erdboden verschluckt. Dabei sprachen wir am 23. Dezember noch darüber, dass wir uns zur heiligen Messe in der Kirche treffen wollten. Aber sie kam nicht. Niemand kam, weder Sophie noch Helena oder Grethe. Damals habe ich den Schnee dafür verantwortlich gemacht. Ich dachte, sie seien eingeschneit. Rückblickend war das natürlich ein Fehler, denn Sophie hätte nie auf die heilige Messe verzichtet. Hätte sie nicht zur Kirche fahren können, wäre sie dorthin gelaufen. Notfalls durch Eis und Schnee. Nur etwas wirklich Wichtiges konnte sie davon abhalten, zum Gottesdienst zu gehen.«

Die Geburt eines Kindes, dachte Carla. Doch ein anderer Gedanke ging ihr durch den Kopf. Bemüht, ihre innere Erregung zu verbergen, fragte sie: »Hat Luise auch auf Hoheneck gelebt?«

»Sie ist dort aufgewachsen«, erzählte Heinrich, »genau wie Helena. Sie haben sich wie zwei Schwestern geliebt. Deshalb fand ich es ja so komisch, dass Luise aus heiterem Himmel verschwand. Und jetzt, da ich von der Schwangerschaft weiß, irritiert es mich noch viel mehr. Sie hätte Helena niemals alleingelassen und wäre einfach fortgelaufen. Noch dazu in einer so schwierigen Situation.« Heinrich hatte seinen Satz noch nicht zu Ende gesprochen, da griff er zu einem Schuhkarton, der auf der Ofenbank stand.

»Ich habe ein paar alte Fotos herausgesucht«, meinte er, während er aus Unmengen von Fotografien ein paar Bilder vom CHIO 1977 hervorkramte. Zum ersten Mal sah Carla ihre

Mutter in jungen Jahren. Sie hatte sich kaum verändert! Nur ein bisschen älter war sie geworden. Sie trug ihr Haar damals schon kurz. Ihre Haare waren nur etwas länger als heute und viel heller. Das stand ihr gut. Außerdem trug sie ein sehr hübsches Kleid. In einem solchen Kleid hatte Carla ihre Mutter noch nie zuvor gesehen. Sie kannte sie nur in sehr unscheinbaren Röcken und Blusen. Ihre Mutter war wirklich sehr hübsch und wirkte sehr glücklich auf diesen Bildern.

Es gab etliche Fotos von Helena und Ambassador und auch eines, auf dem Christoph von Stein abgebildet war. Er sah umwerfend gut aus. Garantiert hatten ihm alle Mädchen zu Füßen gelegen. Dann fand Heinrich ein schönes Bild von Luise. Darauf stand sie neben einer weißen Stute und lächelte schüchtern in die Kamera. Sie trug ein Wollkleid und einen langen Schal. Das Foto wurde also nicht beim CHIO aufgenommen. Neugierig drehte Carla es um. Wie vermutet, war auf der Rückseite ein Datum vermerkt: 1. Dezember 1977. Sie war überrascht. Etwas irritierte sie plötzlich. Es wurde immer nur von Helenas Schwangerschaft geredet. Auch Luise hätte zu diesem Zeitpunkt hochschwanger sein müssen. Doch das hatte bisher niemand erwähnt. Carla betrachtete das Foto. Es wurde dreiundzwanzig Tage vor ihrer Geburt aufgenommen. Man hätte Luise die Schwangerschaft ansehen müssen. Doch ihr Bauch zeigte nicht die kleinste Wölbung.

»Sie ist nicht schwanger«, stellte Carla verwirrt fest.

»Wieso sollte sie schwanger sein?«, fragte Heinrich verwundert. »Das war sie ganz bestimmt nicht. Als junges Mädchen hatte sie einen schweren Reitunfall. Soviel ich weiß, konnte sie keine Kinder bekommen.«

Zutiefst entsetzt blickte Carla ihn an. *Sie war nicht schwanger. Sie konnte keine Kinder bekommen.* Diese Sätze wirbelten durch ihren Kopf wie Blätter im Sturm.

»Was erstaunt dich daran so?«, wollte Heinrich wissen.

Sie hörte seine Frage nur aus weiter Ferne.

»Ich bin ihre Tochter«, antwortete sie leise und fügte tonlos hinzu: »Oder auch nicht.«

*

Für einen Moment schien sich die Welt um Carla herum im Kreis zu drehen. Ihr wurde erst schwindelig, danach wurde ihr schlecht. *Sie konnte keine Kinder bekommen,* dröhnte es in ihrem Kopf. Die Worte hämmerten gegen ihre Schläfen, sodass es zu schmerzen begann. Alle Fragen fielen ihr ein, die sie ihrer Mutter im Laufe der Jahre gestellt hatte – Fragen nach ihrem Vater und der Familie. Jetzt wusste sie, warum sie nie eine Antwort erhalten hatte.

Sie wollte weinen, sie konnte nicht. Im Augenblick konnte sie nichts spüren. Alle Gefühle schienen abhandengekommen, alle Gedanken aus dem Kopf gefegt zu sein. Vor ihren Augen löste sich ihr bisheriges Leben auf. Auf der Suche nach ihrem Vater hatte sie ihre Mutter verloren.

*

Aus der hintersten Ecke des Wohnzimmerschranks kramte Luise eine Schachtel hervor. Darin lag der größte Schatz, den sie besaß – die Briefe, die Helena ihr von der Côte d'Azur geschrieben hatte, und ein paar Fotos, auf denen sie beide, lachend, Arm in Arm zu sehen waren. Wehmütig betrachtete Luise die Bilder. Wie schön Helena mit ihren langen, goldblond schimmernden Haaren aussah. Dagegen wirkte sie selbst wie eine graue Maus. Sie hatte nie schöne Haare gehabt. Immer schon standen sie widerspenstig in alle Himmelsrichtungen ab. Außerdem mochte sie ihre Nase nicht, eine richtige Knollennase, wie sie fand. Und ihre Haut war nicht seidig weich und ebenmäßig, sondern auf ihren Wangen zeichneten sich feine rote Äderchen ab.

Das musst du überschminken, hatte Helena ihr geraten. Doch Luise hielt nicht viel von Make-up. Nur hin und wieder verwendete sie einen Lippenstift.

Beinah liebevoll glitten ihre Finger über die Fotos und berührten Helenas Gesicht.

Warum hast du nur ständig so kalte Hände?, würde Helena jetzt wieder fragen.

Weil ich ein Fisch bin, hatte Luise jedes Mal lachend geantwortet. Und das stimmte tatsächlich. Sie war Ende Februar geboren und damit eine echte Fischefrau.

Sie nahm die Briefe zur Hand, faltete sie auseinander und begann zu lesen. Dabei liefen Tränen über ihre Wangen, die sie fortstrich, bevor sie aufs Papier tropften und die Tinte verwischten.

Helena schrieb von den Partys, die sie besuchten, von den Schönheitssalons und den teuren Boutiquen, in denen sie ständig neue Kleider kauften. Sie war zu unerfahren gewesen, um das Spiel zu durchschauen. Sie waren *beide* unerfahren und schrecklich naiv gewesen. Doch wo hätten sie lernen sollen, wie das Leben funktioniert? Sie hatten Hoheneck ja kaum verlassen. Anders wäre es Sophie und Miranda niemals gelungen, den wahren Grund der Côte d'Azur-Reise so lange zu verschleiern. Sie hatten Helena erzählt, dass sie eine reiche Familie finden wollten, die Sophie einen privaten Kredit gewährt, und Helena hatte diesen Unsinn geglaubt. Auch Luise hatte es anfangs geglaubt, bis sie das böse Spiel durchschaute, in das Helena verwickelt wurde.

Als Helena schon im Kloster Botrange war, hatte Luise einmal all ihren Mut zusammengenommen und Sophie darauf angesprochen. Noch heute klang ihr die Antwort im Ohr. *Angst lässt uns manchmal Dinge tun, die nicht unserem Charakter entsprechen.* Das hatte Sophie wortwörtlich gesagt. Und sie hatte recht damit. Was sie getan hatte, entsprach nicht ihrem Charakter. Sie war ein gradliniger Mensch. Zwar war sie unsagbar streng, forderte Disziplin und unbedingten Gehorsam, neigte zu Jähzorn und Wutausbrüchen. Doch sie gewann oder verlor ihre Kämpfe von Angesicht zu Angesicht. Sie schmiedete keine heimtückischen Pläne. Das musste jemand anderes gewesen sein. Und Sophie, getrieben von der Angst um Hoheneck, führte den Plan aus.

Angst und Verzweiflung richteten viel Schlimmes an. Das wusste Luise nur zu gut. Auch ihr Leben war von Ängsten beherrscht – von der Angst vor Sophie; der Angst vor einem Leben außerhalb von Hoheneck; der Angst davor, Carla die Wahrheit zu sagen; der Angst, ihre Liebe zu verlieren.

Carlas Liebe zu verlieren war das Schrecklichste, was ihr passieren konnte. Sie war doch ihre Mutter! Sie hatte sie beschützt, in den Armen gehalten, ihr ein ganzes Leben geschenkt.

Trotzdem würde Carla sie nicht mehr lieben, wenn sie die Wahrheit erfuhr. Davon war Luise fest überzeugt. Deshalb hatte sie geschwiegen, auch wenn Carla darunter gelitten hatte. Aber Schweigen war besser als Lügen. Jedenfalls hatte sie das immer geglaubt.

8 *Nizza, 12. August 1976*

Mit klopfendem Herzen betrat Helena die kleine Postfiliale. War heute ein Brief für sie dabei? Neun Tage schon hatte sie von Christoph nichts gehört. Hatte er sie vergessen? Liebte er sie nicht mehr? Diese Gedanken quälten sie Tag und Nacht.

»*Avez-vous une lettre pour moi?*« Erwartungsvoll blickte sie die nette Frau hinter dem Schalter an. Die schob ihr lächelnd einen Brief über die Theke. Er war von Christoph, das erkannte Helena sofort. Endlich ein Lebenszeichen von ihm. Sie nahm den Brief an sich, rief der Frau ein *Merci beaucoup* zu und rannte aus dem Laden. Sie lief über den Blumenmarkt, wo es blühte, leuchtete, duftete und ein Meer von Farben die Sinne berauschte, doch das interessierte sie im Augenblick wenig. Eilig überquerte sie die Promenade, sank atemlos auf eine Bank und öffnete mit fliegenden Fingern den Brief.

Er begann mit den Worten: *Ich vermisse Dich.* Erleichtert atmete sie auf. Er liebte sie noch immer und zählte die Tage bis zu ihrem Wiedersehen. Glückstrahlend presste sie das Papier an sich, auf dem diese Worte geschrieben standen, während sich im selben Moment ihr Herz zusammenkrampfte. Sie sehnte sich so sehr nach ihm. Diese Sehnsucht brachte sie fast um den Verstand.

Dreimal las sie seinen Brief. Danach schaute sie verträumt aufs Meer hinaus, das ruhig und azurblau vor ihr lag. Am Horizont schien es in den Himmel einzutauchen. Auf den Wellen glitzerten Sonnenstrahlen.

Voller Charme war die südfranzösische Landschaft, genießen konnte Helena sie nicht. Fast jeden Tag begleitete sie Tante Miranda von einer Party zur nächsten, wenn sie nicht gerade in schwindelerregend teuren Boutiquen neue Kleider kauften, die Nachmittage beim Friseur verbrachten oder sich in Kosmetiksalons verschönern ließen. Anderen Mädchen mochte diese Art von Zeitvertreib erstrebenswert erscheinen. Helena hingegen fand es langweilig. Sie dachte an Hohen-eck und an die Pferde. Luise hatte geschrieben, dass Am-bassador seit ihrer Abreise traurig sei. Hoffentlich fuhren sie bald wieder nach Hause. Sie sah zur Uhr und sprang erschrocken auf. Sie musste sich beeilen. Miranda bestand auf Pünktlichkeit, wenn es um das Mittagessen ging. *Le dé-jeuner!* Pünktlich um Viertel vor eins wurde es im Garten ihrer Villa serviert, häufig im Beisein von Gästen und dau-erte fast immer zwei Stunden.

Sie steckte den Brief zurück in den Umschlag. Dabei fiel ihr auf, dass er in der Schweiz abgestempelt war. Christoph hatte nicht erwähnt, dass er verreist war. Sie wunderte sich darüber, viel Zeit zum Nachdenken blieb ihr jedoch nicht. So schnell sie konnte, rannte sie über die Promenade zur Villa *»Fleur de Mer«*, wie Miranda ihr wunderschönes Haus nannte.

Als sie zwanzig Minuten später dort eintraf, war Miranda verärgert. Sie duldete es nicht, wenn man zu spät kam.

»Tut mir leid«, verteidigte sich Helena. »Ich war auf der Promenade spazieren und habe die Zeit aus den Augen ver-loren.«

»Hast du wenigstens jemanden getroffen?«

»Wen soll ich denn treffen? Ich kenne doch hier nieman-den.«

Mit einem tiefen Seufzer wandte Miranda sich an Sophie: »Seit vier Wochen sind wir nun ständig mit ihr unterwegs, und *sie* kennt niemanden.«

»Setz dich hin und iss«, sagte Sophie schroff. »Wir haben es heute sehr eilig.«

»Wieso denn?«, fragte Helena neugierig.

»Weil die Drumwells uns eingeladen haben«, flötete Miranda. »Vor einer Stunde kam die Einladung per Boten. Wie vornehm, nicht wahr? Am späten Nachmittag fahren wir nach Monaco. Dort werden wir auf ihrem hochherrschaftlichen Anwesen ein exzellentes Dîner genießen und danach dem Casino einen kleinen Besuch abstatten. Ist diese Idee nicht zauberhaft? Deshalb musst du zum Friseur, brauchst dringend ein passendes Abendkleid und eine kleine Unterweisung im Roulettespiel.«

»Ich will nicht schon wieder zum Friseur«, protestierte Helena. »Ich will auch kein neues Kleid, und ich will nicht zu diesen Drumwells.«

»Bist du noch bei Trost, mein liebes Kind?«, rief Miranda erregt. »Die Drumwells gehören zu den reichsten Familien, die sich im Sommer an der Côte d'Azur aufhalten. Jedes andere Mädchen wäre überglücklich, wenn Henry Drumwell sie einlädt.«

»Na also«, kicherte Helena. »Dann hat er doch genügend Auswahl.«

Sophie schlug mit der flachen Hand auf den Tisch. »Es reicht! Endlich hat sich jemand gefunden, der unsere Zukunft absichern könnte. Nun wirst du kein Theater machen. Hast du mich verstanden!«

»Was soll das heißen?«, fragte Helena erstaunt. »Willst du mich etwa verkuppeln? Ich dachte, du suchst eine reiche Familie, um einen privaten Kredit zu bekommen.«

»Das hatte ich auch vor …«, entgegnete Sophie zögernd. »Aber es ist sehr schwierig. Und nun hat es sich so ergeben, dass dieser Henry an dir interessiert ist. Das wäre doch auch eine gute Lösung, nicht wahr?«

»Das ist nicht dein Ernst«, rief Helena entsetzt.

Miranda sah sie überrascht an. »Benimm dich nicht kindisch. Wenn du schon das Glück hast, dass Henry Drumwell sich in dich verliebt, dann solltest du das nutzen. Man muss das Eisen schmieden, solange es heiß ist. Schreib dir das hinter deine süßen kleinen Ohren.«

»Er hatte also recht«, sagte Helena tonlos. »Ihr wollt mich verkuppeln.«

»Wer hatte recht?«, fragte Sophie.

Helena blieb ihr die Antwort schuldig. Wut stieg in ihr auf, ihre Schläfen dröhnten. »Du willst mich tatsächlich zwangsverheiraten?«

»Rede doch nicht so einen Unsinn!« Sophies Stimme klang plötzlich nicht mehr hart und streng, sondern beinahe sanftmütig und weich. »Es ist unsere einzige Chance. Wir brauchen jemanden, der Hoheneck rettet, sonst sind wir alle verloren. Für diese Drumwells wäre das eine Kleinigkeit. Sie sind so unendlich reich. Bitte, Helena.«

»Du bist so verlogen«, rief Helena erbost. »Widerlich und verlogen. Ich lasse mich nicht verheiraten, damit du dein geliebtes Hoheneck rettest.«

Augenblicklich versteinerte sich Sophies Miene. »Es ist *unser* Hoheneck. Vergiss nicht, dass wir alle untergehen, wenn wir es nicht retten können. Auch du, Helena.« Und sie wiederholte mit eindringlicher Stimme: »Auch du!«

»Das ist mir egal«, schrie Helena aufgebracht. Sie konnte ihre Entrüstung kaum verbergen.

Sophie griff nach ihrer Hand. Doch Helena zog sie weg.

»Sei vernünftig«, bat Sophie. »Lass uns in Ruhe darüber reden. Ich weiß, dass du in Christoph von Stein verliebt bist. Aber diese Liebe hat keine Zukunft, denn er wird Alexa Thossmann heiraten.«

Diese Worte trafen Helena vollkommen unvorbereitet. Entgeistert starrte sie Sophie an. »Wie kommst du darauf? Wie kannst du so etwas sagen? Niemals wird er das tun!«

»Natürlich«, entgegnete Sophie. »Es ist beschlossene Sache. Er wird seine finanziell angeschlagene Familie retten. Daran solltest du dir ein Beispiel nehmen.«

»Das wird er nicht.« Tränen stiegen in Helenas Augen. »Was redest du da? Wie kannst du so etwas sagen? Du bist schlecht, du bist böse. Ich hasse dich. Du lügst mich an, damit ich mich mit diesem Henry einlasse. Aber das wirst du nicht schaffen. Ich liebe Christoph, und er liebt mich auch.« Sie zog den Brief aus der Hosentasche und hielt ihn Sophie unter die Nase. »Er hat es mir geschrieben. Wir lieben uns, verstehst du? Aber wahrscheinlich weißt du nicht einmal, was das Wort Liebe bedeutet.«

Sophie wollte etwas erwidern, doch Helena rannte auf ihr Zimmer und verschloss die Tür. Dann warf sie sich aufs Bett und begann hemmungslos zu weinen. Kurz darauf hämmerte es gegen die Tür.

»Mach auf«, forderte Sophie. »Lass uns miteinander reden, bitte.«

»Ich rede nicht mit dir«, schluchzte Helena. »Nie wieder. Und ich gehe auch nicht zum Friseur und schon gar nicht ins Casino. Nichts dergleichen werde ich mehr tun. Such dir doch selber einen Mann.«

*

17. August 1976
Mein liebes Tagebuch,
morgen fahren wir endlich nach Hause. Meine Koffer sind schon gepackt. Ich kann es kaum noch erwarten. Nie wieder werde ich so lange verreisen und schon gar nicht an die Côte d'Azur. Alles hier war schrecklich. Aber am Schrecklichsten war dieser Henry Drumwell. Er ist ganz verrückt nach mir, doch ich mag ihn nicht, obwohl er gut

aussieht und sehr gut riecht (ein italienisches Parfüm). Die Töchter von Mirandas Freundinnen haben mich um ihn beneidet und hinter meinem Rücken getuschelt. Ein einziges Mal habe ich ihm erlaubt, mich zu küssen. Ich wollte es schließlich mal ausprobieren. Aber er kann nicht so gut küssen wie Christoph. Es war anders mit ihm. Es hat nicht gekribbelt, und ich wollte nicht, dass er meinen Körper berührt. Das darf nur Christoph.

Tante Sophie musste Henry versprechen, dass ich im Oktober wieder an die Côte d'Azur komme. Er hat erwähnt, dass er sich dann mit mir verloben möchte. Sophie sieht sich am Ziel ihrer Wünsche. Aber ich werde mich nicht mit ihm verloben, und heiraten werde ich ihn erst recht nicht.

Ich freue mich so sehr auf zu Hause – auf Ambassador, der mich vermisst, und natürlich auf Luise und auch auf Grethe. Ich habe viele Geschenke für die zwei. Schicke Sachen habe ich eingekauft. Die werden vielleicht staunen. So schöne Dinge haben sie noch nie besessen. Sie fehlen mir alle so sehr. Vor allem aber fehlt mir Christoph. Noch 24 Stunden, bis ich ihn an der Höhle treffe. Er wird dort auf mich warten. Hoffentlich vergeht die Zeit sehr, sehr schnell.

*

Helena stieg aus dem Zug und entdeckte sofort Luise. Sie rannte auf sie zu und fiel ihr um den Hals. Vor Freude fing sie an zu weinen, und auch Luise kamen die Tränen.

»Veranstaltet hier nicht so einen Zirkus«, erregte sich Sophie. »Helft mir lieber mit dem Gepäck, damit wir nach Hause kommen.«

Die Koffer waren unsagbar schwer. Sie brauchten einige Zeit, bis sie alles in dem alten Opel verstaut hatten. Schließlich blieb kaum noch Platz für Helena auf der Rückbank.

Luise fuhr. Sicher lenkte sie das Auto durch den Aachener Stadtverkehr und erkundigte sich: »War deine Zugreise angenehm?«

Sophie winkte ab. »Zugfahren ist nichts für mich. Dieses Geratter macht mich ganz wirr im Kopf. Ich reite lieber. Wie geht's den Pferden? Alles in Ordnung in Hoheneck?«

»Nicht unbedingt«, erwiderte Luise. »Das Stalldach ist undicht. Es muss dringend erneuert werden, bevor der Winter kommt.«

Einen Augenblick lang starrte Sophie aus dem Fenster, dann sagte sie: »Irgendwie werden wir das schaffen. Hat Helena dir schon von ihrem reichen Verehrer erzählt?«

»Nein«, log Luise. Natürlich hatte sie regelmäßig Post von Helena erhalten und war über die Ereignisse informiert. Doch das sollte Sophie nicht erfahren.

»Er heißt Henry Drumwell«, berichtete Sophie. »Die Familie stammt aus Dallas, sie hat dort eine Ölfirma. Miranda meint, sie seien entsetzlich reich. Und Henry interessiert sich sehr für Pferde.«

»Er wettet beim Pferderennen«, stellte Helena richtig.

»Wie auch immer«, fuhr Sophie fort. »Er ist verrückt nach Helena, und seine Eltern haben mir gesagt, dass von ihrer Seite aus einer Verbindung nichts im Wege steht. Im Oktober feiern wir Verlobung.«

»Aha«, meinte Luise erstaunt.

Helena hingegen schwieg. Sophie würde früh genug erkennen, dass ihr Plan nicht aufgehen konnte.

Als sie in Hoheneck eintrafen, war Helena überglücklich. Sie stieg aus und atmete die Luft ein. Es roch nach Pferden, frisch gemähtem Gras und Augustäpfeln.

»Endlich zu Hause«, rief sie.

Ausnahmsweise stimmte Sophie ihr zu.

»Ich habe ein Frühstück vorbereitet«, sagte Luise, während sie ins Haus gingen. »Ihr habt bestimmt Hunger und wollt euch danach ein wenig hinlegen.«

»Ich will weder essen noch schlafen«, entgegnete Sophie. »Ich ziehe mich schnell um und gehe direkt in den Stall. Das Frühstück kannst du abräumen. Koch uns ein gescheites Mittagessen. Ein Stück Rindfleisch mit Kartoffeln. Darauf freue ich mich schon seit Tagen.«

»Und du?«, wandte Luise sich an Helena. »Willst du etwas essen?«

Diese schüttelte den Kopf. Viel Zeit blieb ihr nicht mehr. Sie wollte duschen und sich hübsch machen. Sie hatte bereits eines ihrer neuen Kleider ausgewählt, das rote mit den weißen Punkten. Und sie würde ihre große neue Sonnenbrille ins Haar stecken. So trug man es an der Côte d'Azur. Christoph würde beeindruckt sein. Helena verspürte keinen Appetit, dafür war sie viel zu aufgeregt.

*

Beschwingt hüpfte Helena die Treppe hinunter. In aller Eile hatte sie sich fertig gemacht, sodass ihr nun noch Zeit für einen Kaffee blieb. Gut gelaunt schlenderte sie in die Küche. Sie hatte gehofft, Luise dort anzutreffen, doch es war niemand da. Helena rief nach ihr, erhielt aber keine Antwort. Der Tisch war bereits abgeräumt. Nur die Kaffeekanne stand noch da. Und eine Schüssel mit leuchtend grünen Augustäpfeln. Sie konnte nicht widerstehen, nahm sich einen davon und biss genüsslich hinein. Er war so saftig, dass es nach allen Seiten spritzte. Dann schenkte sie sich Kaffee ein und gab viel Milch dazu, wie sie es in Frankreich gelernt hatte. Sie griff nach einer Zeitschrift, die vor ihr auf dem Tisch lag. Luise kaufte sie der Koch- und Backrezepte wegen, verschlang aber auch die Klatschgeschichten über die Schönen und Reichen. Einen Apfelkuchen hatte Luise dick angekreuzt. Wahrscheinlich war er als Überraschung für den Sonntagnachmittag geplant. Helena sah zur Uhr. Erst fünf Minuten waren vergangen. Sie musste sich noch ein wenig gedulden. Auf keinen Fall wollte sie zu früh an der Höhle erscheinen. Sie blätterte die Zeitschrift durch und biss in den Apfel, bis ihr plötzlich beinahe ein Stück im Hals stecken blieb. Von Seite zwanzig lachte ihr Christoph entgegen. Doch nicht er allein! Vor einer blumenumrankten, terrakottafarbenen Villa schmiegte sich eine strahlende Alexa Thossmann in seine Arme, während die Kamera ihre linke Hand fokussierte, sodass der blitzende Diamantring nicht zu übersehen war. Unter dem Bild standen die Worte: *Verlobung am Lago Maggiore.*

Ungläubig starrte Helena den Schriftzug an.

Dann überflog sie den kurzen Text: *In der romantischen Thossmann-Villa im schweizerischen Locarno gaben sich Christoph von Stein und Alexa Thossmann am 10. August ihr Liebesversprechen …*

Helena konnte nicht glauben, was sie las. Ohne Zweifel war alles nur ein böser Traum. Sie schloss die Augen und hoffte, dass das Bild und seine Geschichte verschwunden wären, wenn sie wieder hinsah. Doch das traf nicht ein. In diesem Moment erschien Luise in der Küche.

»Wieso hast du es mir nicht erzählt?«, weinte Helena. »Wieso hast du es mir nicht geschrieben?«

Beschämt senkte Luise den Blick. »Ich hatte nicht den Mut dazu. Ich wusste einfach nicht, wie ich es dir sagen sollte.«

⁂

Seit zwei Stunden wartete Christoph an der Höhle. Wie sollte er Helena nur erklären, was er getan hatte? Wusste sie bereits von seiner Verlobung? Schließlich hatte es in allen Zeitschriften gestanden, dafür hatte Alexa gesorgt. Sie liebte den Medienrummel. Wenn sie ihr Foto in einer Zeitung erblickte, war sie glücklich. Die Aufmerksamkeit der Presse bedeutete ihr alles. Geld zu haben fand sie langweilig, sie wollte prominent sein.

Christoph setzte sich auf einen Stein, stützte die Ellenbogen auf die Oberschenkel und vergrub das Gesicht in den Handflächen. Er schämte sich. Er hatte Helena von seiner Liebe geschrieben und sich gleichzeitig mit Alexa verlobt. Trotzdem war jedes Wort in seinen Briefen an Helena wahr gewesen. Er liebte sie, so verrückt das auch klang, jetzt, da er versprochen hatte, Alexa zu heiraten. Deshalb würde Helena ihm nicht mehr glauben. Für sie war er wahrscheinlich nur noch ein niederträchtiger Lügner. Und hatte sie damit nicht recht? Die Verlobung mit Alexa war von Anfang an beschlossene Sache gewesen. Nein, er hatte das nicht gewollt. Er sprang auf. Nachdem er das erste Mal mit Helena geschlafen hatte, war er sich seiner tiefen Gefühle für sie bewusst geworden. Er konnte Alexa nicht heiraten, das hatte er seiner Mutter sofort gesagt. Sie hatte es gefasst aufgenommen, allerdings die Bitte geäußert, Alexa seinen Entschluss noch nicht mitzuteilen. Er solle seine Entscheidung in Ruhe überdenken. Wieder einmal stellte sich heraus, dass die Baronin eine kluge Frau war. Drei Tage später erlitt sein Vater den zweiten Herzinfarkt und musste seine politische Laufbahn endgültig beenden. Der Bankdirektor stattete der Familie einen persönlichen Besuch ab. Danach konnte die Baronin ihre Angst vor der Zukunft nicht verbergen. Ihre Verzweiflung ging ihm nahe, denn er liebte seine Mutter sehr. Sie flehte ihn an, seine Familie zu retten. Es schien nur diesen einen Ausweg zu geben. Die Verlobung mit Alexa wurde auf den 10. August festgelegt.

Er fühlte sich schlecht, wenn er an diesen Tag zurückdachte. Es war so schrecklich unehrlich gewesen, als er Alexa geküsst und ihr den Ring an den Finger gesteckt hatte. Er liebte sie nicht. Er fand sie charmant, gebildet, elegant. Sie sah gut aus. Ihre Gesellschaft war ihm nicht unangenehm. Er fand es nicht einmal schwierig, neben ihr aufzuwachen. Doch er liebte sie nicht. Wenn er mit Helena zusammen war, klopfte sein Herz, war er wie von Sinnen. Helena machte ihn verrückt, Helena machte ihn glücklich.

Er sah zur Uhr. Es war fast Mittag. Helena würde nicht mehr kommen, ihm nicht die Chance geben, alles zu erklären. Aber was gab es auch zu erklären? Er hätte ihr von der Verlobung schreiben müssen. Er war ein jämmerlicher Feigling.

Hätte es einen anderen Weg gegeben als die Verlobung mit Alexa? Sein Studium zu beenden und sich eine berufliche Zukunft aufzubauen hätte zu viel Zeit gekostet. Die Banken wollten *jetzt* ihr Geld. Es gab keine andere Möglichkeit, den Besitz der Familie zu retten. Vielleicht war das sein Schicksal, sein vorgezeichneter Weg.

Er wartete noch eine ganze Stunde. Helena kam nicht. Er hatte ihr nicht einmal Adieu gesagt.

*

Helena war lange im Stall gewesen. Sie hatte Ambassador und alle anderen Pferde begrüßt. Zur Höhle war sie nicht geritten. Sie wollte Christoph nie mehr wiedersehen. Er war ein niederträchtiger Lügner. Es schmerzte, wenn sie an ihn dachte. Tapfer schluckte sie die Tränen herunter und betrat das Haus durch die Hintertür. Sophie saß am Küchentisch. Vor ihr lag die Zeitschrift. Sie hatte gerade die entsprechende Seite aufgeschlagen. Als Helena das sah, blieb sie stehen, wandte sich ihr zu und sagte kühl: »Bitte schreibe den Drumwells, dass ich mich sehr freue, Henry im Oktober wiederzusehen.«

Ein Lächeln umspielte Sophies schmalen Mund. Sie warf noch einen Blick auf das Foto von Christoph und Alexa, bevor sie zufrieden erwiderte: »Schön, dass du endlich zur Vernunft gekommen bist.«

9

Schlaftrunken zog Carla die Decke unters Kinn. Sie fror entsetzlich. Der Kamin musste ausgegangen sein, es roch nach erkalteter Asche. Sie war todmüde und wollte ins Bett, doch sie konnte nicht aufstehen. Ihre Gliedmaßen waren wie gelähmt. Das Ticken der Standuhr unterbrach die nächtliche Stille.Carla blinzelte in das matte Licht der Stehlampen. Die Uhr zeigte zehn vor zwölf. Gleich war es Mitternacht. Geisterstunde! Fröstelnd setzte sie sich auf und blickte sich orientierungslos im Wohnzimmer um. Die Müdigkeit vernebelte die Sinne. Sie sollte wirklich nach oben gehen. Missmutig kroch sie aus der Wolldecke, als sie plötzlich ein leises Knarren vernahm. Schlagartig war sie hellwach. Wie elektrisiert schnellte sie vom Sofa hoch, griff nach dem Kaminhaken, löschte das Licht und presste sich gegen die Wand. Dort wartete sie ab, konzentrierte sich auf jedes Geräusch. Dann wagte sie sich in die Eingangshalle. Alles lag im Dunkeln, bis auf einen Lichtstrahl, der vom kleinen Flur auf die Galerie fiel. Lautlos schlich Carla die Treppe hinauf. Den Kaminhaken fest in der Hand folgte sie dem Licht. Die Tür zum weißen Schlafzimmer war einen Spaltbreit geöffnet, obwohl Carla sich erinnerte, diese abgeschlossen zu haben. Vorsichtig warf sie einen Blick in den Raum. Es war niemand zu sehen. Doch sie bemerkte, dass eine der Schranktüren sperrangelweit offen stand. Dem Schrank fehlte die Rückwand. Stattdessen gab es einen Durchgang zu einer Holzstiege, die hinauf auf den Dachboden führte. Irgendjemand lief dort umher. Jetzt verstand sie endlich, warum sie Schritte gehört, aber niemanden entdeckt hatte. Es gab einen zweiten Dachboden, der nur über diesen Geheimgang zu erreichen war. Ihr erster Impuls bestand darin, nach oben zu stürmen und den Einbrecher zu stellen. Doch nach kurzer Überlegung entschied sie sich anders. Sie musste den Überraschungseffekt nutzen. Das verschaffte ihr einen erheblichen Vorteil.

Sie verließ das Zimmer und bezog Position im dunklen Flur direkt neben der Tür. Es dauerte eine Ewigkeit, bis sie endlich das Knarzen der hölzernen Stufen vernahm. Sie hörte, wie die Rückwand verschoben und der Schrank geschlossen wurde. Mit pochendem Herzen umklammerte sie fest den Kaminhaken, um den Einbrecher niederzustrecken. Ihre Nerven waren zum Zerreißen gespannt. Sie lauschte jedem noch so leisen Schritt. Jemand näherte sich der Tür. Dann trat eine Gestalt in den Flur. Carla hob den Kaminhaken hoch und wollte gerade kräftig zuschlagen, als sie in letzter Sekunde innehielt. Vor ihr stand ihre Mutter.

»Mama«, rief sie erschrocken und schaltete das Licht ein.

Luise reagierte ebenso fassungslos und presste ein in Leder gebundenes Büchlein an die Brust.

»Was tust du hier?«, fragte Carla verwirrt.

Beschämt senkte Luise den Blick.

»Was tust du hier?«, wiederholte Carla scharf.

»Ich habe Helenas Tagebücher gesucht«, erwiderte Luise leise.

»Du hast was …?« Carla starrte auf das Buch, das Luise festhielt. »Du schleichst nachts durch dieses Haus, um Tagebücher zu suchen? Hattest du Angst, *ich* könnte sie finden? Hattest du Angst, ich würde darin lesen, dass Helena deine Kusine war? Dass ihr gemeinsam in Hoheneck aufgewachsen seid und euch geliebt habt wie Schwestern? Oder hattest du Angst, ich würde von Helenas Schwangerschaft erfahren?« Tränen schossen Carla in die Augen, ohne dass sie dagegen etwas tun konnte. Ihre Stimme zitterte vor Erregung, als sie fortfuhr: »Dreiunddreißig Jahre lang hast du mir die Wahrheit verschwiegen. Du warst nicht schwanger im Dezember siebenundsiebzig. Aber *sie* war hochschwanger, als du sie aus dem Kloster geholt hast. Bin ich das Kind, das sie zur Welt gebracht hat? Ist *sie* meine …« Abrupt brach sie ab. Es fiel ihr schwer, das Wort Mutter mit einer anderen Frau in Verbindung zu bringen. Es war unvorstellbar, dass jemand anders als Luise ihre Mutter sein sollte. Sosehr sie sich in den letzten Jahren auch voneinander entfernt hatten, Carla liebte sie, wie man eine Mutter liebt – mit dem tiefen Selbstverständnis, dass ein nicht zu durchtrennendes Band sie miteinander einte.

»Ist es Helena?«, fragte Carla weinend. »Ist *sie* meine Mutter?« Und als Luise wieder schwieg, schrie sie durch das Haus: »Verdammt noch mal, nun sag es mir schon!«

Sie sah die Bestürzung in Luises Gesicht, als sie verzweifelt erklärte: »*Ich* bin deine Mutter. *Ich* habe dich in meinen Armen gehalten, dich beschützt, geliebt, dir mein Leben gegeben. *Ich* bin deine Mutter!« Sie griff nach Carlas Hand. Doch Carla entzog sie ihr und trat einen Schritt zurück.

»Sag es mir«, forderte sie.

Langsam nickte Luise mit dem Kopf. »Ja, es stimmt. Helena hat dich zur Welt gebracht, hier in diesem Haus, dort in diesem Zimmer.« Sie zeigte auf das Erkerzimmer. Die Tür verschwamm vor Carlas Augen. Die alte Wut stieg wieder in ihr hoch, kraftvoller als je zuvor. »Warum hast du mir das so lange verschwiegen?«

»Ich wollte es dir sagen«, gestand Luise, »immer und immer wieder! Aber aus Angst, dich zu verlieren, habe ich es jedes Mal verschoben.«

»Du verlierst mich, wenn du mich weiterhin belügst.«

»Ich habe nicht gelogen! Ich habe geschwiegen.«

»Es ist dasselbe«, schluchzte Carla. »Es gibt keinen Unterschied zwischen Lügen und Schweigen. Ich wollte die Wahrheit wissen und habe dich immer wieder danach gefragt. Tausendmal hattest du die Gelegenheit, es mir zu sagen. Aber du hast es nicht getan, weil du es nicht *wolltest!*«

Luise versuchte, Carla in den Arm zu nehmen. Doch Carla konnte ihre Nähe nicht ertragen. Zu übermächtig waren Wut und Enttäuschung und zerstörten jedes Gefühl von Liebe.

»Geh weg«, wimmerte sie und fuchtelte wild mit den Armen herum. »Geh weg! Geh einfach weg von mir.«

*

Carla lehnte zitternd an der Wand, während Luise hilflos vor ihr stand. »Es tut mir leid«, flüsterte sie.

Da wischte sich Carla mit dem Handrücken die Tränen fort und stellte die Frage, die unweigerlich folgen musste: »Wer ist mein Vater?«

Schweigen!

»Wer ist mein Vater?«

Erneutes Schweigen! Doch Carla akzeptierte es nicht länger. Hartnäckig wiederholte sie ihre Frage, bis Luise schließlich sagte: »*Er* ist es.«

»Wer?«, wollte Carla wissen. »Wen meinst du damit?«

»Den einzigen Mann, den Helena je geliebt hat«, antwortete Luise und fügte leise hinzu: »Christoph von Stein.«

*

Jahrelang hatte Carla darauf gewartet, den Namen ihres Vaters zu erfahren. Diesem Moment hatte sie entgegengefiebert und sich im Detail ausgemalt, wie sie ihren Vater suchen und finden würde, wenn sie erst seinen Namen kannte. *Ich bin Carla, deine Tochter,* würde sie zu ihm sagen. Doch der Mann, der ihr Vater war, schien für sie unerreichbar zu sein.

Wie in Trance lief sie an Luise vorbei. Nun kannte sie die Wahrheit – eine Wahrheit, die wie ein Steinschlag auf sie niedergegangen war. Sie setzte sich auf die oberste Treppenstufe. Luise folgte ihr.

»Weiß er, dass ich seine Tochter bin?«, fragte Carla.

»Nein«, entgegnete Luise. »Das weiß er ganz bestimmt nicht.«

Carla vergrub ihr Gesicht in den Handflächen. Es war alles ganz anders, als sie es sich vorgestellt hatte. Kein Funke Hoffnung war in ihr, keine Freude und kein Glücksgefühl. Ihr Vater wusste nicht, dass sie seine Tochter war. Angst stieg in ihr auf. Er würde sie ablehnen. Weshalb sollte er sich nach so vielen Jahren für sie interessieren? Sie fühlte sich verloren, unendlich verloren. Da spürte sie, wie sich kalte Finger zaghaft um ihre Schulter legten. Luise zog sie sanft an sich heran. Carla ließ es geschehen, schmiegte sich in die offenen Arme, so wie sie es früher getan hatte, als die Arme ihrer Mutter für sie der sicherste Ort der Welt waren.

*

Es war spät, die Uhr schlug dreimal. Sie saßen immer noch auf der Treppe. Carla gelang es nur schwer, ihre Gedanken zu ordnen. In ihrem Inneren tobte es. Die Wut wollte nicht weichen und beherrschte ihre Gefühle.

»Du hättest mit mir reden müssen«, warf sie Luise vor. »Stattdessen schleichst du Nacht für Nacht durch das Haus und suchst Tagebücher.«

»Wieso Nacht für Nacht?«, fragte Luise verwundert.

Carla sah sie an. »Warst du nicht in den vergangenen Nächten auch schon hier?«

»Nein«, entgegnete Luise. »Seit dreiunddreißig Jahren habe ich das Haus heute zum ersten Mal wieder betreten.«

»Du warst wirklich nicht hier?«, fragte Carla erstaunt. »Aber wer war es dann? Es muss jemand gewesen sein, der einen Schlüssel für das Haus besitzt.«

»Wer Hoheneck gut kennt, braucht keinen eigenen Schlüssel«, erklärte Luise, »denn der Schlüssel zur Kellertür liegt heute noch dort, wo er immer lag: unter den Blumentöpfen im Hof.«

Die Kellertür war Carla bisher nicht aufgefallen, da diese durch wuchernde Hecken fast zugewachsen war.

»Wer weiß davon?«, fragte sie.

»Alle, die damals in Hoheneck gelebt und gearbeitet haben«, sagte Luise.

»Und kannten diese Personen auch die geheime Dachkammer?«

»Nein. Die kannten nur wir – Sophie, Grethe, Helena und ich.«

»Sonst niemand?«, hakte Carla nach.

Luise machte ein nachdenkliches Gesicht, bis sie zögernd hinzufügte: »Christoph von Stein wusste auch davon.«

Bei diesem Namen verspürte Carla einen heftigen Stich in der Magengrube. Er war ihr Vater. Der Gedanke erschien ihr unwirklich.

»Wusste er von den Tagebüchern?«, fragte sie.

»Ich denke schon«, erwiderte Luise. »Vielleicht war *er* ja der mysteriöse Einbrecher, der nachts durch das Haus geschlichen ist.«

»Um die Tagebücher zu suchen?« Carla war skeptisch. »Was steht denn da so Wichtiges drin?«

»Alles!«, antwortete Luise. »Alles, was Helena erlebt, gefühlt, gedacht, geträumt hat.«

»Und dafür reichte dieses kleine Büchlein aus?«, fragte Carla ironisch.

»Nein, ganz sicher nicht«, entgegnete Luise ernst. »Aber ich habe nur dieses eine gefunden. Die anderen sind nicht mehr da.«

»Dann hat der Einbrecher sie mitgenommen. Warum hat er ausgerechnet das hier zurückgelassen?«

»Vielleicht hat er es übersehen. Es war hinter die Truhe gerutscht.«

Luise schlug das Buch auf. Fast ehrfürchtig blätterte sie die erste Seite um und sagte: »Es beginnt im Mai 1977, an dem Tag, an dem Helena beim CHIO in der Aachener Soers siegte. Ich erinnere mich genau daran. Sie war stolz und überglücklich, als ihr der Pokal überreicht wurde. Das Publikum lag ihr zu Füßen, alle Reporter wollten ein Interview, die Fotografen belagerten sie. Ich sehe sie noch vor mir, sie trug eine weiße Bluse und eine rote Krawatte unter ihrem Turniersakko. Sie war eine strahlende Siegerin! Und sah so wunderschön aus, dass das Schicksal unweigerlich seinen Lauf nehmen musste …«

10 *Aachener Soers, CHIO, Mai 1977*

Aufsprung, Landung, erneuter Aufsprung. Die letzte Dreierkombination war eine schnelle Abfolge von Sprüngen, die kaum Korrekturen zuließ. Alles musste auf den Punkt genau passen. Ambassador meisterte es perfekt. *Sehr gut, mein Freund. Nun nimm die letzte Hürde. Du musst fliegen, bis in den Himmel hinein. Dieses Mal schaffen wir es. Du bist ein Held!*

Absprung – sekundenschnell und exakt. War er hoch genug? Elegant zog der Hengst die Hinterbeine nach. Dann landete er sanft auf dem Boden. Geschafft! Helena jagte mit ihm durchs Ziel. Eine tosende Menschenmenge jubelte ihr zu. Sie hatte gesiegt! Für einen kurzen Moment schloss sie die Augen, überwältigt vom Glück, stolz auf sich selbst und auf Ambassador. Gemeinsam hatten sie die größte Herausforderung bestanden. Sie hatten das Turnier gewonnen!

Sie ritt an der Ehrentribüne vorbei. Sophie schrie laut auf vor Erleichterung, Luise weinte hemmungslos, und sogar die Baronin riss – ganz und gar nicht damenhaft – die Arme in die Luft. Nur Christoph reagierte verhaltener und saß, brav wie ein Schoßhund, klatschend neben seiner Verlobten. Helena lachte ihm zu. Sie hatte ihn lange nicht mehr gesehen. Das letzte Mal vor ihrer Abreise an die Côte d'Azur, als sie in der Höhle miteinander geschlafen hatten. Das lag fast ein Jahr zurück. Selbst den Weihnachtsball auf Schloss Fasanenhof hatte sie abgesagt, um ihm nicht zu begegnen. Seine Verlobung mit Alexa hatte sie zutiefst verletzt. Trotzdem konnte sie ihn nicht vergessen.

Reporter umringten sie. Ein Blitzlichtgewitter prasselte auf sie herab. Jeder wollte ein Foto von ihr schießen oder ein Interview bekommen. Die nächsten Stunden waren sehr aufregend. Als die Presseleute endlich fertig waren, hatte Christoph den Turnierplatz bereits verlassen.

*

Ein Sonnenstrahl fand den Weg durch das dichte Laub der Rotbuche und kitzelte Helena an der Nase. Sie lag auf einer Decke im Gras, hielt die Augen geschlossen und durchlebte – zum tausendsten Mal –, wie sie mit Ambassador durchs Ziel ritt. Die Menschen jubelten ihr zu, das Blitzlicht der Kameras blendete sie. Doch das allein brachte ihr Herz nicht zum Klopfen. Christophs Bild drängte sich in jeden ihrer Gedanken. Sie stellte sich vor, er würde sie berühren, streicheln, küssen. Schmetterlinge flatterten in ihrem Bauch, jeder Millimeter ihrer Haut begann zu kribbeln, wenn sie nur an ihn dachte. Und sie spürte, dass es ihm ebenso erging. Magie lag in der Luft, die seine Sehnsucht zu ihr übertrug. Die Geister in der alten Rotbuche flüsterten ihr zu, dass er sie wiedersehen wollte. Nur wo und wann sollten sie sich treffen? Wie konnten sie sich verabreden? Seit Monaten hatten sie keinen Kontakt mehr. Nie wieder war sie an der Höhle gewesen. Sie hasste ihn und wünschte sich trotzdem in seine Arme.

Da hörte sie plötzlich, dass jemand nach ihr rief. Luise kam angerannt. Hochrot im Gesicht fuchtelte sie mit den Armen herum, während sie sich atemlos auf die Decke fallen ließ.

»Was ist los?«, fragte Helena. »Ist was passiert?«

»Ein Fest«, keuchte Luise. »Sie gibt ein Fest für dich.«

»Sophie?«

»Nein. Die Baronin.«

Helena konnte es kaum glauben. Die Baronin veranstaltete ihr zu Ehren ein Fest auf Schloss Fasanenhof?

»Wann denn?«

»Am kommenden Samstag schon. Es war eine spontane Idee.«

»Und Christoph wird auch dabei sein?«, fragte Helena gespannt.

»Es wird ihm nichts anderes übrig bleiben«, rief Luise amüsiert. »Die Baronin hat eingeladen, was Rang und Namen hat. Tante Sophie ist ganz aus dem Häuschen. Jetzt wirst du berühmt. Richtig berühmt.«

Helena schwebte auf einer rosaroten Wolke, bis ein schrecklicher Gedanke ihren Kopf durchfuhr.

»Ich brauche ein Kleid«, rief sie hektisch.

»Es hängen genug im Schrank«, entgegnete Luise.

»Aber ich will doch nicht *irgendein* Kleid anziehen. Ich will etwas ganz Schickes, damit ich aussehe wie eine richtige Lady. Und ich brauche elegante Schuhe mit hohen Absätzen, außerdem einen Lippenstift …« Sie verhaspelte sich vor Aufregung.

»Er ist mit Alexa verlobt«, erinnerte Luise.

»Na und! Was bedeutet das schon«, sagte Helena trotzig. »Schließlich bin ich ja auch mit Henry Drumwell verlobt.«

»Das hast du nur getan, um dich an Christoph zu rächen«, stellte Luise nüchtern fest.

Helena senkte den Blick. Dann sagte sie leise: »Ich kann ihn nicht vergessen. Es geht einfach nicht.«

»Ich weiß.« Luise lächelte mitleidig. »Doch du hast keine Wahl. Im September heiratet er Alexa Thossmann.«

»Bis September ist es noch lang«, erwiderte Helena.

»Mach dir keine falschen Hoffnungen«, warnte Luise. »Sonst verfängst du dich in einem Netz aus Gefühlen, aus dem es vielleicht kein Entrinnen gibt.«

*

In einer offenen Kutsche fuhren Helena, Luise und Sophie bei herrlichstem Sonnenschein auf Schloss Fasanenhof vor, wo sie von Gästen und Fotografen erwartet wurden. Alle standen bereit, um die strahlende Siegerin in Empfang zu nehmen.

Helena fühlte sich wie eine Prinzessin. Dabei war sie schrecklich nervös. Doch nicht wegen der vielen Menschen oder der Kameras, die auf sie gerichtet waren, sondern weil sie in wenigen Minuten Christoph in die Augen blicken würde. Er stand neben seiner Mutter und Alexa Thossmann und wartete darauf, sie zu begrüßen.

Sie atmete tief durch, bevor sie aus der Kutsche stieg. Sie hatte ihr Aussehen mehrfach im Spiegel überprüft. Das rote Kleid saß perfekt, und ihre langen, blonden Haare glänzten wie Gold in der Sonne. Doch sie hatte kein Make-up aufgelegt, nicht einmal einen Lippenstift, und trug flache Schuhe – einfache Sandaletten mit weißen Riemchen. Sie hatte beschlossen, Alexas perfekter Eleganz ihre Natürlichkeit entgegenzusetzen.

Höflich bedankte sie sich bei der Baronin für das Fest, das ihr zu Ehren stattfand, und lächelte brav in die Kameras. Danach konnte sie endlich Christoph die Hand geben. Unumwunden sah sie ihn an. Er wich ihrem Blick aus. Sein Händedruck war zaghaft und flüchtig. Verhalten gratulierte er ihr zum Sieg und lobte ihre Leistung, bis er schließlich verlegen fragte: »Du kennst meine Verlobte schon?«

»Natürlich«, antwortete Helena irritiert und wandte sich an Alexa. Wie immer war diese ein Abbild von Schönheit und Vollkommenheit. Der Lippenstift passte zum Kleid, der Lidschatten zu ihren Katzenaugen, und die Absätze der Schuhe waren gerade so hoch, dass sie keinen Zentimeter größer war als Christoph.

Der Nachmittag verging wie im Flug. Immer wieder musste Helena erzählen, mit welchen Empfindungen sie durchs Ziel geritten und wie hart erkämpft der Sieg war. Irgendwann wurde sie nach ihren zukünftigen Plänen gefragt.

»Ich will auch nächstes Jahr wieder den CHIO gewinnen«, gab sie lachend zu.

»Es heißt, Sie seien verlobt«, bemerkte eine ältere Dame mit Hut.

Helena lächelte unsicher. Sie hatte kein Wort über Henry Drumwell verlieren wollen. Nach ihrem Sieg gehörten die Hochzeitspläne für sie bereits der Vergangenheit an. Nun mussten die Banken den Kredit gewähren. Es gab keinen dringenden Grund mehr, Henry zu heiraten.

Während Helena noch überlegte, was sie der neugierigen Dame antworten sollte, erkundigte sich Alexa, die die Frage mit angehört hatte, spitz: »Warum hast du deinen Verlobten nicht mitgebracht? Christoph hätte ihn so gern einmal kennengelernt.«

»Also stimmt es doch«, lächelte die Dame. »Sie sind tatsächlich verlobt.«

»Mit einem sehr netten Mann sogar«, ergänzte Alexa sarkastisch, »der noch dazu sehr reich ist. Seine Eltern besitzen eine Ölfirma in Dallas.«

Die ältere Dame staunte, während Helena auf einen Schlag sehr wütend wurde. Jedoch ließ sie sich nichts anmerken.

»Du hättest Henry wirklich mitbringen sollen«, sagte Alexa, nachdem sich die ältere Dame anderen Gästen zugewandt hatte. »Es wäre sehr schön gewesen, ihn einmal wiederzusehen. Schließlich kenne ich ihn sehr gut. Vor zwei Jahren haben wir den Sommer auf der Jacht seines Vaters verbracht. Ich glaube, unsere Eltern wollten uns verkuppeln. Aber er war nicht mein Typ. Er ist ein bisschen schüchtern, der gute

Henry, und ziemlich langweilig. Außerdem steht er eher auf natürliche Mädchen.« Mit abfälligem Blick musterte sie Helena von oben bis unten. »Falls du deinen Lippenstift vergessen hast, borge ich dir gerne einen.«

»Wie nett von dir«, sagte Helena schnippisch und wollte gerade gehen, als sie von Alexa am Arm zurückgehalten wurde.

»Lass deine Finger von Christoph«, zischte Alexa, »sonst mache ich dir einen Strich durch deine Zukunftspläne mit dem reichen Henry. Hast du mich verstanden?«

Helena war nicht schlagfertig genug, um etwas Passendes darauf zu erwidern. Später ärgerte sie sich darüber, dass ihr nichts eingefallen war. Die reiche Thossmann-Erbin konnte ihr nicht drohen!

Um das zu beweisen, griff Helena sich ein Glas Champagner und ging direkt auf Christoph zu.

»Ich möchte mit dir anstoßen«, sagte sie betont fröhlich.

Er hingegen wirkte steif. Höflich erhob er sein Glas und murmelte: »Auf deinen Sieg.«

»Nur darauf?« Herausfordernd blitzte sie ihn an.

Es entstand eine lange Pause, bis Christoph verlegen einen Freund heranwinkte, einen schlaksigen Typen in Jeans, den er als Frank Mayer vorstellte. Notgedrungen tauschte Helena ein paar höfliche Floskeln aus, während Christoph sich unter die Gäste mischte. Nun wusste Helena, dass sie ihn verloren hatte. Er wollte nichts mehr von ihr wissen. Er wollte nicht einmal mehr mit ihr reden. Alexa musste sich keine Sorgen machen. Er gehörte ihr allein.

Für den Rest des Abends wechselte Helena mit Christoph kein weiteres Wort. Gekränkt bemerkte sie, dass sie kaum von ihm beachtet wurde. Sein Verhalten empfand sie als sehr verletzend. Deshalb kam es ihr gelegen, als Sophie früh zum

Aufbruch drängte. Artig verabschiedete sie sich von der Familie von Stein, wobei sie auch Christoph die Hand geben musste. Da spürte sie einen Zettel in ihrer Handfläche. Flink umschlossen ihre Finger das Papier, als ihre Hände sich wieder voneinander lösten. Sie hatte eine Nachricht von ihm erhalten. Ihr Herz machte einen Sprung, während sie in die Kutsche stieg.

*

»Was hast du da in deiner Hand?«, wollte Sophie wissen.

»Nichts«, erwiderte Helena trotzig.

Sie hatte es nicht abwarten können, Christophs Nachricht endlich zu lesen. Kaum zu Hause angekommen, hatte sie in der Eingangshalle einen Blick auf den Zettel geworfen. Sophie war das nicht entgangen.

»Gib das her«, forderte sie.

»Nein.« Schützend verbarg Helena ihre Hand auf dem Rücken.

»Gib das sofort her.«

»Nein.«

»Du wirst mir jetzt diesen verdammten Zettel geben.«

»Nein! Das werde ich nicht!« Damit stopfte sich Helena das Stück Papier in den Mund und kaute darauf herum.

Außer sich vor Wut zerrte Sophie sie am Arm die Treppe hoch. An der obersten Stufe stolperte Helena und fiel hin. Sie weigerte sich, wieder aufzustehen. Doch Sophie zog sie auf dem Boden entlang in ihr Zimmer, verschloss die Tür von außen: »Deine heimliche Verabredung kannst du in den Wind schreiben. Du benimmst dich wie ein Flittchen. Das werde ich dir schon noch austreiben!«

Zornig trat Helena gegen die Tür und schrie: »Ich hasse dich!« Doch Sophie war längst verschwunden. Helena hörte nichts mehr. Verzweifelt setzte sie sich aufs Sofa und spuckte den Zettel wieder aus. Christoph wollte sie morgen früh, bei Sonnenaufgang, an der Höhle treffen. Sie würde dort sein und wenn sie dafür aus dem Fenster springen musste.

Verträumt legte sie sich aufs Bett. Sie durfte nicht einschlafen. Sie versuchte fest an ihn zu denken und sah immer wieder zur Uhr. Um fünf stand sie auf, zog Jeans und Pullover an und öffnete das Fenster. Erste Lichtstreifen überzogen den Horizont. Ein zartes Orangerot kündigte das Aufgehen der Sonne an. Besorgt blickte Helena nach unten. Es war verdammt hoch. Dann ging sie zur Tür und lauschte den Geräuschen im Haus. Meist begann Grethe sehr früh mit der Arbeit. Sachte klopfte Helena gegen die Tür und rief im Flüsterton: »Grethe. Bist du da?«

Niemand antwortete. Kurz darauf vernahm sie jedoch ein dreimaliges Klopfen, das der stummen Grethe als Erkennungszeichen diente. Erleichtert atmete Helena auf.

»Stell mir die Leiter ans Fenster«, rief sie Grethe zu.

Wieder klopfte es dreimal. Wird gemacht, bedeutete das.

Ungeduldig wartete Helena am offenen Fenster, bis Grethe mit der Leiter erschien. Sie trug noch ihr Nachthemd, einen langen, weißen Baumwollkittel, die dünnen Haare hatte sie zu zwei Zöpfen geflochten.

Eilig stieg Helena zu ihr herab und drückte ihr einen Kuss auf die Wange.

»Bist ein Schatz«, sagte sie.

Grethe lachte ihr zu, während sie die Leiter in das hoch gewachsene Gras legte. Niemand würde sie dort entdecken. So konnte Helena später unauffällig in ihr Zimmer zurückkehren.

*

Atemlos erreichte sie die Höhle. Christoph wartete schon auf sie.

»Sophie hat mich eingesperrt«, erklärte sie lachend. »Aber ich bin aus dem Fenster geklettert.«

»Sie wird sich nie ändern«, sagte Christoph kopfschüttelnd. Er wirkte ernst. Sie sah ihm an, dass er wenig geschlafen hatte. In seinen Augen war eine unendliche Traurigkeit. Sanft fuhr er Helena durchs Haar, streichelte ihre Wange, zog sie an sich heran und küsste sie. Sehnsucht und Begehren lagen in diesem Kuss. Doch es dauerte nur einen Moment, bis seine Lippen sich wieder lösten. Beinahe gewaltsam riss er sich los.

»Ich wollte dich um Verzeihung bitten«, sagte er, »weil ich noch keine Gelegenheit dazu hatte. Ich habe damals hier auf dich gewartet, aber du bist nicht gekommen.«

»Ich war verletzt wegen deiner Verlobung mit Alexa«, sagte Helena. »Das hättest du dir doch denken können. Warum hast du das getan?«

»Ich musste so handeln. Kannst du das nicht verstehen?«

»Nein, natürlich nicht! Wie konntest du mir diese Liebesbriefe schreiben und dich gleichzeitig mit ihr verloben? Du hast mich belogen.«

Sie wandte sich von ihm ab, weil sie mit den Tränen kämpfte. Sie hatte geglaubt, Wut und Enttäuschung überwunden zu haben, doch jetzt erkannte sie, dass diese Gefühle immer noch sehr stark waren.

»Ich kann dich nicht vergessen«, sagte er leise.

Sie drehte sich zu ihm um. »Ich dich auch nicht. Aber was hilft uns das schon. Unsere Liebe hat keine Chance, wenn du Alexa heiratest.«

»Ich *muss* sie heiraten«, erklärte er verzweifelt.

»Nur des Geldes wegen?«, fragte Helena. »Das ist widerlich!«

»Tust du nicht das Gleiche?«, rief er aufgebracht. »Bist du nicht auch mit diesem Henry verlobt?«

»Bin ich nicht«, erwiderte sie empört.

»So?«, fragte Christoph provozierend.

»Meine Verlobung ist so gut wie aufgelöst«, stellte sie richtig. »Jetzt, da ich den CHIO gewonnen habe, müssen uns die Banken einen Kredit gewähren. Ich hatte sowieso nie vor, ihn zu heiraten. Ich könnte das gar nicht, denn ich liebe nur dich.«

Er wollte sie in den Arm nehmen und küssen. Doch sie stieß ihn weg.

»Wie stellst du dir das vor?«, rief sie zornig. »Sollen wir uns heimlich an der Höhle treffen, während du deine Hochzeit vorbereitest? Willst du, dass ich deine Geliebte werde? Das will ich nicht.«

Hilflos stand er vor ihr.

»Tut mir leid, ich kann das nicht«, sagte Helena traurig. »Ich kann dich nicht mit ihr teilen.«

Dann stieg sie aufs Pferd und preschte davon.

*

Helena hatte die Fenster des Erkers weit geöffnet. Vom Bett aus lauschte sie dem munteren Morgenkonzert der Vögel und beobachtete den Himmel. Er wechselte die Farben, während die Dämmerung dem Licht wich – erschien erst dunkelgrau, dann zartviolett, dann orangegelb. Gleich würde die Sonne das andere Ende der Welt verlassen, um hier wieder aufzugehen. Helligkeit vertrieb die Nacht, die dunklen Gedanken in Helenas Kopf aber blieben, ebenso wie die Sehnsucht nach Christoph.

Sie stand auf und schaute aus dem Fenster. Dort oben im Wald lag die Höhle. Zwei Tage war es her, dass sie ihn dort getroffen hatte. Niedergeschlagen setzte sie sich auf die Fensterbank. Der Wind fuhr sanft durch die Blätter der alten Rotbuche. Es raschelte leise und die Äste knackten, als wollten die Baumgeister ihr etwas sagen. Sie erzählten ihr, dass die Sonne einen Zauber über die Welt schickt, wenn sie dem Horizont entsteigt. Dieser Moment ist immer ein Beginn, niemals ein Abschied, und eine Liebe wird ewig bestehen, wenn sie die Kraft des ersten Lichts in sich aufgenommen hat. Helena spürte, dass Christoph auf sie wartete.

Sie lief in den Stall, sattelte Ambassador und ritt los. Sie gab dem Pferd die Sporen, trieb es über Stock und Stein und erreichte die Höhle, als die Sonne den Himmel überflutete. Dort stand er. Die Baumgeister hatten es vorhergesagt – es gab kein Ende, sondern einen Anfang. Niemand konnte die Sehnsucht besiegen. Das Verlangen bezwang die Vernunft.

Sie küssten sich, wild und leidenschaftlich. Es bedurfte keiner Worte. In den Monaten der Trennung hatten sie sich nacheinander verzehrt. Nun begehrten sie sich wie nie zuvor. Sie wollten ihre Sehnsucht stillen, beieinander sein. Nichts zählte mehr. In diesem Augenblick gab es nur ihre Liebe.

*

Drei Tage später packte Helena abends eine kleine Reisetasche. Einer Schatulle, die sie unterm Bett versteckt hatte, entnahm sie all ihre Ersparnisse. Fünfhundert Mark lagen darin. Sie schob das Geld in ein Portemonnaie und verstaute es zwischen den Sachen. Dann setzte sie sich auf das Sofa und wartete, bis es still im Haus wurde.

Kurz vor zwölf schienen alle zu schlafen. Jedenfalls war nichts mehr zu hören. Sie schlich die Galerie entlang und schob eine Nachricht unter Luises Türschlitz hindurch. *Mach dir keine Sorgen, alles wird gut* hatte sie auf einen Zettel geschrieben.

Lautlos lief sie die Treppe hinunter, verließ das Haus und rannte zur Hauptstraße. Dort wartete Christoph in seinem Auto auf sie. Er gab ihr einen Kuss, als sie einstieg.

»Hat dich jemand bemerkt?«, fragte er.

»Nein«, sagte sie. »Alle schlafen schon. Erst morgen früh wird ihnen auffallen, dass ich nicht mehr da bin.«

Er startete den Motor. »Bist du bereit?«

Sie nickte und fragte: »Wie weit ist es eigentlich bis nach Andalusien?«

»Keine Ahnung«, antwortete er lachend. »Aber es ist weit genug weg, um frei zu sein.«

11

Luise schloss das Tagebuch, als es plötzlich laut gegen die Eingangstür hämmerte. Erschrocken zuckten sie und Carla zusammen. Dann vernahmen sie ein Poltern, Tritte gegen die Tür, lautes Geschrei vor dem Haus.

»Was ist das?«, flüsterte Carla.

»Ich weiß es nicht«, erwiderte Luise.

Eilig löschten sie das Licht und liefen über die Galerie zu einem Fenster. Das pure Entsetzen stand ihnen ins Gesicht geschrieben, als sie sahen, was sich vor dem Haus abspielte. Drei Gestalten mit langen, schwarzen Kapuzen steckten brennende Fackeln in den Schnee. Eine Stimme brüllte: »Verschwinde, du Schlampe!«

Kurz darauf flog ein Stein durch die Fensterscheibe. Sie duckten sich vor Schreck. Der Stein landete neben Luise. Eisiger Wind pfiff durch die zerbrochene Scheibe. Angsterfüllt rutschten sie auf Knien die Galerie entlang, um sich im Flur in Sicherheit zu bringen.

»Wir verstecken uns in der Dachkammer«, schlug Luise im Flüsterton vor.

»Ich habe Angst«, sagte Carla leise. Sie spürte Luises Hand, die einen Augenblick lang ihre umschloss.

Der Lärm vor dem Haus wurde lauter. Die schwarzen Gestalten schienen mit Eisenstangen auf die Tür einzuschlagen. Jetzt fuhr ein Auto vor, danach fiel ein Schuss. Bestürzt blickten Carla und Luise sich an. Auf einmal war es sehr still geworden. Endlose Sekunden verstrichen. Verschreckt kauerten sie im dunklen Flur, bis es an die Tür klopfte und jemand nach Carla rief. Es war Tom. Erleichtert atmete Carla auf.

Sie lief die Treppe hinunter und öffnete ihm. Er hatte ein Gewehr in der Hand.

»Was ist hier los?«, rief er aufgeregt. »Was waren das für Typen?«

»Sind sie weg?«, fragte Carla zitternd.

»Sie sind in den Wald gelaufen.« Er nahm sie in den Arm.

Spontan legte sie den Kopf an seine Schulter. »Ganz plötzlich waren sie da und haben diesen Höllenlärm veranstaltet. Außerdem haben sie einen Stein durch das Fenster geworfen. Er hätte beinah meine Mutter getroffen.«

»Sie ist auch hier?«, fragte Tom verwundert.

Luise kam die Treppe herunter. Sie gab ihm den Stein, der in Papier eingewickelt war. Mit dickem Filzstift stand darauf geschrieben: *Fremde sind hier unerwünscht. Scher dich weg.*

Tom legte sein Jagdgewehr auf den Tisch. »Was für ein Glück, dass ich zu Bernie auf den Hof gerufen wurde. Wäre ich nicht gekommen, hätten diese Typen wahrscheinlich die Tür eingeschlagen.«

»Was wollten die hier?«, fragte Carla.

»Dich erschrecken.« Er hielt ihr den Zettel hin. »Du sollst Hoheneck verlassen. Es scheint sich jemand daran zu stören, dass du hier eingezogen bist.«

Verwirrt wandte Carla sich an Luise. »Was hat das alles zu bedeuten? Erst wird wiederholt in das Haus eingebrochen, und dann tauchen diese Typen hier auf. Wer will erreichen, dass ich Hoheneck verlasse? Worum geht es hier überhaupt?«

»Das weiß ich nicht«, erwiderte Luise. »Doch ich habe eine Vermutung. Kommt mit nach oben. Ich will euch etwas zeigen.«

Carla und Tom folgten ihr in das Erkerzimmer. Dort zog sie eine Schatulle unter Helenas Bett hervor, in der ein paar Fotos lagen. Eines davon nahm sie heraus und zeigte es Carla. In einem langen weißen Sommerkleid stand Helena lachend vor einer Kirche, trug einen Blütenkranz auf dem Kopf und Blumen im Arm.

»Wurde das in Andalusien aufgenommen?«, fragte Carla.

»Schau dir die Kirchenmauer an«, sagte Luise. »Am oberen rechten Bildrand entdeckst du eine spanische Inschrift.«

Sanft, beinah liebevoll strich Carla über das Foto, auf dem ihre leibliche Mutter zu sehen war, und flüsterte tief berührt: »Sie sieht wunderschön aus.«

»Wie eine Braut, nicht wahr?«, ergänzte Luise.

Erstaunt legte Carla die Stirn in Falten. »Haben meine …« *Eltern,* wollte sie sagen. Doch sie brachte das Wort nicht über die Lippen. Deshalb fragte sie: »Haben die zwei in Andalusien geheiratet?«

»Genau das habe ich immer vermutet«, antwortete Luise.

Aufgewühlt betrachtete Carla das Foto. Noch verstand sie nicht, wie die Ereignisse zusammenhingen.

»Was hat das alles mit dem Einbrecher oder mit der heutigen Nacht zu tun?«

»Denk doch mal nach«, sagte Luise. »Wenn die beiden im Sommer 1977 in Andalusien wirklich geheiratet haben, dann muss es dafür einen Beweis geben. Wahrscheinlich existiert eine Eheurkunde. Vielleicht hat Helena sie irgendwo hier im Haus versteckt. Wenn diese in falsche Hände gerät, könnte das für Christoph sehr unangenehm werden. Dann wäre seine Ehe mit Alexa nicht nur ungültig, sondern es gäbe auch einen riesigen Skandal. Und darauf würde die reiche Alexa bestimmt sehr empfindlich reagieren.«

DRITTER TEIL

1 Hatte sie Carlas Liebe verloren? Seit zwei Tagen gab es kein Lebenszeichen von ihr. Carla vergrub sich in ihrem Schmerz. Für sie war eine Welt zusammengebrochen. Was musste es für ein Gefühl sein, wenn nach dreiunddreißig Jahren der Name des Vaters plötzlich wie aus dem Nichts auftauchte, wenn man keinen Halt fand, weil die eigene Mutter nicht die Mutter war? Luise wünschte sich, Carla in den Arm zu nehmen und festzuhalten. Doch Carla wollte das nicht. Das musste Luise akzeptieren.

Sie stapfte durch den Schnee auf die alte Rotbuche zu, bog die Zweige des Baumes auseinander und betrachtete das Grab des toten Babys. In Gedanken hörte sie es weinen.

Sie hätte das Haus niemals verlassen dürfen. In einem einzigen Moment hatte sie eine falsche Entscheidung getroffen, die so viel Unglück nach sich zog.

Seit dreiunddreißig Jahren plagte sie die Schuld. Nach dem Weihnachtsfest 1977 war auch ihr Leben zu Ende gewesen. Nur das Kind, für das sie die Verantwortung trug, ließ sie jeden Morgen aufstehen. Ihr Leben verlief gleichförmig, bestimmt von der Liebe zu Carla, beherrscht von der ewigen Angst um sie.

Diese Furcht hatte Luise nie überwunden. Sie war ein Teil von ihr. Als ihre Mutter in der engen, feuchten Dachstube des Münchner Mietshauses an einer Lungenentzündung starb und sie eine ganze Nacht lang allein an ihrem Bett saß – in der Hoffnung, sie würde wieder aufwachen –, hatte sie zum ersten Mal Angst verspürt. Seitdem war sie fest in ihr verankert.

Doch Angst war kein guter Wegbegleiter. Ihre Furchtsamkeit hatte sie gelähmt, als sie hätte handeln müssen. Wahrscheinlich würde Helena noch leben und auch das Baby, wenn sie aus Angst nicht geschwiegen hätte. Und nicht davongerannt wäre!

Was war in Hoheneck passiert, nachdem sie das Haus am Heiligabend verlassen hatte? Das musste sie dringend in Erfahrung bringen, denn Carla würde nicht ruhen, bis sie die ganze Wahrheit kannte. Luise wusste nicht, was nach ihrer Flucht vorgefallen war. Nur eine einzige Person konnte darüber Auskunft geben. Und die Person musste sie finden.

⁂

Luise parkte den Wagen am Straßenrand und ging zu Fuß weiter. Berge von Schnee blockierten die Zufahrt zu dem verlassenen Bauernhof, dessen Gebäude halb verfallen waren. Es sah aus, als lebe schon seit Langem niemand mehr hier. Ein Brand hatte hier gewütet und alles zerstört. Die Überreste der Scheune ragten aus dem Schnee, das Dach des ehemaligen Wohnhauses war eingestürzt. Schwarzer Ruß klebte noch am Gebälk. Die Eingangstür hing windschief in den Angeln. Luise gab ihr einen sanften Stoß.

Um Gottes willen, so kommen Sie doch herein. Wie ein Echo hallten die Worte von damals wider. Mit der Reisetasche in der Hand betrat sie das kleine Bauernhaus. Es war wohlig warm. Sie zitterte vor Kälte.

Sie versuchte, die Gedanken zu verdrängen. Doch sie hörte die Stimmen und spürte die Wärme. Zaghaft setzte sie einen Schritt in das Haus. Ein Teil der Treppe war abgebrannt. Die oberen Zimmer gab es nicht mehr.

In der Stube sangen sie Weihnachtslieder, *Stille Nacht, heilige Nacht.* Das Baby begann zu weinen, es hatte Hunger, und es fror.

Sie haben ein Kind in der Tasche? Dicht am Ofen wickelten sie es aus der Decke. Sein Kopf war hochrot vom Weinen. Sie wiegte es in ihren Armen. Es brauchte Schutz und Wärme. Es war so unsagbar klein und zart.

Luise verlor das Gefühl für Raum und Zeit. Sie hörte das Schreien des Babys. Es lag in einer Wiege dicht am Kachelofen.

Der Ofen hatte dem Feuer getrotzt. Unbeschädigt stand er in der Stube hinter der Tür. Sie setzte sich auf die Ofenbank und schloss die Augen. Die Vergangenheit ließ sie nicht los. Lange Zeit hatte sie geglaubt, dass die Ereignisse irgendwann in die Nebel der Erinnerungen eintauchen und darin verschwinden würden. Doch das war nie geschehen. War es falsch gewesen, so lange zu schweigen? Nun war eingetreten, was sie immer befürchtet hatte. Die Wahrheit drängte ans Licht.

Luise verließ den Hof, auf dem einst Grethes Familie gelebt hatte. Wohin sie nach dem Brand gegangen war, konnte – oder wollte – ihr niemand sagen. Die Menschen, die sie fragte, erinnerten sich nicht mehr daran.

Sie stieg in ihr Auto, startete den Motor und fuhr die Hauptstraße entlang, bis am linken Straßenrand ein Schild auftauchte: *Tierarztpraxis Dr. Roland.* Automatisch trat sie auf die Bremse. Für einen Moment war sie geneigt, in das Gehöft einzubiegen, auszusteigen und einfach zu sagen: *Ich bin wieder da.* Doch der Mut verließ sie schnell. Zu viel Zeit war vergangen – dreiunddreißig Jahre.

2 Spielte es eine Rolle, ob sie verheiratet waren? Eigentlich hatte es keinerlei Bedeutung. Trotzdem wollte Carla es herausfinden. Sie wollte wissen, ob *ihre Eltern* tatsächlich in Andalusien geheiratet hatten. *Ihre Eltern!* Hundertmal hatte sie es laut ausgesprochen, während sie in der vergangenen Nacht fast das ganze Haus auf den Kopf gestellt hatte – Schränke durchwühlt, in Schubladen gekramt, Bücher aus den Regalen gezogen, Truhen geleert. Sogar in die geheime Dachkammer war sie hinaufgestiegen, um einen Beweis dafür zu finden, dass die zwei Menschen, die für sie Mutter und Vater waren, den Bund der Ehe geschlossen hatten. Die Vorstellung, dass ihre Eltern verheiratet waren, hatte etwas Tröstendes.

An diesem Morgen führte ihr erster Weg direkt zum Standesamt. Dort gab es keinen Eintrag. Der Beamte riet ihr, sich an das zuständige Standesamt in Andalusien zu wenden. Doch Carla wusste nicht einmal, wo genau die beiden sich damals aufgehalten hatten.

Vielleicht konnte das Foto weiterhelfen. Sie zeigte es Adelina in der Hoffnung, dass die Spanierin den Ort erkennen würde. Tatsächlich stellte Adelina mit glänzenden Augen fest: »Das ist die Iglesia de Santa Maria in Arcos de la Frontera, eine berühmte alte Kirche in einem der weißen Dörfer, ganz in der Nähe meines Heimatdorfes.«

»Bist du sicher?«, fragte Carla.

»Ich erkenne es an der Inschrift«, erklärte Adelina leicht gekränkt und erkundigte sich neugierig: »Wurde das Foto während der *Velada de la Virgen de las Nieves* aufgenommen?«

Carla machte ein überraschtes Gesicht.

»Dem Fest der Patrona«, sagte Adelina. »Sie ist unsere Schutzheilige, unsere Madonna. Jedes Jahr, Anfang August, gibt es ihr zu Ehren ein großes Fest, das mehrere Tage dauert. Viele

Menschen heiraten während dieser Zeit. Und das aus gutem Grund, denn am letzten Festtag findet eine große Prozession statt, bei der die Patrona durch die Straßen getragen wird. Wenn ein frisch vermähltes Paar sie dabei berührt, dann wird sie diese Ehe ein Leben lang beschützen.«

»Wie kommst du darauf, dass das Foto genau dann aufgenommen wurde?«

Für ein Fest gab es auf dem Bild keinen Anhaltspunkt. Helena stand einfach nur an einer Kirchenmauer.

»Wegen des Blütenkranzes. Die Zigeunerinnen verkaufen diese Kränze während der Festtage. Fast alle Mädchen tragen sie. Man bekommt sie von seinem Liebsten geschenkt, so ist es bei uns Brauch.«

»Dann bedeutet der Blütenkranz nicht unbedingt, dass dieses Mädchen eine Braut ist«, stellte Carla fest.

»Keineswegs«, versicherte Adelina und betrachtete eingehend das Foto. »Wie eine Braut sieht sie auch nicht aus. Ihr Kleid ist viel zu einfach, und sie ist auch nicht wie eine Braut geschmückt.«

»Vielleicht hatte sie kein Geld dafür«, wandte Carla ein.

Doch das ließ Adelina nicht gelten. »Um während des Fests eine schöne Braut zu sein, muss man nicht viel Geld haben. Die Zigeunerinnen sind sehr geschickt, und ihre Arbeit ist nicht teuer. Sie flechten Blüten ins Haar, nähen Kleider und Schleier aus Spitze und binden kunstvolle Sträuße. Nein!« Adelina schüttelte den Kopf. »Dieses Mädchen war bestimmt keine Braut, als das Foto aufgenommen wurde. Selbst die Blumen im Arm haben nichts zu bedeuten. Die wachsen dort überall. Im Sommer gibt es in Andalusien so viele Blumen wie Sand an der Costa de la Luz.«

Auch wenn Carla Adelinas Erklärungen einleuchtend fand, wollte sie sich nicht auf Vermutungen verlassen. Luise hatte

Helena gut gekannt. Ihr Verdacht war bestimmt nicht unbegründet. Noch während Adelina sprach, zückte Carla ihr Handy. Von der internationalen Auskunft erhielt sie die Nummer des Standesamtes in Arcos de la Frontera.

Sie rief sofort dort an, doch niemand meldete sich. Den ganzen Nachmittag lang versuchte sie es, ohne Erfolg. Irgendwann gab sie entnervt auf und buchte einen Flug nach Sevilla.

*

Zwei Tage konnten blitzschnell vergehen. Oder so lang sein wie zwei Jahre.

Mit Herzklopfen betrat Carla die Änderungsschneiderei. Luise saß gerade an der Nähmaschine. In ihren Augen leuchtete es freudig auf, als Carla zur Tür hereinkam.

Auf den gewohnten Begrüßungskuss verzichtete Carla dieses Mal. Sie sah, dass Luise enttäuscht war. Doch ihre eigene Enttäuschung über das Schweigen und die Lügen ihrer Mutter war mindestens genauso groß. Die Mauer zwischen ihnen schien unüberwindbar hoch geworden zu sein.

»Ich fliege morgen Mittag nach Andalusien«, sagte Carla.

»Nach Andalusien?«, fragte Luise erstaunt. »Was willst du denn dort?«

»Ich will herausfinden, ob meine …« Carla zögerte. Dann sprach sie weiter. Luise zuckte bei ihren Worten leicht zusammen. »Ob meine *Eltern* tatsächlich verheiratet waren. Telefonisch erreiche ich dort niemanden, deshalb will ich es direkt vor Ort versuchen.«

»Weißt du überhaupt, wo sich die beiden damals aufgehalten haben?«

»Wahrscheinlich in Arcos de la Frontera. Adelina hat die Kirche erkannt.«

»Wie lange wirst du fort sein?«

»Eine, höchstens zwei Nächte.«

»Wird Pauline solange bei *mir* bleiben?«, fragte Luise mit ängstlichem Blick.

»Natürlich«, erwiderte Carla.

Ein erleichtertes Lächeln huschte über Luises Gesicht. Sie sah blass und müde aus. Auch sie hatte in den vergangenen zwei Nächten kaum geschlafen. Die schwarzen Schatten unter ihren Augen verrieten es. Außerdem wirkte sie niedergeschlagen und traurig. Carla hätte sie gern in den Arm genommen. Sie wusste, dass Luise das glücklich machen würde. Doch sie brachte es nicht fertig. Sie war so wütend auf ihre Mutter, die nicht ihre Mutter war und es doch immer bleiben würde.

»Hast du mich eigentlich nach Helenas Tod adoptiert?«, wollte Carla wissen. Auch diese Frage hatte sie sich in den vergangenen Nächten oft gestellt.

Luise verneinte und fügte mit gesenktem Blick hinzu: »Ich bin zum Amt gegangen und habe dich als mein eigenes Kind angemeldet.«

»Du hast einfach behauptet, ich sei *dein* Kind?«

»Ich hatte keine andere Möglichkeit.« Luise fuhr sich mit dem Handrücken über die Stirn, auf der sich kleine Schweißperlen gebildet hatten, obwohl es in der Nähstube nicht sonderlich warm war.

»Lass es mich erklären«, bat sie bekümmert. »Ich musste das Haus am Heiligabend überstürzt verlassen.«

»Vor oder nach meiner Geburt?«

»Danach.«

»Und hast du mich mitgenommen?«

»Ja.«

»Aus welchem Grund?«

Luise wandte sich ab.

»Aus welchem Grund?«, wiederholte Carla hartnäckig, aber liebevoll.

»Weil ich dich beschützen musste«, sagte Luise.

»Vor wem?«

»Vor ihr.«

»Vor Helena?«

»Nein.«

»Vor wem sonst?«

»Vor Sophie. Ich musste dich vor Sophie beschützen.«

»Existiert deshalb das Grab im Garten? Sollte es vortäuschen, ich sei tot?«

»Nein.«

»Was hat es dann zu bedeuten?«

»Ich weiß es nicht.«

»Das glaube ich dir nicht«, sagte Carla vorwurfsvoll. »Du verschweigst mir doch schon wieder etwas.«

»Nein, ich weiß es wirklich nicht.« Luise begann zu weinen, so heftig, wie Carla es noch nie zuvor erlebt hatte. Luise war immer stark gewesen, um ein Kind zu beschützen, das nicht ihr eigenes war und das sie voller Hingabe liebte. Tag und Nacht hatte sie gearbeitet, um diesem Kind seine Wünsche zu erfüllen. Ich habe dir mein Leben gegeben, hatte sie neulich zu ihr gesagt.

Das Weinen berührte Carla zutiefst. Luise war *ihre Mutter*. Nichts und niemand würde daran etwas ändern. Sie hatte Carla umsorgt und unerschütterlich, wie ein Fels in der Brandung, an ihrer Seite gestanden, selbst in den schwierigsten Momenten. Auf ihre Liebe war stets Verlass. War es wirklich entscheidend, wer sie zur Welt gebracht hatte? Verbarg sich in dem Wort *Mutter* nicht mehr als das?

Carla konnte Luise nicht länger so traurig sehen. Sie beugte sich zu ihr herab, schloss sie zärtlich in die Arme und hielt sie so fest wie schon lange nicht mehr. Es war ein beruhigendes Gefühl, ihr so nahe zu sein.

»Ich will dich und Pauline nicht verlieren«, schluchzte Luise.

»Du verlierst uns nicht«, flüsterte Carla und fügte leise hinzu: »Du kannst uns gar nicht verlieren, weil wir zusammengehören.«

*

Carlas Wunsch nach einem Fensterplatz war erfüllt worden, das Flugzeug war halb leer. Sie zog den Gurt fest und blickte hinaus. Eine Maschine der Emirates Airlines stand direkt gegenüber, ein weißer Vogel mit gigantisch weiten Flügeln, bereit, sich in die Lüfte zu erheben. Allerdings wirkten die dunkelgrauen Wolken am Himmel wenig einladend. Für den Nachmittag hatte der Wetterbericht dichtes Schneetreiben und orkanartige Stürme vorhergesagt. Nur nicht daran denken, ermahnte Carla sich und atmete tief durch. Sie mochte das Fliegen nicht. Fester Boden unter den Füßen gefiel ihr besser. Unwillkürlich erinnerte sie sich an einen Rückflug von den Malediven. Die Maschine durchflog ein Unwetter und geriet in solch heftige Turbulenzen, dass sie vor Angst feuchte Hände bekommen hatte. Jan hingegen hatte tief und fest neben ihr geschlafen und war erst bei der Landung wieder erwacht. Er hatte starke Nerven. Schon immer hatte Carla sich ein Stück von seiner Lässigkeit gewünscht.

Sie schlug eine Zeitschrift auf und blätterte darin herum, ohne sich auf einen Artikel zu konzentrieren. Die bevorstehende Reise machte sie nervös. Sie hätte Toms Angebot annehmen sollen. Gestern Abend hatte er ihr vorgeschlagen, sie nach Andalusien zu begleiten, was sie jedoch strikt abgelehnt hatte. Weil er trotzdem darauf bestanden hatte, war eine Notlüge ihre letzte Rettung gewesen. So hatte sie ihm erzählt, die

Maschine sei restlos ausgebucht. Sie fand es schön, dass er so besorgt um sie war. Doch sie wollte zu viel Nähe vermeiden. Dafür war sie noch nicht bereit.

Ihre Gedanken kehrten zu ihrer Reise zurück. Arcos de la Frontera lag inmitten der Berge. Sie kannte sich dort nicht aus. Nun musste sie den Weg durch das andalusische Gebirge allein finden. Wenn ihr Mietwagen nicht über ein Navigationssystem verfügte, war sie verloren. Sie würde in Lissabon statt in Arcos de la Frontera landen. Außerdem hatte Adelina ihr erzählt, dass im Winter viele Hotels und die meisten Restaurants in den Bergdörfern geschlossen waren. Es würde nicht leicht werden, eine Unterkunft zu finden. Gedanklich stellte Carla sich auf eine Nacht im Auto ein. Ein Schauer lief ihr den Rücken herunter. Es war dumm von ihr gewesen, Tom nicht mitkommen zu lassen.

»Ist hier noch frei?«, fragte plötzlich jemand hinter ihr.

Was für eine Frage, dachte sie. Ein Flugzeug war doch kein Bus, jeder Gast hatte seinen Sitzplatz. Im selben Moment wurde sie stutzig. Die dunkle Stimme kam ihr bekannt vor. Zögernd hob sie den Kopf. Da stand Tom und lachte sie an.

»Was machst du denn hier?«, rief sie entrüstet, während ihr Herz einen Freudensprung machte.

Seelenruhig stellte er seinen Rucksack auf den freien Platz in der Mitte und ließ sich am Gang nieder. Mit einem frechen Grinsen sagte er: »Ich fliege nach Sevilla. Und du?«

»Ich auch.«

Er wirkte erstaunt. »Wie bist du an das Ticket gekommen? Man hat mir erzählt, die Maschine sei restlos ausgebucht.«

»Ich habe das letzte ergattert, das es gab«, erwiderte sie forsch, aber lächelnd.

Er drehte sich um, überblickte all die leeren Sitzreihen und sah auf seine Armbanduhr. »Sind wir zu früh? Die anderen Passagiere scheinen noch nicht da zu sein.«

»Die kommen gleich«, entgegnete Carla. »Es wird gleich einen ungeheuren Ansturm geben. Ich hoffe, du bist darauf vorbereitet.«

»Ich bin auf alles vorbereitet«, erwiderte er.

»Und ich bin froh, dass du da bist«, sagte sie leise, doch ihre Worte gingen in der Begrüßungsdurchsage der Flugbegleiter unter.

*

Arcos de la Frontera lag hoch oben auf einem Felsen, der sich über das karge Land erhob. Wie ein Farbklecks stachen die schneeweißen Häuser aus dem eintönigen Grau der Dezemberlandschaft hervor. Es war wärmer als in Deutschland, zehn Grad zeigte das Thermometer im Cockpit des Mietwagens an. Doch die Sonne hatte sich verkrochen.

Mehr als zwei Stunden waren sie schon unterwegs. Die Straße, die in die Sierra de Grazalema führte, wurde immer holpriger. Zwischen vertrocknetem Gestrüpp ragten Kakteenstacheln in die Luft, die Herbststürme, die über den Atlantik hinweggefegt waren, hatten die Bäume ihrer letzten Blätter beraubt. Nur am Fuße des Felsens, auf dem die alte Stadt mit ihren Häusern, Kirchen und dem Castillo de los Duques residierte, zog sich eine grüne Oase durch das Flussbett des Rio Guadalete.

Nach vielen Kilometern tauchte am Straßenrand endlich ein Hinweisschild auf. Carla und Tom mussten links abbiegen, um den Bergrücken zu erklimmen. Kurz darauf passierten sie den Ortseingang des Pueblo Blanco, des weißen Dorfs.

Durch enge Gassen ging es steil bergauf. Jede Straße war nur in eine Richtung zu befahren und endete unweigerlich vor einem Durchfahrtsverbotsschild. Dann hieß es, links oder rechts abzubiegen und durch ein Wirrwarr von Gassen zu irren, um irgendwann wieder am Ausgangspunkt zu landen. Nach dem dritten Versuch stieg Carla verzweifelt aus, um nach dem Weg zu fragen. Doch die Straßen waren menschenleer. Der Ort wirkte wie ausgestorben, als sei er um diese Jahreszeit nicht bewohnt. Schließlich fanden sie einen kleinen Supermarkt, dessen Kassiererin ihnen half.

Eine Serpentinenstraße führte nach oben, nur durch eine niedrige Mauer begrenzt, hinter der es steil bergab ging. Carla zwang sich, nicht nach unten zu schauen. Wenn sie es trotzdem tat, überfiel sie ein leichtes Schwindelgefühl. Kurz vor dem Ziel jonglierte Tom den Wagen durch ein Nadelöhr an der Iglesia de Santa Maria. Die Durchfahrt eines Torbogens war so schmal, dass sie die Seitenspiegel des Autos einklappen mussten. Danach erreichten sie endlich die Plaza del Cabildo, den großen Platz vor der Kirche.

Mit dem Foto in der Hand lief Carla auf den Haupteingang zu. Sofort stach ihr eine Inschrift ins Auge, die neben dem wuchtigen Portal in den hellen Stein der Kirchenmauer eingemeißelt war. Die Sprache war ihr fremd. Wahrscheinlich stammte die Inschrift von den Mauren, die Andalusien einst erobert hatten und auch einen Teil dieser Kirche erbauten.

Sie drehte sich um und entdeckte einen weißen Torbogen, der sich auf der gegenüberliegenden Seite des Platzes befand und zu einem Balkon auf der Felsenspitze führte. Genau hier, an der Kirchenmauer, neben der Inschrift, den Blick auf den Balkon gerichtet, musste Helena damals gestanden haben. Adelina hatte es richtig erkannt. Nun musste sie nur noch das Standesamt finden. Bevor sie jemanden fragen konnte, hatte sie es schon entdeckt. Es befand sich schräg gegenüber, in einem der alten palastartigen Gebäude, die die Plaza del

Cabildo umsäumten. Allerdings war es geschlossen. Nur an drei Tagen der Woche hatte es vormittags für drei Stunden geöffnet. Kein Wunder, dass sie telefonisch niemanden erreicht hatte.

»Viel zu tun gibt es hier wohl nicht«, stellte Carla fest.

»Wir sollten nicht unzufrieden sein«, entgegnete Tom. »Immerhin haben sie morgen früh geöffnet, es hätte schlimmer kommen können.« Dann schlug er vor: »Lass uns ein Hotel suchen.«

»Dort drüben ist eines.« Carla zeigte auf einen weißen Palacio. *Parador* stand auf einem Schild neben der offenen Eingangstür. Heute schien ihr Glückstag zu sein.

Sie betraten das alte Gebäude, in früheren Zeiten Sitz des Amtmanns. Die Rezeption war nicht besetzt, weshalb sie mehrfach das Glöckchen auf dem Tresen betätigten. Als niemand erschien, gingen sie durch eine Glastür in das Hotel hinein. Sie durchquerten einen von Säulen umschlossenen Innenhof, einen imposanten Patio mit blau-weißen Keramikkacheln und einem leise plätschernden Springbrunnen in der Mitte. Irgendwoher erklang Musik, ein spanisches Liebeslied, das von einer männlichen Stimme, die kaum einen Ton traf, dafür aber sehr textsicher war, lautstark und hingebungsvoll gesungen wurde. Über einen Gang mit einer gewölbten orangegelben Decke kam man zu einem gusseisernen Tor, hinter dem sich ein Restaurant befand. Dort räumte der singende Mann, ein untersetzter Mittfünfziger mit dunklem Haar und Schnurrbart, gerade Tische und Stühle beiseite.

»Guten Tag«, grüßte Carla auf Spanisch und fragte: »Haben Sie noch zwei Zimmer frei?«

Der Mann verstummte, drehte sich zu ihr um und rief amüsiert: »Das ganze Hotel.«

»Uns reichen zwei Zimmer«, erklärte Carla.

Tom und Carla folgten ihm zur Rezeption. Er zog zwei Schlüssel von einem Brett an der Wand, drückte den einen Carla, den anderen Tom in die Hand und sagte mit ausladender Geste: »Sie bekommen unsere schönsten Zimmer. Ein besonders großes für den Señor, und für die Señora die berühmte Suite, in der schon Isabella von Kastilien genächtigt hat.«

»Können wir bei Ihnen zu Abend essen?«, erkundigte sich Carla.

Bedauernd schüttelte Don José den Kopf. »Unser Restaurant hat leider geschlossen. Aber wenn Sie wollen, koche ich etwas. Ich habe Fleisch, Gemüse und Kartoffeln da. Das gibt einen guten Potaje. Sie werden staunen, ich bin ein exzellenter Koch. Und serviere Ihnen das Essen im kleinen Salon. Ich stelle den Tisch direkt vor den Kamin. Dort ist es schön warm und gemütlich. Das ist ein besonderer Service unseres Hauses.«

»Hört sich gut an«, meinte Tom, nachdem Carla alles übersetzt hatte. »Wenn er noch eine Flasche Rioja für uns hat, nehmen wir sein Angebot an.«

»Eine Flasche?«, rief Don José in gebrochenem Deutsch. »Ich habe den ganzen Keller voll.«

»Dann bleiben wir«, sagte Tom zufrieden.

*

Ein Duft von gebratenen Zwiebeln, Knoblauch und Thymian durchströmte den kleinen Salon. Der rustikale Eintopf schmeckte köstlich. Außerdem gab es dazu den versprochenen Rioja. Und für Nachschub war gesorgt. Bevor Don José seinen Feierabend angetreten und nach Hause gegangen war, hatte er eine Kiste davon im Salon bereitgestellt. Sie sollten trinken, worauf sie Lust hatten, er würde es morgen auf die Rechnung setzen.

Das Feuer prasselte im Kamin, und Tom öffnete gerade die zweite Flasche, als plötzlich Gitarrenmusik erklang. Kurz darauf hörten sie lautes Rufen, Händeklatschen und ein Klackern auf dem Fußboden.

»Was ist das?«, fragte Tom verwundert.

»Klingt nach Flamenco«, antwortete Carla.

Sie ließen den Rotwein stehen und wagten einen Blick ins gegenüberliegende Restaurant. Tatsächlich wurde dort getanzt. Wie sich herausstellte, probte eine Flamenco-Gruppe eine Choreografie für einen Auftritt in Sevilla. Dafür bildeten die Tänzerinnen und Tänzer einen Kreis, in dem eine Frau einen Tanz vollführte. Wenig später trat sie zurück und wurde von einer anderen abgelöst. Das rhythmische Klatschen der übrigen Tänzer und die Klänge der Gitarre begleiteten ihre Bewegungen. Die mit Nägeln beschlagenen Absätze ihrer Schuhe klackerten auf dem steinernen Fußboden, der rüschenbesetzte Volantrock plusterte sich beim Drehen in der Luft auf. Die Musik war weder heiter noch unbeschwert, sondern klagend und melancholisch, aber immer voller Gefühl und Intensität. Die Tänzerin verschmolz damit, selbst der Ausdruck ihres Gesichts wurde zu einem Teil der Musik, bis sie kräftig mit dem Fuß aufstampfte, als habe sie nun genug von der Dramatik des Lebens. Sie öffnete einen spitzenbesetzten Fächer und blieb vor einem der Tänzer stehen. Er trat einen Schritt auf sie zu, und im selben Moment veränderte sich der Charakter der Musik. Leidenschaft ersetzte das Flehen, Feuer die Melancholie. Eine Sängerin begann mit dunkler, heiserer Stimme zu singen. Der Tanz wurde erotisch, das Schmeicheln und Werben des Mannes prallte jedoch am Stolz der Frau ab. Sie spielte mit ihm, ließ ihn eng an sich heran und wies ihn sofort wieder zurück. Er gab nicht auf und eroberte ihr Herz. Lange blieb sie ihm allerdings nicht treu, befreite sich drehend aus seiner Umarmung und wandte sich einem anderen zu. So endete alles, wie es begonnen hatte, in Traurigkeit und Schmerz.

Nachdem die Musik verstummt war, klatschte Carla begeistert Beifall.

»Bravo«, rief sie den Tänzern zu.

Eine Frau winkte sie heran. »Probieren Sie es auch! Kommen Sie und tanzen Sie mit uns!«

Carla zögerte zunächst, doch der Wein hatte sie mutig gemacht. Sie verspürte plötzlich Lust, sich wie eine heißblütige Spanierin zu bewegen, und ließ sich ein Tuch um die Hüften binden. Tom wurde in den Kreis der Tänzer eingereiht, die Carla durch ihr Klatschen begleiteten. Dann begann die Musik. Carlas erste Bewegungen waren zaghaft, doch schnell wurde sie temperamentvoller, schwang die Hüften im Takt und griff nach einem Fächer, den eine Tänzerin ihr reichte. Verführerisch öffnete sie ihn während des Tanzens, bedeckte damit einen Teil ihres Gesichtes und warf Tom einen verheißungsvollen Blick zu. Unwillkürlich folgten ihre Bewegungen den sinnlichen Klängen der Gitarre. Die Musik bestimmte den Ausdruck des Tanzes, auch wenn der Tanz die Musik nicht brauchte. Begeisterte Zurufe feuerten sie an. Nach ein paar Minuten brach sie ab, ließ den Fächer sinken und genoss ihren Applaus.

»Du hast Talent zum Tanzen«, stellte Tom fest, als er sie später zu ihrem Zimmer brachte. Sie war erhitzt, ihre Wangen glühten. Während sie die Tür aufschloss, überlegte sie einen Augenblick lang, ihn zu verführen. Doch ein letzter Funke Vernunft besiegte die Übermütigkeit, und sie verschwand in ihrem Zimmer.

*

Das Standesamt sollte um neun Uhr öffnen. Jetzt war es zehn nach neun. Ungeduldig warteten Carla und Tom vor der verschlossenen Tür. Es vergingen weitere zehn Minuten, in denen sich die Plaza del Cabildo überraschend schnell mit Autos füllte. Gut gekleidete Menschen stiegen aus und strömten in die Kirche. Dann erschien eine Frau mit einem Baby im Arm, das ein weißes Taufkleid trug. Fasziniert bewunderte Carla das Kind. Die junge Mutter lächelte stolz, bevor sie im Inneren der Iglesia de Santa Maria verschwand.

Inzwischen war es halb zehn geworden. Endlich traf die Standesbeamtin ein.

»Tut mir leid, dass Sie warten mussten«, entschuldigte sie sich. »Aber der Kindergarten hatte geschlossen, und ich wusste nicht, wohin mit meinen Söhnen. Bis nach Medina Sidonia zu meiner Mutter musste ich die beiden fahren.«

»Kein Problem.« Carla lächelte verständnisvoll, während die Frau hektisch an ihrem Schreibtisch Platz nahm und den Computer in Betriebsbereitschaft versetzte.

»Was kann ich für Sie tun?«, fragte sie noch immer ein wenig atemlos.

»Wir brauchen eine Auskunft über eine Eheschließung«, erklärte Carla. »Wir möchten in Erfahrung bringen, ob Helena von Waldheim und Christoph von Stein im Sommer 1977 hier in Arcos de la Frontera geheiratet haben, wahrscheinlich während des Fests.«

Die Frau gab die Daten in den Computer ein. Kurz darauf schüttelte sie bedauernd den Kopf. Um sicherzugehen, dass ihr kein Fehler unterlaufen war, ließ sie sich von Carla die Namen auf ein Stück Papier aufschreiben und wiederholte den Vorgang. Doch es gab keinen Eintrag über eine Eheschließung. »Leider kann ich Ihnen nicht weiterhelfen. Laut meines Computers haben die beiden nicht geheiratet, jedenfalls nicht in Arcos, weder 1977 noch in einem anderen Jahr.« Doch sie hatte den Satz noch nicht zu Ende gesprochen, da kam ihr ein Gedanke. »Es könnte aber auch sein, dass die Akten bei dem Brand vernichtet wurden. Ende der Siebzigerjahre brannte es im Archiv. Das Feuer konnte schnell gelöscht werden und richtete keinen großen Schaden an. Aber einige Akten gingen dabei verloren.«

Carla zog die Stirn in Falten. »Soll das bedeuten, dass wir nicht mehr herausfinden können, ob die Eheschließung je stattgefunden hat?«

»Doch, doch«, beruhigte sie die Standesbeamtin. »Bei uns heiratet man ja nicht nur auf dem Standesamt, das ist eigentlich bloß Formsache. Unsere Ehen werden vor Gott geschlossen. Deshalb ist jede Trauung auch im Kirchenregister vermerkt, gerade wenn sie während des Fests stattgefunden hat. Darauf können Sie sich verlassen. Ich empfehle Ihnen, beim Pfarrer nachzufragen. Dort werden Sie finden, was Sie suchen. Wenn jemand in Arcos geheiratet hat, dann gibt es im Kirchenregister einen Eintrag.«

*

Als Carla und Tom die Kirche betraten, hielt die junge Mutter gerade ihr Baby über das Taufbecken, während der Priester den Kopf des Kindes mit Weihwasser beträufelte. Daraufhin begann das Kind zu schreien und ließ sich kaum noch beruhigen. Die Schreie hallten im Kirchenschiff wider, während der Priester der jungen Mutter eine brennende Kerze überreichte, mit der sie feierlich zu einer goldenen Madonnenstatue schritt und dort ein Gebet sprach.

Nachdem die Taufgesellschaft die Kirche verlassen hatte, trug Carla dem Priester ihr Anliegen vor. Er war in Eile und bat sie, am nächsten Tag wiederzukommen. Doch sie ließ sich nicht abweisen. Ihre sanfte Hartnäckigkeit führte schließlich zum Erfolg.

Er sah zur Uhr. »Also gut. Bitte folgen Sie mir.«

In einem Raum seitlich des Altars öffnete er einen Schrank, der bis oben hin mit Büchern vollgestopft war. »Wann hat die Eheschließung stattgefunden?«, wollte er wissen.

»Im Sommer 1977«, sagte Carla. »Wahrscheinlich im August, während des großen Fests.«

Er zog ein dickes Buch heraus und legte es auf den Tisch. Dann blätterte er darin herum, bis er die entsprechende Seite gefunden hatte.

»Wie war der Name der Eheleute?«, erkundigte er sich.

»Helena von Waldheim und Christoph von Stein«, erklärte Carla.

Hastig glitt der Zeigefinger des Priesters über die einzelnen Einträge, Zeile für Zeile, bis er plötzlich innehielt.

»Da haben wir es«, murmelte er.

Aufgeregt beugte sich Carla über das Buch. Tatsächlich standen dort die zwei Namen in schwarzer Tinte auf leicht vergilbtem Papier: Helena von Waldheim und Christoph von Stein. Am 5. August um 10.30 Uhr hatten sie sich in der Iglesia de Santa Maria in Arcos de la Frontera das Jawort gegeben.

*

»Es gibt tatsächlich einen Eintrag im Kirchenregister«, erklärte Carla der netten Frau vom Standesamt. Die Frau war jetzt nicht mehr allein im Büro. Am Schreibtisch gegenüber saß eine grell geschminkte ältere Dame. Sie trug ein kräftiges Blau auf den Augenlidern und ein leuchtendes Rot auf den Lippen, das sich in ihren Lippenfältchen sammelte.

»Wahrscheinlich wurde die Akte tatsächlich bei dem Brand vernichtet«, stellte die nette junge Frau fest.

»Bei welchem Brand?«, mischte sich ihre Kollegin ein. »Meinst du den von neunundsiebzig? Dabei wurden von uns keine Akten vernichtet. Vom Bauamt ja, das Standesamt aber blieb Gott sei Dank verschont.«

Nachdenklich wandte sich die nette Frau an ihre Kollegin: »Das ist aber merkwürdig. Die Eheschließung ist im Kirchenbuch eingetragen, bei uns jedoch nicht registriert.«

»Könnte es sein, dass die Ehe kurz nach der Hochzeit annulliert oder geschieden wurde?«, fragte Carla. »Ist dazu vielleicht etwas in Ihren Unterlagen vermerkt?«

Die Frau gab die Daten erneut in den Computer, schüttelte aber wieder den Kopf.

Fragend blickte sie ihre Kollegin an. Auch die zuckte ratlos mit den Schultern. »Es kann schon einmal sein, dass eine Akte aus den Siebzigerjahren verloren gegangen ist«, meinte sie. »Wir hatten ja damals noch keine Computer, in denen wir alles abspeichern konnten. Unwahrscheinlich ist allerdings, dass beide Akten abhandengekommen sind, denn Eheschließungen und Scheidungen werden im Archiv an unterschiedlichen Plätzen aufbewahrt.«

»Und was bedeutet das?«, fragte Carla verwirrt.

»Das weiß ich nicht«, erwiderte die Frau. »So einen Fall hatten wir bisher noch nicht. Da die Hochzeit aber stattgefunden hat, können wir davon ausgehen, dass es keine Scheidung gab. Wo die Akte aber nun abgeblieben ist, kann ich Ihnen leider auch nicht sagen.«

3 *Arcos de la Frontera, 5. August 1977*

»Du musst lachen!«, rief Christoph. Und Helena lachte, weil sie unendlich glücklich war. Heute war der Tag ihrer Hochzeit. Sie trug einen Brautstrauß im Arm, einen Blütenkranz im Haar und strahlte in die Kamera, während ihr weißes Baumwollkleid im warmen Sommerwind flatterte. Wie eine Prinzessin fühlte sie sich darin, auch wenn sie es für wenig Geld auf dem Markt erstanden hatte.

»Wir müssen jetzt hineingehen«, drängelte sie. Doch Christoph wollte noch ein letztes Foto schießen und gab dafür strikte Regieanweisungen. »Stell dich neben die Inschrift. Noch ein kleines Stück nach links. So ist es gut. Du musst lachen, Helena. Lach ein bisschen mehr.« Sie wurde nervös, denn die Zeit lief ihnen davon. Endlich drückte Christoph ab. Danach liefen sie Hand in Hand in die Kirche, wo der Priester bereits auf sie wartete. Während des Fests hatte er viele Trauungen durchzuführen. Von überall her kamen die Menschen, um zu heiraten, und hatten die Eheschließung schon vor Monaten angemeldet. Unter diesen Umständen hatte ein Paar, das einer spontanen Idee folgen wollte, eigentlich keine Chance. Deshalb waren sie überglücklich, dass der Priester es trotzdem ermöglicht hatte.

Kaum schlossen sich die Pforten der Iglesia de Santa Maria, verstummte das bunte Treiben von der Plaza del Cabildo. Wie der Priester es ihnen aufgetragen hatte, knieten sie zunächst vor der Patrona, einer goldenen, madonnengleichen Statue, nieder. Während der Prozession am Abend musste jedes frisch vermählte Paar die Statue wenigstens einmal berühren, dann wurde die Ehe für immer beschützt. Sie sprachen leise ein Gebet, Helena auf Deutsch und Christoph übersetzte es ins Spanische, damit die Patrona es auch verstand.

Kurz darauf schritt Helena an Christophs Arm zum Altar. Ihr Herz klopfte laut und schnell. Tausend Dinge gingen ihr durch den Kopf. Sie dachte an Hoheneck, an Luise, Sophie und Grethe. Wie schön es wäre, sie alle hier zu haben. Für den Bruchteil einer Sekunde sah Helena ihre Familie auf der vorderen Kirchenbank sitzen, dann verschwanden ihre Gesichter im Nichts, und die Kirchenbank war wieder leer.

»Haben Sie einen Trauzeugen?«, erkundigte sich der Priester.

»Nein«, antwortete Christoph.

Zum Glück hielt sich für solche Fälle eine Nonne, Schwester Ludomina vom Kloster Santa Maria, bereit, um die Eheschließung zu bezeugen.

Christoph überreichte dem Priester die Ringe. Er hatte sie bei einem Juwelier in Sevilla gekauft. Sie hatten – umgerechnet – einhundert Mark gekostet, was ihrer Reisekasse den Todesstoß versetzt hatte. Doch daran wollte Helena jetzt nicht denken, denn heute war der schönste Tag ihres Lebens.

Sie verstand nur wenig von dem, was der Priester vortrug. Es ging um Liebe und Vertrauen. Doch sie fühlte Christophs Hand und war sicher, die richtige Entscheidung getroffen zu haben. *Amor para siempre* hatte er ihr, neben vielen anderen Liebeserklärungen, auf die Keramikkachel schreiben lassen. Für immer wollten sie sich lieben. Nichts sollte sie trennen. Eine Ehe, die durch die Patrona gesegnet wurde, konnte nicht zerstört werden.

Christoph steckte ihr den Ring an den Finger. Helena bemerkte, dass seine Hände dabei leicht zitterten.

»Ich liebe dich«, flüsterte er.

»Ich dich auch«, gab sie zurück.

Nun durften sie sich küssen. Dann war die Trauung zu Ende. Der Bund fürs Leben war geschlossen. Der Priester und Schwester Ludomina unterzeichneten noch die Eheurkunde, während das nächste Paar schon die Kirche betrat. Zahlreiche Gäste folgten diesen Brautleuten. Die halbe Stadt schien mit ihnen verwandt zu sein.

Rasch faltete Helena die Urkunde zusammen und ließ sie in ihrer kleinen Handtasche verschwinden, bevor sie mit Christoph durch den Seiteneingang aus der Kirche lief. Wie ausgelassene Kinder freuten sie sich, lachten und schmusten auf dem schattigen Platz hinter der Iglesia de Santa Maria, bis sie eine Zuschauerin bemerkten. Eine Zigeunerin in einem weiten bunten Gewand saß auf einer Mauer. Ein fransiges Kopftuch umhüllte ihr faltiges Gesicht und verbarg das schneeweiße Haar. Eine Schale mit ein paar Peseten stand neben ihren schmutzigen Füßen. Die Frau musste eine Wahrsagerin sein. Neugierig ging Helena auf sie zu, fing einen Blick aus ihren wässrigen grauen Augen auf und fühlte, dass die Frau tief in ihrer Seele die Zukunft las. Blitzschnell griff die Alte nach ihrer Hand. Christoph schien das unheimlich zu finden, denn er versuchte, Helena wegzuziehen. Doch sie wollte hören, was die Zigeunerin zu sagen hatte. Die Alte murmelte ein paar unverständliche Worte.

»Was erzählt sie?«, fragte Helena gespannt. »Wie viele Kinder werden wir bekommen? Werden wir glücklich miteinander?«

Christoph übersetzte ihre Fragen und die Antworten der Zigeunerin. Mit ernstem Gesicht sagte sie: »Glück ist wie der Wind. Es ist heute an diesem und morgen an einem ganz anderen Ort. Gott schütze dich, mein Kind.« Einen Augenblick lang umschlossen die knochigen Finger Helenas Hand. Sie spürte den Druck und entzog der alten Frau schnell ihre Hand, um ein paar Peseten in die Schale zu legen. Da flüsterte die ihr etwas ins Ohr: »*Va a ser una niña.*« Sie wiederholte den Satz mehrfach und nickte mit wissendem Blick. Verwirrt lief Helena zu Christoph, der ein paar Schritte vorausgegangen war.

Über eine breite Treppe verließen sie den Platz hinter der Kirche und stürzten sich wieder ins Getümmel. Wenig später fragte Helena beiläufig: »Heißt *niña* nicht Mädchen?« Als Christoph das bejahte, verstand sie, was die Zigeunerin gesagt hatte.

*

In den Gassen von Arcos, vor allem auf der Plaza del Cabildo hatte sich eine unüberschaubare Menschenmenge versammelt, als am späten Nachmittag die Prozession begann. Um sechs Uhr wurde das Kirchenportal geöffnet. Ein Mann in einer langen weißen Kutte betrat den Platz. Er trug ein Holzkreuz, dessen prächtige Silberverzierungen in der Sonne glitzerten. Damit führte er den Zug an, der sich bis in die späten Abendstunden durch die Gassen von Arcos bewegen würde. Ihm folgte eine Kapelle. Dumpfe Trommelschläge und Musik erklangen, als die ersten Vertreter der Bruderschaften aus der Kirche strömten. In schwarzroten Gewändern mit spitzen Kapuzen marschierten sie schweigend, mit gesenkten Köpfen, in Zweierreihen dem Fahnenträger hinterher, der stolz ihr Banner durch die Lüfte schwenkte.

Der Zug schien kein Ende zu nehmen. Mitglieder verschiedener heiliger Vereinigungen schlossen sich ihm an. Es dauerte lange, bis die goldene Statue der Madonna erschien. Sechs Männer trugen ihren Thron, über dem ein prunkvoller Baldachin schwebte. Ein Aufschrei ging durch die Menge. Die Menschen brachen in Jubel aus. Jeder wollte die Patrona berühren, jeder ihren Segen erbitten. Im Taumel der Gefühle riefen sie laut, bekreuzigten sich und rissen die Arme in die Luft.

Noch nie zuvor hatte Helena so etwas erlebt. Christoph und sie hatten eigentlich ganz vorn gestanden, doch sie wurden immer weiter zurückgedrängt. Von hier aus konnte es niemals gelingen, die Madonna zu berühren. Sie mussten sich in die ersten Reihen vorkämpfen.

»Lasst uns durch!«, schrie sie. Doch ihr Ruf ging in der Menge unter. Niemand nahm Notiz davon. Die dicht aneinandergereihten Menschen waren zu einer undurchdringbaren Mauer verwachsen. Helena wurde nervös. Sie drängte nach vorn, doch sie kam nicht von der Stelle. Die Madonna zog an ihr vorbei. Enttäuscht sah sie ihr nach. Nur wer die Madonna während der Prozession berührte, konnte ihren Schutz erhoffen. Helena und Christoph waren nicht einmal in ihre Nähe gekommen. Die Worte der Wahrsagerin fielen ihr ein – *Glück ist wie der Wind*. Trug der Wind das Glück nun mit sich fort? Sollte sie das als schlechtes Vorzeichen deuten? Sie spürte eine unbestimmte Angst. Krampfhaft hielt sie sich an Christoph fest. Doch als der Zug hinter der Iglesia de Santa Maria verschwand, die Menschenmenge sich auflöste und wieder fröhlich Flamenco getanzt wurde, verbannte sie die dunklen Gedanken aus ihrem Kopf.

*

Die Nacht war warm, der Himmel sternenklar. Berauschend süß dufteten die üppigen Blumen im Garten der Villa »Carmen«. Sanft und gleichmäßig wippte die Hollywoodschaukel. Eng schmiegte Helena sich an Christoph. Sie hörte dem Zirpen der Grillen zu, während sie zum Mond hinaufblickte. Vor einer Stunde erst waren sie vom Fest zurückgekehrt. Es war spät, doch schlafen wollten sie nicht. Ein Zauber lag in der Luft, der mit Anbruch des Tages vorbei sein könnte.

»Bist du glücklich?«, fragte Helena.

»Ich bin glücklich, weil ich dich liebe«, antwortete Christoph. Er klang niedergeschlagen, beinahe traurig. Helena wusste, dass er große Sorgen hatte. Auch sie selbst war nicht frei davon. Nachts lag sie oft grübelnd wach. Die Zukunft war ungewiss. Sie schwebten in einem Nichts zwischen Himmel und Erde – der Romantik entrissen, aber noch nicht in der Realität angekommen.

»Sag mir, woran du denkst«, forderte sie behutsam.

»Ich weiß nicht, wie es weitergehen soll«, gestand er. »Ende August kommen Ernestos Eltern zurück. Dann müssen wir die Villa verlassen. Wo werden wir leben? Und wovon? Unsere Reisekasse ist fast aufgebraucht.«

»Wir müssen uns Arbeit suchen«, rief Helena entschlossen. »Bei Pedro auf der Hacienda bekommen wir bestimmt einen Job.«

»Und was für einen«, erwiderte Christoph scharf. »Ich als Stallbursche und du als Küchenmagd.«

»Ist doch egal«, meinte Helena.

»Ist es nicht«, entgegnete er ernst. »Ich eigne mich nicht als Stallbursche. Außerdem können wir davon nicht leben. Und meinen Traum vom eigenen Gestüt kann ich für immer in den Wind schreiben.«

Das eigene Gestüt! Das war es, was Christoph unbedingt wollte. Was er sich sehnlichst wünschte. Das große Ziel seines Lebens. Redete er von der Zukunft, redete er immer von einem Gestüt.

Vielleicht schreiben wir unser Glück in den Wind, dachte Helena betrübt. So, wie die Zigeunerin es gesagt hatte. Doch sie wollte den Mut nicht verlieren.

»Wir dürfen jetzt nicht aufgegeben«, sagte sie. »Wir lieben uns doch. Wir werden es schaffen.«

Ruckartig sprang er hoch. »Lass uns morgen darüber nachdenken. Jetzt will ich schwimmen gehen.«

Er schnappte sie und sprang mit ihr in den Pool. Sie wollte ihn zurechtweisen, weil ihr Kleid nun tropfnass war, doch er küsste sie so leidenschaftlich, dass sie es vergaß. Auf Händen trug er sie ins Haus. Dort liebten sie sich und lagen wach, bis es draußen hell wurde. Irgendwann schlief Christoph ein. Helena jedoch fand keine Ruhe. Vom Balkon aus beobachtete sie, wie die Sonne über den Bergen aufstieg. Später hängte sie das nasse Kleid zum Trocknen auf, verstaute den Blütenkranz im Schrank und leerte das Handtäschchen. Die Eheurkunde legte sie in ihr Tagebuch und verstaute dieses in der Reisetasche. Danach ging sie in die Küche und kochte Kaffee.

4

Carla machte es sich in einem Sessel vor dem Kamin gemütlich und nahm einen Schluck vom samtigen Rioja. Der Wein duftete verführerisch nach den Hölzern des Barriques, in denen er gereift war, und schimmerte dunkelrot. Wieder hatte Don José genug davon im kleinen Salon bereitgestellt. Tom füllte die Gläser auf.

»Irgendetwas stimmt an dieser Geschichte nicht«, sagte Carla. »Wenn er Alexa geheiratet hat, ohne die Ehe mit Helena aufzulösen, dann wäre das ja …« Sie zögerte, es auszusprechen. Es klang so absurd.

Tom übernahm das für sie. »Es wäre Bigamie.«

»Das kann ich mir nicht vorstellen.« Energisch winkte sie ab, obwohl sie selbst schon darüber nachgedacht hatte.

»Vielleicht willst du es dir nicht vorstellen«, meinte Tom, »weil es um deinen Vater geht.«

Noch immer klang das Wort Vater für Carla sehr fremd. Sie einigten sich darauf, ihn Christoph zu nennen.

»Ich glaube es trotzdem nicht«, erwiderte sie. »Ich habe ihn kennengelernt. Er stand vor mir, ich habe in seine Augen gesehen. Und ich habe erlebt, wie einfühlsam er mit Nachtfalke umging. Es ist ausgeschlossen. Er ist nicht so.« Sie trank einen großen Schluck Wein.

»Geld hat schon so manchen Charakter verdorben«, gab Tom zu bedenken.

Bitter lachte sie auf. Das erinnerte sie an Jan. In den letzten Tagen hatte sie nichts mehr von Dr. Beltheim gehört. War Jan den Ermittlern doch entwischt? Sie schob den Gedanken beiseite und konzentrierte sich wieder auf das Gespräch.

»Wenn er die Ehe damals nicht annullieren ließ«, sagte Carla nachdenklich, »muss er doch seit dreiunddreißig Jahren befürchten, dass es jemand herausfindet.«

»Und seine reiche Frau ihn umgehend verlässt«, ergänzte Tom. »Das wäre für die Familie von Stein nicht gerade sehr angenehm. Da klingt die These deiner Mutter gar nicht so unwahrscheinlich.«

»Du meinst, dass er nachts durchs Haus schleicht und die Eheurkunde sucht?«, fragte Carla ungläubig. »Oder das Haus für fünfhunderttausend Euro kaufen will, weil er die Eheurkunde dort vermutet, bisher aber nicht gefunden hat?« Sie schüttelte entschieden den Kopf. »Das kann ich mir wirklich nicht vorstellen. Glaubst du das etwa?«

Tom gab ihr recht. »Nein, es klingt sehr unwahrscheinlich.«

»An dieser Geschichte stimmt etwas nicht«, wiederholte Carla. »Es bleiben zu viele Fragen offen. Als die beiden im August geheiratet haben, war Helena längst schwanger …«

»Wovon Christoph angeblich nichts wusste«, warf Tom ein.

Sie überlegte kurz, danach fuhr sie fort: »Nehmen wir an, es war wirklich so. Tief verletzt durch die Trennung, hat Helena ihm nichts von der Schwangerschaft erzählt. Von Luise aber wissen wir, dass sie ihn trotzdem geliebt hat. Wieso hat sie zugelassen, dass er nur wenige Wochen später Alexa heiratet? Sie war doch mit ihm verheiratet und erwartete ein Kind von ihm. Wieso hat sie die Hochzeit mit Alexa nicht verhindert?«

5 *Andalusien, August 1977*

Helena war leicht schwindelig, als sie aus der Arztpraxis trat. Glücklich lächelnd lehnte sie sich gegen die Hauswand und streichelte ihren Bauch. Es wird ein Mädchen, hatte die Zigeunerin gesagt. Sie breitete die Arme aus, um die Welt zu umarmen. Wieso war sie nicht schon früher zum Arzt gegangen? Ihre Periode war ausgeblieben, ihre Brust spannte, und ihr Bauch zeigte eine leichte Wölbung. Selbst Christoph hatte das neulich bemerkt, es allerdings der guten andalusischen Küche zugeschrieben.

Sie stieg auf ihr Fahrrad und überquerte die Plaza del Cabildo, während ihr tausend Gedanken durch den Kopf schossen. Christoph musste sich einen Job suchen. Und auch sie konnte bis zur Geburt des Babys arbeiten gehen. Sie brauchten jetzt dringend eine Wohnung oder ein Häuschen. Die nächsten Monate würden schnell vergehen. Deshalb durften sie keine Zeit verlieren.

Hatte sie mit Christoph je über Kinder gesprochen? Bisher noch nie! Redete er von der Zukunft, ging es immer nur um das eigene Gestüt. Doch er würde sich über das Baby freuen, daran hegte Helena keinen Zweifel.

Sie hielt an einem Lebensmittelladen, kaufte Fisch, Kartoffeln, Gemüse und Obst und bezahlte alles mit dem letzten Geld. Jetzt hatten sie keine einzige Pesete mehr. Aus diesem Grund war Christoph am Morgen nach Sevilla gefahren, um sich von einem früheren Studienfreund etwas zu borgen. Helena wusste, dass er sich Sorgen um die Zukunft machte. In den letzten Tagen war er oft sehr schweigsam gewesen. Er hatte viel gegrübelt und sicher auch darüber nachgedacht, aufzugeben und zurückzugehen. Davor hatte Helena große Angst, denn sie wollte mit ihm in Andalusien bleiben. Hier gab es weder seine Mutter noch Alexa Thossmann. Nur sie beide und bald auch ihr Baby.

Es wird alles gut werden, tröstete sie sich und trat den beschwerlichen Heimweg an.

Die Villa »Carmen« lag einsam im Hinterland. Die Straße stieg steil an und führte durch einen Eichenwald. Helena geriet außer Puste, weil sie so schnell fuhr. Doch sie wollte unbedingt vor Christoph zu Hause sein, um ein Festmahl zu kochen und den Tisch schön zu decken.

Als sie die Villa erreichte und sein Auto noch nicht in der Einfahrt stand, atmete sie erleichtert auf. Trotzdem beeilte sie sich. Sie kochte das Essen, pflückte Blumen, mit denen sie den Tisch dekorierte, und sprang unter die Dusche. Warmes Wasser prasselte auf sie herab, während sie liebevoll über ihren Bauch strich. Ein Kind wuchs in ihr heran. Wenn die Zigeunerin recht behielt, wurde es ein Mädchen. Helena suchte nach einem Namen. Als sie im Schlafzimmer ihr schönstes Kleid anzog, fiel ihr Blick auf die Keramikkachel mit den Liebeserklärungen. Die Anfangsbuchstaben der spanischen Worte ergaben den Namen *Carla*. Wie wundervoll das klang. *Carla* – ein Name aus Liebeserklärungen. So sollte ihre Tochter heißen.

Aufgeregt lief sie nach unten. In der Küche duftete es nach gebackenem Fisch, Knoblauch und frischen Kräutern. Sie nahm das Essen aus dem Ofen. Es war zehn nach sechs. Da hörte sie ein Auto, sprang auf und riss die Tür auf. Ein fremder Wagen fuhr auf der Straße vorbei. Von Christoph war nichts zu sehen. Enttäuscht ging sie zurück, setzte sich an den Tisch und wartete. Es wurde halb sieben. Ihre Anspannung stieg. Im Minutentakt blickte sie zur Uhr und achtete auf jedes Geräusch. Sonst war er immer sehr pünktlich. Er mochte es nicht, zu spät zu kommen.

Als er halb acht noch nicht eingetroffen war, begann sie, sich Sorgen zu machen. War ihm etwas zugestoßen? Hatte er einen Unfall gehabt? Wie ein Tiger im Käfig lief sie durchs Zimmer, während sie sich die schlimmsten Szenarien ausmalte. Sie versuchte, sich zu beruhigen. Und wartete weiter.

Um neun räumte sie den Tisch ab. Ein merkwürdiges Gefühl beschlich sie. Sie rief sich die letzten Tage in Erinnerung. Der Ausdruck in seinem Gesicht war von Tag zu Tag sorgenvoller geworden, sein Lachen gequälter. Das alles hatte sie bemerkt, doch nicht wahrhaben wollen.

Es wurde immer später. Helena weinte vor Aufregung, als Christoph um elf Uhr noch nicht da war. Wie versteinert blieb sie auf dem Sofa sitzen, bis sie endlich seinen Wagen hörte. Es war mitten in der Nacht.

Er kam herein, und sie sah sein trauriges Gesicht. Da wusste sie, dass etwas passiert war.

Wortlos setzte er sich neben sie. Das bedrückende Schweigen zwischen ihnen erklärte mehr als tausend Worte. »Ich habe eine Entscheidung getroffen«, sagte er nach einer Weile.

»Eine Entscheidung? Was für eine Entscheidung?« Sie fühlte die Angst in jeder Zelle ihres Körpers.

»Mach es uns bitte nicht schwer, Helena.«

»Was für eine Entscheidung?«, rief sie verzweifelt.

»In drei Tagen müssen wir das Haus verlassen«, erklärte er. »Ich weiß nicht, wohin wir dann gehen sollen. Wir haben kein Geld, und ich eigne mich nicht zum Stallburschen.«

»Was für eine Entscheidung?«, wiederholte sie hartnäckig.

»Wir sind am Ende angekommen, Helena. Es gibt keine Lösung für uns. Die Flucht war der falsche Weg. Wir können nicht einfach alles hinter uns lassen. So werden wir niemals glücklich. Ich liebe dich, aber ich kann so nicht leben.«

Er zog einen Briefumschlag aus der Jackentasche, den er ihr überreichte. Darin lagen ein Flugticket und fünfhundert Mark.

»Dein Flieger nach Köln geht morgen früh um 10.30 Uhr.« Beschämt senkte er den Blick. »Luise wird dich vom Flughafen abholen. Ich selbst werde mit dem Wagen nach Hause fahren. Ich halte es für das Beste.«

Schockiert starrte sie ihn an, mit den Geldscheinen und dem Ticket in der Hand. Es war auf die erste Klasse gebucht. »Wovon hast du das bezahlt?«

»Frag mich nicht.«

Aber sie fragte ihn.

Er schlug die Hände vors Gesicht. »Ich wusste nicht mehr weiter. Ich habe es nicht mehr ausgehalten. All die Lügen und die Sorgen um die Zukunft.«

»Was hast du getan?«, fragte sie unter Tränen.

»Meine Mutter angerufen«, gestand er kleinlaut. »Vor ein paar Tagen schon.«

»Du hast was …?« Sie war entsetzt. Es kam ihr vor wie Verrat.

»Ich sah keinen anderen Ausweg«, versuchte er sich zu verteidigen.

»Warum?«, fragte Helena leise. »Wir wollten doch hier miteinander glücklich werden, uns eine gemeinsame Zukunft aufbauen.«

»Es gibt keine gemeinsame Zukunft«, rief er verzweifelt.

Ein schlimmer Gedanke durchzuckte sie. Letzte Nacht hatte sie geträumt, Alexa Thossmann habe Christoph verziehen. Sie hatte ihre Arme fest um seinen Hals geschlungen, so als wolle sie ihn nie mehr loslassen. War dieser Traum ein schlechtes Vorzeichen?

»Hast du dich mit Alexa versöhnt?«, fragte sie bestürzt.

Seine Antwort kam schnell: »Ich habe nicht mit ihr gesprochen.«

»Du lügst«, schrie Helena. Sie glaubte ihm kein Wort. Plötzlich war sie wie von Sinnen. Sie zitterte am ganzen Körper, konnte keinen klaren Gedanken fassen und kam sich vor wie eine aufgezogene Puppe. Es ließ sich nicht mehr steuern, was sie tat. Sie schien keinen Einfluss auf ihre Handlungen zu haben. Sie nahm das Telefon zur Hand und rief sich ein Taxi. Sie packte ihre Reisetasche, warf Christoph den Ring vor die Füße und verließ das Haus.

Er versuchte, sie zurückzuhalten. Doch Helena stieß ihn weg, rannte weinend zur Straße und fuhr in dem Taxi davon.

*

Er hetzte dem Wagen nach, lief so schnell er konnte – kilometerweit durch den Eichenwald, bis die Rücklichter in der Dunkelheit verschwanden. Helena war fort. Er selbst hatte sie fortgeschickt. Er wusste schon jetzt nicht, wie er ohne sie leben sollte, ohne ihre zärtlichen Berührungen zu spüren, ohne ihr Lachen zu hören, den Duft ihrer Haut zu riechen, sie nachts neben sich zu wissen. Noch nie zuvor hatte er eine Frau so geliebt. Und würde nie wieder so lieben. Sein Herz gehörte ihr, auch wenn er sie jetzt gehen ließ. Es gab keinen anderen Weg, keine andere Entscheidung, keine gemeinsame Zukunft. Die Realität hatte sie beide eingeholt, war wie eine gewaltige Welle über sie hinweggeschlagen. Sie hatten kein Geld und keine Arbeit. Doch das war nicht einmal sein größtes Problem. Der Gedanke, seine Familie im Stich zu lassen, quälte ihn, raubte ihm nachts den Schlaf. Er war zu Pflichtgefühl und Verantwortung der Familie gegenüber erzogen worden. Er musste tun, was seine unglückliche Mutter und sein kranker Vater von ihm erwarteten. Dem konnte er sich nicht entziehen. Weinend hatte seine Mutter ihn am Telefon angefleht zurückzukommen. Ohne Umschweife hatte sie ihm erklärt, dass sie sich das Leben nehmen würde, sollten sie alles verlieren. Und er wusste, dass sie es wahr machen würde. Wie sollte er mit dieser Schuld weiterleben?

Atemlos sank er auf die Knie. Er war allein, verloren in den Eichenwäldern. Helena würde er nie mehr wiedersehen. Das fühlte er ganz deutlich. War es nur der augenblickliche Schmerz, der dieses Gefühl in ihm aufkommen ließ? Oder war es eine böse Vorahnung? Wolken schoben sich vor den Mond. Kein Stern war am Himmel zu sehen. Auch nicht der, den Helena zu ihrem gemeinsamen Glücksstern erklärt hatte. Es schien, als sei ihr beider Glück erloschen.

6 *Flughafen Köln/Bonn, August 1977*

Atemlos lief Luise in Richtung Gepäckabfertigungshalle. Sie war zu spät, viel zu spät. Sie war zum ersten Mal am Flughafen, deshalb hatte sie sich verfahren. Außerdem hatte sie keinen Parkplatz bekommen und musste sich in dem riesigen Gebäude erst durchfragen. Alles war so schrecklich groß und weitläufig hier. Helena würde bestimmt schon auf sie warten. Die Maschine aus Sevilla war bereits vor einer halben Stunde gelandet. Wie es Helena in den letzten Wochen wohl ergangen war? Luise hatte sich große Sorgen gemacht. Sogar Sophie hatte schlaflose Nächte verbracht. Gott sei Dank war Helena zur Vernunft gekommen. Einfach zu fliehen war nicht der richtige Weg. Wenn sie und Christoph sich liebten und sich füreinander entschieden hatten, mussten sie für ihre Liebe einstehen. Es half nichts, vor den Problemen davonzulaufen.

So schnell sie konnte, rannte sie über die langen Gänge des Flughafengebäudes. Sie bekam kaum noch Luft. Da erblickte sie endlich Helena. Unbeweglich wie eine Statue, mit leerem Blick, stand sie inmitten der Halle, ohne die Menschen um sich herum wahrzunehmen. Sie wirkte völlig geistesabwesend. In diesem Moment ahnte Luise, dass sich der Traum von der großen Liebe nicht erfüllt hatte. Es gab kein Happy End für die Prinzessin und den Prinzen. Nicht jede Geschichte endete glücklich. Sie lief auf Helena zu, schloss sie in die Arme und drückte sie fest an sich. Da begann Helena hemmungslos zu weinen. Liebevoll strich Luise ihr übers Haar. Noch hatte sie nicht erfahren, was passiert war. Bis gestern Nachmittag hatten sie und Sophie ja nicht einmal gewusst, wo Helena sich aufhielt. Erst durch den Anruf der Baronin hatten sie von Andalusien erfahren. Die Baronin hatte sie auch darüber informiert, dass Helena nach Hause kommen würde. Sofort war Sophie nach Fasanenhof geeilt, um weitere Details zu erfahren. Doch die Baronin hatte ihr nicht sehr viel mehr berichtet.

»Wo ist Christoph?«, fragte Luise zaghaft.

»Wir haben uns getrennt«, erklärte Helena. Sie war blass und übernächtigt. Trotzdem bemerkte Luise, dass sie sich verändert hatte. Ein unbestimmter Ausdruck in Helenas Gesicht ließ sie aufmerksam werden.

»Lass uns nach Hause fahren«, sagte sie, während sie nach der Reisetasche griff.

Helena lächelte müde. »Ich glaube nicht, dass ich noch ein Zuhause habe.«

»Natürlich hast du das«, entgegnete Luise resolut. »Hoheneck ist dein Zuhause. Sophie wird zwar ein furchtbares Theater veranstalten, dir aber letztendlich verzeihen. Auch sie ist heilfroh, dass du wieder da bist.«

»Das glaube ich nicht«, flüsterte Helena und fügte hinzu: »Wart's ab.«

*

Sophies Nasenflügel zuckten. Sie presste die schmalen Lippen aufeinander. Die Zornesröte färbte ihr Gesicht purpurn. »Warum hast du uns das angetan?«, keuchte sie. »Für alle Zeiten wären wir mit Henry Drumwell den finanziellen Schwierigkeiten entkommen. Aber du hast alles kaputt gemacht!«

Stocksteif saß Helena auf dem Sofa, während Sophie tobte. Sie hatte nichts anderes erwartet.

»Ich hoffe, du hattest wenigstens deinen Spaß«, sagte Sophie scharf, »denn in Zukunft wird das Leben für uns alle sehr viel härter. Die Banken haben den Kredit gekündigt, und Henry hat die Verlobung gelöst. Tante Miranda hat alles versucht, um das zu verhindern. Natürlich konnte sie ihn nicht umstimmen.«

Helena verzog keine Miene. Sophie lief durch das Zimmer, immer auf und ab wie ein gehetztes Tier. Sie ließ ihrer Wut freien Lauf, bis sie plötzlich vor Helena stehen blieb und mit ernster Stimme sagte: »Wir müssen uns etwas einfallen lassen. Die Lage ist katastrophal. Ich habe vor zwei Wochen alle Mitarbeiter entlassen. Wir sind am Ende. Keine drei Monate halten wir mehr durch. Vielleicht können wir Henry Drumwell noch einmal umstimmen. Immerhin war er sehr verliebt in dich. Miranda hat das Geschehen an der Côte d'Azur beobachtet. Den Sommer über hat er sich zurückgezogen. Er ist nicht ausgegangen, hat sich nicht amüsiert. Bis jetzt scheint er keine neue Freundin zu haben. Miranda meint, er leidet sehr unter der Trennung. Noch sei nichts verloren. Wir müssen es versuchen.«

»Ich bin schwanger«, unterbrach Helena sie.

Sophie wurde kreidebleich. »Das glaube ich nicht«, flüsterte sie entsetzt und verpasste Helena im selben Moment eine schallende Ohrfeige. Danach wurde es im Wohnzimmer still – so totenstill wie auf einem Friedhof.

Sophie ging zum Fenster, blickte minutenlang hinaus, auf den Hof, den Stall und den Wald, bis sie resigniert feststellte: »Nun ist alles verloren.«

Helena hörte die Enttäuschung in ihren Worten. Es klang, als erkläre ein großer Kriegsherr seine endgültige Niederlage. Sophie schien ihre Machtlosigkeit gegenüber dem Schicksal anzuerkennen.

»Ich bin nicht schuld daran, dass wir pleite sind«, sagte Helena leise. »Ich habe Hoheneck nicht in den Ruin getrieben. Deshalb kannst du nicht von mir verlangen, dass ich einen Mann heirate, den ich nicht liebe, nur um es zu retten.«

»Das können wir jetzt sowieso vergessen«, erwiderte Sophie. »Schwanger wird dich niemand mehr heiraten. Es ist vorbei. Alles ist vorbei.«

*

Helena und Luise hatten das Wohnzimmer längst verlassen, da stand Sophie noch immer am Fenster und blickte hinaus. Sie war allein zurückgeblieben. So wie damals in den letzten Kriegsmonaten, als alle aus den Dörfern geflohen waren. Nur sie und ihre kleine Schwester Amelie nicht, obwohl auch sie sehr große Angst hatten. Wochenlang versteckten sie sich oben in der Höhle, harrten in bitterster Kälte dort aus, mit den Hühnern und Pferden, etwas Kohl und den letzten Kartoffeln, bis endlich die Amerikaner kamen.

Die Standuhr tickte leise, immer im gleichen Rhythmus. Sie tickte in diesem Haus, seit Sophie denken konnte. Amelie hatte das Ticken gehasst. Es hatte sie beim Singen gestört. Schon als Kind hatte sie wie eine Lerche geträllert und davon geträumt, in Paris eine berühmte Sängerin zu werden. Sophie hatte sie gedrängt, in Hoheneck zu bleiben. Doch sie wollte unbedingt gehen. Und was hatte sie erreicht? Ein uneheliches Kind in die Welt gesetzt. Das gleiche Schicksal, das nun auch Helena ereilte. Sie war schwanger von einem Mann, der in wenigen Wochen eine andere heiraten würde. Alexa Thossmann. Diese Information hatte Sophie aus allererster Quelle. Gestern Nachmittag auf Schloss Fasanenhof hatte es ihr die Baronin erzählt. Alexa würde Christoph die kurze Trennung verzeihen. Von seinem kleinen Ausflug nach Andalusien wusste sie nichts. Sie glaubte, er wäre geschäftlich für seine Eltern unterwegs gewesen. Der Hochzeitstermin stand bereits fest, Alexa hatte sich den 24. September ausgesucht, den Geburtstag ihrer Mutter.

Gegenüber Luise hatte Sophie die Hochzeit mit Alexa nicht erwähnt. Sie wollte erst abwarten, was Helena wusste. Doch sie schien nicht zu ahnen, wie der Vater ihres Kindes seine Zukunft plante. Wie hatte sie nur so unvorsichtig sein können? Ein uneheliches Kind zerstörte ihr Leben. Verstand sie das nicht? Wer wollte schon eine Frau mit einem Kind heiraten?

War ein Mann eigentlich verpflichtet, für ein uneheliches Kind Unterhalt zu zahlen? Sophie kannte sich mit den Gesetzen nicht aus. Früher waren uneheliche Kinder nichts wert. Daran hatte sich ihrer Meinung nach nichts geändert.

Sie holte tief Luft. Sie fühlte sich zermürbt und kraftlos. Ausgerechnet Helena hatte sie so enttäuscht. Alle Hoffnungen hatte sie in dieses Mädchen gesetzt. Doch Helena hatte sich nur für ihre kleine Liebelei mit Christoph interessiert, für die sie nun teuer bezahlen musste. Hoheneck war ihr gleichgültig. Doch auch sie verlor das Dach über dem Kopf, sollten sie Hoheneck verlieren.

Bei dem Gedanken, Hoheneck zu verlassen, empfand Sophie körperlichen Schmerz. Es war, als rammte ihr jemand ein Messer in die Brust, mitten ins Herz. Sie blickte aus dem Fenster und sah sich mit Amelie von der Höhle zurückkehren, damals, im März fünfundvierzig. Auch damals hatten sie vor dem Nichts gestanden. Doch nie war ihr der Gedanke gekommen aufzugeben. Und sie würde es auch jetzt nicht tun. Dafür hatte sie nicht ein Leben lang gekämpft. Sie würde sich dem Schicksal nicht beugen.

Allmählich kehrte ihr Mut zurück, ein Plan reifte in ihr heran. Es war noch nicht alles verloren! Trotz der misslichen Lage hielt sie einen Trumpf in der Hand – ein Ass, das sie nur richtig ausspielen musste.

*

Im Jagdsalon von Schloss Fasanenhof war es für einen Moment mucksmäuschenstill. Die Baronin griff nach ihrer Teetasse, chinesisches Porzellan, hauchdünn und handbemalt. Sie saß in einem samtbezogenen Ohrensessel, ihr gegenüber Sophie von Waldheim. Genüsslich nahm die Baronin einen Schluck Tee und erklärte: »Ich liebe diesen leichten blumigen Oolong. Willst du ihn nicht doch einmal probieren?«

Sophie lehnte ab. Sie mochte keinen chinesischen Tee. Ihrer Erfahrung nach schmeckte er bitter und hinterließ ein taubes Gefühl auf der Zunge.

»Ich lasse ihn mir extra aus Hongkong schicken«, schwärmte die Baronin. »Dort werden die Blätter nach dem Pflücken in der Sonne getrocknet, so erhalten sie ein spezielles Aroma. Du solltest unbedingt eine Tasse mit mir trinken. Der Tee wird mehrfach aufgegossen, dieser hier bereits zum dritten Mal. In der chinesischen Teezeremonie gilt ein Tee im dritten Aufguss als Tee der langen Freundschaft. Interessant, nicht wahr?«

»Sehr interessant«, erwiderte Sophie.

»Schön, dass du das so siehst.« Die Baronin stellte ihre Tasse ab. »Denn gute Freunde finden doch für jedes Problem eine Lösung.«

»Ist die Lösung unseres Problems nicht klar?«, fragte Sophie scharf.

»So einfach ist das nicht«, entgegnete die Baronin. »Alexa würde es nie dulden, dass Christoph ein uneheliches Kind mit einer anderen Frau hat. Erfährt sie davon, lässt sie sich sofort scheiden, da bin ich mir sicher. Leider sehen die Verträge vor, dass wir bei einer Scheidung leer ausgehen, egal, wie lange die beiden verheiratet waren. Unser Risiko ist also sehr groß.«

»Christoph weiß nicht, dass es sein Kind ist, und auch Alexa wird es nie erfahren«, versicherte Sophie.

»Ich vertraue dir«, erklärte die Baronin. »Trotzdem liegt das nicht ausschließlich in deiner Hand. Wir leben in unmittelbarer Nachbarschaft. Irgendwann wird es Gerüchte geben. Du weißt doch, wie das ist. Außerdem wird Christoph anfangen nachzurechnen, wenn er hört, dass Helena ein Kind geboren hat. Gott bewahre uns davor. Er war verliebt schon unberechenbar. Was wird er erst tun, wenn er feststellt, dass er Vater geworden ist?« Erneut goss sie sich Tee ein, hob die Tasse elegant mit Daumen und Zeigefinger an und nahm einen kleinen Schluck. Dann fügte sie hinzu: »Dieses Kind bedeutet eine Gefahr für meine Familie. Du wirst einsehen, dass ich unter den gegebenen Umständen nicht bereit bin, zu zahlen.«

Was wurde hier für ein Spiel gespielt? Sophie war erstaunt. Sie sollte vorsichtig sein. Die Baronin wusste, dass ein Unterhaltsprozess folgen würde, sollte sie nicht freiwillig zahlen. Und dafür interessierte sich bestimmt auch die Presse. Das konnte nicht in ihrem Sinn sein. Was also hatte sie vor?

»Ich würde mich jedoch sehr großzügig zeigen, wenn du Helena zu einer Abtreibung bewegen könntest«, fuhr die Baronin fort.

»Du versündigst dich«, gab Sophie erbost zurück. »Eine Abtreibung kommt nicht infrage. Außerdem ist es dafür längst zu spät. Es ist nicht mehr möglich, verstehst du! Das Kind wird geboren, ob es dir passt oder nicht.«

»Dann lass uns eine saubere Lösung finden.« Die Stimme der Baronin klang entschlossen.

»Eine saubere Lösung?«, wiederholte Sophie. »Was soll das bedeuten? Wir reden über ein Kind. Dafür findet man keine sauberen Lösungen.«

»Wir reden über einen Störfaktor«, erwiderte die Baronin verärgert. »Dieses Kind stört nicht nur meine Pläne, sondern auch deine. Gib es doch zu! Oder willst du etwa leugnen, dass du Helena nur allzu gern mit einem reichen jungen Mann verheiraten würdest?«

»Was spielt das jetzt noch für eine Rolle?«, gab Sophie schroff zurück. »Mit einem unehelichen Kind heiratet sie niemand mehr, jedenfalls kein junger Mann aus gutem Hause. An diesem Dilemma ist dein Sohn schuld. Deshalb wirst du dafür bezahlen.«

»Nein«, erklärte die Baronin entschieden. »Lass uns über eine Lösung reden.«

»Was für eine Lösung?«

»Eine, die alle zufriedenstellt.«

»Ich bin erst zufrieden, wenn du zahlst.«

»Ich werde zahlen!« Die Baronin lächelte. »Aber ich muss meine Familie schützen, das wirst du verstehen. Ich kann unmöglich zulassen, dass dieses Kind in unserer Nachbarschaft aufwächst.«

Sophie begriff, dass die Baronin sich schon einen Plan zurechtgelegt hatte.

»Die Schwiegertochter meiner Schwester in London«, fuhr die Baronin nach einer Pause fort, »wünscht sich seit Langem Kinder, kann aber keine eigenen bekommen. Deshalb haben sie und ihr Mann – mein Neffe – vor Kurzem erst ein Baby adoptiert. Käme nun ein zweites hinzu, würde sich darüber niemand wundern.«

Sophie lachte auf. Bevor sie jedoch etwas erwidern konnte, legte ihr die Baronin beschwörend die Hand auf den Unterarm und blickte ihr fest in die Augen. »Lass mich ausreden, liebe Sophie. Bitte hör dir meinen Vorschlag an. Die Schwangerschaft müsste geheim bleiben, doch das dürfte kein Problem sein, da fällt uns etwas ein. Nach der Geburt geben wir das Kind nach London, zu meinem Neffen und seiner Frau, die es adoptieren werden. Helena kann es jederzeit besuchen und sich davon überzeugen, dass es dem Kind gut geht. Es wird in besten Verhältnissen aufwachsen, gute Schulen besuchen, ein anerkanntes Mitglied der Londoner Gesellschaft werden. Es gibt Schlimmeres, was ein Kind in dieser Welt erwarten kann. Außerdem wirst du von mir zweihundertfünfzigtausend Mark erhalten, weil du diese Unannehmlichkeiten hattest. Und ich biete dir meine Hilfe an, im nächsten Sommer einen geeigneten Ehemann für Helena zu finden. Ohne dieses Kind werden sich viele junge Männer um sie bemühen. Wir müssen sie nur in die Gesellschaft einführen, das ist alles.« Die Baronin lehnte sich zurück. »Es liegt nun an dir, meinen Vorschlag anzunehmen.«

Sophies Schläfen pochten. Das Kind wegzugeben, daran hatte sie noch nicht gedacht. Sie war gekommen, um Geld zu fordern. Eine andere Idee hatte sie nicht verfolgt. Doch der Vorschlag der Baronin leuchtete ihr ein. Nur in einem Punkt hatte sich die Baronin geirrt. Helena würde das Kind niemals hergeben.

»Du musst mit ihr reden«, forderte die Baronin mit eindringlicher Stimme. »Du musst ihr erklären, in welche Situation sie sich gebracht hat.«

»Mit ihr zu reden hat überhaupt keinen Sinn«, erwiderte Sophie. »Das Mädchen ist stur. Aber ich werde einen Weg finden. Lass das nur meine Sorge sein.«

»Soll das heißen …«, fragte die Baronin zögernd, »dass du mit meinem Vorschlag einverstanden bist?«

»Ich bin einverstanden«, antwortete Sophie ohne Umschweife. Es gab keinen Grund, den Vorschlag abzulehnen. Er war gut für Hoheneck und auch für Helena. Irgendwann würde sie verstehen, dass ihr niemand aus Bösartigkeit das Kind wegnehmen wollte. Ohne dieses Kind war alles einfacher.

Die Baronin zeigte sich zufrieden. »Sehr schön, liebe Sophie. So haben wir doch noch eine Lösung gefunden. Im September werde ich dir eine erste Rate von einhunderttausend Mark zahlen. Den Rest bekommst du, wenn alles geregelt ist. Du weißt, dass du dich auf mein Wort verlassen kannst. Ich hoffe, es ist so in Ordnung für dich.«

Sophie nickte. Ein Handschlag besiegelte das Geschäft.

»Wie gut, dass wir alte Freundinnen sind«, lachte die Baronin erleichtert und bot Sophie einen Kognak an. Doch die lehnte ab. Sie musste dringend zurück nach Hoheneck. Es gab dort viel zu tun für sie.

*

Luise erschrak, als sie den Schrei vernahm. Sie stürzte aus der Küche und sah Helena auf der Treppe knien. Gekrümmt vor Schmerzen rang sie nach Luft. Luise rannte die Treppe hinauf und packte sie fest an den Schultern.

»Was ist los?«, rief sie.

»Mein Bauch tut so weh«, keuchte Helena. Schweiß perlte auf ihrer Stirn.

Grethe kam angelaufen. Auch sie machte ein erschrockenes Gesicht, als sie Helena und Luise auf der Treppe kniend vorfand.

»Sie hat Schmerzen im Bauch«, erklärte Luise, während sie sich mit Helena im Arm zurücklehnte, sodass die aus der knienden Position herauskam. Danach öffnete Grethe den Verschluss der Leinenhose, schob das T-Shirt nach oben und strich über den leicht gewölbten Bauch, bis ihre Finger sich sanft in die rechte Seite des Unterleibs drückten, danach in die linke.

»Genau dort tut es weh«, wimmerte Helena.

Grethe nickte wissend. Ihre Mutter hatte neun Kinder zur Welt gebracht, von denen sie das Älteste war. Sie hatte mehrere Schwangerschaften miterlebt und war bei den Geburten der letzten drei Kinder dabei gewesen. Sie schien die Ursache für Helenas Schmerzen zu kennen. In Zeichensprache erklärte sie: Ein starkes Ziehen im Unterleib sei nicht unnormal. Ihrer Mutter habe es beim vorletzten Baby bis zum fünften Monat verspürt.

Nachdem der krampfartige Schmerz nachgelassen hatte, brachten Luise und Grethe Helena in ihr Zimmer. Dort legten sie sie aufs Bett und gaben ihr ein Glas Wasser, das sie in kleinen Schlucken austrank. Es ging ihr immer noch nicht besser, daher beschloss Luise, einen Arzt zu rufen.

In diesem Moment tauchte Sophie im Türrahmen auf. Sie musste gerade erst zurückgekehrt sein, denn sie trug noch ihre guten Sachen, den dunkelblauen Hosenanzug und die schwarzen Schuhe. Nach dem Mittagessen war sie weggefahren, hatte aber niemandem erzählt, wohin.

»Was ist hier los?«, fragte sie.

»Helena hat Bauchschmerzen«, erklärte Luise. »Ein starkes Ziehen im Unterleib. Ich wollte gerade einen Arzt verständigen.«

»Den brauchen wir nicht«, entgegnete Sophie.

Luise sah sie überrascht an. Wenn es um die Pferde ging, rief Sophie sofort einen Arzt. Ihrer schwangeren Nichte hingegen wollte sie die ärztliche Betreuung verweigern?

»Du siehst doch, dass es ihr nicht gut geht«, sagte Luise besorgt. Helena lag bewegungslos mit geschlossenen Augen da.

Doch Sophie winkte ab. Dann stellte sie sich neben das Bett und blickte mit nachdenklichem Gesichtsausdruck auf Helena herab. Eine ganze Weile stand sie so da. Irgendetwas schien sie zu beschäftigen. Dann sagte sie zu Grethe: »Hol eine Schüssel mit eiskaltem Wasser und ein paar saubere Tücher.« Und als das Dienstmädchen nicht sofort reagierte, fuhr sie es ungehalten an: »Nun mach schon!«

Grethe lief aus dem Zimmer, während Luise all ihren Mut zusammennahm und mit eindringlicher Stimme sagte: »Wir sollten trotzdem einen Arzt rufen.«

»Nein, das werden wir nicht tun.« Mit diesen Worten trat Sophie einen Schritt auf sie zu. Sie war sehr groß, sodass Luise zu ihr aufschauen musste. Beim Anblick des strengen Gesichts spürte Luise wieder diese tief sitzende Angst, die sie schon als Fünfjährige ergriffen hatte.

»Du kümmerst dich jetzt um Helena«, befahl Sophie. »Sobald es ihr wieder besser geht, kommst du zu mir herunter. Ich will etwas mit dir besprechen.«

*

Angespannt nahm Luise auf dem Sofa Platz. Sophie schloss die Tür, setzte sich ihr räuspernd gegenüber und erklärte mit belegter Stimme: »Ich würde Helena während der Zeit ihrer Schwangerschaft gern in professionelle Hände geben.«

»Was soll das heißen?«, fragte Luise irritiert.

»Schau sie dir doch an!«, erwiderte Sophie. »Sie sieht nicht gut aus. Meiner Meinung nach hat sie die Trennung von Christoph nicht verkraftet. Außerdem befürchte ich, dass die Schwangerschaft schwierig werden könnte.«

»Genau aus diesem Grund wollte ich einen Arzt rufen«, sagte Luise.

Sophie sprang vom Sofa auf. Sie wirkte nervös, ihre Hände flatterten. »Das Beste wird sein, wir bringen sie nach Botrange.«

»Das ist am Ende der Welt«, rief Luise entsetzt. »Was soll sie dort?«

»Die Nonnen sind medizinisch versiert«, verteidigte Sophie ihren Plan. »Das Kloster hat einen ausgezeichneten Ruf.«

»Aber du kannst Helena doch nicht in ein Kloster schicken«, erregte sich Luise. »Sie braucht einen Arzt. Sie muss in ein Krankenhaus, nicht in ein Kloster.«

»Unsinn«, entgegnete Sophie. »Botrange ist der richtige Ort für sie. Dort wird man sich Tag und Nacht um sie kümmern. Das können wir hier unmöglich leisten. Wie sollen wir das anstellen? Du weißt selbst am besten, dass wir mehr als genug Arbeit haben, seitdem kaum noch Personal da ist.«

»Das ist eine Ausrede«, wagte Luise zu behaupten. »Du schämst dich wegen ihrer Schwangerschaft. Das ist der wahre Grund.«

»Ich möchte nicht, dass es Gerede gibt«, stellte Sophie fest. »Wir machen es so, wie ich es gesagt habe. Wir bringen sie nach Botrange. Sie ist dort gut aufgehoben. Es ist das Beste, glaub mir.« Sie machte eine kurze Pause und fügte dann hinzu: »Am 24. September wird Christoph Alexa Thossmann heiraten.«

»Wie bitte?«, rief Luise überrascht.

Sophie legte den Zeigefinger auf ihre schmalen Lippen. »Sei nicht so laut. Helena soll es nicht wissen. Auch deshalb will ich sie ins Kloster bringen. Sie soll vor der Geburt des Kindes nichts davon erfahren. Das würde sie zu sehr aufregen und dem Baby schaden.« Die Unaufrichtigkeit in ihren Worten war nicht zu überhören.

7 Zaghaft klopfte Luise an die Tür des kleinen Bauernhauses. Ein junger Mann in einem grauen Rollkragenpullover öffnete ihr. Sie entschuldigte sich für die Störung. »Ich habe nur eine Frage. Können Sie mir etwas über die Leute vom Nachbarhof erzählen?«

Der Mann machte ein verblüfftes Gesicht. »Meinen Sie den, der abgebrannt ist?«

»Genau den«, bestätigte Luise. »Ich suche die Familie, die früher dort gewohnt hat. Aber niemand kann – oder will – mir Auskunft geben.«

»Ich kann Ihnen dazu auch nicht viel sagen«, erwiderte der Mann achselzuckend. »Meine Frau und ich sind erst vor ein paar Jahren zugezogen. Da waren diese Leute schon weg. Keine Ahnung, wohin sie gegangen sind.«

»Vielleicht kennen Sie jemanden, der mir weiterhelfen kann«, hakte Luise beharrlich nach. Sie wollte nicht vorschnell aufgeben, denn sie musste Grethe unbedingt finden.

Grethe war die Einzige, die ihr sagen konnte, was in Hoheneck geschehen war, nachdem sie das Haus verlassen hatte. Grethe wusste bestimmt etwas. Auch darüber, wie Helena zu Tode gekommen war.

»Fahren Sie hoch auf den Jakobshof«, schlug der junge Bauer vor. »Der Alte weiß alles über die Gegend und die Menschen hier. Der kann Ihnen sicher etwas dazu sagen.«

Luise ließ sich den Weg erklären. Der Hof von Bauer Jakob war eines der einsamen Gehöfte, die an der Straße nach Botrange lagen. Seit einer Ewigkeit war sie nicht mehr dort oben gewesen.

Mühsam quälte sich Luises kleines Auto die verschneite Serpentinenstraße hinauf. Gewaltige Schneeberge säumten den Straßenrand. Aufgrund von Schneeverwehungen war die Straße teilweise nur einspurig befahrbar. Zum Glück schneite es im Augenblick nicht, dafür zerrte ein stürmischer Wind an ihrem Wagen. Sie war heilfroh, als sie endlich das Bauernhaus erreichte. Eine hohe Hecke schützte es vor Wind und Wetter. Und das Dach des Hauses reichte fast bis zum Boden.

Ein unfreundlicher alter Mann öffnete ihr die Tür. Ein Blick in sein mürrisches Gesicht ließ Luise ahnen, dass die beschwerliche Fahrt hierher umsonst gewesen sein könnte.

Nachdem sie ihr Anliegen vorgetragen hatte, hob er abwehrend beide Hände.

»Eine Hexe war sie«, schimpfte er.

»Wer?«, fragte Luise erstaunt.

»Na, die Frau! Das wissen doch alle. Eine üble Hexe mit missratenen Kindern. Manche davon hat sie sogar verkauft. Denen weint niemand eine Träne nach. Gott sei Dank ist ihnen der Hof abgebrannt. Danach sind sie auf Nimmerwiedersehen verschwunden.«

Was redete der Mann für einen Unsinn? War er noch bei Trost? Die Farbe seiner Nase verwies auf stetigen Alkoholkonsum. Am liebsten hätte Luise ihm einen Vogel gezeigt. Doch sie unterließ es und fragte stattdessen höflich: »Wissen Sie, wohin die Leute gegangen sind?«

»Wissen tue ich das schon«, erwiderte der Bauer. »Aber sagen tue ich das nicht. Wer den Namen solcher Leute in den Mund nimmt, dem widerfährt böses Unglück. Fragen Sie meine Frau.« Leider kam Luise dazu nicht mehr, denn der Bauer knallte ihr die Tür vor der Nase zu. Erbost hämmerte sie dagegen. »So machen Sie doch auf, Herr Jakob. Wenn Sie etwas wissen, dann helfen Sie mir, es ist sehr wichtig.« Doch alles Bitten und Flehen war umsonst. Die Tür blieb geschlossen. Wütend stapfte Luise durch den tiefen Schnee zum Auto zurück.

Mit seiner Behauptung hatte der Bauer wahrscheinlich Grethes Mutter gemeint. Von den neun Kindern, die sie zur Welt gebracht hatte, waren vier behindert. Unter anderem Grethe, die stumm geboren wurde. Da die Familie sehr arm war und der Hof hochverschuldet, begannen die Kinder sehr früh zu arbeiten. Grethe war erst vierzehn, als sie ihren Dienst in Hoheneck antrat. Ihre Schulbildung war mangelhaft, aber sie war ein fleißiges Mädchen. Deshalb zahlte Sophie ihr einen ordentlichen Lohn und gewährte ihr freie Kost und Logis. So konnte Grethe ihre Familie unterstützen. Ein paar Jahre lang ging auch alles gut, bis die Familie einen großen Schicksalsschlag erlitt. Kurz nach der Geburt des neunten Kindes verstarb der Vater bei einem Unfall im Wald. Dieses Unglück lag keine zwei Monate zurück, als Luise am Heiligabend 1977 in das Haus der Familie kam. Noch heute erinnerte sie sich an das Gesicht von Grethes Mutter, an die müden, dunkel umrandeten Augen, den gutmütigen Blick, das liebevolle Lächeln, vor allem aber an die Stimme, die so zart klang wie die eines Engels. *Legen Sie das Baby in die Wiege, und schieben Sie es dicht an den Ofen heran. Wir müssen den Ofen Tag und Nacht beheizen. Das Baby ist zu früh geboren, es braucht sehr viel Wärme. Ich werde es stillen, sonst wird es nicht überleben.*

Ohne diese Frau wäre Carla gestorben. Sie war keine Hexe. Sie war ein lieber Mensch, der keine Fragen gestellt, sondern einfach nur geholfen hatte.

Bevor Luise das Auto anließ, warf sie noch einen Blick zurück. Bauer Jakob war weit und breit nicht zu sehen. Aus Angst vor dem bösen Unglück hatte er sich in sein Haus verkrochen. Dummkopf, dachte sie. Dann fuhr sie los.

Jedoch nahm sie nicht den Weg zurück, sondern folgte der Straße, die ins Hochmoor führte – der Straße nach Botrange.

8 *Kloster Zur Heiligen Mutter Maria, 20. Dezember 1977*

Helena saß auf dem Bettrand und starrte das hölzerne Kreuz an der weiß getünchten Wand an. Spärliches Licht erhellte den Raum. Eine Lampe mit einem kugelförmigen Papierschirm stand auf dem schmalen Tisch neben dem Bett. Sie war die einzige Lichtquelle in diesem düsteren Zimmer, denn durch das kleine quadratische Fenster fiel kaum Tageslicht herein. Die matten Sonnenstrahlen des trüben Wintertages hatten nicht die Kraft, den dichten Nebel zu durchdringen. Kein Tag verging ohne den grauen Dunst, der tief über dem Moor hing und die Seele zermürbte.

Seit Monaten war sie hier gefangen, in diesem kargen, ungemütlichen Raum, in dem es weder ein Telefon noch einen Fernseher und nicht einmal eine Zeitung gab. Nur eine Bibel in einem alten, muffigen Schrank und eine schwarze Uhr über dem Bett, deren klackendes Geräusch sie allmählich verrückt machte. Sie war vollkommen von der Außenwelt abgeschnitten, eine Gefangene inmitten des Hochmoors. Das Gluckern des Moors glich verschiedenen Melodien, die Helena inzwischen alle kannte. War die Nacht ruhig und mild, klang das Moor wie ans Ufer schwappende Wellen. Jagte der Wind darüber hinweg, gurgelte es gespenstisch. Dann stiegen Laute aus den dunklen Tiefen, die wie verzweifelte Rufe klangen, in das sich das Krächzen der Krähen mischte. Die schwarzen Vögel schienen die einzigen Wesen zu sein, die das Moor liebten. Unentwegt hockten sie auf den Ästen der kahlen Bäume, die aus der sumpfigen Erde emporwuchsen.

Helena wäre längst von diesem schaurigen Ort geflohen, doch in ihrem Zustand käme sie nicht weit. Hier oben war die Welt zu Ende.

Sie versuchte, sich am Bettrand abzustützen. Dabei wurde ihr schwindelig, und sie fiel in die Kissen zurück. Heute ging es ihr wieder so schlecht, dass sie kaum aufstehen konnte. Sie begann zu weinen. Es war die einzige Möglichkeit, ihrer Verzweiflung Ausdruck zu verleihen. Schreien half nichts. Das hatte sie versucht. Da hatte man ihr eine Spritze verabreicht, sodass sie zwei Tage lang vollkommen ruhiggestellt war. Sie war eine Gefangene, auch wenn sich die Nonnen hingebungsvoll um sie kümmerten. Wahrscheinlich zahlte Sophie ihnen Geld dafür, dass sie hier oben eingesperrt wurde. Und alles nur, weil sie ein uneheliches Kind erwartete, für das Sophie sich schämte. Sie war böse, abgrundtief böse, das hatte Helena inzwischen erkannt. Sie war gemein und gefährlich. Sobald das Baby auf der Welt war, wollte Helena Hoheneck für immer verlassen. Zwar wusste sie noch nicht, wohin sie gehen sollte, doch bei Sophie sollte ihr Kind nicht aufwachsen.

Wenn Christoph doch nur bei ihr wäre. Es verging keine Stunde, in der sie nicht an ihn dachte. War er auch so unglücklich ohne sie? Sehnte er sich nach ihr? Oder hatte er sie längst vergessen? Luise erzählte nichts von ihm. Sie verheimlichte etwas, das spürte Helena. Bestimmt war er wieder mit Alexa zusammen. Wo blieb nur Luise? Sie hatte versprochen, um zwei Uhr zu kommen. Helena warf wütend das Kissen an die Wand. Sie wollte keine Gefangene mehr sein. *Klack* machte der Zeiger der Uhr. Es wurde halb drei, bis Luise endlich kam.

*

Als Luise das Zimmer betrat, fand sie Helena weinend auf dem Bett vor. Sie ständig so verzweifelt zu sehen machte Luise unendlich traurig. Sie hatte Sophie angefleht, Helena nach Hause zu holen. Doch Sophies Herz schien wie aus Stein. Zu Liebe und Mitgefühl war sie nicht fähig. Sie hatte beschlossen, dass Helena Weihnachten allein im Kloster verbringen sollte. Dabei hatten sie in Hoheneck alles so schön hergerichtet. Der Baum in der Halle war mit bunten Kugeln, goldenen Glöckchen und unglaublich viel Lametta geschmückt, auf der Treppe standen rote Weihnachtssterne, und im ganzen Haus roch es nach Lebkuchen. Es war alles so wie jedes Jahr, nur Helena fehlte.

Luise setzte sich zu ihr aufs Bett. Helenas Tränen bedrückten sie. Warum fand sie nicht endlich den Mut, Helena mit nach Hause zu nehmen!

»Lass mich nicht länger hier allein«, schluchzte Helena. »Sonst laufe ich einfach davon, mitten durchs Moor, bis ich irgendwo ankomme.«

»Um Himmels willen«, erschrak Luise. »So etwas darfst du nicht einmal denken. Die Stege sind vereist. Du würdest dich im Nebel verirren …«

»Dann nimm mich mit nach Hause!«

Luise schwieg. Wieso konnte sie ihre Angst vor Sophie nicht überwinden? War sie wirklich so feige?

Um das Thema zu wechseln, legte sie die Hand auf Helenas Bauch und fragte neugierig: »Was macht das Baby?«

Ein Lächeln umspielte Helenas Mund. Sie freute sich auf das Kind. »Es tritt kräftig zu«, erklärte sie und fragte im gleichen Atemzug: »Hast du eine Nachricht von Christoph? Weißt du, wie es ihm geht? Hast du etwas von ihm gehört?«

Luise schüttelte den Kopf.

»Ich glaube dir nicht«, rief Helena. »Du verheimlichst mir etwas. Ist er wieder mit Alexa zusammen?«

Sie ahnt es, dachte Luise. *Es ist eine Quälerei für sie, dass ihr niemand etwas sagt.* Am liebsten hätte sie laut herausgeschrien: *Er hat sie geheiratet.* Doch Sophie hatte es verboten.

»Lass uns über etwas anderes sprechen«, bat Luise.

»Also ist er wieder mit ihr zusammen«, stellte Helena bekümmert fest.

Luise starrte aus dem Fenster. Der dichte graue Dunst unterschied sich kaum von den Wolken. Das Kloster schien dem Himmel näher zu sein als der Erde. Es war ein Ort abseits der Welt.

»Sag es mir«, forderte Helena.

»Ich weiß es nicht«, erwiderte Luise.

»Natürlich weißt du es. Ist er wieder mit ihr zusammen?«

»Es könnte sein.«

»Also ist es so?«

»Helena, bitte …«

»Sag es mir, Luise. Sag mir endlich die Wahrheit.«

Luise senkte den Blick. Sie war zerrissen von ihren Gefühlen. Sie wagte nicht, es Helena zu sagen. Trotzdem sollte es sie endlich erfahren, um ihre Hoffnungen begraben zu können. Helenas Flehen dröhnte in ihren Schläfen, bis sie leise erklärte: »Er hat sie geheiratet.«

Einen Augenblick lang war es still. Helena wirkte erschrocken, geradezu verstört.

»Was hat er getan?«, fragte sie. Ein ungläubiger Ausdruck trat in ihr Gesicht. Mit aller Kraft stand sie auf, krallte sich am Bettgestell fest, um das Gleichgewicht nicht zu verlieren, und schloss die Augen.

»Er kann sie nicht geheiratet haben«, flüsterte sie sich selbst zu. »Das geht nicht. Das hat er nicht getan.«

»Wie meinst du das?«, fragte Luise irritiert.

Da schlug Helena die Augen wieder auf. »Er kann sie nicht geheiratet haben. Es geht nicht. Es ist unmöglich.« Sie sprach sehr schnell, verhaspelte sich, begann zu zittern und schleuderte mit voller Wucht die Lampe mit dem kugeligen Papierschirm gegen die Wand.

Luise erschrak zutiefst über diese Reaktion. Sie versuchte, Helena zu beruhigen, sprach auf sie ein, wollte sie in den Arm nehmen. Doch Helena war außer sich vor Schmerz und schrie immer wieder: »Das kann er nicht tun.«

In diesem Moment wurde die Tür aufgerissen, und eine der Nonnen erschien. Sie wollte Helena an den Schultern packen, aber die stieß sie weg.

»Wir müssen ihr ein Beruhigungsmittel geben«, sagte die Nonne aufgeregt.

Daraufhin verstummte Helena und wandte sich an Luise: »Das haben sie schon einmal getan. Sie geben mir eine Spritze, als sei ich hier im Irrenhaus.«

Entsetzt blickte Luise die Nonne an. »Ist das wahr?«

»Es ist ein leichtes Beruhigungsmittel auf pflanzlicher Basis«, verteidigte sich Schwester Angelika. »Sie sehen doch, in welchem Zustand sie ist.«

Einen Moment lang war Luise sprachlos. Dann ging ein Ruck durch sie hindurch. Sie war nicht bereit, Sophies Anweisungen weiter Folge zu leisten, sie musste Helena beschützen.

»Ich werde sie mit nach Hause nehmen«, sagte Luise in kühlem Tonfall.

»Aber das geht nicht«, erschrak Schwester Angelika.

»O doch«, erklärte Luise in ungewohnter Entschlossenheit. »Helena und ich werden das Kloster jetzt verlassen. Darüber sollten Sie augenblicklich die Mutter Oberin informieren.«

*

Luise zuckte zusammen, als Sophie mit der flachen Hand auf den Küchentisch schlug.

Dabei hatte sie sich fest vorgenommen, ihre Angst zu überwinden und sich zu wehren. Doch jetzt, da Sophie sie wutentbrannt anschrie, wagte Luise keinen Widerstand. Plötzlich war sie wieder fünf Jahre alt und spürte Sophies grenzenlose Macht.

»Helena war unglücklich und verzweifelt«, verteidigte sie sich, bemüht darum, das Zittern in ihrer Stimme zu verbergen. »In drei Tagen ist Weihnachten. Es gab keinen Grund, sie über die Festtage in diesem Kloster zu lassen.«

»Meine Anordnung ist für dich kein Grund?«, schrie Sophie mit erhobener Hand.

Luise hielt inne. Während der Fahrt von Botrange nach Hoheneck hatte sie es hundertmal geübt. Nun musste sie es auch sagen. Zum ersten Mal in ihrem Leben musste sie sich Sophie entgegenstellen. Vor Angst hätte sie sich am liebsten in eine Ecke verkrochen, als sie es endlich aussprach: »Nein!«

Sophie ließ die Hand sinken und starrte Luise entgeistert an. »Du widersetzt dich meinen Anordnungen?«

»Ich musste so handeln«, erklärte Luise. »Wir durften Helena das nicht länger antun.«

»Geh mir aus den Augen«, sagte Sophie scharf.
Daraufhin verließ Luise ohne ein weiteres Wort die Küche.

*

Was war nur in Luise gefahren? Warum nur hatte sie Helena nach Hoheneck gebracht? In wenigen Wochen wäre alles überstanden gewesen. Sophie sank auf einen Stuhl. Der Plan durfte nicht misslingen. Die ersten hunderttausend Mark waren längst aufgebraucht, die zweite Rate zum Begleichen der Schulden dringend erforderlich. Sie stützte die Ellenbogen auf den Küchentisch und verbarg das Gesicht in den Handflächen. Seit Tagen schon fühlte sie, dass etwas Unvorhergesehenes geschehen würde. Sie hatte keine Erklärung dafür. Es war nur ein Gefühl. Seit drei Nächten träumte sie davon, dass der Teufel in einer schwarzen Kutte Helena und das Baby mitnahm. Das war kein gutes Omen. Sie hatte auch vom Teufel geträumt, als ihre Eltern verunglückt waren. Und in der Nacht, in der Amelie mit dem Flugzeug abgestürzt war. Ihre Träume hatten sie noch nie getäuscht. Er würde Helena und das Baby holen. Dieser Gedanke ließ Sophie erzittern.

*

Weinend schlug Helena ihr Tagebuch auf und nahm die Eheurkunde heraus, die seit dem 5. August darin lag. Christoph war mit *ihr* verheiratet. Er hatte *ihr* das Versprechen gegeben, sie für immer zu lieben. Wie konnte er mit Alexa vor den Traualtar treten? Wütend und verletzt blickte sie hinaus in den Garten. Dicke Schneeflocken wirbelten im Wind. Der Wind trug das Glück fort, so hatte es die Zigeunerin gesagt. Sie erinnerte sich an die alte Frau, die in bunten Gewändern auf der Mauer hinter der Kirche saß, mit einer kleinen Schale Peseten neben den schmutzigen Füßen.

Sophie betrat polternd das Zimmer und unterbrach ihre Gedanken. Schnell versuchte Helena die Eheurkunde in ihrem Tagebuch verschwinden lassen. Doch Sophie hatte es schon bemerkt, ihr entging nie etwas.

»Was hast du da?«, wollte sie wissen.

»Das geht dich nichts an«, erwiderte Helena.

Sophie riss ihr die Urkunde aus der Hand. Helena wollte sie ihr wegnehmen, dann aber dachte sie trotzig: Soll Sophie es doch lesen! Sie hätte es sowieso bald erfahren. Alle würden bald erfahren, dass Christoph mit *ihr* verheiratet war. Mit *ihr*! Und nicht mit Alexa!

»Was ist das?«, fragte Sophie scharf.

»Das siehst du doch«, antwortete Helena.

Sophie war leichenblass. »Das ist nicht dein Ernst.«

Helena lachte bitter auf. »Wir haben am 5. August in der Iglesia de Santa Maria in Arcos de la Frontera geheiratet. Da staunst du, nicht wahr? Alexa wird ebenso staunen. Er ist mit *mir* verheiratet. Mit *mir*!« Ihr Herz begann vor Aufregung wild zu schlagen. Keuchend wiederholte sie: »Er ist mit *mir* verheiratet. Wir bekommen ein Baby. Ich werde nicht zulassen, dass er das vergisst.«

»Gar nichts wirst du tun«, sagte Sophie kurz angebunden.

Bestürzt blickte Helena sie an.

»Du wirst jetzt zur Ruhe kommen«, erklärte Sophie. »Und dann werden wir über deine Zukunft sprechen.«

»Gib mir die Eheurkunde zurück«, forderte Helena.

»Nein«, erwiderte Sophie. »Damit richtest du nur Schaden an.«

»Gib sie mir zurück.«

»Nein.«

Helena griff nach der Urkunde, doch Sophie ging raschen Schrittes damit aus dem Zimmer und schloss die Tür von außen ab. Helena hämmerte aufgebracht dagegen, bis ihr übel wurde und sie sich in die Waschschüssel auf der Kommode übergeben musste. Da verspürte sie plötzlich einen eigenartigen Schmerz im Unterleib.

9 *Schloss Fasanenhof, 22. Dezember 1977*

Christoph sah dem Feuer zu, das im Kamin des Jagdsalons knisterte. Er liebte diesen Raum, in dem er mit seinem Großvater oft gesessen und Schach gespielt hatte. Sein Großvater war ein leidenschaftlicher Jäger gewesen. Er selbst hatte für die Jagd nichts übrig. Er mochte es nicht, Tiere zu erschießen. Und fand es auch nicht schön, ihre ausgestopften Köpfe an die Wand zu hängen. Trotzdem saß er gern im Jagdsalon, führte Zwiegespräche mit seinem Großvater und meinte, den Duft seiner Zigarre zu riechen. Auch *er* hätte alles getan, um die Familie zu retten, das wusste Christoph. Doch er wäre besser damit zurechtgekommen. Er hatte mehr Disziplin, war härter gegen sich selbst. Er wäre nicht jeden Tag so unglücklich gewesen.

Christoph nahm sich einen Sherry und setzte sich in einen Sessel. Der Sherry schmeckte nach Mandeln und nach andalusischer Sonne. Dabei dachte er an Helena. Er sah ihr Gesicht, hörte ihr Lachen, spürte ihre Küsse und erinnerte sich an die Zeit, als sie nachts in seinen Armen lag. Sie war oft früh am Morgen aufgestanden, um den Sonnenaufgang über den Bergen zu beobachten. Wo sah sie jetzt der Sonne beim Aufgehen zu? War sie glücklich an diesem Ort? Er vermisste sie so sehr. Manchmal glaubte er den Verstand zu verlieren.

Von seiner Mutter wusste er, dass sie nach ihrer Rückkehr aus Andalusien sofort zu ihrer Tante Miranda an die Côte d'Azur gereist war. Dort hielt sie sich nun schon seit Monaten auf. Dreimal hatte er ihr postlagernd nach Nizza geschrieben, aber niemals eine Antwort erhalten. Wahrscheinlich hatte sie mit einer Nachricht von ihm nicht gerechnet und die Briefe nicht einmal abgeholt.

Er hätte gern mit ihr gesprochen. Er hatte ihr so viel zu sagen. Ein paarmal war er kurz davor gewesen, sich ins Auto zu setzen und nach Nizza zu fahren. Nur die Vernunft hatte ihn davon abgehalten. Er durfte Helenas Leben nicht schon wieder durcheinanderbringen. Er hatte ihr sehr wehgetan, sich wie ein Schuft benommen, als sei ein Versprechen vor Gott nichts wert. Es war so widerlich. Er konnte nicht in den Spiegel sehen. Des Geldes wegen hatte er eine Frau geheiratet, die er nicht liebte und neben der er nun jeden Morgen aufwachen musste, nachdem er nachts von Helena geträumt hatte.

Nie hätte er es für möglich gehalten, dass sie seine Hochzeit mit Alexa akzeptieren würde, ohne etwas zu unternehmen. Das entsprach nicht ihrem Naturell. Zwar hatte sie ihm den Ring vor die Füße geworfen, aber sie besaß noch die Eheurkunde. Es hätte gereicht, diese Alexa zu zeigen, um die Hochzeit zu verhindern. Ob Helena von seiner Hochzeit gar nichts wusste? Das war fast unmöglich. Alle Boulevardzeitungen hatten darüber berichtet. Und Luise hatte es ihr bestimmt geschrieben.

Damals, in der letzten Nacht in Andalusien, wollte er mit Helena über diese Eheurkunde reden. Doch er fand keine Möglichkeit dazu, weil sie sofort davonlief. Und die Urkunde mitnahm. Deshalb rechnete er seit Wochen mit einem Nachspiel und hatte sich bereits kühne Erklärungen für seine

Mutter und Alexa ausgedacht. Doch Helena schwieg. Im Grunde musste er froh sein darüber. Tief in seinem Inneren aber hatte er sich gewünscht, einer Heirat mit Alexa doch noch zu entkommen.

Für ihn gab es jedenfalls nur eine Erklärung, wieso Helena sich so still verhielt: Sie hatte mit ihm abgeschlossen, ihn vergessen und sich in einen anderen verliebt. Der Gedanke versetzte ihm einen Stich in der Magengrube. Er dachte an den reichen Amerikaner. Vielleicht war Helena längst in Dallas? Wieder verspürte er den Stich. Etwas stimmte daran nicht. Schon seit Tagen war er sehr unruhig. Wie ein Tier, das eine Katastrophe witterte. Das machte ihm Angst. Als sie damals mit dem Taxi weggefahren war, hatte er das Gefühl gehabt, sie nie mehr wiederzusehen. Und im Augenblick fühlte er genau das Gleiche, nur stärker als je zuvor. Was sollte er tun? Er wusste ja nicht einmal, wo Helena sich aufhielt.

10

Carla parkte ihr Auto vor dem Geschäft der Familie Sanchez. Unweigerlich sah sie hinüber zur Villa. Hinter den Fenstern brannte Licht. Sie sah die Silhouette einer fremden Frau. Doch es berührte sie nicht. Die Villa gehörte der Vergangenheit an. Es schien eine Ewigkeit her zu sein, dass sie darin gelebt hatte. So viel war inzwischen passiert. Mit einem Lächeln dachte sie an den Kuss – den zärtlichen, leidenschaftlichen Kuss –, den Tom ihr gestern Abend vor ihrem Hotelzimmer gegeben hatte. Ein einziger Kuss, mehr nicht. Er schien gespürt zu haben, dass sie für etwas anderes noch nicht bereit war.

Sie sah zur Uhr, es war gleich halb fünf. Das Flugzeug aus Sevilla war zu spät gelandet. Pauline wartete bestimmt schon auf sie. Als sie den Laden betrat, bediente Adelina gerade Frau Felden.

»Sie strahlen ja so, Frau Sandberg«, stellte die alte Dame fest.

»Ach ja?«, fragte Carla und wandte sich an Adelina. »Sind die zwei oben?«

»Wen meinst du?«, fragte Adelina erstaunt.

»Mara und Pauline natürlich«, erwiderte Carla irritiert. »Wen sonst? Ich soll Pauline doch hier abholen.«

Adelina wirkte überrascht. »Sie ist nicht da. Luise hat heute Morgen angerufen und Paulines Besuch abgesagt.«

»Sie hat abgesagt?«, wiederholte Carla verwundert. »Wie kann das sein? Um elf Uhr hat sie mir eine Nachricht auf der Mailbox hinterlassen, dass ich Pauline bei euch abholen soll.«

»Ich selbst war nicht im Laden, als der Anruf kam«, erklärte Adelina. »Unsere neue Aushilfe hat ihn entgegengenommen. Ich kann dir nur sagen, dass Pauline nicht hier ist.«

Hektisch zerrte Carla das Telefon aus der Handtasche und versuchte, ihre Mutter anzurufen. Doch sie konnte Luise nicht erreichen.

»Wo soll Pauline denn jetzt sein?«, fragte sie verwirrt.

»Sie ist bestimmt bei deiner Mutter«, beruhigte Adelina sie.

Doch das hielt Carla für ausgeschlossen. Darüber hätte Luise sie informiert.

»Vielleicht ist sie noch im Kindergarten«, überlegte Adelina.

Sofort rief Carla dort an. Es meldete sich niemand. Sie bekam feuchte Hände. Selbst Adelina wurde nervös. Da klingelte Carlas Telefon. Als sie im Display Luises Nummer erkannte, fiel ihr ein Stein vom Herzen.

»Ist Pauline bei dir?«, rief sie aufgeregt, ohne ein Wort der Begrüßung.

Kurzes Schweigen am anderen Ende. »Die ist bei Mara«, erwiderte Luise. »Hast du meine Nachricht nicht bekommen?«

»Bei Mara ist sie nicht!« Carla war fassungslos. »Adelina sagt, du hättest heute Morgen hier angerufen und abgesagt.«

»Ich habe nirgendwo angerufen«, entgegnete Luise.

Carla wurde schwindelig. Ihre Hand, die das Telefon hielt, begann zu zittern.

»Hast du Pauline heute Morgen in den Kindergarten gebracht?«, wollte sie wissen.

»Selbstverständlich«, sagte Luise. »Aber ich habe sie nicht abgeholt. Das wollte Herr Sanchez übernehmen, um mit den beiden ins Kino zu gehen.«

»Ich melde mich später«, sagte Carla. Dann rief sie Adelina zu: »Ich fahre zum Kindergarten!« Und rannte aus dem Laden.

Als sie dort ankam, schloss eine Erzieherin gerade die Tür zu.

»Ist Pauline noch da?«, brachte sie atemlos hervor.

Die Frau schüttelte verständnislos den Kopf.

»Pauline ist doch krank«, antwortete sie. »Das wurde uns heute Morgen telefonisch mitgeteilt.«

In Carlas Kopf drehte sich jetzt alles. Eine böse Vorahnung beschlich sie. Der Mann mit der Narbe auf der Hand fiel ihr ein. Sie sah sein Gesicht vor sich, den Stoppelbart, die eingefallenen Wangen, das hämische Grinsen. Da fühlte sie, dass ihrer Tochter etwas zugestoßen war.

*

Es gab keine Spur von Pauline. Carla hatte überall angerufen, bei Paulines Freundinnen und in allen Krankenhäusern. Das Mädchen blieb unauffindbar. In Carlas Kopf spielten sich die furchtbarsten Szenarien ab. Sie versuchte, die Bilder zu verdrängen, doch sie konnte kaum etwas dagegen tun, ihr Verstand war machtlos. Sie war ihrer Verzweiflung ausgeliefert. Luise saß bei ihr am Küchentisch. Auch Tom war sofort nach Hoheneck gekommen. Er drängte darauf, die Polizei einzuschalten.

»Damit darfst du nicht noch länger warten«, sagte er. »Scheinbar hat Pauline den Kindergarten nie betreten.«

»Hätte ich sie doch bloß nicht vor der Tür abgesetzt«, sagte Luise bedrückt. »Aber sie wollte unbedingt auf Mara warten. Es waren auch andere Kinder da. Deshalb habe ich mir nichts dabei gedacht. Sie hat mir noch gewinkt, als ich weggefahren bin.«

»Dich trifft keine Schuld«, sagte Carla leise. »Du musst dir keine Vorwürfe machen. Sie bleibt oft an der Tür stehen und wartet auf Mara, seit sie nicht mehr zusammen in den Kindergarten fahren.«

Luise dachte einen Augenblick lang nach, dann sprach auch sie sich dafür aus, die Polizei einzuschalten.

Carla griff zum Telefon. Das alles war so unwirklich, wie in einem bösen Traum. Immer wieder sagte sie sich, dass ihrem Kind nichts passiert sei. Doch die Angst hatte Besitz von ihr ergriffen und beherrschte sie vollkommen. Wo war ihre Tochter? War ihr etwas zugestoßen?

Ihre Finger zitterten so sehr, dass sie das Telefon kaum festhalten konnte. Da klingelte es plötzlich. Hektisch drückte sie den grünen Annahmeknopf.

»Pauline, bist du es?«, fragte sie laut. Doch am anderen Ende meldete sich niemand. Es knackte in der Leitung. »Pauline«, rief sie in Tränen aufgelöst. »So sag doch etwas, mein Schatz. Bist du es?«

Schweigen am anderen Ende. Carla hörte jemanden atmen. Nach einer Weile fragte eine verzerrte, hohl klingende Stimme: »Spreche ich mit Carla Sandberg?«

Ihr stockte der Atem.

Die Stimme fragte noch einmal: »Spreche ich mit Carla Sandberg?«

»Ja«, erwiderte sie.

»Sie haben etwas, was mir gehört«, erklärte die Stimme. »Und ich habe etwas, was Ihnen gehört. Ich schlage vor, es gegeneinander einzutauschen.«

Wovon redete der Anrufer? Was hatte das zu bedeuten?

»Wer sind Sie?«, fragte Carla aufgeregt. »Was wollen Sie? Wo ist meine Tochter?«

»Es geht ihr gut«, sagte die Stimme. »Sie werden Ihre Tochter zurückbekommen, sobald Sie mir das Original der Eheurkunde ausgehändigt haben.«

»Was soll das?«, schrie Carla aufgelöst ins Telefon. »Wer sind Sie? Was haben Sie mit meiner Tochter gemacht?«

»Ich will die Eheurkunde«, wiederholte die Stimme.

»Welche Eheurkunde?«, rief Carla verwirrt. »Ich habe keine Eheurkunde.«

»Spielen Sie nicht mit mir, und rufen Sie unter keinen Umständen die Polizei«, befahl die Stimme. »Dann wird Ihrer Tochter nichts passieren.«

»Wer sind Sie?«, stieß Carla hervor. »Was wollen Sie von mir? Was haben Sie mit Pauline gemacht? Wo ist meine Tochter? Geben Sie mir meine Tochter zurück!« Sie schrie laut, bis ihr bewusst wurde, dass niemand mehr antwortete. In der Leitung war es totenstill. Der Anrufer hatte längst aufgelegt.

Weinend sank sie in Toms Arme. Ihr wurde schwarz vor Augen. Es verstrichen Minuten, bis sie sich wieder beruhigt hatte.

»Wer war am Telefon?«, wollte Tom wissen.

»Ich weiß es nicht«, schluchzte sie. »Die Stimme war verzerrt. Jemand hat Pauline entführt, um an die Eheurkunde zu kommen.«

»An die Eheurkunde?«, fragte Tom ungläubig. »Das ist doch absurd! Wer entführt ein Kind wegen einer Eheurkunde? Wir müssen die Polizei einschalten.«

»Keine Polizei«, rief Carla erschrocken. »Sonst wird der Entführer Pauline etwas antun.« Dann legte sie den Kopf an Toms Schulter und sagte hilflos wie ein kleines Kind: »Ich will meine Tochter zurück.«

*

»Was hat derjenige davon, im Besitz dieser Eheurkunde zu sein?«, fragte Tom aufgebracht. »Auch ohne diese Urkunde lässt sich doch jederzeit beweisen, dass Helena und Christoph verheiratet waren.«

Er hatte es noch nicht ausgesprochen, da hob Carla nachdenklich den Kopf. »Das stimmt nicht«, erwiderte sie. Zwei Augenpaare blickten sie fragend an. Sie fuhr fort: »Es lässt sich eben nicht beweisen. Die Ehe ist beim Standesamt nicht registriert, weder in Spanien noch in Deutschland.«

»Aber es gibt einen Eintrag im Kirchenregister«, widersprach Tom.

»Das mag schon sein«, sagte Carla. »Nur hat das keinerlei Bedeutung. Eine Ehe, die ausschließlich vor Gott geschlossen wurde, ist nach dem Gesetz nicht gültig. Ohne eine offizielle Eheurkunde, von einem Standesamt ausgestellt, gibt es keinen Beweis für eine rechtskräftige Ehe.«

»Das ist richtig«, bestätigte Luise. »Deshalb ist diese Urkunde von großer Wichtigkeit. Es steht viel auf dem Spiel, wenn sie in falsche Hände gerät.«

»In Alexas Hände, zum Beispiel«, ergänzte Tom. Dann wandte er sich an Carla: »Wir müssen die Polizei anrufen.«

Geistesabwesend starrte Carla das Telefon an. Lange Minuten verstrichen; wie viele, konnte sie nicht sagen. Sie musste eine Entscheidung treffen, von der im schlimmsten Fall das Leben ihrer Tochter abhing. Auch sie hielt es für das Vernünftigste, die Polizei einzuschalten. Trotzdem hatte sie schreckliche Angst davor. Immer wieder quälte sie der Gedanke, dass der Entführer das Haus beobachten ließ und Pauline etwas antun würde, wenn die Polizei vorfuhr.

Hoffnungslosigkeit überkam sie. Warum hatte man ihre Tochter entführt? Wer tat so etwas Grausames? Sie war wie betäubt vor Schmerz und Hilflosigkeit, bis sie sich fragend an ihre Mutter wandte. »Geht es wirklich nur um diese Eheurkunde? Oder ist in diesem Haus noch etwas geschehen, das du mir bisher nicht erzählt hast?«

Luise senkte den Blick. Ein geheimnisvolles Knistern lag in der Luft. Längst war nicht alles ausgesprochen, längst war die Wahrheit nicht ans Licht gelangt.

»Ja«, erwiderte sie leise. »Es gibt noch etwas …«

11 *Hoheneck, Heiligabend 1977*

Hektisch lief Luise die Treppe hinunter. Sophie stand schon im Mantel an der Tür, Grethe zog sich gerade die Stiefel an. Sie waren auf dem Weg zur Kirche. In wenigen Minuten begann die heilige Messe.

»Sie hat Wehen«, rief Luise atemlos.

Aus Sophies Gesicht wich jegliche Farbe. »Bist du sicher?«

Luise nickte. »Ich glaube, es geht los.«

Zu dritt stürmten sie in Helenas Zimmer. Mit schmerzverzerrtem Gesicht lag sie in den blütenweißen Kissen. Blutiger Schleim quoll zwischen ihren Beinen auf das Laken.

Sophie zog sich den Mantel aus und warf ihn achtlos auf das Sofa. »Wir bleiben hier«, beschloss sie und gab Anweisungen: »Grethe, du holst zwei Kopfkissen aus meinem Schlafzimmer, Helena muss höher liegen. Und bring uns eine Schüssel mit heißem Wasser. Ich kümmere mich um die Tücher. Luise bleibt bei Helena.«

Damit eilten Sophie und Grethe hinaus, während Luise sich zu Helena ans Bett setzte und deren Hand ergriff. »Wir schaffen das schon.« Sie bemühte sich, ihrer Stimme einen festen Klang zu geben. Helena lächelte erschöpft. Trotz ihres Bauchumfangs wirkte sie schmal und zerbrechlich. Ihr Gesicht war blass. Die letzten Wochen hatten ihr zu schaffen gemacht.

»Schick sie weg«, flüsterte sie. »Sie soll nicht dabei sein, wenn mein Baby zur Welt kommt.«

»Meinst du Sophie?«, fragte Luise erschrocken.

»Schick sie weg«, flehte Helena, als Sophie mit den Tüchern hereinkam. Besorgt drehte Luise sich zu ihr um. Hoffentlich hatte sie nicht verstanden, was Helena gerade gesagt hatte. Sophie ließ sich jedenfalls nichts anmerken, legte die Tücher auf die Kommode und stopfte Helena die Kissen in den Rücken. »Lehn dich dagegen. Mach deinen Rücken krumm. So ist es besser.«

Fieberhaft überlegte Luise, wie sie Sophie dazu bewegen konnte, das Zimmer zu verlassen. Ihr fiel nichts ein. Als Grethe das heiße Wasser brachte, sagte Sophie unvermittelt: »Grethe, du bleibst hier. Ich warte unten. So viele Leute machen Helena ja ganz nervös. Wenn ihr mich braucht, ruft ihr nach mir.«

Luise fiel ein Stein vom Herzen – eigentlich waren es gleich zwei. Sie war froh, dass Sophie freiwillig das Zimmer verließ und dass Grethe nicht in der Christmesse saß, sondern hier bei Helena war. Grethe hatte schon drei Geburten miterlebt. Sie wusste, was zu tun war.

Innerhalb der nächsten Stunde wurde der Abstand der Wehen kürzer. Luise saß an Helenas Bett und sprach ihr Mut zu.

»Gleichmäßig atmen«, befahl sie in liebevollem Tonfall.

Helena sog die Luft tief ein und stieß sie wieder aus.

Es dauerte noch eine weitere Stunde, bis endlich die Presswehen einsetzten. Schweißtropfen perlten auf Helenas Stirn. Sie hechelte nach Luft, keuchte vor Schmerz.

Über Handzeichen erteilte Grethe Instruktionen.

»Pressen«, forderte Luise. »Weiter so, fester.«

Helena schrie, weil der Schmerz kein Ende nahm, während sich das Kind seinen Weg auf die Welt bahnte. Dann konnte Luise den Kopf sehen.

»Es kommt«, rief sie aufgeregt. »Mach weiter, Helena!«

Dem Kopf folgten die Schultern, danach der kleine Körper. Grethe nahm das Baby in Empfang, ein winziges Wesen mit blutverschmierten Haaren, die Haut von einem weißen, cremeartigen Film überzogen. Es war ein Mädchen, so wie die Zigeunerin es gesagt hatte. Grethe durchtrennte die Nabelschnur, legte das Baby auf Helenas Bauch und deckte es zu. Es hatte die Augen geschlossen und die kleinen Hände zu Fäusten geballt.

Schützend schlang Helena die Arme um ihr Kind. »Hallo, Carla«, flüsterte sie erschöpft. Noch nie zuvor hatte Luise so viel Glück in ihrem Gesicht gesehen, so viel Zärtlichkeit in ihrer Stimme gehört.

*

Unter Grethes Aufsicht hatte Luise das Baby gewaschen und es Helena wieder auf den Bauch gelegt. Es schmiegte den Kopf an die Brüste seiner Mutter, als Sophie eintrat.

»Es ist ein Mädchen«, verkündete Luise glückstrahlend.

In Sophies Gesicht war keine Freude zu erkennen, es wirkte wie versteinert. Sophie herrschte Grethe an, die blutigen Tücher zu entfernen, stellte sich neben das Bett und blickte eine Weile auf das Baby herab. Ein Ausdruck von Härte in ihrer Mimik ließ Luise erschrecken. Was hatte sie vor?

In diesem Augenblick nahm Sophie das Kind an sich und verließ mit dem Baby im Arm das Zimmer. Es passierte so schnell und unerwartet, dass weder Luise noch Helena in der ersten Schrecksekunde reagieren konnten. Die Tür fiel ins Schloss, der Schlüssel klackte. Das Zimmer wurde von außen verschlossen.

»Was tut sie da!«, rief Helena, während sie versuchte aufzustehen. Dabei wurde ihr schwindelig, sie hielt sich am Bettrand fest, um nicht zu fallen. Luise eilte zu ihr. Gemeinsam hasteten sie zur Tür, rüttelten an der Klinke. Helena begann zu zittern. Blut lief ihr die Beine herab.

»Was tut sie da?«, schrie sie aufgeregt. »Sie nimmt mir mein Kind weg! Sie kann mir doch nicht mein Kind wegnehmen!«

Fassungslos starrte Luise die Tür an, während Helena mit den Fäusten dagegen hämmerte. Sie hörten das Baby weinen. Erschöpft sank Helena in Luises Arme.

Luise hielt sie fest, versuchte sie zu beruhigen und ihre eigene Bestürzung zu verbergen. In Gottes Namen, was tat Sophie? Eine böse Ahnung beschlich sie. Endlich schien sie zu begreifen. Sophie hatte etwas Furchtbares geplant.

*

Sophie trug das schreiende Baby die Treppe hinunter. Es fuchtelte mit den Ärmchen, ballte die Finger zu Fäusten, wehrte sich dagegen, der Mutter entrissen zu werden. Sein Gesicht war hochrot. Das Schreien strengte an. Sophie sprach leise auf das Baby ein, wiegte es unbeholfen hin und her. Sie griff nach einem Glöckchen am Tannenbaum. Das zarte Läuten schien das Kind zu beruhigen. Auf einmal weinte es nicht mehr.

Im Wohnzimmer legte Sophie es in eine Wiege, die sie bereitgestellt hatte, und schob diese dicht an den Kamin heran. Ein zu früh geborenes Kind brauchte Wärme. Wie gut, dass sie Vorkehrungen getroffen hatte. Sogar Milch für Neugeborene hatte sie besorgt. Sie hatte mit dieser Frühgeburt gerechnet. In den letzten zwei Tagen hatte alles darauf hingedeutet. Wieso war das Kind nur jetzt schon gekommen? Und ausgerechnet am Weihnachtsfest! Für ihre Pläne war das der denkbar schlechteste Termin. In Gedanken versunken setzte sie sich auf die Ecke des Sofas und schaukelte mit der rechten Hand die Wiege. Sie überlegte, was sie tun konnte. Am Heiligabend konnte sie die Baronin nicht anrufen. Im ungünstigsten Fall war das Kind nun drei Tage lang im Haus. Viel zu lange. Einem Säugling genügte meist ein Blick, eine Berührung, um die Herzen zu erobern. Gott wollte sie strafen. Sie wusste, dass sie seine Strafe verdient hatte. Doch er sollte gnädig mit ihr umgehen, denn alles geschah nur für Hoheneck und für Helenas Zukunft.

Sie betrachtete das schlafende Baby. Ruhig und friedlich lag es in der Wiege. Zaghaft strich sie über die weichen Wangen, umfasste die Händchen und deckte das kleine Mädchen zu. Es war hübsch, mit einer Stupsnase und pechschwarzen Haaren.

Du versündigst dich, flüsterte eine innere Stimme.

Das Kind ruiniert uns, widersprach der Verstand.

Gedankenverloren wiegte Sophie das Kind. Irgendwann fiel ihr auf, dass es nicht mehr weinte. Schlafend lag es in den Kissen. Auch Helenas verzweifelte Schreie waren verstummt, ebenso das Hämmern gegen die Tür. Nur das monotone Ticken der Uhr durchbrach die Stille. Nie zuvor war es am Heiligabend in Hoheneck so still gewesen.

*

Noch immer kniete Helena auf dem Fußboden vor der verschlossenen Tür. Ihr Gesicht war tränenüberströmt. Sie krümmte sich vor Schmerzen.

Luise half ihr auf, schleppte sie zum Bett. Helena sank in die Kissen, hielt sich keuchend den Bauch. Erneut schien ein Schmerz ihren Körper zu durchfahren. Hilflos griff Luise nach ihrer Hand. Mit weit aufgerissenen Augen schnappte Helena nach Luft. Sie wirkte erschrocken.

»Was ist los?«, fragte Luise. Doch sie bekam keine Antwort. Helena konnte kaum sprechen. Schweiß lief ihr die Schläfen herunter. Sie setzte sich im Bett auf, spreizte die Schenkel, schrie vor Erschöpfung. Sie hatte Wehen. War das möglich? Vorsichtig tastete Luise den Bauch ab, während sich der Abstand der Wehen drastisch verkürzte. Da begriff Luise endlich, was geschah. Ein zweites Kind wurde geboren. Helena bekam Zwillinge.

Helena krallte sich an Luise fest. Auch ihr war in diesem Moment bewusst, dass sie ein zweites Kind in ihrem Bauch trug. Keuchend, mit aller Kraft, versuchte sie, es aus ihrem Bauch herauszupressen. Doch das Baby ließ sich Zeit. Helena hielt sich ein Kissen vor den Mund, um ihre Schreie zu ersticken und kämpfte, bis das Kind sich den Weg gebahnt hatte. Der Kopf erschien, der Körper folgte. Wieder war es ein Mädchen. Luise tat, was auch Grethe vorhin getan hatte. Sie durchtrennte die Nabelschnur und legte das Neugeborene Helena auf den Bauch. Statt aber glücklich ihr Kind zu begrüßen, richtete Helena sich auf, nahm das Baby in den Arm und sagte verzweifelt: »Sophie darf von dem Kind nichts erfahren.«

In diesem Moment begann das Baby zu schreien. Helena drückte es an ihre Brust, während Luise es mit einem Kopfkissen bedeckte, gerade so, dass es noch Luft zum Atmen bekam, die Schreie aber nicht nach außen dringen konnten. Helena wiegte es sanft, bis es sich wieder beruhigte.

»Wir müssen es in Sicherheit bringen«, flüsterte sie. Mit dem Kind im Arm stand sie auf. Sie schien plötzlich über ungeahnte Kräfte zu verfügen. Langsam ging sie zur Kommode, wusch den blutverschmierten Kopf ab, schlug das Kind in zwei große Handtücher ein und sagte zu Luise: »Hol die Wolldecke aus dem Schrank.«

»Was hast du vor?«, fragte Luise entsetzt.

Helena legte das Baby aufs Bett und griff nach Luises Händen. »Du musst mein Kind retten«, flehte sie. »Du musst mir helfen. Ohne dich sind wir verloren. Sophie hat sich mit dem Teufel verbündet. Sie wird mir auch dieses Baby wegnehmen. Ihr müsst fliehen.«

Erschrocken verfolgte Luise, wie Helena eine Reisetasche unter dem Bett hervorzog, das Kind in die Wolldecke einwickelte und es in die Tasche legte. Diese drückte sie Luise in die Hand. »Schwöre, dass du mein Kind beschützen wirst. Was auch immer geschieht, du wirst es schützen«, forderte sie.

Luise brachte kein Wort hervor.

Helena schlich zur Tür, klopfte dreimal leise dagegen und wartete ab. Nichts geschah. Sie klopfte erneut, wartete wieder. Kurz darauf erklang das Zeichen.

»Grethe, bist du es? Stell uns die Leiter ans Fenster«, rief Helena im Flüsterton. Es folgte keine Reaktion. »Hörst du mich, Grethe? Wir brauchen die Leiter. Stell sie ans Fenster.«

Zögernd erklang ein dreimaliges Klopfen. Erleichtert atmete Helena auf.

»Diese Hexe will mein Baby verkaufen«, sagte sie und fügte mit wilder Entschlossenheit hinzu: »Ich werde sie umbringen, bevor sie das tun kann.«

Hektisch suchte Luise sich etwas Warmes zum Anziehen. Sie fand Sophies Mantel, der noch über der Sofalehne lag, doch weder Stiefel noch Handschuhe oder einen Schal. Und draußen war es bitterkalt.

»Hilf mir, Luise. Rette mein Kind«, wiederholte Helena, während sie die Fenster des Erkers öffnete. Eisiger Wind fegte durch das Zimmer und trug die Schneeflocken herein.

Verstört blickte Luise in die finstere, mondlose Nacht. Der Sturm peitschte den Schnee vor sich her, der Wald rauschte. Sie hatte Angst, unglaubliche Angst. Wohin sollte sie gehen? Es war Heiliger Abend. Ihr fiel die Kirche ein. Der Pfarrer musste ihr Unterschlupf gewähren.

Sie versuchte zu verdrängen, dass sie viele Kilometer zu Fuß durch den Schneesturm laufen musste. Sie würde es schaffen. Sie konnte Helena und das Kind nicht im Stich lassen.

Grethe erschien mit der Leiter.

»Rette mein Kind«, bat Helena noch einmal.

»Ich verspreche es dir«, sagte Luise. »Sobald es in Sicherheit ist, komme ich zurück und hole dich und das andere Baby hier raus, notfalls mit der Polizei.«

»Ich warte auf dich«, flüsterte Helena.

Mit der Tasche in der Hand kletterte Luise die Leiter herunter. Klirrende Kälte ließ ihre Finger nach wenigen Minuten erstarren.

Unten wartete Grethe mit einer Taschenlampe. Als sie erkannte, was in der Reisetasche lag, riss sie vor Entsetzen die Augen weit auf.

»Kein Wort zu Sophie«, sagte Luise.

Grethe schüttelte den Kopf. Sie wollte wissen, wohin Luise fliehen würde.

»In die Kirche, ins Pfarrhaus, ich habe keine Ahnung«, rief diese verzweifelt. Ihr war so kalt, dass sie kaum sprechen konnte. Eiszapfen hingen vom Dach des Hauses, dicke Schneeflocken wirbelten umher. Es war stockfinster. Sie musste sich beeilen, sonst würde das Baby erfrieren.

Lauf zu meiner Mutter auf den Hof, erklärte Grethe in Zeichensprache. Dankbar drückte Luise ihr die Hand. Daran hatte sie nicht gedacht. Grethes Mutter hatte selbst vor wenigen Wochen noch ein Baby zur Welt gebracht. Sie konnte helfen. Außerdem war es zum Hof der Familie nicht so weit, wenn man eine Abkürzung durch den Wald nahm. Dunkel und bedrohlich lag dieser vor ihr. Sie hetzte los, lief durch die Nacht und den Schnee, bis sie nichts mehr spürte – nicht die Angst und auch nicht die Kälte. Sie wollte nur das Baby retten.

12 Mit dem Telefon in der Hand lief Carla im Wohnzimmer auf und ab. Wieso meldete sich der Entführer nicht mehr? Zwei Stunden waren inzwischen vergangen. Endlose quälende Stunden, in denen ihre Tochter in der Gewalt eines Fremden war. Ihre Nerven drohten zu versagen. Sie schwankte zwischen Hoffnungslosigkeit und Zuversicht. Zu keinem klaren Gedanken war sie fähig, konnte nichts entscheiden. Noch immer war die Polizei nicht informiert. Ihre Furcht um Pauline war so übermächtig, sie wurde vollkommen von ihr beherrscht. Sie starrte auf das Telefon in ihrer Hand. Wieso meldete sich niemand? Da klopfte es an der Eingangstür. Erschrocken zuckte sie zusammen. Wer konnte das sein? Es klopfte erneut. Dann hörte sie Heinrichs Stimme: »Ich bin es!«

Tom öffnete die Tür. Mit einem Korb in der Hand trat Heinrich ein. Zögernd folgte ihm eine Frau in einem langen grauen Mantel, deren schmales Gesicht beinah völlig unter einem großen Wolltuch verschwand, das auch die gebeugten Schultern bedeckte. Die Hände hatte sie tief in den Manteltaschen vergraben. Sie fühlte sich unwohl, das merkte Carla ihr an. Ihre Augen glichen denen eines scheuen Rehs. Die Pupillen bewegten sich nervös, als wittere sie Gefahr.

Da stürzte Luise aus dem Dunkel der Halle auf die Frau zu und umarmte sie voller Herzlichkeit. »Danke, dass du Grethe gefunden hast«, sagte sie zu Heinrich.

»Das war nicht schwer«, erwiderte er. »Man muss nur die richtigen Leute kennen und die richtigen Fragen stellen.«

Grethe zog sich das Tuch vom Kopf. Dabei lösten sich Strähnen ihrer grauen Haare aus einer Klammer am Hinterkopf.

»Gut, dass du gekommen bist.« Luise war sehr aufgeregt, weil auch sie große Angst um Pauline hatte. Ihr fielen nicht die richtigen Worte für eine Begrüßung nach so langer Zeit ein. Dreiunddreißig Jahre hatte sie Grethe nicht mehr gesehen, doch im Augenblick wurde ihr Denken und Tun ausschließlich von der Sorge um Pauline bestimmt. Ohne Umschweife sagte sie zu Grethe: »Wahrscheinlich kannst nur du uns helfen. Wir suchen Helenas Eheurkunde. Weißt du etwas darüber? Wo könnte Helena, oder Sophie, solch ein Dokument versteckt haben?«

Grethe machte ein fragendes Gesicht und zuckte ratlos mit den Schultern. Dann griff sie nach dem Korb und reichte ihn Luise, die sofort das Tuch wegzog, das den Inhalt verdeckte. Überraschung zeichnete sich in ihrem Gesicht ab. »*Du* hast Helenas Tagebücher?«

Grethe nickte und erklärte, dass sie zweimal nachts im Haus gewesen sei, um die Tagebücher zu holen. Da sie die Frau, die plötzlich in Hoheneck eingezogen war, nicht kannte, wollte sie verhindern, dass Helenas Aufzeichnungen in fremde Hände gelangten.

»Dann waren *Sie* also der mysteriöse Einbrecher«, stellte Carla erstaunt fest.

Mit einer Geste entschuldigte sich Grethe.

»Was ist passiert, nachdem ich das Haus verlassen habe?«, wollte Luise wissen.

In Zeichensprache teilte Grethe ihr mit, dass Helena verzweifelt auf ihre Rückkehr gewartet habe. Luise setzte sich auf die Treppe und vergrub betroffen das Gesicht in den Händen. So viel Zeit war inzwischen vergangen, ihre Wunden aber waren nicht geheilt. Sie hatte versprochen zurückzukommen, um Helena und das Baby zu retten. Doch sie hatte ihr Versprechen nicht gehalten.

*

Bis heute spürte Luise das kalte, feuchte Tuch auf ihrer Stirn, während sie im dichten Nebel nach dem Baby suchte. Durch den grauen Dunst konnte sie nichts erkennen. Ihre Füße fühlten auch den Boden nicht mehr. Das Baby weinte, sie konnte es hören. Helenas Gesicht tauchte vor ihr auf. Sie sah, wie ihre Lippen deutlich die Worte formten: Rette mein Kind! Sie fror entsetzlich, zitterte vor Kälte. Das Tuch wurde von ihrer Stirn entfernt. Jemand flößte ihr etwas ein. Sie fühlte einen kühlen Löffel auf der Zunge. Ein Hustenanfall schüttelte ihren Körper. Sie rang nach Luft. Es roch nach frischer Minze und Eukalyptus. Die Nebel wurden dichter. Sie konnte Helenas Gesicht nicht mehr sehen, hörte nur das Weinen des Babys. Sie musste es retten, das hatte sie versprochen. Doch wegen des Fiebers waren ihre Gliedmaßen schwer wie Blei, und sie fror so entsetzlich. Sie konnte einfach nicht aufstehen.

13 *Hoheneck, Heiligabend 1977*

Wie lange war es her, dass Luise mit dem Baby das Haus verlassen hatte? Helena wusste es nicht. Sie konnte die Uhr nicht lesen, die Zeiger verschwammen vor ihren Augen. Ihre Kräfte ließen nach. Doch sie durfte nicht aufgeben. Sie musste weiter an die Tür hämmern.

»Gib mir mein Baby zurück«, schrie sie, bis die Stimme versagte und die Hände schmerzten. Da trat sie mit den nackten Füßen gegen die Tür. Irgendwann brach sie in sich zusammen und sank vor Erschöpfung auf den Boden. Kurz darauf begann sie von Neuem, auf die Tür einzuschlagen. Es rührte sich nichts. Niemand kam und öffnete ihr.

Luise wird bald zurück sein, beruhigte sie sich. *Sie bringt die Polizei mit. Sie wird mich und das Baby holen. Sie lässt uns nicht im Stich. Wo bleibt sie nur?* Sie schleppte sich zum Fenster, um nach Luise Ausschau zu halten. Es war zu dunkel draußen, um etwas zu erkennen. Nicht ein einziges Licht brannte in dieser mondlosen Nacht. In dieser Heiligen Nacht. Wie spät war es? Sie hielt sich am Schreibtisch fest und blickte zur Uhr. Um sie herum drehte sich alles. Sie konnte sich nicht mehr auf den Beinen halten, schwankte, fiel zu Boden, zog sich am Tisch wieder hoch. Ihr Mund war trocken. Sie hatte Durst. Es war kein Wasser mehr da. Noch einmal versuchte sie, die Uhrzeit zu erkennen. War es mitten in der Nacht? Nein, es war erst elf. Erst elf? Wieso kam Luise nicht mit der Polizei zurück? Warum gab es kein Wasser? Weshalb war es so still im Haus? Nicht einmal das Baby weinte. Sie schrie so laut sie konnte, schrie sich die Angst und Verzweiflung aus dem Leib. Hörte sie denn niemand? Sie hatte Durst! Die Zunge klebte am Gaumen. Wieder lief sie zur Tür, mit letzter Kraft schlug sie darauf ein. Dann wurde es schwarz um sie herum. Sie wollte sich erheben, doch ihre Beine waren schwer. Sie raste durch einen dunklen Tunnel. Auf und ab, während die Welt sich im Kreis drehte. »Carla«, flüsterte sie. Unzählige Male wiederholte sie den Namen ihres Kindes, um bei Bewusstsein zu bleiben. Sie durfte nicht einschlafen. Nur nicht einschlafen. Es vergingen Stunden, Tage, Jahre – oder nur Minuten? Sie lag in Christophs Armen, spürte seine Nähe.

»Hilf mir«, bat sie. »Bitte hilf mir.«

Niemand half ihr. Sie war allein. Sophie hatte ihr das Kind weggenommen, Luise kam nicht zurück, und Christoph war weit weg. Sie konnte nicht einmal seine Stimme hören. Er war nicht bei ihr. Er hatte sie verlassen.

Plötzlich vernahm sie ein klackendes Geräusch. Der Schlüssel drehte sich im Schloss. Grethe erschien und brachte ihr Wasser. Wie eine Verdurstende trank sie das Glas leer, während ihr Blick auf die offen stehende Tür fiel. Ruckartig erhob sie sich, stieß Grethe mit voller Wucht beiseite und stürmte hinaus. Sie lief die Treppe hinunter, hielt sich am Geländer fest, falls die Beine versagten. Doch ihre Erschöpfung war vorüber, ihr Körper zeigte keine Anzeichen von Schwäche.

Die Tür zum Wohnzimmer stand einen Spalt offen. Helena gab ihr einen Stoß. Sie sah Sophie vorm Kamin sitzen, stocksteif, den leeren Blick ins Feuer gerichtet. Geistesabwesend schaukelte sie das Kind in der Wiege.

»Gib es mir zurück«, forderte Helena.

Sophie erwiderte nichts. Sie starrte nur in die Flammen und wiegte wortlos das Kind.

Helena beugte sich über die Wiege. Selig schlafend lag ihr kleines Mädchen in den Kissen. Sie nahm es heraus, legte es zärtlich in ihre Arme. Es wachte nicht auf, hielt die Augen fest geschlossen. Die kleinen Finger ballten sich nicht zu einer Faust, die Ärmchen fuchtelten nicht in der Luft herum, es schmiegte den Kopf nicht an ihre Brust. Der Körper des Kindes war erschlafft. Er fühlte sich leblos an wie der einer Puppe. Ihr Kind war tot. Nicht einmal Schreien konnte Helena vor Entsetzen. Weinend wiegte sie das tote Baby im Arm, lief mit ihm durchs Zimmer und begann zu singen, als könne der Gesang es wieder zum Leben erwecken. Sie trug noch immer das blutverschmierte weiße Nachthemd, die Haare klebten ihr im Gesicht. Mit dem Baby ging sie in die Halle und stieg langsam die Treppe hinauf. Sie musste leise sein, das Kind war eingeschlafen. Sie durfte es nicht aufwecken. Wie schön ihr kleines Mädchen doch war. Es hatte lange Wimpern, dunkle Haare und eine rosige Haut. Es sah aus wie ein Engel. Mit dem toten Kind im Arm streifte sie durch das halbdunkle Haus und sang ein Lied, das ihre Mutter schon für sie gesungen hatte.

Weißt du, wie viel Sternlein stehen, an dem blauen Himmelszelt?

Niemals würde sie zulassen, dass Sophie das Baby bekam. Wo blieb nur Luise? Sie wollte längst zurück sein. Sei still, mein Kind, schlaf weiter. Ich werde auf dich aufpassen. Ich beschütze dich. Die böse Hexe kann dir nichts mehr tun.

Weißt du, wie viel Wolken gehen, weithin über alle Welt?

Gott der Herr hat sie gezählet, dass ihm auch nicht eines fehlet …

Es war still im Haus. So still wie nie zuvor. Spürst du das Böse?, fragte Helena ihr Kind. Wir müssen von hier fortgehen, wir alle zusammen – du und deine Schwester, dein Vater, Luise und ich. Wir werden diese böse Frau nie wiedersehen. Du musst keine Angst haben, sie kann dir nichts tun. Ich bin bei dir. Schlaf ruhig weiter, meine kleine Prinzessin. Sie strich über den Kopf des Kindes.

Weißt du, wie viel Kinder schlafen, heute Nacht im Bettelein,

Weißt du, wie viel Träume kommen zu den müden Kinderlein?

Gott der Herr hat sie gezählet, dass ihm auch nicht eines fehlet …

Langsam lief sie die Treppe hinunter, bis sie stehen blieb und das Kind betrachtete. Es lebte nicht mehr. Es würde sie nie wieder ansehen, nie wieder lächeln, niemals wieder das Köpfchen an sie schmiegen. Ihr Kind war tot.

Verwirrt ging sie ins Wohnzimmer. Dort saßen Sophie und Grethe schweigend auf dem Sofa. Das Feuer im Kamin knisterte, die Uhr tickte. Mit tonloser Stimme sagte Helena zu Sophie gewandt: »Du hast es umgebracht.«

»Nein«, erwiderte Sophie. »Das habe ich nicht getan. Es ist gestorben, einfach so.«

14 *Schloss Fasanenhof, in der Nacht vom 24. zum 25. Dezember 1977*

Schweißgebadet lag Christoph im Bett und starrte in die Dunkelheit, während er seinen Traum noch einmal durchlebte – diesen schrecklichen Traum, in dem er Helena um Hilfe rufen hörte. Die Bilder stiegen in ihm auf und reihten sich aneinander. Helena weinte, streckte die Arme nach ihm aus und rief: Hilf mir! In Hoheneck stand sie an einem Erkerfenster, umgeben von finsterer Nacht. Ihr Schrei dröhnte in seinem Kopf. Sie brauchte seine Hilfe, das fühlte er. So, wie er auch ihre Nähe fühlen konnte. Sie war nicht an der Côte d'Azur. Sie war hier, in Hoheneck! Sein Herzschlag beschleunigte sich, sein Kopf drohte zu explodieren. Es war unmöglich, noch länger im Bett liegen zu bleiben. Ruckartig sprang er hoch. Da drehte Alexa sich zu ihm um und gab ein Geräusch von sich. War sie aufgewacht? Nein, sie schien zu schlafen. Er lauschte ihrem gleichmäßigen Atmen. Dann schlich er ins Bad, von dort aus ins Ankleidezimmer, wo er in Jeans und Pullover schlüpfte und hinaus auf den Flur gelangte. Was hatte er eigentlich vor? Wollte er mitten in der Nacht nach Hoheneck fahren? Er würde nicht weit kommen, denn draußen tobte ein Sturm, und es schneite seit Stunden. Die Straße nach Hoheneck war mit

Sicherheit unbefahrbar. Aber Helena brauchte ihn! Er lief die Freitreppe hinunter zum Haupteingang des Schlosses. Kaum hatte er die Tür geöffnet, schlug ihm der Schneesturm so eisig und hart entgegen, dass er Mühe hatte, die Tür wieder zu schließen. Bei diesem Wetter konnte er nicht losfahren. Er musste vernünftig sein. Vielleicht war Helena überhaupt nicht in Gefahr. Vielleicht bildete er sich das alles nur ein, weil er sie seit einem halben Jahr weder gesehen noch gesprochen hatte.

Schweren Schrittes stieg er die Treppe hinauf und schlich durch die Dunkelheit zurück ins Bett. Er nahm sich vor, sie zu suchen, sobald das Weihnachtsfest vorbei war. Und nicht aufzugeben, bis er sie fände. Wo auch immer sie sich aufhielt. Er musste wissen, ob es ihr gut ging.

15

Carla erlebte die fürchterlichsten Stunden ihres Lebens. Der Entführer meldete sich nicht mehr. Inzwischen war es zehn Uhr geworden. Von Pauline gab es kein Lebenszeichen. Carlas Nerven hielten dem nicht länger stand. Ihre Verzweiflung erreichte den tiefsten Punkt. Das Gefühl der Machtlosigkeit drohte sie zu erdrücken. Sie war am Ende ihrer Kraft. Es wurde Zeit, die Polizei einzuschalten. Mit zitternden Händen griff sie zum Telefon, als sie plötzlich, wie aus weiter Ferne, den Klingelton vernahm. Bewegungslos hielt sie den Hörer in der Hand. Wie gelähmt waren ihre Finger, unfähig, das Gespräch anzunehmen. Eine Schlange schien sich um ihren Brustkorb zu winden, ebenso um ihren Hals. Sie bekam kaum noch Luft.

»Carla, das Telefon …«, rief Tom ihr zu.

Seine Stimme verscheuchte die Schlange. Hektisch drückte sie die grüne Annahmetaste, in der festen Erwartung, die verzerrt klingende Stimme zu hören. Stattdessen flüsterte ihr jemand ins Ohr: »Mama!«

»Pauline!«, rief sie aufgelöst. »Wo bist du?«

»Ich weiß es nicht.« Pauline sprach sehr leise. »Ich bin eingesperrt. Der Mann mit der Narbe auf der Hand passt auf mich auf. Er ist kurz weggegangen und hat das Telefon auf dem Tisch liegen lassen.«

Eben noch schien Carla dem Wahnsinn nahe, jetzt war sie hoch konzentriert.

»Kannst du mir sagen, wo du bist?«, fragte sie.

»Nein«, jammerte Pauline. »Wir sind mit einem Auto hierhergefahren. Es hat nach Pferden gerochen, als wir angekommen sind.«

»Beschreib mir den Raum, in dem du dich befindest«, befahl Carla ihrer Tochter in liebevollem Ton.

»Es ist ein rundes Zimmer«, erklärte Pauline. »Und vorhin habe ich so ein Glockenspiel gehört … Achtung, er kommt zurück … Hol mich hier raus, Mama, bitte, bitte …« Dann war die Leitung tot.

*

»Sie ist auf Schloss Fasanenhof«, stellte Carla aufgeregt fest. »Ich selbst habe dieses Glockenspiel gehört, als ich Nachtfalke dorthin überführt habe.«

»Du hast recht«, bestätigte Luise. »Wahrscheinlich befindet sie sich in einem der Türme.«

»Hast du das Jagdgewehr dabei?«, fragte Tom seinen Vater.

»Im Kofferraum«, antwortete Heinrich.

»Dann holen wir Pauline jetzt da raus!« Energisch griff Tom nach Carlas Hand. Kurz darauf saßen sie alle in seinem

Jeep. So schnell es ging, fuhr Tom auf der verschneiten Straße Richtung Schloss Fasanenhof.

Mit quietschenden Reifen hielt er vor dem Schlosstor an. Dabei berührte seine Stoßstange die gusseisernen Gitterstäbe. Sogleich meldete sich eine monotone Stimme aus der Lautsprecheranlage. »Sie beschädigen Privatbesitz.«

»Machen Sie das Tor auf!«, rief Tom wütend.

»Was ist Ihr Anliegen?«

»Nun machen Sie schon das Tor auf!«, schrie Tom. »Es geht um ein entführtes Kind. Wenn Sie uns nicht sofort hereinlassen, wird in wenigen Minuten ein Polizeiaufgebot ...« Er brach ab, weil sich die zwei Flügeltüren wie von Geisterhand öffneten.

Sie rasten die Auffahrt zum Schloss hinauf und parkten im Rondell. Mit dem Jagdgewehr in der Hand stürmten Heinrich und Tom auf den rechten Turm zu, während Carla, Luise und Grethe zum Haupteingang liefen. Dort wurden sie bereits von der Baronin erwartet. Auf ihren Stock gestützt, stand sie mit ernstem Gesicht in einem großzügigen Vestibül. Als sie Luise erkannte, zuckten ihre Mundwinkel.

»Was hat das alles zu bedeuten?«, fragte sie scharf.

»Ich will meine Tochter zurück«, erklärte Carla entschieden.

»Was haben *wir* mit Ihrer Tochter zu tun?«, fragte die Baronin empört.

In diesem Moment betrat Christoph die Halle. Er war sehr erstaunt, Carla zu sehen. Und als er Luise erblickte, wirkte er ausgesprochen überrascht.

»Was ist los?«, wollte er wissen.

»Meine Tochter wurde entführt«, sagte Carla. »Und sie befindet sich hier auf dem Schloss.«

»Sie reden Unsinn!«, gab die Baronin schroff zurück und wandte sich verärgert an ihren Sohn. »Was will diese Frau von uns? Was haben wir mit ihrer Tochter zu tun?«

Sie hatte es kaum ausgesprochen, da erschien Pauline auf der Treppe. Pauline wirkte leicht verstört, lächelte aber glücklich, sobald sie ihre Mutter sah. Sie hatte Tom an der Hand gefasst und trug den Pu im Arm. Ihnen folgten Heinrich und der Mann mit der Narbe auf der Hand, dem Heinrich das Jagdgewehr in den Rücken drückte.

Carla stürzte auf ihre Tochter zu und umarmte sie fest. Nichts anderes hatte sie sich in den letzten Stunden gewünscht.

»Mein tapferes Mädchen«, flüsterte sie erleichtert.

»Tom hat mich gerettet«, erklärte Pauline.

»Ich weiß«, sagte Carla.

»Um Himmels willen«, rief die Baronin entsetzt. »Was geht hier vor?«

»Meine Enkelin wurde entführt«, sagte Luise, »weil jemand unbedingt in den Besitz einer Eheurkunde gelangen wollte.«

»Welcher Eheurkunde?«, fragte Christoph.

Ein schrilles Lachen erklang. Unbemerkt hatte Alexa die Empfangshalle betreten. Sie trug einen Kognakschwenker in der Hand und funkelte Christoph mit ihren grünen Katzenaugen gefährlich an. »Erinnerst du dich nicht mehr an das Dokument, das deine Eheschließung mit Helena von Waldheim bestätigt?«

Unverständnis zeichnete sich in seinem Gesicht ab.

»Natürlich erinnerst du dich daran«, fuhr Alexa erbost fort. »Die Hochzeit mit Helena hast du doch bestimmt nicht vergessen!«

Dann drehte sie sich um und fauchte Carla an: »Das Dokument gehört mir, denn *ich* habe dafür bezahlt.«

»Was redest du da?«, rief Christoph sichtlich verwirrt. »Wieso hast du für die Eheurkunde *bezahlt*?«

»Damit es niemand erfährt!«, entgegnete sie zornig. »Damit niemals herauskommt, dass du bereits verheiratet warst, als du mich geheiratet hast.«

»Aber das stimmt nicht«, meinte er verstört.

Einen Moment lang sagte niemand ein Wort. Alle Augen waren auf Christoph gerichtet, der leise erklärte: »Helena und ich waren nie auf einem Standesamt. Wir haben uns ein Versprechen vor Gott gegeben, aber wir waren nicht rechtskräftig verheiratet.«

Wieder lachte Alexa schrill auf. »Willst du damit sagen, dass diese Urkunde nicht von Bedeutung war?«

»Doch, das war sie«, erwiderte Christoph verbittert, »denn sie besiegelte ein Versprechen aus Liebe, das ich gebrochen habe, weil ich den bequemsten Weg gehen wollte und keinen Mut fand, dem Druck meiner Mutter standzuhalten.«

»Wie kannst du so etwas sagen!«, fuhr die Baronin ihn an. Dann wandte sie sich an ihre Schwiegertochter: »Woher wusstest du von der Eheurkunde? Wie hast du davon erfahren?«

»Was spielt das schon für eine Rolle?«, presste Alexa hervor. »Ich wusste es eben. Oder dachtest du, ich gebe dir so viel Geld, ohne den Verwendungszweck zu kennen? Ich habe mehrfach mit Sophie verhandelt. Sie hat nach Helenas Tod, als sie das Gestüt aufgab, zwar nie mehr Geld gewollt, doch die Urkunde behielt sie weiter als Pfand. Immer wieder hat sie auf die Bibel geschworen, dass Hoheneck nach ihrem Tod in meine Stiftung übergehen wird und ich somit automatisch in den Besitz der Urkunde gelange. Aber sie hat ihr Wort nicht gehalten. Luise erbte das Haus. Ich habe versucht, es ihr abzukaufen. Frederik von Claßen hat ihr in meinem Auftrag mehrere Angebote unterbreitet. Doch sie ging nicht darauf ein. Als ihre Tochter nach Andalusien flog, verstand ich plötzlich, was die beiden planten. Sie wollten mich erneut erpressen. Es sollte alles wieder von vorn losgehen.«

»Niemand wollte dich erpressen«, entgegnete Luise kühl und blickte Alexa herausfordernd an, als sie hinzufügte: »Warum erzählst du deiner Schwiegermutter nicht, woher du von der Urkunde wusstest? Sollte sie nicht endlich erfahren, dass du Helena am zweiten Weihnachtsfeiertag besucht hast?«

»Du warst am Tag ihres Todes bei ihr?«, fragte Christoph bestürzt.

Alexas Gesichtsmuskeln zuckten nervös. »Das ist nicht wahr!«

»Es hat keinen Zweck, es zu leugnen«, erwiderte Luise. »Wir wissen, was damals in Hoheneck geschehen ist, denn es gibt eine Zeugin. Du hast geglaubt, außer Helena sei niemand im Haus, aber du hast dich geirrt. Grethe war da. Und sie hat alles gesehen.«

16 *Hoheneck, 2. Weihnachtsfeiertag 1977*

Mit sorgenvollem Gesicht zog Sophie ihren Mantel an und ließ sich von Grethe den Schal reichen.

»Wie geht es Helena?«, wollte sie wissen.

Grethe schüttelte bekümmert den Kopf.

»Ist das Fieber gesunken?«

Wieder verneinte Grethe durch ein Kopfschütteln.

»Du passt auf sie auf«, befahl Sophie. »Ich fahre jetzt nach Fasanenhof, weil ich etwas mit der Baronin besprechen muss. Bring Helena eine warme Suppe, sie steht auf dem Herd. Und koch ihr einen Kamillentee. Hast du das verstanden?«

Grethe nickte.

»Wenn bloß Luise da wäre«, meinte Sophie. »Weiß der Himmel, wo sie steckt. Ich verstehe das nicht. Wieso ist sie weggelaufen? Noch dazu am Heiligabend! Wohin wollte sie denn?«

Ratlos zog Grethe die Schultern nach oben.

»Na ja, sie wird hoffentlich bald zurückkommen.« Sophie griff nach den Autoschlüsseln und öffnete die Eingangstür. Sie drehte sich zu Grethe um und sagte streng: »Schließ ab, wenn ich weg bin. Ihr zwei seid jetzt allein im Haus.«

*

»Du kannst offen sprechen«, sagte die Baronin, während sie ihre Teetasse zur Hand nahm. »Es ist niemand da. Die Dienerschaft hat heute Nachmittag frei, und die Familie ist zu einem Weihnachtsspaziergang aufgebrochen. Es ist ja auch so wundervolles Wetter. Ein Wintertag, wie er im Buche steht. Dieser blaue Himmel, die Sonne und der Schnee …«

»Das Kind ist tot«, sagte Sophie.

»Es ist tot?«, flüsterte die Baronin überrascht.

Sophie bemerkte die Erleichterung in ihrem Gesicht.

»Wie ist es passiert?«, wollte sie wissen.

»Es wurde zu früh geboren«, erklärte Sophie. »Es kam am Heiligabend zur Welt, zwei Stunden später verstarb es.« Sie holte tief Luft und fügte hinzu: »Es war ein Mädchen.«

Die Baronin nippte an ihrem Tee, stellte die Tasse zurück und räusperte sich verhalten.

»Das ist traurig.« Ihre Anteilnahme klang unaufrichtig. Nach einer kurzen Pause meinte sie: »Die Anzahlung kannst du natürlich behalten. Schließlich hast du durch diese Angelegenheit verschiedene Ausgaben gehabt. Ist das für dich so in Ordnung? Sind wir damit quitt?«

»Nicht ganz«, sagte Sophie, während sie der Baronin die Eheurkunde reichte.

»Was ist das?«

»Schau es dir an.«

Zögernd nahm die Baronin das Dokument und betrachtete es. Ungläubigkeit zeichnete sich in ihrem Gesicht ab.

»Dies ist die Kopie einer Eheurkunde«, erklärte Sophie, »die klar und deutlich belegt, dass Christoph mit meiner Nichte verheiratet war, als er Alexa das Jawort gab.«

Die Baronin erblasste. »Das ist nicht wahr.«

»Doch«, erwiderte Sophie. »Die Eheschließung fand am 5. August in Andalusien statt. Es ist alles auf der Urkunde vermerkt.«

Schweigend erhob sich die Baronin. Am Getränkewagen schenkte sie sich einen Kognak ein und trank das Glas in einem Zug leer. »Warum bist du damit nicht früher zu mir gekommen?«

»Ich wollte dich nicht unnötig beunruhigen«, sagte Sophie. »Wir hatten eine Vereinbarung getroffen, die für alle Beteiligten gut war. Aber nun liegen die Dinge anders, und ich muss leider diese Eheurkunde ins Spiel bringen.«

»Wie hoch ist dein Preis?«, fragte die Baronin eisig.

»Eine Million«, antwortete Sophie kühl und fügte hinzu: »Ich kann nicht akzeptieren, dass ihr im Luxus schwelgt, während wir den Scherbenhaufen zusammenkehren.«

*

Bleich vor Entsetzen drückte Alexa sich gegen die Wand. Die Tür zum Jagdsalon stand einen Spalt offen, sie hatte jedes

Wort verstanden. Sie war zu Hause geblieben, weil sie es verabscheute, durch den tiefen Schnee zu stapfen. So hatte sie von ihrem Zimmer aus Sophie kommen sehen. Was wollte diese am zweiten Weihnachtsfeiertag im Schloss? Neugierig war sie nach unten geschlichen und hatte unbemerkt die Tür zum Jagdsalon geöffnet. Sie liebte es, an Türen zu lauschen. Schon als kleines Mädchen hatte sie liebend gern die Gespräche der Erwachsenen belauscht. Doch was sie dieses Mal zu hören bekam, war vollkommen unfassbar. Christoph sollte Helena geheiratet und ein Kind mit ihr gezeugt haben? Das konnte sie nicht glauben. Sie *wollte* es nicht glauben. Trotzdem regte sich ein ungutes Gefühl in ihr. Ihre schlimmsten Befürchtungen wurden wahr. Denn Christoph träumte nachts von Helena. Keine zwei Tage war es her, dass er ihren Namen im Schlaf gemurmelt hatte.

Außer sich vor Wut rannte sie zu ihrem Wagen. Sie musste in Erfahrung bringen, ob Sophies Behauptungen der Wahrheit entsprachen. Im Grunde hielt sie es für unmöglich. Sie allein war mit Christoph verheiratet. Sie *allein*! Und sie duldete keine andere Frau neben sich. Erst recht nicht Helena von Waldheim!

*

Lautstark hämmerte es gegen die Eingangstür. »Aufmachen«, schrie eine fremde Stimme. Die Frau an der Tür schien sehr wütend zu sein. Grethe bekam es mit der Angst zu tun und versteckte sich hinter dem Tannenbaum. Da erschien Helena auf der Galerie. Sie hatte sich eine Strickjacke über das Nachthemd gezogen.

»Grethe, wo bist du? Es ist jemand an der Tür.«

Das Klopfen hatte aufgehört. Die Person schien fortgegangen zu sein.

Kurz darauf wurde die Hintertür aufgestoßen, und Alexa Thossmann stürmte herein.

Grethe verkroch sich weiter hinter dem Baum. Sie hatte vergessen, die Tür zum Hof abzuschließen. Wie dumm von ihr! Sophie würde furchtbar mit ihr schimpfen. Durch die ausladenden Zweige der Tanne beobachtete sie, wie Alexa aufgebracht die Treppe hinauflief. Oben am Geländer stand Helena.

»Was willst du hier?«, rief sie Alexa zu. Ihre Stimme zitterte. Seit zwei Tagen hatte sie hohes Fieber. Ihr Körper war schwach, sie konnte sich kaum auf den Beinen halten.

»Zeig mir die Eheurkunde«, forderte Alexa.

Helena war sichtlich irritiert.

Alexa raste vor Wut und Empörung. »Zeig sie mir!«, schrie sie Helena an, so lautstark, dass diese zusammenzuckte. »Ich will mit meinen eigenen Augen sehen, dass du Christoph geheiratet hast, sonst glaube ich kein Wort davon. Deine Tante lügt. Und du lügst auch.« Alexas Augen funkelten böse. »Aber ich werde nicht zulassen, dass ihr diese Lügen verbreitet. *Ich* bin mit Christoph verheiratet. Er ist *mein* Mann!«

»Es ist die Wahrheit«, entgegnete Helena erstaunlich ruhig. »Christoph und ich haben am 5. August in Andalusien geheiratet, und wir haben ein Kind zusammen.«

Einen Moment lang schien es Alexa die Sprache zu verschlagen. Dann fasste sie sich. »Das Kind ist tot«, sagte sie.

»Nein«, rief Helena. »Es lebt. Es ist ein Mädchen. Wir haben eine Tochter!«

»Du bist eine Betrügerin, Helena von Waldheim«, stieß Alexa hervor. »Du würdest alles tun, um ihn zu bekommen. Doch du wirst ihn niemals haben. Er liebt nur mich.«

»Er hat dich noch nie geliebt!« Helena lachte – ein hoffnungsloses, unglückliches Lachen, das durch das ganze Haus schallte. »Noch weiß er nichts von unserem Baby, aber er wird es bald erfahren. Ich werde es ihm erzählen, und dann wird er zu mir zurückkommen. Zu mir und unserem Kind! Verstehst du das, Alexa? Zu mir und unserem Kind! Dein Geld wird ihn nicht davon abhalten. Du kannst dir seine Liebe nicht erkaufen. Er liebt *mich*, und er kommt zu mir zurück!«

»Nein, ganz bestimmt nicht!« Alexas Stimme klang hart, als sie hinzufügte: »Ich werde das zu verhindern wissen. Ich mache dich fertig, falls du es wagst, mit dieser Eheurkunde oder deinem Bastard an die Öffentlichkeit zu gehen.«

Sie hatte den Satz noch nicht zu Ende gesprochen, da schlug Helena in blinder Wut auf sie ein. Mit letzter Kraft hämmerten ihre Fäuste gegen Alexas Brustkorb. Um sich zu schützen, beugte sich Alexa zurück. Da verlor Helena das Gleichgewicht und stürzte die Treppe hinunter. Sie überschlug sich mehrfach, bis sie regungslos unten liegen blieb.

Fassungslos stand Alexa auf der Galerie und starrte auf Helena herab. Dann lief sie zu ihr und packte sie an den Schultern. Doch der leblose Körper sackte unter ihren Händen zusammen. Entsetzt ließ sie Helena los, drehte sich nach allen Seiten um, vergewisserte sich, dass niemand im Haus war, und floh panisch durch die Hintertür.

Schockiert kroch Grethe aus ihrem Versteck, kniete neben Helena nieder und fühlte ihre Halsschlagader. Sie brauchte dringend einen Arzt. Hektisch rannte Grethe los, so schnell sie nur konnte, in Richtung Hauptstraße, weil sie hoffte, dort auf ein Auto zu treffen. Sie wusste, dass jede Minute zählte, wenn sie Helenas Leben retten wollte.

17 »Es war ein Unfall«, flüsterte Alexa. »Ein tragischer Unfall, das schwöre ich. Ich hätte nichts mehr für sie tun können.«

Carla zog das Telefon aus der Manteltasche. »Ich rufe jetzt die Polizei«, erklärte sie. »Immerhin wurde meine Tochter entführt.«

»Warten Sie einen Moment«, bat die Baronin. Eindringlich wandte sie sich an Luise: »Wir sollten die Dinge unter uns regeln, so, wie wir es immer getan haben.«

»Wollen Sie uns auch für unser Schweigen bezahlen?«, fragte Luise schroff. »Wie viel haben Sie eigentlich Sophie gezahlt, dass sie Helenas Schwangerschaft geheim hält? Und ihr nach der Geburt das Baby wegnimmt?«

»Helena war schwanger?«, fragte Christoph bestürzt.

»Ja«, antwortete Luise. »Helena war schwanger, als sie aus Andalusien zurückkam. Für Sophie war das eine Katastrophe, denn es machte ihre Pläne endgültig zunichte. Nun blieb ihr nur noch eine Möglichkeit, ein letzter Weg, um Hoheneck zu retten. Sie wandte sich an deine Mutter und forderte Schweigegeld für das Kind. Doch deiner Mutter erschien das Kind in der Nachbarschaft zu gefährlich. Deshalb ersann sie einen bösen Plan, auf den Sophie sich einließ. Niemand durfte von der Schwangerschaft erfahren, weil sie Helena das Kind nach der Geburt wegnehmen wollten.«

Ungläubig drehte Christoph sich zu seiner Mutter um. »Ist das wahr?«

Die Baronin hielt seinem Blick stand. Der Ausdruck in ihren Augen war kalt. »Ich habe alles getan, um den Namen, das Ansehen und den Besitz meiner Familie zu schützen«, erklärte sie ungerührt.

»Das ist abscheulich«, flüsterte Christoph.

Darauf erwiderte die Baronin kein Wort. Erhobenen Hauptes stand sie da, als Luise fortfuhr: »Sophie brachte Helena in das Kloster Botrange. Die Schwangerschaft verlief problematisch. Es ging ihr sehr schlecht. Immer wieder hat sie nach dir gefragt. Wir hatten ihr nichts von deiner Hochzeit erzählt. Als sie schließlich davon erfuhr, brach sie zusammen. Deshalb nahm ich sie kurz vor Weihnachten mit nach Hause.«

Gequält schloss Christoph die Augen und sagte erschüttert: »Ich habe gespürt, dass es ihr nicht gut ging. Warum habe ich nichts unternommen?«

»Wir haben alle nichts unternommen«, stellte Luise verbittert fest. »Auch ich ließ die Dinge geschehen und schaute zu, wie Helena ins Verderben getrieben wurde.«

Eine kurze Pause entstand, in der Luise tief durchatmete. Es fiel ihr sichtlich schwer weiterzusprechen. »Am Heiligabend setzten die Wehen ein. Helena brachte ein Mädchen zur Welt. Doch sie hielt es kaum fünf Minuten im Arm, da nahm Sophie es ihr weg. Sie trug es einfach aus dem Zimmer und verriegelte die Tür. Noch am selben Abend starb das Baby.«

»Das Kind ist tot?«, fragte Christoph traurig.

»Ja«, sagte Luise. »*Dieses* Kind ist gestorben.« Sie hatte diese Formulierung mit Bedacht gewählt und auch auf die Betonung geachtet. Als Christoph sie fragend anschaute, erklärte sie: »An diesem Abend geschah noch etwas anderes in Hoheneck. Etwas, das Sophie nicht mitbekam. Es wurde ein zweites Kind geboren. Helena brachte Zwillinge zur Welt. Sie bat mich, mit dem Kind zu fliehen. Ich musste ihr versprechen, es vor Sophie zu schützen. Und das habe ich auch getan. Ich habe dieses Kind geliebt und beschützt, als wäre es mein eigenes, und ich werde es immer lieben. Mein ganzes Leben lang.« Ihre Augen wurden feucht.

Carla griff nach ihrer Hand und schenkte ihr ein Lächeln voller Zuneigung. Dann begegnete sie Christophs verstörtem Blick. Er schien allmählich zu begreifen.

Zögernd fragte er: »Was wurde aus dem Kind?«

Sie sah in seine Augen. Es waren gutmütige Augen, umringt von unzähligen Fältchen, die sich tief in die Haut eingegraben hatten.

»*Ich* bin dieses Kind«, flüsterte Carla.

Im Vestibül von Schloss Fasanenhof wurde es still. Sie schwiegen, weil nun alles gesagt war. Es gab keine Worte, um die Empfindungen auszudrücken. Jede Wahrheit braucht Zeit, um ihre Kraft zu entfalten.

18 *Hoheneck, 2. Weihnachtsfeiertag 1977*

Als Sophie nach Hoheneck zurückkehrte, schloss der Arzt gerade Helena die Augen. Etwas anderes konnte er für sie nicht mehr tun.

Fassungslos beugte sich Sophie zu ihr herab und strich ihr zärtlich über die Wangen. Sie weinte um Helena. Nun hatte der Tod auch sie zu sich geholt. Sie hasste den Tod. Er nahm ihr alle Menschen, die sie liebte.

Die Dämmerung senkte sich über Hoheneck herab, als Helena in einen Sarg gelegt wurde, den zwei Männer vom Bestattungsinstitut in einen schwarzen Wagen schoben. Danach fuhren sie mit ihr davon. Zurück blieben ihr Lachen, ihr hoffnungsloses Lachen, das Weinen des Babys und die schwarzen Schatten, die das Haus nie mehr verlassen sollten. Sophie konnte sie sehen, als sie sich vor den Kamin setzte. Sie tanzten durch das Zimmer und nahmen Helenas Gestalt an.

»Lösch das Licht«, sagte sie zu Grethe. »Ich kann die Schatten nicht ertragen.«

Grethe schaltete überall das Licht aus und stieg dann langsam die Treppe hinauf. Sophie blieb allein in der Dunkelheit zurück, in dem einsamen traurigen Haus, eine ganze Nacht lang und für den Rest ihres Lebens.

Gott straft den, der seine Seele an den Teufel verkauft.

EPILOG

Hoheneck, Heiligabend

Der Winter hatte zwei Eissterne an die Fensterscheibe gemalt. Pauline hatte erzählt, dass die Winterfee für jeden Eisstern die Erfüllung eines Wunsches gewährt. Da Carla jedoch nie zuvor von einer Winterfee gehört hatte, war sie der festen Überzeugung gewesen, Pauline habe sich das nur ausgedacht. Inzwischen aber zweifelte sie daran. Hatte Pauline vielleicht doch recht?

Mit dem Telefon in der Hand stand sie vor dem Wohnzimmerfenster. Draußen war alles dick verschneit, glitzerndes Weiß verhüllte den Hof, die früheren Stallungen und den Wald. Seit heute Morgen schneite es ununterbrochen. Leise fielen die Flocken vom Himmel herab, während im Kamin das Feuer knisterte, der Duft von Punsch und Gänsebraten durch die Räume zog und weihnachtliche Vorfreude in der Luft lag. Das Haus war voller Leben. Luise und Heinrich kochten und brutzelten in der Küche, während Tom und Pauline den Baum in der Halle schmückten. Carla hörte das Klingen der Glöckchen und Paulines Lachen. Ihre Tochter war glücklich, und sie selbst war es auch. Gerade eben hatte Dr. Beltheim ihr telefonisch die gute Nachricht überbracht, dass Jan in Rio de Janeiro festgenommen worden war.

Nur zu gern hätte sie den Schneeflocken weiter zugeschaut, aber dazu fehlte ihr die Zeit. Sie musste im Esszimmer den Kaffeetisch decken und Champagnergläser bereitstellen. Gleich würden Peter und Sibyl eintreffen.

Als Carla mit ihrer Arbeit begann, vernahm sie auf einmal das Dribbeln eines Balls. Kurz darauf erschien Pauline im Türrahmen.

»Den habe ich von Tom geschenkt bekommen«, berichtete sie stolz, während sie sich den Fußball schussbereit vor die Füße legte. Carla wollte noch lautstark protestieren, doch Pauline trat bereits kräftig dagegen. Der Ball flog durchs Wohnzimmer, haarscharf an Carlas Kopf vorbei, und landete zielgenau in der Pendeluhr. Mit einem klirrenden Geräusch ging das Glasgehäuse zu Bruch. Erschrocken hielt sich Carla die Hand vor den Mund, während Pauline wie ein begossener Pudel das Malheur von der Tür aus betrachtete. Aufgeregt kam Luise angelaufen. »Um Himmels willen, die schöne Uhr.«

»Man kann sie bestimmt reparieren«, beruhigte Carla ihre Mutter und sammelte die Scherben ein. Leider war nicht nur das Gehäuse kaputtgegangen, auch die beiden eiförmigen Gewichte waren abgebrochen. Eines lag in der Uhr, das andere war bis vor den Kamin gerollt. Carla hob es auf. Dabei bemerkte sie einen kleinen Spalt in der Mitte. Zuerst hielt sie es für einen Sprung, aber dann hatte sie eine andere Vermutung. Sie drehte die zwei Hälften gegeneinander. Ein Gewinde setzte sich in Gang. Das Gewicht ließ sich öffnen. Ein kleiner Hohlraum kam zum Vorschein, in dem sich ein pergamentartiges Stück Papier verbarg. In schwarzer Tinte wurde darauf bestätigt, dass Christoph von Stein und Helena von Waldheim am 5. August 1977 in der Iglesia de Santa Maria in Arcos de la Frontera geheiratet hatten. Nachdenklich blickte sie ihre Mutter an. »Was wurde eigentlich aus Sophies Testament, in dem sie Hoheneck an Alexas Stiftung vermachte? Sophie muss es verfasst haben, sie hat es Alexa gezeigt.«

»Ich glaube, Grethe hat es vernichtet«, antwortete Luise. »Sie war die Letzte im Haus, die Einzige, die Gelegenheit dazu hatte. Und ich denke, sie wollte, dass ich Hoheneck erbe. Die Vergangenheit sollte nicht länger ruhen.« Carla nickte verstehend. In diesem Moment klopfte es an der Tür. Tom ging in die Halle. Kurz darauf kam er mit einem in rotes Geschenkpapier eingeschlagenen Karton zurück, den er Carla überreichte.

»Das hat ein Bote für dich abgegeben«, sagte er.

Mit fragendem Blick nahm sie das Geschenk entgegen. Zögernd entfernte sie das rote Papier. Ein Brief lag auf einer samtbezogenen Schachtel. Ihr Herz begann zu klopfen, als sie die energische Handschrift mit den großen Buchstaben erkannte. Sie las die wenigen Zeilen:

Liebe Carla,
dreiunddreißig Jahre sind uns verloren gegangen. Das ist eine sehr lange Zeit. Ich wünsche mir, dass nicht noch mehr Zeit vergeht, und wäre sehr glücklich, Dich und Pauline besser kennenzulernen.

Gib uns eine Chance, zueinanderzufinden.

Ich bitte Dich, beiliegendes Geschenk anzunehmen.

Frohe Weihnachten und herzlichen Glückwunsch zum Geburtstag.

Unterschrieben war der Brief mit einem geschwungenen *C*, in dessen Öffnung ein kleines *v* eingefügt war, an das der Name Stein sich anschloss, als sei alles nur ein einziges Wort.

Tief berührt hob Carla den Deckel der Schachtel an. Auf rotem Samt lag die Eigentumsurkunde von Nachtfalke.

»Was ist das für ein Geschenk?«, rief Pauline neugierig.

Carla schluckte. »Wir haben Nachtfalke zurückbekommen«, sagte sie aufgewühlt und fügte insgeheim hinzu: Von meinem Vater. Noch fiel es ihr schwer, dieses Wort auszusprechen. Doch tief in ihrem Inneren fühlte sie, dass sie ihn eines Tages so nennen würde. Sie sah hinüber zu dem Fenster mit den Eissternen. Pauline hatte recht behalten. Für jeden gewährte die Winterfee die Erfüllung eines Wunsches. Sie schien Carlas Wünsche gekannt zu haben.

*

Die Glocken läuteten. Es war schon dunkel. Überall auf den Gräbern funkelten Lichter durch die Heilige Nacht. Auch Carla und Luise hatten für Helena ein Licht entzündet. Sie stellten es vor den Grabstein und legten eine rote Rose in den Schnee.

»Ich werde mir nie verzeihen, dass ich weggelaufen bin«, sagte Luise bedrückt. »Wäre ich bei ihr geblieben, dann würde sie heute noch leben. Ich hätte sie retten können. Aber ich war nicht da.«

Carla umarmte ihre Mutter und drückte sie fest an sich. »Du hast *mich* gerettet, Mama«, sagte sie und fügte leise hinzu: »Ich hab dich lieb.« Noch nie hatte sie diese Worte so bewusst ausgesprochen und so ehrlich gemeint wie in diesem Moment. Das Glockengeläut verstummte. In der Kirche begann die heilige Christmesse. Carla und Luise nahmen nicht daran teil. Sie gingen nach Hause – nach Hoheneck.